笑傲江湖

前頁圖／傅山「山水」——傅山（1607-1684），
山西陽曲人，字青主，為人有俠氣，世稱義士。
入清後號朱衣道人，穿道裝，不肯薙髮，行醫為業，康熙帝強徵至入京，
傅山佯病，堅不仕清。其書畫磊落有奇氣，以風骨勝。

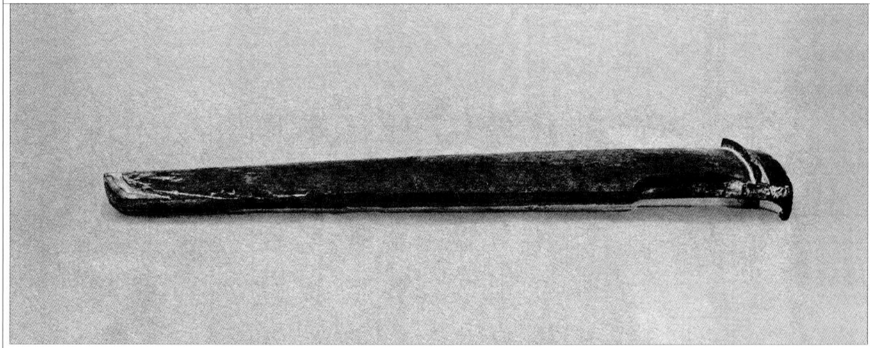

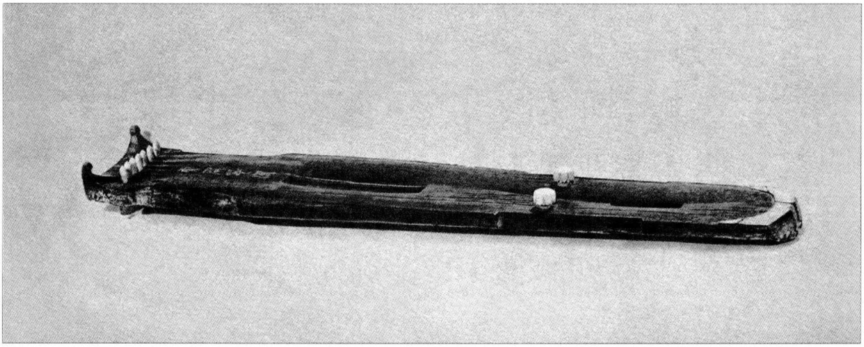

右頁圖／
黃慎「人琴圖」——
黃慎（1687-1766?），
「揚州八怪」之一，好酒任性，
研學懷素草書後豁然貫通，
將狂草的筆法融入繪畫，
寥寥數筆而盤旋飛動。
圖中老人凝視瑤琴，深有所思
（題字為「能移人情」），
有點像本書中的魔教曲長老，
盈盈的師姪綠竹翁或無如此風致。

本頁圖／
宋代古琴——
名「天風海濤琴」，
形容此琴音色雄壯，
有天風海濤之聲。

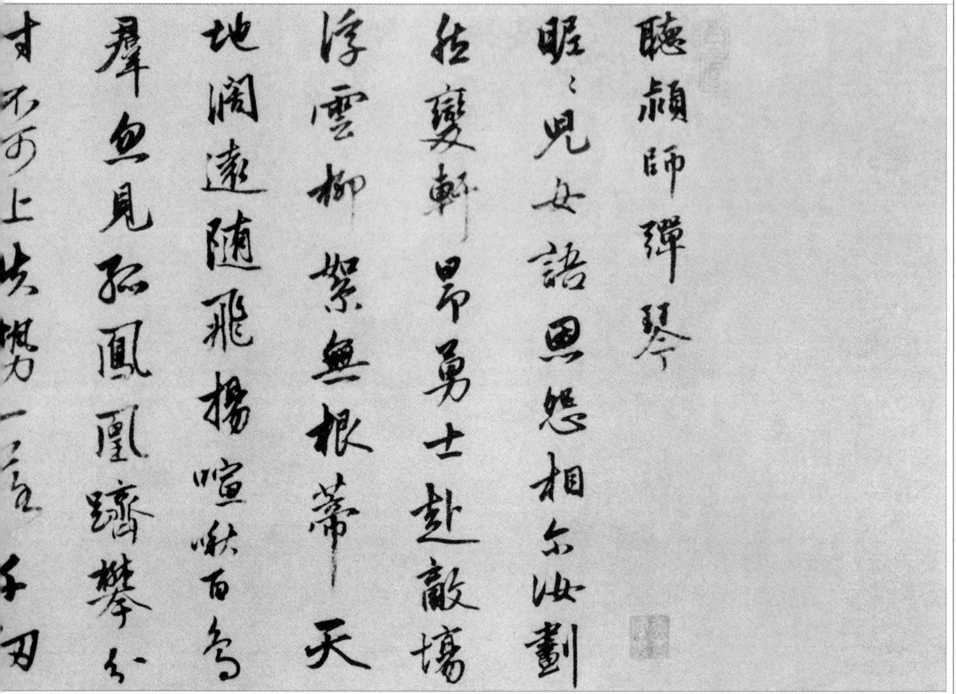
聽穎師彈琴
昵昵兒女語恩怨相尒汝劃
然變軒昂勇士赴敵場
浮雲柳絮無根蒂天
地闊遠隨飛揚喧啾百鳥
羣忽見孤鳳凰躋攀分
寸不可上失勢一落千丈

以下四圖／
「聽穎師彈琴」圖卷——
明金琮書，杜堇繪。
金琮，南京人，
杜堇，江蘇鎮江人。
此圖卷包括了
中國詩歌、音樂、書法、繪畫
四種藝術。
詩歌描寫琴音之忽柔忽剛，
忽高忽低，以及聽者之感動，
是韓愈的著名作品。

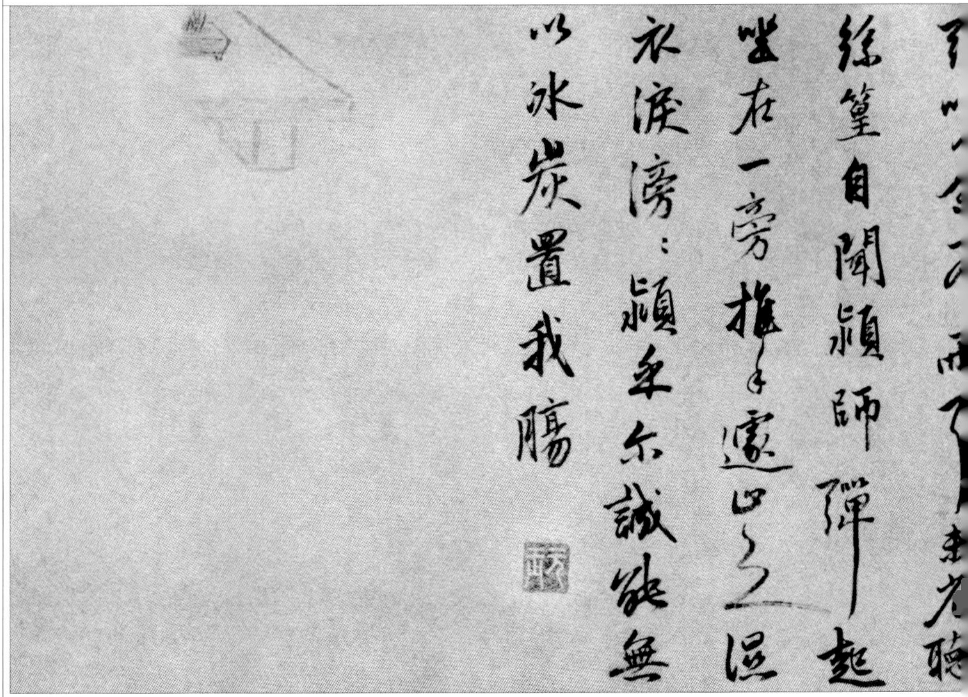
絲篁自聞頴師彈起
坐在一旁推手遽止之濕
衣淚滂滂頴乎尔誠能無
以冰炭置我腸

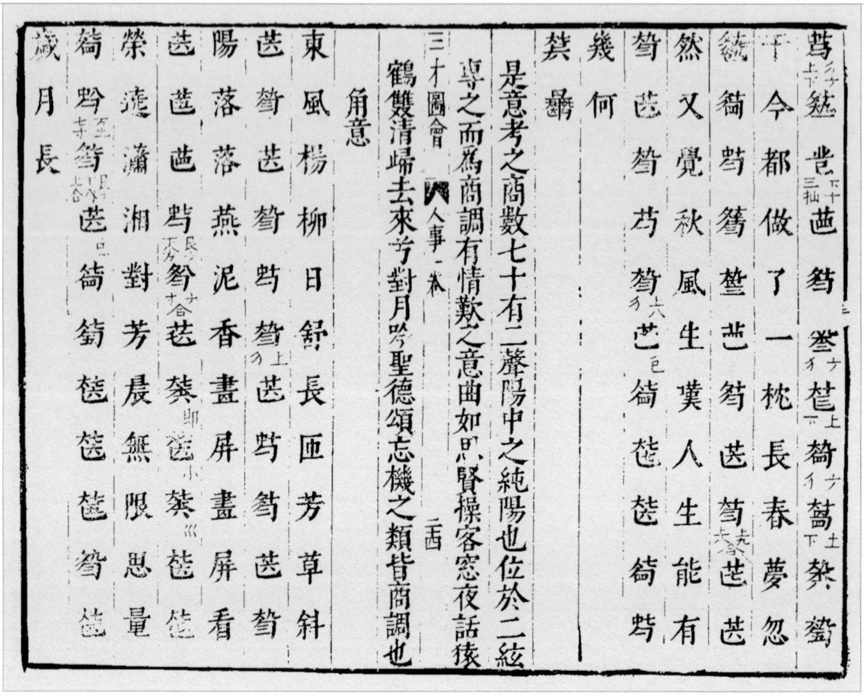

本頁及左頁圖／
琴譜——
古琴譜以簡筆記錄指法，
每一個均是怪字。
此兩頁琴譜錄自《三才圖會》，
譜旁錄有曲詞。
「笑傲江湖」曲譜中
並無通常文字，
洛陽金刀王家祖孫粗鄙武人，
因而懷疑係辟邪劍法之劍譜。

蒸蔔𪏇

角意數有六十四聲陰中之少陽清濁之間也位於三絃尊之而爲角調有清寂之妙曲有列子御風凌虛吟之類皆角意也

商角意

渭水盪秋風落日征鴻問從

笹芍笹芍笹笹蒟芍蒶芍

來幾箇英雄南陽東海總成

蒟芍笹茝芍芭蔄笹蔄蒚芍

功臥龍不滅飛熊霸業也却

篕蒚蒚蓌笹芍篕芍蓌篕芍

成空烏江遺恨無窮至今無

芍笹芍蒟笹芭芍芭芍蒟蒟

面江東

笹芍𪏇

是意有半商半角之声嘆英雄之遺恨嗟世事之浮漚慨古傷今之情

徵意

商代青銅酒器。

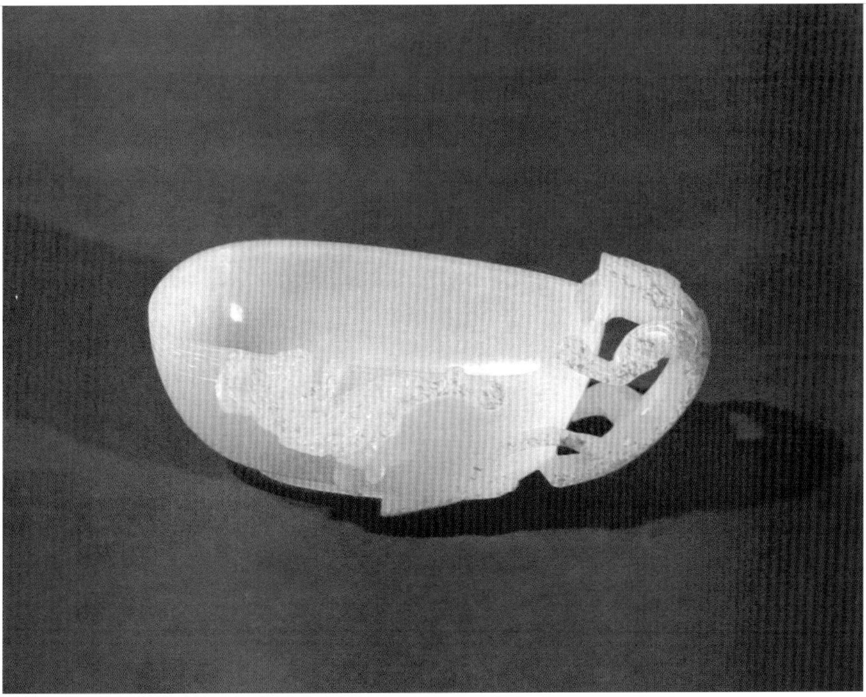

螭耳玉杯。

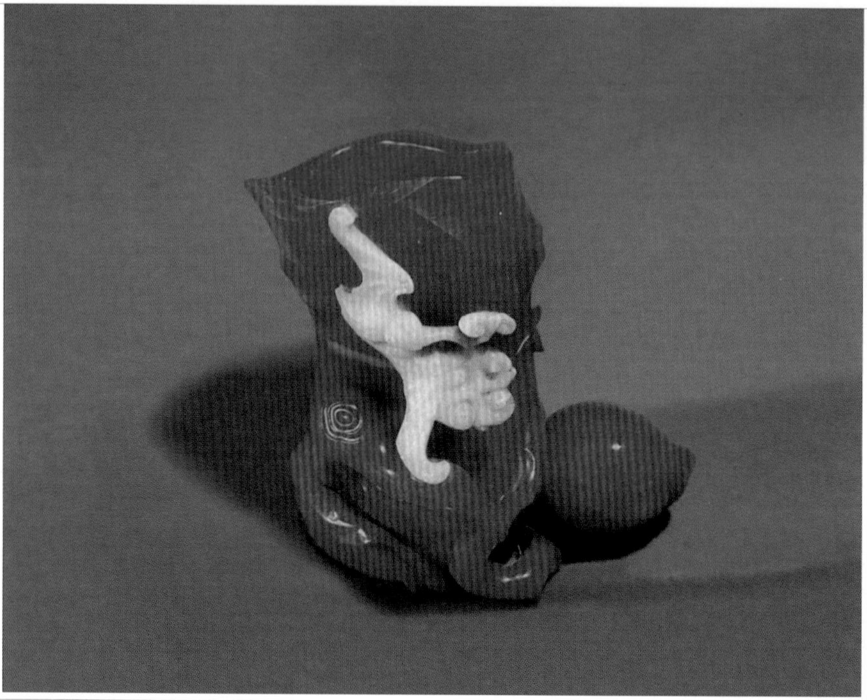

紅瑪瑙蟠桃洗——
形狀是筆洗，但如為祖千秋所得，
勢必用作酒杯，
而桃谷六仙見其作桃形，
諒來不敢損毀，以免犯忌。

犀角酒杯——明代名家所刻。

水晶兕觥——

兕，音似，傳說中似牛獨角獸，兕觥為大酒杯。

苗族女子之織繡——藍鳳凰及她手下苗女的衣褲上，當有類似的美麗花紋。

唐寅「吹簫仕女圖」。

杜陵內史「撫琴仕女圖」——
杜陵內史是大畫家仇英的女兒，
閨名不詳，
可能名「珠」，善畫人物。

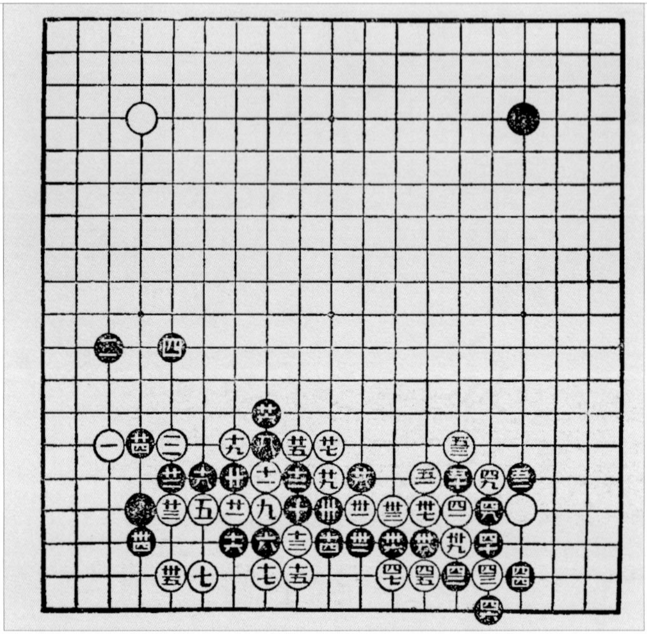

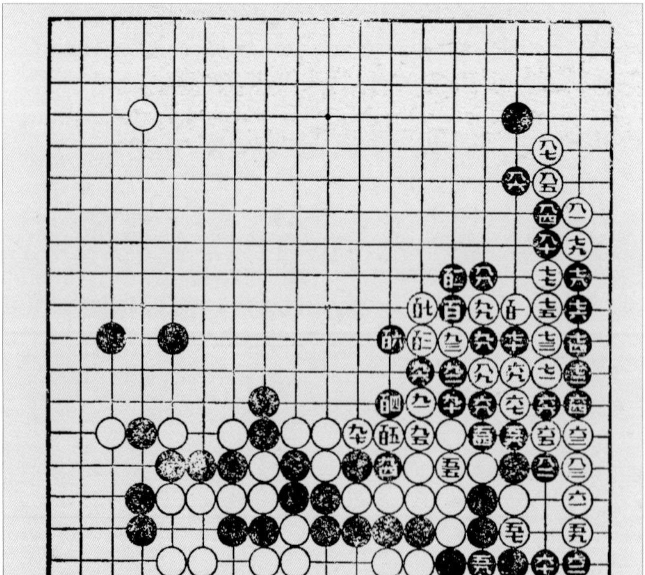

古圍棋譜。

上圖、下圖、左頁上圖／

「嘔血譜」：相傳宋圍棋國手劉仲甫於驪山下遇老嫗，弈棋一百一十二著，劉全軍覆沒。中國古時白棋先行，劉持白棋。本譜著著緊湊，無怪黑白子為之著迷。

下圖／

「爛柯譜」：相傳晉王質入衢州爛柯山採樵，
遇神仙弈棋，王質觀至終局，斧柄已爛。此譜號稱為王質所記而傳世，
料係後世好事者所撰，共二百九十著，白先，黑勝一路。
本圖為其中第一百七十三著至一百九十二著。

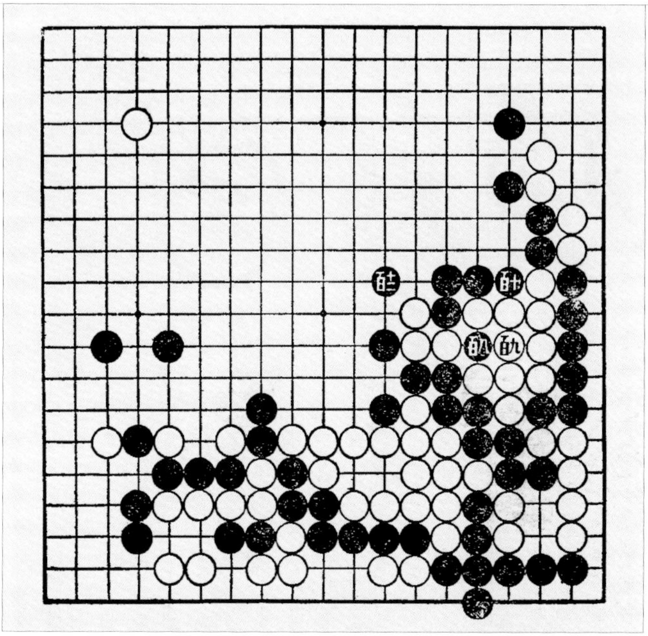

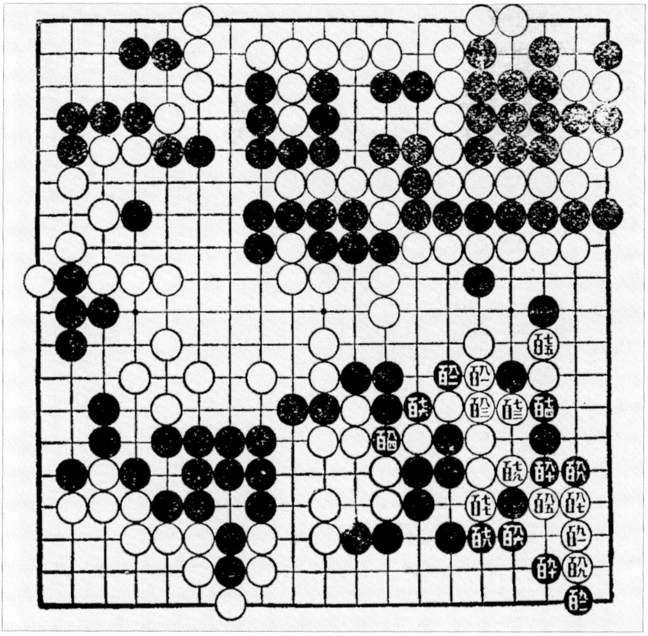

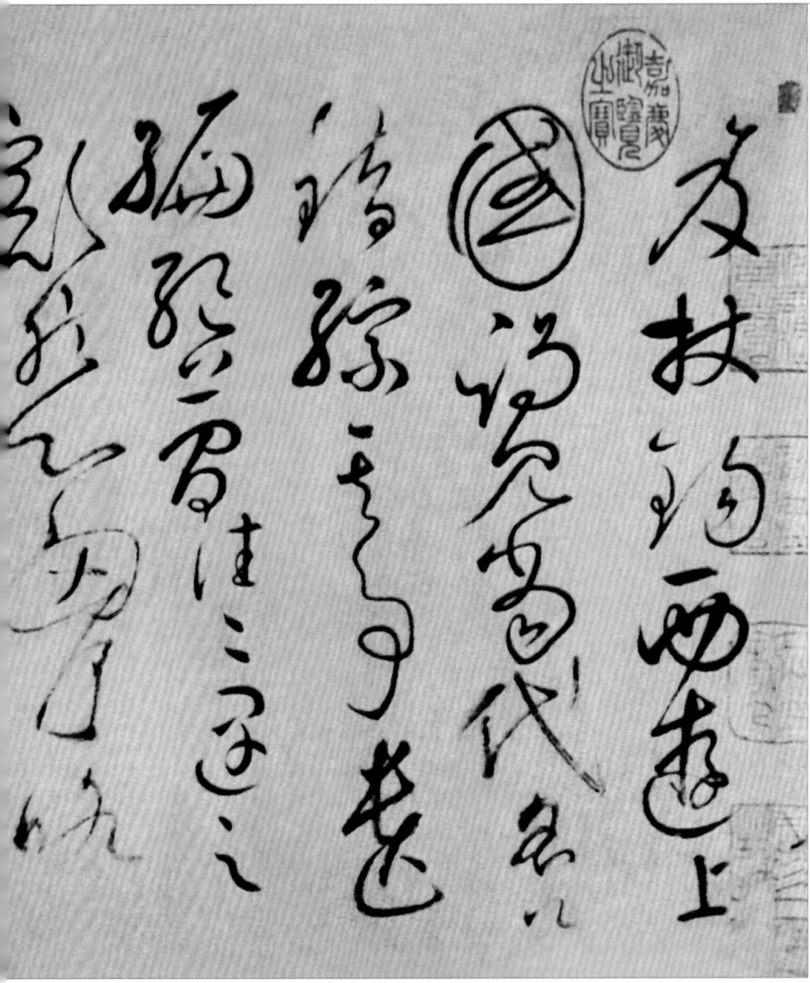

懷素「自敘帖」——懷素，唐代大書法家，以草書著名。

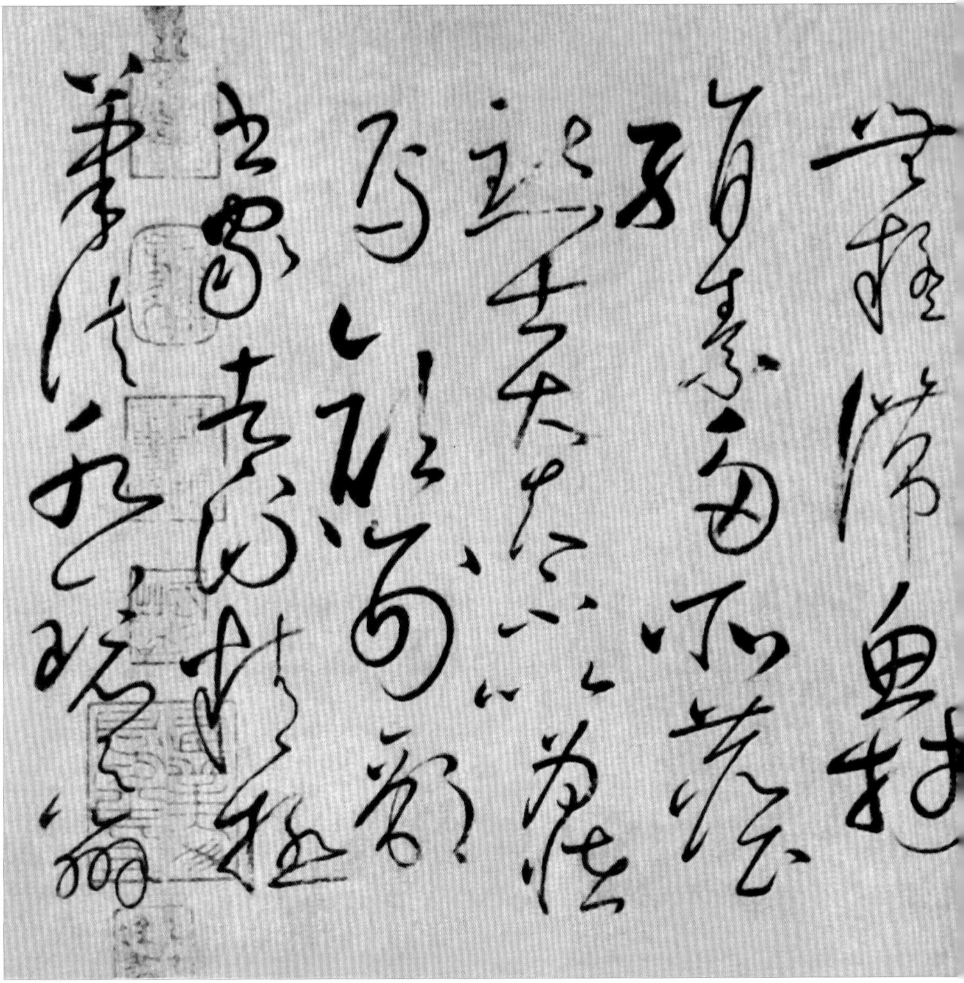

本頁及左頁圖／
顏真卿「送裴將軍詩」（部分）——
裴將軍名旻（音珉），善舞劍，
當時號稱李白詩歌、裴旻劍舞、
張旭草書為唐代「三絕」。

范寬「谿山行旅圖」——范寬，字中立，華原人，北宋山水畫家中最重要者之一。為人風儀峭古，舉止疏野，嗜酒落魄，卜居華山以對景造意。評者稱其畫氣象蕭索，煙林清曠，峯巒渾厚，勢狀雄強，溪出深虛，水若有聲，洵為一代大家。

笑傲江湖

（二）

金庸

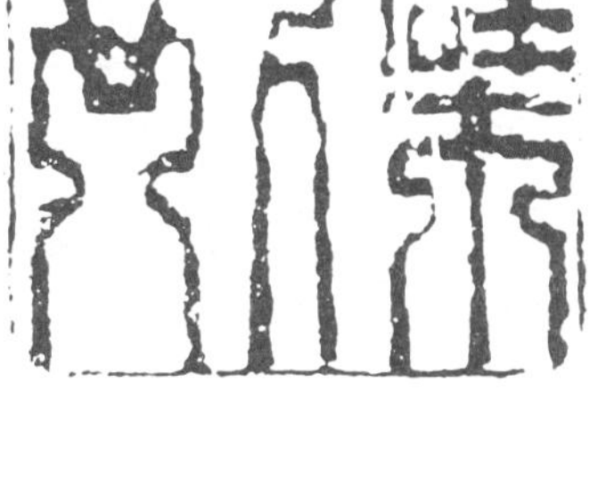

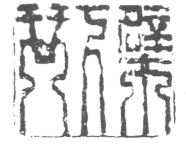

《笑傲江湖》目錄

一一 聚氣……441
一二 圍攻……485
一三 學琴……541
一四 論杯……591
一五 灌藥……629
一六 注血……663
一七 傾心……697
一八 聯手……759
一九 打賭……801
二〇 探獄……845

令狐冲迷迷糊糊之中，但覺胸口煩惡，全身氣血倒轉，說不出的難受，過了良久，神智漸復，只覺身子似乎在一隻火爐中燒烤，忍不住呻吟出聲，聽得有人喝道：「別作聲！」

一一
聚氣

令狐冲向廳內瞧去，只見賓位上首坐著一個身材高大的瘦削老者，右手執著五嶽劍派令旗，料來是嵩山派的仙鶴手陸柏。他下首坐著一個中年道人，一個五十來歲的老者，從服色瞧來，分別屬於泰山、衡山兩派，更下首又坐著三人，都是五六十歲年紀，腰間所佩長劍均是華山派的兵刃，第一人滿臉戾氣，一張黃焦焦的面皮，想必是陸大有所說的那個封不平。師父和師娘坐在主位相陪。桌上擺了清茶和點心。

只聽那衡山派的老者說道：「岳兄，貴派門戶之事，我們外人本來不便插嘴。只是我五嶽劍派結盟聯手，共榮共辱，要是有一派處事不當，爲江湖同道所笑，其餘四派共蒙其羞。適才岳夫人說道，我嵩山、泰山、衡山三派不該多管閒事，這句話未免不對了。」這老者一雙眼睛黃澄澄地，倒似生了黃膽病一般。

令狐冲心下稍寬：「原來他們仍在爭執這件事，師父並未屈服讓位。」

岳夫人道：「魯師兄這麼說，那是咬定我華山派處事不當，連累貴派的名聲了？」

衡山派這姓魯的老者微微冷笑，說道：「素聞華山派寧女俠是太上掌門，往日在下也還不信，今日一見，才知果然名不虛傳。」岳夫人怒道：「魯師兄來到華山是客，今日我可不便得罪。只不過衡山派一位成名的英雄，想不到卻會這般胡言亂語，下次見到莫大先生，倒要向他請教。」那姓魯老者冷笑道：「只因在下是客，岳夫人才不能得罪，倘若這裏不是華山，岳夫人便要揮劍斬我人頭了，是也不是？」

岳夫人道：「這卻不敢，我華山派怎敢來理會貴派門戶之事？貴派高手和魔教勾結，自有嵩山派左盟主清理，不用敝派插手。」

衡山派劉正風和魔教長老曲洋雙雙死於衡山城外，江湖上皆知是嵩山派所殺。她提及此事，一來揭衡山派的瘡疤，二來譏刺這姓魯老者不念本門師兄弟遭殺之仇，反和嵩山派的人物同來跟自己夫婦為難。那姓魯老者臉色大變，厲聲道：「古往今來，那一派中沒不肖弟子？我們今日來到華山，正是為了主持公道，相助封大哥清理門戶中的奸邪之輩。」

岳夫人手按劍柄，森然道：「誰是奸邪之輩？拙夫岳不羣外號人稱『君子劍』，閣下的外號叫作甚麼？」

那姓魯老者臉上一紅，一雙黃澄澄的眼睛對著岳夫人怒目而視，卻不答話。

這老者雖是衡山派中的第一代人物，與莫大先生、劉正風同輩，在江湖上卻無多大名氣，令狐冲不知他來歷，回頭問勞德諾道：「這人是誰？匪號叫作甚麼？」他知勞德諾帶藝投師，拜入華山派之前在江湖上歷練已久，多知武林中的掌故軼事。勞德諾果然知道，低聲道：「這老兒叫魯正榮，正式外號叫作『金眼鵰』。但他多嘴多舌，惹人討厭，武林中人背後都管他叫『金眼烏鴉』。」令狐冲微微一笑，心想：「這不雅的外號雖沒人敢當面相稱，但日子久了，總會傳入他耳裏。師娘問他外號，他自然明白指的決不會是『金眼鵰』而是『金眼烏鴉』。」

只聽得魯正榮大聲道：「哼，甚麼『君子劍』？『君子』二字之上，只怕得再加上一個『僞』字。」令狐冲聽他如此當面侮辱師父，再也忍耐不住，大聲叫道：「瞎眼烏鴉，有種的給我滾出來！」

岳不羣早聽得門外令狐冲和勞德諾的對答，心道：「怎地冲兒下峯來了？」當即斥道：「冲兒，不得無禮。魯師伯遠來是客，你怎可沒上沒下的亂說？」

魯正榮氣得眼中如要噴出火來，華山大弟子令狐冲在衡山城中胡鬧的事，他是聽人說過的，當即罵道：「我道是誰，原來是這個在衡山城中嫖妓宿娼的小子！華山派門下果然人才濟濟。」令狐冲笑道：「不錯，我在衡山城中嫖妓宿娼，結識的婊子姓魯，是你家的女人！」

岳不羣怒喝：「你……你還在胡說八道！」令狐冲聽得師父動怒，不敢再說，但廳上陸柏和封不平等已忍不住臉露微笑。

魯正榮倏地轉身，左足一抬，砰的一聲，將一扇長窗踢得飛了出去。他不認得令狐冲，指著華山派羣弟子喝道：「剛才說話的是那一隻畜生？」華山羣弟子默然不語。魯正榮又罵：「他媽的，剛才說話的是那一隻畜生？」令狐冲笑道：「剛才是你自己在說話，我怎知是甚麼畜生？」魯正榮怒不可遏，大吼一聲，便向令狐冲撲去。

令狐冲見他來勢兇猛，向後躍開，突然間人影一閃，廳堂中飄出一個人來，銀光閃爍，錚錚有聲，已和魯正榮鬥在一起，正是岳夫人。她出廳、拔劍、擋架、還擊，一氣呵成，姿式又復美妙之極，雖然極快，旁人瞧在眼中卻不見其快，但見其美。

岳不羣道：「大家是自己人，有話不妨慢慢的說，何必動手？」緩步走到廳外，順手從勞德諾腰邊抽出長劍，一遞一翻，將魯正榮和岳夫人兩柄長劍壓住。魯正榮運勁於臂，向上力抬，不料竟然紋絲不動，臉上一紅，又再運氣。

岳不羣笑道：「我五嶽劍派同氣連枝，便如自家人一般，魯師兄不必和小孩子們一般見識。」回過頭來，向令狐冲斥道：「你胡說八道，還不快向魯師伯賠禮？」

令狐冲聽了師父吩咐，只得上前躬身行禮，說道：「魯師伯，弟子瞎了眼，不知輕重，便如臭烏鴉般啞啞亂叫，污衊了武林高人的聲譽，當眞連畜生也不如。你老人家別生氣，我可不是罵你。臭烏鴉亂叫亂噪，是畜生叫嚷，咱們只當他是放屁！」他臭烏鴉長、臭烏鴉短的說個不休，誰都知他又是在罵魯正榮，旁人還可忍住，岳靈珊已咭的一聲，笑了出來。

岳不羣感到魯正榮接連運了三次勁，微微一笑，收起長劍，交還給勞德諾。魯正榮劍上壓力陡然消失，手臂向上急舉，只聽得噹噹兩聲響，兩截斷劍掉在地下，他和岳夫人手中都只賸下了半截斷劍。他正在出力和岳不羣相拚，這時運勁正猛，半截斷劍向上疾挑，險些劈中了自己額角，幸好他膂力甚強，這才及時收住，但已鬧得手忙腳亂，面紅耳赤。

他嘶聲怒喝：「你……你……兩個打一個！」但隨即想到，岳夫人的長劍也給岳不羣以內力壓斷，眼見陸柏、封不平等人都已出廳觀鬥，人人都看得出來，岳不羣只是勸架，請二人罷手，卻無偏袒。妻子的長劍爲丈夫壓斷並無干係，魯正榮這一下卻無論如何受不了。他又叫：「你……你……」右足重重一頓，握著半截斷劍，頭也不回的急衝下山。

岳不羣壓斷二人長劍之時，便已見到站在令狐冲身後的桃谷六仙，覺這六人形相非常，心感詫異，拱手道：「六位光臨華山，未曾遠迎，還望恕罪。」桃谷六仙瞪眼瞧著他，既不還禮，也不說話。令狐冲道：「這位是我師父，華山派掌門岳先生……」

他一句話沒說完，封不平插口道：「是你師父，那是不錯，是不是華山派掌門，卻要走著瞧了。岳師兄，你露的這手紫霞神功可帥得很啊，可是單憑這手氣功，卻未必便能執掌華山門戶。誰不知華山派是五嶽劍派之一，劍派劍派，自然是以劍爲主。你一味練氣，那是走入魔道，修習的可不是本門正宗心法了。」

岳不羣道：「封兄此言未免太過。五嶽劍派都使劍，那固然不錯，可是不論那一門、那一派，都講究『以氣馭劍』之道。劍術是外學，氣功是內學，須得內外兼修，武功方克得有小成。以封兄所言，倘若只勤練劍術，遇上了內家高手，便不免相形見絀。」

封不平冷笑道：「那也不見得。天下最佳之事，莫如九流三教、醫卜星相、四書五經、十八般武藝件件皆能，事事皆精，刀法也好，槍法也好，無一不是出人頭地。可是世人壽命有限，那能容得你每一門都去練上一練？一個人專練劍法，尚且難精，又怎能分心去練別的功夫？我不是說練氣不好，只不過咱們華山派的正宗武學乃是劍術。你要涉獵旁門左道的功夫，有何不可，去練魔教的『吸星大法』，旁人也還管你不著，何況練氣？但尋常人貪多務得，練壞了門道，不過是自作自受，你眼下執掌華山一派，這般走上了歪路，那可是貽禍子弟，流毒無窮。」

令狐冲心中猛地閃過一個念頭：「風太師叔只教我練劍，他……他多半是劍宗的。我跟他老人家學劍，這……這可錯了嗎？」霎時間毛骨悚然，背上滿是冷汗。

岳不羣微笑道：「『貽禍子弟，流毒無窮』，卻也不見得。」

封不平身旁那矮子突然大聲道：「爲甚麼不見得？你教了這麼一大批沒個屁用的弟子出來，還不是『貽禍子弟，流毒無窮』？封師兄說你所練的功夫是旁門左道，不配做華山派掌門人，這話一點兒不錯。你到底是自動退位呢，還是吃硬不吃軟，要叫人拉下位來？」

這時陸大有已趕到廳外，見大師哥瞧著那矮子，臉有疑問之色，便低聲道：「先前聽他們跟師父對答，這矮子名叫成不憂。」

岳不羣道：「成兄，你們『劍宗』一支，二十五年前早已離開本門，自認不再是華山派弟子，何以今日又來生事？倘若你們自認功夫了得，不妨自立門戶，在武林中揚眉吐氣，將華山派壓了下來，岳某自也佩服。今日這等嚕唆不清，除了徒傷和氣，更有何益？」

成不憂大聲道：「岳師兄，在下跟你無怨無仇，原本不必傷這和氣。只是你霸佔華山派掌門之位，卻教衆弟子練氣不練劍，以致我華山派聲名日衰，你終究卸不了罪責。成某既是華山弟子，終不能袖手旁觀，置之不理。再說，當年『氣宗』排擠『劍宗』，所使的手段實在不明不白，殊不光明正大，我『劍宗』弟子沒一個服氣。我們已隱忍了二十五年，今日該得好好算一算這筆帳了。」

岳不羣道：「本門氣宗劍宗之爭，由來已久。當日兩宗玉女峯上比劍，勝敗既決，是非亦分。事隔二十五年，三位再來舊事重提，復有何益？」

成不憂道：「當日比劍勝敗如何，又有誰見來？我們三個都是『劍宗』弟子，就一個也沒見著。總而言之，你這掌門之位得來不清不楚，不明不白，否則左盟主身為五嶽劍派的首領，怎麼他老人家也會頒下令旗，要你讓位？」岳不羣搖頭道：「我想其中必有蹊蹺。左盟主向來見事極明，依情依理，決不會突然頒下令旗，要華山派更易掌門。」成不憂指著五嶽劍派的令旗道：「難道這令旗是假的？」岳不羣道：「令旗是不假，只不過令旗是啞巴，不會說話。」

陸柏一直旁觀不語，這時終於插口：「岳師兄說五嶽令旗是啞巴，難道陸某也是啞巴不成？」岳不羣道：「不敢！茲事體大，在下當面謁左盟主後，再定行止。」陸柏陰森森的道：「如此說來，岳師兄畢竟是信不過陸某的言語了？」岳不羣道：「不敢！就算左盟主真有此意，他老人家也不能單憑一面之辭，便傳下號令，總也得聽聽在下的言語才是。再說，左盟主身為五嶽劍派盟主，管的是五派所共的大事。至於泰山、恆山、衡山、華山四派自身的門戶之事，自有本派掌門人作主。」

成不憂道：「那有這麼許多嚕唆的？說來說去，你這掌門人之位是不肯讓的了，是也不是？」他說了「不肯讓的了」這五個字後，唰的一聲，已拔劍在手，待說那「是」字時便刺出一劍，說「也」字時刺出一劍，說「不」字時刺出一劍，說到最後一個「是」字時又刺出一劍，「是也不是」四個字一口氣說出，便已連刺了四劍。

這四劍出招固然迅捷無倫，四劍連刺更是四下凌厲之極的不同招式，極盡變幻之能事。第一劍穿過岳不羣左肩上衣衫，第二劍穿過他右肩衣衫，第三劍刺他左脅之旁的衣衫，第四劍刺他右脅旁衣衫。四劍均是前後一通而過，在他衣衫上刺了八個窟窿，劍刃都是從岳不羣身旁貼肉掠過，相去不過半寸，卻沒傷到他絲毫肌膚，這四劍招式之妙，出手之快，拿捏之準，勢道之勁，無一不是第一流高手的風範。

華山羣弟子除令狐冲外盡皆失色，均想：「這四劍都是本派劍法，卻從來沒見師父使過。『劍宗』高手，果然不凡。」

但陸柏、封不平等卻對岳不羣更加佩服。眼見成不憂連刺四劍，每一劍都是狠招殺著，劍劍能致岳不羣的死命，但岳不羣始終臉露微笑，坦然而受，這養氣功夫卻尤非常人所能。成不憂等人來到華山，擺明了要奪掌門之位，岳不羣人再厚道，也不能不防對方暴起傷人，可是他不避不讓，漫不在乎的受了四劍，自是胸有成竹，只須成不憂一有加害之意，他便有剋制之道。在這間不容髮的瞬息之間，他竟能隨時出手護身克敵，則武功遠比成不憂爲高，自可想而知。他雖未出手，但懾人之威，與出手致勝已殊無二致。

令狐冲見成不憂所刺這四劍，正是後洞石壁所刻華山派劍法中的一招招式，他將之一化爲四，略加變化，似乎四招截然不同，其實也只一招，心想：「劍宗的招數再奇，終究越不出石壁上所刻圖形的範圍。」

岳夫人道：「成兄，拙夫瞧著各位遠來是客，一再容讓。你已在他衣上刺了四劍，再不知趣，華山派再尊敬客人，總也有個止境。」

成不憂道：「甚麼遠來是客，一再容讓？岳夫人，你只須破得我這四招劍法，成某立即乖乖下山，再也不敢上玉女峯一步。」他雖自負劍法了得，然見岳不羣如此不動聲色，倒也不敢向他挑戰，心想岳夫人在華山派中雖也名聲不小，終究是女流之輩，適才見到自己這四劍便有駭然色變之態，只須激得她出手，定能將她制住，那時岳不羣或者心有所忌，就此屈服，或者章法大亂，便易爲封不平所乘了，說著長劍一立，大聲道：「寧女俠乃華山氣宗高手，天下知聞。劍宗成不憂今日領教寧女俠的氣功。」他這麼說，竟揭明了要重作華山劍氣二宗的比拚。

岳夫人雖見成不憂這四劍招式精妙，自己並無必勝把握，但他這等咄咄逼人，如何能就此忍讓？唰的一聲，拔出了長劍。

令狐冲搶著道：「師娘，劍宗練功的法門誤入歧途，豈是本門正宗武學之可比？先讓弟子和他鬥鬥，倘若弟子的氣功沒練得到家，再請師娘來打發他不遲。」他不等岳夫人允可，已縱身攔在她身前，手中卻握著一柄順手在牆邊撿起來的破掃帚。他將掃帚一晃一晃，向成不憂道：「成師傅，你已不是本門中人，甚麼師伯師叔的稱呼，只好免了。你如迷途知返，要重投本門，也不知我師父肯不肯收你。就算我師父肯收，本門規矩，先入師門爲大，你也得叫我一聲師兄了，請請！」倒轉了掃帚柄，向他一指。

成不憂大怒，喝道：「臭小子，胡說八道！你只須擋得住我適才這四劍，成不憂拜你爲師。」令狐冲搖頭道：「我可不收你這個徒弟……」一句話沒說完，成不憂已叫道：「拔劍領死！」令狐冲道：「眞氣所至，草木皆是利劍。對付成兄這幾招不成氣候的招數，又何必用劍？」成不憂道：「好，是你狂妄自大，可不能怨我出手狠辣！」

岳不羣和岳夫人情知這人武功比令狐冲可高得太多，一柄掃帚管得甚用？以空手擋他利劍，凶險殊甚，當下齊聲喝道：「冲兒退開！」

但見白光閃處，成不憂已挺劍向令狐冲刺出，果然便是適才曾向岳不羣刺過的那一招。他不變招式，一來這幾招正是他生平絕學，二來有言在先，三來自己舊招重使，顯得是讓對方有所準備，雙方各有所利，扯了個直，並非單是自己在兵刃上佔了便宜。

令狐冲向他挑戰之時，早已成竹在胸，想好了拆招之法，後洞石壁上所刻圖形，均是以奇門兵刃破劍，自己倘若使劍，此刻獨孤九劍尚未練成，並無必勝之方，這柄破掃帚卻正好當作雷震擋，眼見成不憂長劍刺來，破掃帚便往他臉上掃了過去。

令狐冲這一下卻也干冒極大凶險，雷震擋乃精鋼所鑄，掃上了不死也必受傷，如他手中所持眞是雷震擋，這一掃妙到顛毫，對方自須迴劍自救，但這把破掃帚卻又有甚麼脅敵之力？他內力平常，甚麼「眞氣所至，草木即是利劍」云云，全是信口胡吹，這一掃帚便掃在成不憂臉上，最多也不過劃出幾條血絲，有甚大礙？可是成不憂這一劍，卻在他身上穿膛而過了。只是他料想對手乃前輩名宿，決不願自己這柄沾滿了雞糞泥塵的破掃帚在他臉面掃上一下，縱然一劍將自己殺了，也難雪破帚掃臉之恥。

果然衆人驚呼聲中，成不憂偏臉閃開，迴劍去斬掃帚。

令狐冲破帚一捺，避開了這劍。成不憂給他一招之間即逼得迴劍自救，不由得臉上一熱，他可不知令狐冲破掃帚這一掃，其實是魔教十餘位高手長老，不知花了多少時光，共同苦思琢磨，才創出來剋制他這一招的妙著，實是嘔心瀝血、千錘百鍊的力作，還道令狐冲亂打誤撞，竟破解了自己這一招。他惱怒之下，第二劍又已刺出，這一劍可並非按著原來次序，卻是本來刺向岳不羣腋下的第四劍。

令狐冲一側身，帚交左手，似是閃避他這一劍，那破帚卻如閃電般疾穿而出，指向成不憂前胸。帚長劍短，帚雖後發，卻是先至，成不憂的長劍尚未圈轉，掃帚上的幾根竹絲已然戳到了他胸口。令狐冲叫道：「著！」嗤的一聲響，長劍已將破帚的帚頭斬落。但旁觀衆高手人人看得明白，這一招成不憂已然輸了，倘若令狐冲所使的不是一柄竹帚，而是鋼鐵所鑄的雷震擋、九齒釘耙、月牙鏟之類武器，成不憂胸口已受重傷。

對方若是一流高手，成不憂只好撒劍認輸，不能再行纏鬥，但令狐冲明明只是個二代弟子，自己敗在他一柄破掃帚下，顏面何存？當下唰唰唰連刺三劍，盡是華山派的絕招，三招之中，倒有兩招是後洞石壁上所刻。另一招令狐冲雖未見過，但他自從學了獨孤九劍的「破劍式」後，於天下諸種劍招的破法，心中都已有了些頭緒，閃身避開對方一劍，跟著便以石壁上棍棒破劍之法，以掃帚柄當作棍棒，一棍將成不憂的長劍擊歪，跟著挺棍向他劍尖撞了過去。

假若他手中所持是鐵棍鐵棒，則棍堅劍柔，長劍爲雙方勁力所撞，立即折斷，使劍者更無解救之道。不料他在危急中順手使出，沒想到自己所持的只是一根竹棍，以竹棍遇利劍，並非勢如破竹，而是勢乃破竹，嚓的一聲響，長劍插進了帚棍，直沒至劍柄。令狐冲念頭轉得奇快，右手順勢一掌橫擊帚柄，那掃帚挾著長劍，斜刺裏飛了出去。

成不憂又羞又怒，左掌疾翻，喀的一聲，正擊在令狐冲胸口。他是數十年的修爲，令狐冲不過熟悉劍招變化，拳腳功夫如何是他對手，身子立時翻倒，口中鮮血狂噴。

突然間人影閃動，成不憂雙手雙腳給人提了起來，只聽他一聲慘呼，滿地鮮血內臟，一個人竟給拉成了四塊，兩隻手兩隻腳分持在四個形貌奇醜的怪人手裏，正是桃谷四仙將他活生生的分屍四爿。

這一下變起俄頃，衆人都嚇得呆了。岳靈珊見到這血肉模糊的慘狀，眼前一黑，登時暈倒。饒是岳不羣、陸柏等皆是武林中見多識廣的大高手，卻也都駭然失措。

便在桃谷四仙撕裂成不憂的同時，桃花仙與桃實仙已搶起躺在地下的令狐冲，一個抱身，一個抬腳，迅捷異常的向山下奔去。岳不羣和封不平雙劍齊出，向桃幹仙和桃葉仙二人背心刺去。桃根仙和桃枝仙各自抽出一根短鐵棒，錚錚兩響，同時格開。桃谷四仙展開輕功，頭也不回的去了。

瞬息之間，六怪和令狐冲均已不見蹤影。

陸柏和岳不羣、封不平等人面面相覷，眼見這六個怪人去得如此快速，再也追趕不上，各人瞧著滿地鮮血和成不憂分成四塊的肢體，既覺驚懼，又感慚愧。

隔了良久，陸柏搖了搖頭，封不平也搖了搖頭。

令狐冲遭成不憂一掌打得重傷，隨即給桃谷二仙抬著下山，過不多時，便已昏暈過去，醒轉來時，眼前只見兩張馬臉、兩對眼睛凝視著自己，臉上充滿著關切之情。

桃花仙見令狐冲睜開眼睛，喜道：「醒啦，醒啦，這小子死不了啦。」桃實仙道：「當然死不了，給人輕輕的打上一掌，怎麼會死？」桃花仙道：「你倒說得稀鬆平常，這一掌打在你身上，自然傷不了你，但打在這小子身上，或許便打死了他。」桃實仙道：

「他明明沒死，你怎麼說打死了他？」桃花仙道：「我不是說一定死，我是說：或許會死。」桃實仙道：「他既活轉，就不能再說『或許會死』了。」桃花仙道：「我說都說了，你待怎樣？」桃實仙道：「那就證明你眼光不對，也可說你根本沒有眼光。」桃花仙道：「你既有眼光，知道他決計死不了，剛才又為甚麼唉聲嘆氣，滿臉愁容？」桃實仙道：「第一，我剛才唉聲嘆氣，不是躭心他死，是怕小尼姑為他躭心。第二，咱們打賭贏了小尼姑，說好要到華山來請令狐冲去見她，現下請了這麼一個半死不活的令狐冲去，只怕小尼姑不答應。」桃花仙道：「你既知他一定不會死，就可告訴小尼姑不用躭心，小尼姑既然不躭心，你又躭心些甚麼？」桃實仙道：「第一，我叫小尼姑不躭心，她未必就聽我話，就算她聽了我話，假裝不躭心，其實還是在躭心。第二，這小子雖然死不了，傷勢可著實不輕，說不定難好，我自然也有點躭心。」

令狐冲聽他兄弟二人辯個不休，雖然聽著可笑，但顯然他二人對自己的生死實深關切，不禁感激，又聽他二人口口聲聲說到「小尼姑為自己躭心」，想必那「小尼姑」便是恆山派的儀琳小師妹了，當下微笑道：「兩位放心，令狐冲死不了。」

桃實仙大喜，對桃花仙道：「你聽，他自己說死不了，你剛才還說或許會死。」桃花仙道：「我說那句話之時，他還沒開口說話。」桃實仙道：「他既睜開了眼睛，當然就會開口說話，誰都料想得到。」

令狐冲心想二人這麼爭辯下去，不知幾時方休，笑道：「我本來是要死的，不過聽見兩位盼望我不死，我想桃谷六仙何等的聲威，江湖上何等……何等的……咳咳……大名望，你們要我不死，我怎敢再死？」

桃花仙、桃實仙二人一聽，登時大喜，齊聲道：「對，對！這人的話十分有理！咱們跟大哥他們說去。」二人奔了出去。

令狐冲這時只覺自己是睡在一張板床之上，頭頂帳子陳舊破爛，也不知是在甚麼地方，輕輕轉頭，便覺胸口劇痛難當，只得躺著不動。

過不多時，桃根仙等四人也都走進房來。六人你一言，我一語，說個不休，有的自誇功勞，有的稱讚令狐冲不死的好，更有人說當時救人要緊，無暇去跟嵩山派那老狗算帳，否則將他也拉成四塊，瞧他身子變成四塊之後，還能不能將桃谷六仙像揑螞蟻般揑死。令狐冲強提精神，對他們大讚了幾句，隨即又暈了過去。

迷迷糊糊之中，但覺胸口煩惡，全身氣血倒轉，說不出的難受，過了良久，神智漸復，只覺身子似乎在一隻大火爐中燒烤，忍不住呻吟出聲，聽得有人喝道：「別作聲！」

令狐冲睜開眼來，見桌上一燈如豆，自己全身赤裸，躺在地下，雙手雙腳分別給桃谷四仙抓住，另有二人，一個伸掌按住他小腹，一個伸掌按在他腦門的「百會穴」上。令狐冲駭異之下，但覺有一股熱氣從左足足心向上游去，經左腿、小腹、胸口、右臂，而至右手掌心，另有一股熱氣則從左手掌心向下游去，經左臂、胸口、心腹、右腿，而至右足足心。兩股熱氣交互盤旋，只蒸得他大汗淋漓，炙熱難當。

他知桃谷六仙正在以上乘內功為自己療傷，心中感激，暗暗運起師父所授的華山派內功心法，以便加上一份力道，不料一股內息剛從丹田中升起，小腹間便突然劇痛，恰如一柄利刃插進了肚中，登時哇哇一聲，鮮血狂噴。桃谷六仙齊聲驚呼：「不好了！」桃葉仙反手一掌，擊在令狐冲頭上，立時將他打暈。

此後令狐冲一直在昏迷之中，身子一時冷，一時熱，那兩股熱氣也不斷在四肢百骸間來回游走，有時更有數股熱氣相互衝突激盪，越發的難當難熬。

也不知過了多少時候，終於頭腦間突然清涼了一陣，只聽得桃谷六仙正自激辯，他睜開眼來，聽桃幹仙說道：「你們瞧，他大汗停了，眼睛也睜開了，是不是我的法子才是眞行？我這股眞氣從中濆而至風市、環跳，在他淵液之間來回，必能治好他的內傷。」桃根仙道：「你還在胡吹大氣呢，前日倘若不用我的法子，以眞氣游走他足厥陰肝經諸經脈，這小子早死定了，那裏還輪得你今日在他淵液之間來回？」桃枝仙道：「不錯，不過大哥的法子縱然將他內傷治好了，他雙足不能行走，總是美中不足，還是我的法子好。這小子的內傷屬於心包絡，須得以眞氣通他腎絡三焦。」桃根仙怒道：「你又沒鑽進過他身子，怎知他的內傷一定屬於心包絡？當眞胡說八道！」三人你一言，我一語，爭執不休。

桃葉仙忽道：「這般以眞氣在他淵液之間來回，我看不大妥當，還是先治他的足少陰腎經爲是。」也不等旁人是否同意，立即伸手按住令狐冲左膝的陰谷穴，一股熱氣從穴道中透了進去。桃幹仙大怒，喝道：「嘿！你又來跟我搗蛋啦。咱們便試一試，到底誰說得對。」當即催動內力，加強眞氣。

令狐冲又想作嘔，又想吐血，心裏連珠價不住叫苦：「糟了，糟了！這六人一片好心，要救我性命，但六兄弟意見不同，各憑己法醫治，我令狐冲這次可眞倒足大霉了。」他想出聲抗辯，叫六仙住手，苦在開口不得。

只聽桃根仙道：「他胸口中掌，受了內傷，自然當以治他手太陰肺經爲主。我用眞氣貫注他中府、尺澤、孔最、列缺、太淵、少商諸穴，最是對症。」桃幹仙道：「大哥，別的事情我佩服你，這以眞氣療傷的本領，卻是你不及我了。這小子全身發高燒，乃陽氣太旺的實症，須得從他手陽明大腸經入手。我決意通他商陽、合谷、手三里、曲池、迎香諸處穴道。」桃枝仙搖頭道：「錯了，錯了，錯之極矣！」桃幹仙怒道：「你知道甚麼？爲甚麼說我錯之極矣？」桃根仙卻十分高興，笑道：「究竟三弟醫理明白，知道是我對，二弟錯了。」桃葉仙道：「二哥固然錯了，大哥卻也沒對。你們瞧，這小子雙眼發直，口唇顫動，偏偏不想說話……」（令狐冲心中暗罵：「我怎地不想說話？給你們用眞氣內力在我身上亂通亂鑽，我怎還說得出話來？」）桃葉仙續道：「……那自然是頭腦發昏，心智胡塗，須得治他足陽明胃經。」（令狐冲暗罵：「你才頭腦發昏，心智胡塗！」）桃葉仙一聲甫畢，令狐冲便覺眼眶下凹陷處的四白穴上一痛，口角旁的地倉穴上一酸，跟著臉頰上大迎、頰車，以及頭上頭維、下關諸穴一陣劇痛，又是一陣酸癢，只攪得他臉上肌肉不住跳動，自是桃葉仙在治他的足陽明胃經。

桃實仙道：「你整來整去，他還是不會說話，我看倒不是他腦子有病，只怕乃舌頭發強，這是裏寒上虛的病症，我用內力來治他的隱白、太白、公孫、商丘、地機諸處穴道，只不過……只不過……倘若治不好，你們可不要怪我。」桃幹仙道：「治不好，人家性命也給你送了，怎可不怪你？」桃實仙道：「但如放手不治，你明知他是舌頭發強，不治他足太陰脾經，豈非見死不救？」桃枝仙道：「倘若治錯了，可糟糕得很了。」

桃花仙道：「治錯了糟糕，治不好也糟糕。咱們治了這許多時候始終治不好，我料得他定是害了心病，須得從手少陰心經著手。可見少海、通里、神門、少衝四個穴道，乃關竅之所在。」桃實仙道：「昨天你說該當治他足少陽膽經，今天卻又說手少陰心經了。少陽是陽氣初盛，少陰是陰氣甫生，一陰一陽，二者截然相反，到底是那一種說法對？」桃花仙道：「由陰生陽，此乃一物之兩面，乃一分為二之意。太極生兩儀，兩儀復合而為太極，可見有時一分為二，有時合二而一，少陽少陰，互為表裏，不能一概而論者也。」

令狐冲暗暗叫苦：「你們在這裏強辭奪理，胡說八道，卻是將我的性命來當兒戲。」

桃根仙道：「試來試去，總是不行，我是決心一意孤行的了。」桃幹仙、桃枝仙等五人齊聲道：「怎麼一意孤行？」桃根仙道：「這顯然是一門奇症，既是奇症，便須從經外奇穴入手。我要以凌虛點穴之法，點他印堂、金律、玉液、魚腰、百勞和十二井穴。」桃幹仙等齊道：「大哥，這個使不得，那可太過凶險。」

只聽得桃根仙大喝：「甚麼使不得？再不動手，這小子性命不保。」令狐冲便覺印堂、金律等諸處穴道之中，便似有一把把利刀戳了進去，痛不可當，到後來已全然分辨不出是何處穴道中劇痛。他張嘴大叫，卻呼喚不出半點聲音。便在此時，一道熱氣從足太陰脾經諸處穴道中急劇流轉，跟著手少陰心經的諸處穴道中也出現熱氣，兩股眞氣相互激盪。過不多時，又有三道熱氣分從不同經絡的各穴道中透入。

令狐冲內心氣苦，身上更難熬無比，此前桃谷六仙在他身上胡亂醫治，他昏迷中懵然不知，那也罷了，此刻苦在神智清醒，於六人的胡鬧卻全然無能爲力。只覺六道眞氣在自己體內亂衝亂撞，肝、膽、腎、肺、心、脾、胃、大腸、小腸、膀胱、心包、三焦、五臟六腑，到處成了六兄弟眞力激盪之所，內功比拚之場。令狐冲怒極，心中大喝：「我此次若得不死，日後定將你這六個狗賊碎屍萬段！」他內心深處自知桃谷六仙純是一片好意，而且這般以眞氣助他療傷，實是大耗內力，若不是有與衆不同的交情，輕易決不施爲，可是此刻經歷如湯如沸、如煎如烤的折磨，痛楚難當，倘若他能張口作聲，天下最惡毒的言語也都罵出來了。

桃谷六仙一面各運眞氣、各憑己意爲令狐冲療傷，一面兀自爭執不休，卻不知這些時日之中，早已將令狐冲體內經脈攪得亂七八糟，全然不成模樣。令狐冲自幼研習華山派上乘內功，修爲雖不深湛，所學卻是名門正宗的內家功夫，根基紮得極厚，幸虧尙有這一點兒底子，才得苟延殘喘，沒給桃谷六仙的胡攪亂治立時送了性命。

桃谷六仙運氣多時，但見令狐冲心跳微弱，呼吸越來越沉，轉眼便要氣絕身亡，都不禁躭心。桃實仙道：「我不幹啦，再幹下去，弄死了他，這小子變成寃鬼，老是纏著我，可不嚇死了我？」手掌便從令狐冲的穴道上移開。桃根仙怒道：「要是這小子死了，第一個就怪你。他變成寃鬼，陰魂不散，總之是纏住了你。」桃實仙大叫一聲，越窗而走。桃幹仙、桃枝仙諸人次第縮手，有的皺眉，有的搖頭，均不知如何是好。

桃葉仙道：「看來這小子不行啦，那怎麼辦？」桃幹仙道：「你們去對小尼姑說，他給那個矮傢伙拍了一掌，抵受不住，因此死了。咱們爲他報仇，已將那矮傢伙撕成了四塊。」桃根仙道：「說不說咱們以眞氣爲他醫傷之事？」桃幹仙道：「這個萬萬說不得！」桃根仙道：「但如小尼姑又問，咱們爲甚麼不設法給他治傷，那便如何？」桃幹仙道：「那咱們只好說，醫是醫過了，只不過醫不好。」桃根仙道：「小尼姑豈不要怪桃谷六仙全無屁用，還不如六條狗子。」桃幹仙大怒，喝道：「小尼姑罵咱們是六條狗子，太也無理！」桃根仙道：「小尼姑又沒罵，是我說的。」桃幹仙怒道：「她既沒罵，你怎麼知道？」桃根仙道：「她說不定會罵的。」桃幹仙道：「也說不定不會罵。你這不是胡說八道麼？」桃根仙道：「這小子一死，小尼姑大大生氣，多半要罵。」桃幹仙道：「我說小尼姑一定放聲大哭，卻不會罵。」桃根仙道：「小尼姑挺可愛的，我寧可她罵咱們是六條狗子，不願見她放聲大哭。」

桃幹仙道：「她也未必會罵咱們是六條狗子。」桃根仙問：「那罵甚麼？」桃幹仙道：「咱們六兄弟像狗子麼？我看一點也不像。說不定罵咱們是六條貓兒。」桃葉仙插嘴：「爲甚麼？難道咱們像貓兒麼？」桃花仙加入戰團：「罵人的話，又不必像。咱們六兄弟是人，小尼姑要是說咱們六個是人，就不是罵了。」桃枝仙道：「她如罵我們六個都是蠢人、壞人，那還是罵。」桃花仙道：「這總比六條狗子好。」桃枝仙道：「如果那六條狗子是聰明狗、能幹狗、威風狗、英雄好狗、武林中的六大高狗呢？到底是人好還是狗好？」

令狐沖奄奄一息的躺在床上，聽得他們如此爭執不休，忍不住好笑，不知如何，一股眞氣上沖，忽然竟能出聲：「六條狗子也比你們好得多！」

桃谷五仙盡皆一愕，還未說話，卻聽得桃實仙在窗外問道：「爲甚麼六條狗子也比我們好？」桃谷五仙齊聲問道：「是啊，爲甚麼六條狗子也比我們好？」

令狐沖只想破口大罵，卻實在半點力氣也無，斷斷續續道：「你……你們送我……送我回華山去，只……只有我師父能救……救我性命……」桃根仙道：「甚麼？只有你師父能救你性命？難道桃谷六仙便救你不得？」令狐沖點了點頭，張大了口，再也說不出話來。

桃葉仙怒道：「豈有此理？你師父有甚麼了不起？難道比我們桃谷六仙還要厲害？」桃花仙道：「哼，叫他師父來跟我們比拚比拚！」桃幹仙道：「咱們四人抓住他師父的兩隻手，兩隻腳，喀的一聲，撕成他四塊。」桃實仙跳進房來，說道：「連華山上所有男男女女，一個個都撕成了四塊。」桃花仙道：「連華山上的狗子貓兒、豬羊雞鴨、烏龜魚蝦，一隻隻都抓住四肢，撕成四塊。」

桃枝仙道：「魚蝦有甚麼四肢？怎麼抓住四肢？」桃花仙一愕，道：「抓其頭尾，上下魚鰭，不就成了？」桃枝仙道：「魚頭就不是魚的四肢。」桃花仙道：「那有甚麼干係？不是四肢就不是四肢。」桃枝仙道：「當然大有干係，既然不是四肢，那就證明你第一句話說錯了。」桃花仙明知給他抓住了痛腳，兀自強辯：「甚麼我第一句話說錯了？」桃枝仙道：「你說，『連華山上的狗子貓兒、豬羊雞鴨、烏龜魚蝦，一隻隻都抓住四肢，撕成四塊。』你沒說過嗎？」桃花仙道：「我說過的。可是這句話，卻不是我的第一句話。今天我已說過幾千幾百句話，怎麼你說我這句話是第一句話？如果從我出娘胎算起，我不知說過幾萬萬句了，這更加不是第一句話。」桃枝仙張口結舌，說不出話來。

桃幹仙道：「你說烏龜？」桃花仙道：「不錯，烏龜有前腿後腿，自然有四肢。」桃幹仙道：「但咱們分抓烏龜的前腿後腿，四下一拉，怎麼能將之撕成四塊？」桃花仙道：「爲甚麼不能？烏龜有甚麼本事，能擋得住咱們四兄弟的一撕？」桃幹仙道：「將烏龜的身子撕成四塊，那是容易，可是牠那張硬殼呢？你怎麼能抓住烏龜的四肢，連硬殼也撕成四塊？倘若不撕硬殼，那就成爲五塊，不是四塊。」桃花仙道：「硬殼是一張，不是一塊，你說五塊，那就錯了。」桃根仙道：「烏龜殼背上共有十三塊格子，說四塊是錯，說五塊也錯。」

桃幹仙道：「我說的是撕成五塊，又不是說烏龜背上的格子共有五塊。你怎地如此纏夾不清？」桃根仙道：「你只將烏龜的身子撕成四塊，卻沒撕及烏龜的硬殼，只能說『撕成四塊，再加一張撕不開的硬殼』，所以你說『撕成五塊』云云，大有語病。不但大有語病，而且根本錯了。」桃葉仙道：「大哥，你這可又不對了。大有語病，就不是根本錯了。根本錯了，就不是大有語病。這兩者截然不同，豈可混爲一談？」

令狐冲聽他們刺刺不休的爭辯，若不是自己生死懸於一線，當眞要大笑一場，這些人言行可笑已極，自己卻越聽越煩惱。但轉念一想，這一下居然與這六個天地間從所未有的怪人相遇，也算是難得之奇，造化弄人，竟有這等滑稽之作，而自己躬逢其盛，人生於世，也算不枉了，眞當浮一大白。言念及此，不禁豪興大發，叫道：「我……我要喝酒！」

桃谷六仙一聽，立時臉現喜色，都道：「好極，好極！他要喝酒，那就死不了。」

令狐冲呻吟道：「死得了也……也好……死……死不了也好。總之先……先喝……喝個痛快再說。」

桃枝仙道：「是，是！我去打酒來。」過不多時，便提了一大壺酒進房。

令狐冲聞到酒香，精神大振，道：「你餵我喝。」桃枝仙將酒壺嘴插在他口中，慢慢將酒倒入。令狐冲將一壺酒喝得乾乾淨淨，腦子更加機靈了，說道：「我師父……平時常說：天下……大英雄，最厲害的是桃……桃……桃……」桃谷六仙心癢難搔，齊問：「天下大英雄最厲害的是桃甚麼？」令狐冲道：「是……是桃……桃……桃……」

六仙齊聲道：「桃谷六仙！」令狐冲道：「正是。我師父又說，他恨不得和桃谷六仙一同喝幾杯酒，交個朋友，再請他六位……六位大……大……」桃谷六仙齊聲道：「六位大英雄！」令狐冲道：「是啊，再請他六位大英雄在衆弟子之前大獻身手，施展……施展絕技……」

桃谷六仙你一言，我一語：「那便如何？」「你師父怎知我們本事高強？」「華山派掌門是個大大的好人哪，咱們可不能動華山的一草一木。」「那個自然，誰要動了華山的一草一木，決不能和他干休。」「我們很願意跟你師父交個朋友，這就上華山去罷！」

令狐冲當即接口：「對，這就上華山去罷！」

桃谷六仙立即抬起令狐冲動身。走了半天，桃根仙突然叫道：「啊喲，不對！小尼姑要咱們帶這小子去見她，怎麼帶他去華山？不帶這小子去見小尼姑，咱們豈不是又……又……又那個贏了一場？連贏兩場，不大好意思罷？」桃幹仙道：「這一次大哥說對了，咱們還是帶他先見了小尼姑，再上華山，免得又多贏一場。」六人轉過身來，又向南行。

令狐冲大急，問道：「小尼姑要見的是活人呢，還是死人？」

桃根仙道：「當然要見活小子，不要見死小子。」令狐冲道：「你們不送我上華山，我立即自絕經脈，再也不活了。」桃實仙喜道：「好啊，自絕經脈的高深內功如何練法，正要請教。」桃幹仙道：「你一練成這功夫，自己登時就死了，那有甚麼練頭？」令狐冲氣喘吁吁的道：「那也是有用的，若是爲人……爲人脅迫，生不如死，苦惱不堪，還不如自絕經脈來得……來得痛快。」

桃谷六仙一齊臉色大變，道：「小尼姑要見你，決無惡意。咱們也不是脅迫於你。」令狐冲嘆道：「六位雖是一片好心，但我不稟明師父，得到他老人家的允可，那是寧死也不從命。再說，我師父、師娘一直想見見六位……六位……當世……當世……無敵的……大……大……大……」桃谷六仙齊聲道：「大英雄！」令狐冲點了點頭。

桃根仙道：「好！咱們送你回華山一趟便是。」

幾個時辰之後，一行七人又上了華山。

華山弟子見到七人，飛奔回去報知岳不羣。岳氏夫婦聽說這六個怪人擄了令狐冲後去而復回，不禁一驚，當即率領羣弟子迎了出來。桃谷六仙來得好快，岳氏夫婦剛出正氣堂，便見這六人已從青石路上走來。其中二人抬著一個擔架，令狐冲躺在架上。

岳夫人忙搶過去察看，只見令狐冲雙頰深陷，臉色蠟黃，伸手搭他脈搏，更覺脈象散亂，性命便在呼吸之間，驚叫：「冲兒，冲兒！」令狐冲睜開眼來，低聲道：「師……師……師娘！」岳夫人眼淚盈眶，道：「冲兒，師娘與你報仇。」唰的一聲，長劍出鞘，便欲向抬著擔架的桃花仙刺去。

岳不羣叫道：「且慢！」拱手向桃谷六仙說道：「六位大駕光臨華山，不曾遠迎，還乞恕罪。不知六位尊姓大名，是何門派。」

桃谷六仙一聽，登時大爲氣惱，又大爲失望。他們聽了令狐冲的言語，只道岳不羣眞的對他六兄弟十分仰慕，那知他一出口便詢問姓名，顯然對桃谷六仙一無所知。桃根仙道：「聽說你對我們六兄弟十分欽仰，難道並無其事？如此孤陋寡聞，太也豈有此理！」桃幹仙道：「你曾說天下大英雄中，最厲害的便是桃谷六仙。啊哈，是了！定是你久仰桃谷六仙大名，如雷貫耳，卻不知我們便是桃谷六仙，倒也怪不得。」桃枝仙道：「二哥，他說恨不得和桃谷六仙一同喝幾杯酒，交個朋友。此刻咱六兄弟上得山來，他卻既不顯得歡天喜地，又不像想請咱們喝酒，原來是徒聞六仙之名，卻不識六仙之面。哈哈！好笑啊好笑！」

岳不羣只聽得莫名其妙，冷冷的道：「各位自稱桃谷六仙，岳某凡夫俗子，沒敢和六位仙人結交。」

桃谷六仙登時臉現喜色。桃枝仙道：「那也無所謂。我們六仙和你徒弟是朋友，跟你交個朋友那也不妨。」桃實仙道：「你武功雖然低微，我們也不會看你不起，你放心好啦。」桃花仙道：「你武藝上有甚麼不明白的，儘管問好了，我們自會點撥於你。」

岳不羣淡淡一笑，說道：「這個多謝了。」

桃幹仙道：「多謝是不必的。我們桃谷六仙既然當你是朋友，自然是知無不言，言無不盡。」桃實仙道：「我這就施展幾手，讓你們華山派上下，大家一齊大開眼界如何？」

岳夫人自不知這六人天眞爛漫，不明世務，這些話純是一片好意，但聽他們言語放肆，早就憤怒之極，這時再也忍耐不住，長劍一起，劍尖指向桃實仙胸口，叱道：「好，我來領教你兵刃上的功夫。」桃實仙笑道：「桃谷六仙跟人動手，極少使用兵刃，你既說仰慕我們的武功，此節如何不知？」

岳夫人只道他這句話又是辱人之言，道：「我便是不知！」長劍陡地刺出。這一劍出手既快，劍上氣勢亦凌厲無比。桃實仙對她沒半分敵意，全沒料到她說刺便刺，劍尖在瞬息之間已刺到了他胸口，他如要抵禦，以他武功，原也來得及，只是他膽子實在太小，霎時間目瞪口呆，只嚇得動彈不得，噗的一聲，長劍透胸而入。

桃枝仙急搶而上，一掌擊在岳夫人肩頭。岳夫人身子一晃，退後兩步，脫手鬆劍，那長劍插在桃實仙胸中，兀自搖晃。桃根仙等五人齊聲大呼。桃枝仙抱起桃實仙，急忙退開。餘下四仙倏地搶上，迅速無倫的抓住了岳夫人雙手雙足，提了起來。

岳不羣知道這四人跟著便是往四下一分，將岳夫人的身子撕成四塊，饒是他臨事鎮定，當此情景之下，長劍向桃根仙和桃葉仙分刺之時，手腕竟也發顫。

令狐冲身在擔架，眼見師娘處境凶險無比，急躍而起，大叫：「不得傷我師娘，否則我便自絕經脈！」這兩句話一叫出，口中鮮血狂噴，立時暈去。

桃根仙避開了岳不羣的一劍，叫道：「小子要自絕經脈，這可使不得，饒了婆娘！」四仙放下岳夫人，牽掛著桃實仙的性命，追趕桃枝仙和桃實仙而去。

岳不羣和岳靈珊同時趕到岳夫人身邊，待要伸手相扶，岳夫人已一躍而起，驚怒交集之下，臉上更沒半點血色，身子不住發顫。岳不羣低聲道：「師妹不須惱怒，咱們定當報仇。這六人大是勁敵，幸好你已殺了其中一人。」

岳夫人想起當日成不憂給這桃谷六仙分屍的情景，一顆心反跳得更加厲害了，顫聲道：「這……這……這……」身子發抖，竟爾說不出話來。

岳不羣知妻子受驚著實不小，對女兒道：「珊兒，你陪媽媽進房去休息。」再去看令狐冲時，只見他臉上胸前全是鮮血，呼吸低微，已是出氣多、入氣少，眼見難活了。

岳不羣伸手按住他後心靈台穴，欲以深厚內力爲他續命，甫一運氣，突覺他體內幾股詭奇之極的內力反擊出來，險些將自己手掌震開，不禁大爲駭異，隨即又發覺，這幾股古怪內力在令狐冲體內竟也自行互相撞擊，衝突不休。

再伸掌按到令狐冲胸口膻中穴上，掌心又劇烈一震，竟帶得自己胸口隱隱生疼，這一下岳不羣驚駭更甚，但覺令狐冲體內這幾股眞氣逆衝斜行，顯是旁門中十分高明的內功。每一股眞氣雖較自己的紫霞神功略遜，但只須兩股合而爲一，或是分進合擊，自己便抵擋不住，再仔細辨認，察覺他體內眞氣共分六道，每一道都甚爲怪誕。岳不羣不敢多按，撤掌尋思：「這眞氣共分六道，自是那六個怪人注入冲兒體內的了。這六怪用心險惡，竟將各人內力分注六道經脈，要冲兒吃盡苦頭，求生不得，求死不能。」皺眉搖了搖頭，命高根明和陸大有將令狐冲抬入內室，自去探視妻子。

岳夫人受驚不小，坐在床沿握住女兒之手，兀自臉色慘白，怔忡不安，一見岳不羣，便問：「冲兒怎樣？傷勢有礙嗎？」岳不羣將他體內有六道旁門眞氣互鬥的情形說了。岳夫人道：「須得將這六道旁門眞氣一一化去才是，只不知還來得及嗎？」岳不羣抬頭沉吟，過了良久，道：「師妹，你說這六怪如此折磨冲兒，是甚麼用意？」

岳夫人道：「想是他們要冲兒屈膝認輸，又或是逼問我派的甚麼機密。冲兒當然寧死不屈，這六個醜八怪便以酷刑相加。」岳不羣點頭道：「照說該是如此。可是我派並沒甚麼機密，這六怪和咱夫婦也素不相識。他們擒了冲兒而去，又再回來，爲了甚麼？」岳夫人道：「只怕是……」隨即覺得自己的想法難以自圓其說，搖頭道：「不對的。」

夫婦倆相視不語，各自皺起眉頭思索。

岳靈珊插嘴道：「我派雖沒隱秘，但華山武功天下知名。這六個怪人擒住了大師哥，或許是逼問我派氣功和劍法的精要。」岳不羣道：「此節我也曾想過，但冲兒內力修爲，並不高明，這六怪內功甚深，一試便知。至於外功，六怪武功的路子和華山劍法沒絲毫共通之處，更不會由此而大費周章的來加逼問。再說，若要逼問，就該遠離華山，慢慢施刑相迫，爲甚麼又帶他回山？」岳夫人聽他語氣越來越肯定，和他多年夫婦，知他已解開疑團，便問：「那到底是甚麼緣故？」

岳不羣臉色鄭重，緩緩的道：「借沖兒之傷，耗我內力。」

岳夫人跳起身來，說道：「不錯！你爲了要救沖兒之命，勢必以內力替他化去這六道眞氣，待得大功將成之際，這六個醜八怪突然現身，以逸待勞，便能制咱們的死命。」頓了一頓，又道：「幸好現下只賸五怪了。師哥，適才他們明明已將我擒住，何以聽得沖兒一喝，便又放了我？」想到先前的險事，兀自心有餘悸，不由得語音發顫。

岳不羣道：「我便是由這件事而想到的。你殺了他們一人，那是何等的深仇大恨？但他們竟怕沖兒自絕經脈，便即放你。你想，若不是其中含有重大圖謀，這六怪又何愛於沖兒的一條性命？」

岳夫人喃喃的道：「陰險之極！毒辣之極！」尋思：「這四個怪物撕裂成不憂，下手之狠，武林中罕見罕聞，這兩天想起來便心中怦怦亂跳。他們這麼一擾，封不平要奪掌門之位的事是擱下了，隨同陸柏等掃興下山，這六怪倒爲華山派暫時擋去了一樁麻煩，那想到他們又上華山來生事挑釁。師哥所料，必是如此。」說道：「你不能以內力給沖兒療傷。我內力雖遠不如你，但盼能暫且助他保住性命。」說著便走向房門。

岳不羣叫道：「師妹！」岳夫人回過頭來。岳不羣搖頭道：「不行的，沒用。這六怪的旁門眞氣甚是了得。」岳夫人道：「只有你的紫霞功才能消解，是不是？那怎麼辦？」岳不羣道：「眼下只有見一步，行一步，先給沖兒吊住一口氣再說，那也不用耗費多少內力。」

三人走進令狐冲躺臥的房中。岳夫人見他氣若游絲，忍不住掉下眼淚來，伸手欲去搭他脈搏。岳不羣伸出手去，握住了岳夫人的手掌，搖了搖頭，再放開她手，以雙掌抵住令狐冲雙掌掌心，將內力緩緩送將過去。內力與令狐冲體內的眞氣一碰，岳不羣全身劇震，臉上紫氣大盛，退開了一步。

令狐冲忽然開口說話：「林……林師弟呢？」岳靈珊奇道：「你找小林子幹麼？」令狐冲雙目仍然緊閉，道：「他父親……臨死之時，有句話要我轉……轉告他。我……我一直沒時候跟他說……我是不成的了，快……快找他來。」岳靈珊眼中淚水滾來滾去，掩面奔出。

華山派羣弟子都守在門外。林平之一聽岳靈珊傳言，當即進房走到令狐冲榻前，說道：「大師哥，你保重身子。」令狐冲道：「是……是林師弟麼？」林平之道：「正是小弟。」令狐冲道：「令……令尊逝世之時，我在他……他身邊，要我跟……跟你說……說……」說到這裏，聲息漸微。各人屏住呼吸，房中更無半點聲音。過了好一會，令狐冲緩過一口氣來，說道：「他說福州向陽……向陽巷……老宅……老宅中的物事，要……要你好好照看。不過……不過千萬不可翻……翻看，否則……否則禍患無窮……」

林平之奇道：「向陽巷老宅？那邊早就沒人住了，沒甚麼要緊物事的。爹叫我不可翻看甚麼東西？」

令狐冲道：「我不知道。你爹爹……就是這麼兩句話……這麼兩句話……要我轉告你，別的話沒有了……他們就……就死了……」聲音又低了下去。

四人等了半晌，令狐冲始終不再說話。岳不羣嘆了口氣，向林平之和岳靈珊道：「你們陪著大師哥，他傷勢倘若有變，立即來跟我說。」林岳二人答應了。

岳不羣夫婦回入自己房中，想起令狐冲傷勢難治，都心下黯然。過了一會，岳夫人兩道淚水，從臉頰上緩緩流下。

岳不羣道：「你不用難過。冲兒之仇，咱們非報不可。」岳夫人道：「這六怪既伏下了這條毒計，定然去而復來，咱們倘若硬拚，未必便輸……」岳不羣搖頭道：「『未必便輸』四字，談何容易？以我夫婦敵他三人，最多不過打個平手，敵他四人，多半要輸。他五人齊上……」說著緩緩搖頭。

岳夫人本來也知自己夫婦並非這五怪敵手，但知丈夫近年來練成紫霞神功後功力大進，總還存著個僥倖之心，這時聽他如此說，登時大爲焦急，道：「那……那怎麼辦？難道咱們便束手待斃不成？」岳不羣道：「你可別喪氣，大丈夫能屈能伸，勝負之數，並非決於一時，君子報仇，十年未晚。」岳夫人道：「你說咱們逃走？」

岳不羣道：「不是逃走，是暫時避上一避。敵衆我寡，咱夫婦只有二人，如何敵得過他們五人聯手？何況你已殺了一怪，咱們其實已佔上風，暫且避開，並不墮了華山派威名。再說，只要咱們誰也不說，外人也未必知道此事。」

岳夫人哽咽道：「我雖殺了一怪，但冲兒性命難保，也只……也只扯了個直。冲兒……」頓了一頓，說道：「就依你的話，咱們帶了冲兒一同走，慢慢設法爲他治傷。」

岳不羣沉吟不語。岳夫人急道：「你說不能帶了冲兒一起走？」岳不羣道：「冲兒傷勢極重，帶了他趲程急行，不到半個時辰便送了他性命。」岳夫人道：「那……那怎麼辦？當眞沒法子救他了麼？」岳不羣嘆道：「唉，那日我已決意傳他紫霞神功，豈知他竟會胡思亂想，誤入劍宗的魔道。當時他如習了這部秘笈，就算只練得一二頁，此刻也已能自行調氣療傷，不致爲這六道旁門眞氣所困了。」

岳夫人立即站起，說道：「事不宜遲，你立即去將紫霞神功傳他，就算他在重傷之下，無法全然領悟，總也勝於不練。要不然，將紫霞秘笈留給他，讓他照書修習。」

岳不羣拉住她手，柔聲道：「師妹，我愛惜冲兒，和你毫無分別。可是你想，他此刻傷得這般厲害，又怎能聽我傳授口訣和練功的法門？我如將紫霞秘笈交了給他，讓他神智稍清時照書自練，這五個怪物轉眼便找上山來，冲兒無力自衛，咱華山派這部鎭山之寶的內功秘笈，豈不一轉手便落入五怪手中？這些旁門左道之徒，得了我派的正宗內功心法，如虎添翼，爲禍天下，再也不可復制，我岳不羣可眞成爲千古罪人了。」

岳夫人心想丈夫之言甚是有理，不禁怔怔的又流下淚來。

岳不羣道：「這五個怪物行事飄忽，人所難測，事不宜遲，咱們立即動身。」

岳夫人道：「咱們難道將冲兒留在這裏，任由這五個怪人折磨？我留下保護他。」此言一出，立知那是一時衝動的尋常婦人之見，與自己「華山女俠」的身分殊不相稱，自己留下，徒然多送一人性命，又怎保護得了令狐冲？何況自己倘若留下，丈夫與女兒又怎肯自行下山？又著急，又傷心，不禁淚如泉湧。

岳不羣搖了搖頭，長嘆一聲，翻開枕頭，取出一隻扁扁的鐵盒，打開鐵盒蓋，取出一本錦面冊子，將冊子往懷中一揣，推門而出。

只見岳靈珊便就在門外，說道：「爹爹，大師哥似乎……似乎不成了。」岳不羣驚道：「怎麼？」岳靈珊道：「他口中胡言亂語，神智越來越不清了。」岳不羣問道：「他胡言亂語些甚麼？」岳靈珊臉上一紅，道：「我也不明白他胡言亂語些甚麼？」

原來令狐冲體內受桃谷六仙六道眞氣的交攻煎逼，迷迷糊糊中見岳靈珊站在眼前，衝口而出的便道：「小師妹，我……我想得你好苦！你是不是愛上了林師弟，再也不理我了？」岳靈珊萬不料他竟會當著林平之的面問出這句話來，不由得雙頰飛紅，忸怩之極，只聽令狐冲又道：「小師妹，我和你自幼一塊兒長大，一同遊玩，一同練劍，我……我實在不知甚麼地方得罪了你，你惱了我，要打我罵我，便是……便是用劍在我身上刺幾個窟窿，我也沒半句怨言。只是你對我別這麼冷淡，不理睬我……」這一番話，幾個月來在他心中不知已翻來覆去的想了多少遍，若在神智清醒之時，縱然只和岳靈珊一人獨處，也決計不敢說出口。此時全無自制之力，盡數吐露了心底言語。

林平之甚是尷尬，低聲道：「我出去一會兒。」

岳靈珊道：「不，不！你在這裏瞧著大師哥。」奪門而出，奔到父母房外，正聽到父母談論以「紫霞神功」療傷之事，不敢衝進去打斷了父母話頭，便候在門外。

岳不羣道：「你傳我號令，大家在正氣堂上聚集。」岳靈珊應道：「是，大師哥呢？誰照料他？」岳不羣道：「你叫大有照料。」岳靈珊應了，即去傳令。

片刻之間，華山羣弟子都已在正氣堂上按序站立。

岳不羣在居中的交椅上坐下，岳夫人坐在側位。岳不羣一瞥，見羣弟子除令狐冲、陸大有二人外，均已到齊，便道：「我派上代前輩之中，有些人練功時誤入歧途，一味勤練劍法，忽略了氣功。殊不知天下上乘武功，無不以氣功爲根基，倘若氣功練不到家，劍法再精，終究不能登峯造極。可嘆這些前輩們執迷不悟，自行其是，居然自成一宗，稱爲華山劍宗，而指我正宗功夫爲華山氣宗。氣宗和劍宗之爭，綿延數十年，大大阻撓了我派的發揚光大，實堪浩嘆。」他說到這裏，長長嘆了口氣。

岳夫人心道：「那五個怪人轉眼便到，你卻在這裏慢條斯理的述說舊事。」向丈夫橫了一眼，卻不敢插嘴，順眼又向廳上「正氣堂」三字匾額瞧了一眼，心想：「我當年初入華山派練劍，這堂上的匾額是『劍氣冲霄』四個大字。現下改作了『正氣堂』，原來那塊匾可不知給丟到那裏去了。唉，那時我還是個十三歲的小丫頭，如今……」

岳不羣道：「但正邪是非，最終必然分明。二十五年前，劍宗一敗塗地，退出了華山一派，由你們師祖執掌門戶，再傳到爲師手裏。不料前數日竟有本派的棄徒封不平、成不憂等人，不知使了甚麼手段，竟騙信了五嶽劍派的盟主左盟主，手持令旗，來奪華山掌門之位。爲師接任我派掌門多年，俗務紛紜，五派聚會，更是口舌甚多，早想退位讓賢，以便靜下心來，精研我派上乘氣功心法，有人肯代我之勞，原也求之不得。」說到這裏，頓了一頓。

高根明道：「師父，劍宗封不平這些棄徒早已入了魔道，跟魔教教徒不相上下。他們便要再入我門，也必萬萬不許，怎能任由他們痴心妄想的來接掌本派門戶？」勞德諾、梁發、施戴子等都道：「決不容這些大膽狂徒的陰謀得逞。」

岳不羣見衆弟子羣情激昂，微微一笑，道：「我做不做掌門，小事一件。只是劍宗的左道之士倘若統率了我派，華山一派數百年來博大精純的武學毀於一旦，咱們死後有何面目去見本派的列代先輩？而華山派的名頭，從此也將在江湖上為人所不齒了。」

勞德諾等齊道：「是啊，是啊！那怎麼成？」

岳不羣道：「單是封不平等這幾個劍宗棄徒，那也殊不足慮，但他們既請到了五嶽劍派的令旗，又勾結了嵩山、泰山、衡山各派的人物，倒也不可小覷了。因此上……」他目光向衆弟子一掃，說道：「咱們即日動身，上嵩山去見左盟主，跟他評一評理。」

衆弟子都是一凜。嵩山派乃五嶽劍派之首，嵩山掌門左冷禪更是當今武林中了不起的人物，武功固出神入化，為人尤富智計，機變百出，江湖上一提到「左盟主」三字，無不惕然。武林中說到評理，可並非單是「評」一「評」就算了事，一言不合，往往繼之以動武。衆弟子均想：「師父武功雖高，未必是左盟主對手，何況嵩山派左盟主的師弟共有十餘人，武林中號稱『嵩山十三太保』，大嵩陽手費彬雖然失蹤，也還剩下一十二人。這一十二人無一不是武功卓絕的高手，決非華山派的第二代弟子所能對敵。咱們貿然上嵩山去生事，豈非太也鹵莽？」羣弟子雖這麼想，但誰也不敢開口說話。

岳夫人一聽丈夫之言，立時暗暗叫好，心想：「師哥此計大妙，咱們為了逃避桃谷五怪，捨卻華山根本之地而遠走他方，江湖上日後必知此事，咱華山派顏面何存？但若上嵩山評理，旁人得知，反欽佩咱們的膽識了。左盟主並非蠻不講理之人，上得嵩山，未必便須拚死，儘有迴旋餘地。」當即說道：「正是。封不平他們持了五嶽劍派的令旗，上華山來囉唣，焉知這令旗不是偷來的盜來的？就算令旗眞是左盟主所頒，咱們華山派自身門戶之事，他嵩山派也管不著。嵩山派雖人多勢衆，左盟主武功蓋世，咱們華山派卻也寧死不屈。那一個膽小怕死，就留在這裏好了。」

羣弟子誰肯自承膽小怕死，都道：「師父師娘有命，弟子赴湯蹈火，在所不辭。」

岳夫人道：「如此甚好，事不宜遲，大夥兒收拾收拾，半個時辰之內，立即下山。」

當下她又去探視令狐冲，見他氣息奄奄，命在頃刻，心下甚爲悲痛，但桃谷五怪隨時都會重來，決不能爲了令狐冲一人而令華山一派盡數覆滅，當即命陸大有將令狐冲移入後進小舍之中，好生照料，說道：「大有，我們爲了本派百年大計，要上嵩山去向左盟主評理，此行大是凶險，只盼在你師父主持之下，得以伸張正義，平安而歸。冲兒傷勢甚重，你好生照看。若有外敵來侵，你們儘量忍辱避讓，不必枉自送了性命。」陸大有含淚答應。

陸大有在山口送了師父、師娘和一衆師兄弟下山，棲棲遑遑的回到令狐冲躺臥的小舍，偌大一個華山絕頂，此刻只賸下一個昏沉沉的大師哥，孤另另的一個自己，眼見暮色漸深，不由得心生驚懼。

他到廚下去煮了一鍋粥，盛了一碗，扶起令狐冲來喝了兩口。喝到第三口時，令狐冲將粥噴了出來，白粥變成了粉紅之色，卻是連腹中鮮血也噴出來了。陸大有甚是惶恐，扶著他重行睡倒，放下粥碗，望著窗外黑沉沉的天空便只發呆，也不知過了多少時候，但聽得遠處傳來幾下貓頭鷹的夜啼，心下恐懼更甚。

忽聽得上山的路上，傳來一陣輕輕的腳步聲，陸大有忙吹熄燈火，拔出長劍，守在令狐冲床頭。腳步聲漸近，竟是直奔這小舍而來，陸大有嚇得一顆心幾乎要從脖子中跳將出來，暗道：「敵人竟知大師哥在此養傷，那可糟糕之極，我怎生護得大師哥周全？」

忽聽得一個女子聲音低聲叫道：「六猴兒，你在屋裏嗎？」竟是岳靈珊的口音。

陸大有大喜，忙道：「是小師妹麼？我……我在這裏。」忙晃火摺點亮了油燈，興奮之下，竟將燈盞中的燈油潑了一手。

岳靈珊推門進來，道：「大師哥怎麼了？」陸大有道：「又吐了好多血。」

岳靈珊走到床邊，伸手摸了摸令狐冲的額頭，只覺著手火燙，皺眉問道：「怎麼又吐血了？」令狐冲突然說道：「小……小師妹，是你？」岳靈珊道：「是，大師哥，你身上覺得怎樣？」令狐冲道：「也……也沒……怎麼樣。」

岳靈珊從懷內取出一個布包，低聲道：「大師哥，這是《紫霞秘笈》，爹爹說道……」令狐冲道：「紫霞秘笈？」岳靈珊道：「正是，爹爹說，你身上中了旁門高手的內力，須得以本派至高無上的內功心法來予以化解。六猴兒，你一個字一個字的讀給大師哥聽，你自己可不許練，否則給爹爹知道了，哼哼，你自己知道會有甚麼後果。」

陸大有大喜，忙道：「我是甚麼胚子，怎敢偷練本門至高無上的內功心法？小師妹儘管放心好啦。恩師爲了救大師哥之命，不惜破例以秘笈相授，大師哥這可有救了。」

岳靈珊低聲道：「這事你對誰也不許說。這部秘笈，我是從爹爹那裏偷出來的。」陸大有驚道：「你偷師父……師父的內功秘笈？他老人家發覺了那怎麼辦？」岳靈珊道：「甚麼怎麼辦？難道還能將我殺了？至多不過罵我幾場，打我一頓。倘若由此救了大師哥，爹爹媽媽一定歡喜，甚麼也不計較了。」陸大有道：「是，是！眼前是救命要緊。」

令狐冲忽道：「小師妹，你帶回去，還……還給師父。」

岳靈珊奇道：「爲甚麼？我好不容易偷到秘笈，黑夜裏幾十里山道趕了回來，你爲甚麼不要？這又不是偷學功夫，這是救命啊。」陸大有也道：「是啊，大師哥，你也不用練全，練到把六怪的邪氣化除了，便將秘笈繳還給師父，那時師父多半便會將秘笈傳你。你是我派掌門大弟子，這部紫霞秘笈不傳你，又傳誰了？只不過是遲早之分，打甚麼緊？」

令狐冲道：「我……我寧死不違師命。師父說過的，我不能……不能學練這紫霞神功。小……小師妹……」一口氣接不上來，又暈了過去。

岳靈珊探他鼻下，雖然呼吸微弱，仍有氣息，嘆了口氣，向陸大有道：「我趕著回去，要是天光時回不到廟裏，爹爹媽媽可要急死了。你勸勸大師哥，要他無論如何得聽我的話，修習這部紫霞秘笈。別……別辜負了我……」說到這裏，臉上一紅，道：「我這一夜奔波的辛苦。」

陸大有道：「我一定勸他。小師妹，師父他們住在那裏？」岳靈珊道：「我們今晚在白馬廟住。」陸大有道：「嗯，白馬廟離這兒是三十里的山道，小師妹，這來回六十里的黑夜奔波，大師哥永不會忘記。」岳靈珊眼眶一紅，哽咽道：「我只盼他能復元，那就好了。這件事他記不記得，有甚麼相干？」說著雙手捧了《紫霞秘笈》，放在令狐冲床頭，向他凝視片刻，奔了出去。

又隔了一個多時辰，令狐冲這才醒轉，眼沒睜開，便叫：「小……師妹，小師妹。」陸大有道：「小師妹已經走了。」令狐冲大叫：「走了？」突然坐起，一把抓住了陸大有胸口。陸大有嚇了一跳，道：「是，小師妹下山去了，她說，要是不能在天光之前回去，怕師父師娘躭心。大師哥，你躺下歇歇。」令狐冲對他的話聽而不聞，說道：「她……她走了，她和林師弟一起去了？」陸大有道：「她是和師父師娘在一起。」

令狐冲雙眼發直，臉上肌肉抽搐。陸大有低聲道：「大師哥，小師妹對你關心得很，半夜三更從白馬廟回山來，她一個小姑娘家，來回奔波六十里，對你這番情義可重得緊哪。她臨去時千叮萬囑，要你無論如何，須得修習這部紫霞秘笈，別辜負了她……她對你的一番心意。」令狐冲道：「她這樣說了？」陸大有道：「是啊，難道我還敢向你說謊？」

令狐冲再也支持不住，仰後便倒，砰的一聲，後腦重重撞在炕上，卻也不覺疼痛。

陸大有又嚇了一跳，道：「大師哥，我讀給你聽。」拿起那部《紫霞秘笈》，翻開第一頁來，讀道：「天下武功，以練氣爲正。浩然正氣，原爲天授，惟常人不善培養，反以性伐氣。武夫之患，在性暴、性驕、性酷、性賊。暴則神擾而氣亂，驕則眞離而氣浮，酷則仁喪而氣失，賊則心狠而氣促。此四事者，皆爲截氣之刀鋸……」

令狐冲道：「你在讀些甚麼？」陸大有道：「那是紫霞秘笈的第一章。下面寫著：

……」他繼續讀道：「舍爾四性，返諸柔善，制汝暴酷，養汝正氣。鳴天鼓，飲玉漿，蕩華池，叩金梁，據而行之，當有小成。」

令狐冲怒道：「這是我派不傳之秘，你胡亂誦讀，大犯門規，快快收起。」陸大有道：「大師哥，大丈夫事急之際，須當從權，豈可拘泥小節？眼前咱們是救命要緊。我再讀給你聽。」他接著讀下去，便是上乘氣功練法的詳情，如何「鳴天鼓，飲玉漿」，又如何「蕩華池，叩金梁」。令狐冲大聲喝道：「住口！」

陸大有一呆，抬起頭來，道：「大師哥，你……你怎麼了？甚麼地方不舒服？」令狐冲怒道：「我聽著你讀師父的……內功秘笈，周身都不舒服。你要叫我成爲一個……不忠不義之徒，是不是？」陸大有愕然道：「不，不，那怎麼會不忠不義？」令狐冲道：「這部紫霞秘笈，當日師父曾攜到思過崖上，想要傳我，但發覺我練功的路子固然不合，資質……資質也不對，這才改變了主意……主意……」說到這裏，氣喘吁吁，很是辛苦。陸大有道：「這一次卻是爲了救命，又不是偷練武功，那……那是全然不同的。」令狐冲道：「咱們做弟子的，是自己性命要緊，還是師父的旨意要緊？」陸大有道：「師父師娘要你活著，那是最最要緊的事了，何況……何況，小師妹黑夜奔波，這一番情意，你如何可以辜負了？」

令狐冲胸口一酸，淚水便欲奪眶而出，說道：「正因爲是她……是她拿來給我的……我令狐冲堂堂丈夫，豈受人憐？」他這一句話一出口，不由得全身一震，心道：「我令狐冲向來不是拘泥不化之人，爲了救命，練一練師門內功又打甚麼緊？原來我不肯練這紫霞神功，是爲了跟小師妹賭氣，原來我內心深處，是在怨恨小師妹和林師弟相好，對我冷淡。令狐冲啊令狐冲，你如何這等小氣？」但想到岳靈珊一到天明，便和林平之會合，遠去嵩山，一路上並肩而行，途中不知將說多少言語，不知將唱多少山歌，胸中酸楚，眼淚終於流了下來。

陸大有道：「大師哥，你這可是想左了，小師妹和你自幼一起長大，你們……你們便如是親兄妹一般。」令狐冲心道：「我便不要和她如親兄妹一般。」只是這句話難以出口，卻聽陸大有續道：「我再讀下去，你慢慢聽著，一時記不住，我便多讀幾遍。天下武功，以練氣爲正。浩然正氣，原爲天授……」令狐冲厲聲道：「不許讀！」

陸大有道：「是，是，大師哥，爲了盼你迅速痊愈，今日小弟只好不聽你的話了。違背師令的罪責，全由我一人承當。你說甚麼也不肯聽，我陸大有卻偏偏說甚麼也要讀。這部紫霞秘笈，你一根手指頭都沒碰過，秘笈上所錄的心法，你一個字也沒瞧過，你有甚麼罪過？你是臥病在床，這叫做身不由主，是我陸大有強迫你練的。天下武功，以練氣爲正。浩然正氣，原爲天授……」跟著便滔滔不絕的讀了下去。

令狐冲待要不聽，可是一個字一個字鑽入耳來。他突然大聲呻吟。陸大有驚問：「大師哥，覺得怎樣？」令狐冲道：「你將我……我枕頭……枕頭墊一墊高。」

陸大有道：「是。」伸出雙手去墊他枕頭。令狐冲一指倏出，凝聚力氣，正戳在他胸口的膻中穴上。陸大有哼也沒哼一聲，便軟軟的垂在炕上。

令狐冲苦笑道：「六師弟，這可對不住你了。你且在炕上躺幾個時辰，穴……穴道自解。」他慢慢掙扎著起床，向那部《紫霞秘笈》凝神瞧了半晌，嘆了一口氣，走到門邊，提起倚在門角的門閂，當作拐杖，支撐著走了出去。

陸大有大急，叫道：「大……大……到……到……到……那……那……去……」本來膻中穴當眞給人點中了，說一個字也是不能，但令狐冲氣力微弱，手指這一戳只能令陸大有手足麻軟，並沒教他全身癱瘓。

令狐冲回過頭來，說道：「六師弟，令狐冲要離得這部《紫霞秘笈》越遠越好，別讓旁人見到我的屍身橫在秘笈之旁，說我偷練神功，未成而死……別讓林師弟瞧我不起……」說到這裏，哇的一聲，一口鮮血噴出。

他不敢再稍有耽擱，只怕從此氣力衰敗，再也沒法離去，撐著門閂，喘幾口氣，再向前行，憑著一股強悍之氣，終於慢慢遠去。

那一十五名蒙面客半步半步的慢慢逼近，
三十隻眼睛在面幕洞孔中炯炯生光，
便如是一對對猛獸的眼睛，充滿了兇惡殘忍之意。

一二 圍攻

令狐沖挨得十餘丈，便拄門喘息一會，奮力挨了小半個時辰，已行了半里有餘，只覺眼前金星亂冒，天旋地轉，便欲摔倒，忽聽得前面草叢中有人大聲呻吟。令狐沖一凜，問道：「誰？」那人大聲道：「是令狐兄麼？我是田伯光。哎唷！哎唷！」顯是身上劇烈疼痛。令狐沖驚道：「田……田兄，你……怎麼了？」田伯光道：「我快死啦！令狐兄，請你做做好事，哎唷……哎唷……快將我殺了。」他說話時夾雜著大聲呼痛，但語音仍十分洪亮。

令狐沖道：「你……你……受了傷麼？」雙膝一軟，便即摔倒，滾在路旁。

田伯光驚道：「你也受了傷麼？哎唷，哎唷，是誰害你的？」令狐沖道：「一言難盡。田……兄，卻又是誰傷了你？」田伯光道：「唉，不知道！」令狐沖道：「怎麼不知道？」田伯光道：「我正在道上行走，忽然之間，兩隻手兩隻腳給人抓住，凌空提了起來，我也瞧不見是誰有這樣的神通……」令狐沖笑道：「原來又是桃谷六仙……啊喲，田兄，你不是跟他們作一路麼？」田伯光道：「甚麼作一路？」令狐沖道：「你來邀我去見儀……儀琳小師妹，他……他們也來邀我去見……她……」說著喘氣不已。

田伯光從草叢中爬了出來，搖頭罵道：「他媽的，當然不是一路。他們上華山來找一個人，問我這人在那裏。我問他們找誰。他們說，他們已抓住了我，該他們問我，不該我問他們。如是我抓住了他們，那就該我問他們，不是他們問我。他們……哎唷……他們說，我倘若有本事，不妨將他們抓了起來，那……那就可以問他們了。」

令狐沖哈哈大笑，笑得兩聲，氣息不暢，便笑不下去了。田伯光道：「我身子凌空，臉朝地下，便有天大本事，也不能將他們抓起啊，眞他奶奶的胡說八道。」令狐冲問道：「後來怎樣？」田伯光道：「我說：『我又不想問你們，是你們自己在問我。快放我下來。』其中一人說：『既將你抓了起來，如不將你撕成四塊，豈不損了我六位大英雄的威名？』另一人道：『撕成四塊之後，他還會說話不會？』」他罵了幾句，喘了一會氣。

令狐冲道：「這六人強辭奪理，纏夾不清，田兄也不必……不必再說了。」

田伯光道：「哼，他奶奶的。一人道：『撕成了四塊之人，當然不會說話。咱六兄弟撕成四塊之人，沒一千，也有八百。幾時聽到過撕開之後，又會說話？』又一人道：『撕成了四塊之人所以不說話，因爲我們不去問他。倘若有事問他，諒他也不敢不答。』另一人道：『他既已給撕成四塊，還怕甚麼？還有甚麼敢不敢的？難道還怕咱們將他撕成八塊？』先前一人道：『撕成八塊，這門功夫非同小可，咱們以前是會的，後來大家都忘了。』」田伯光斷斷續續說來，虧他重傷之下，居然還能將這些胡說八道的話記得清清楚楚。

令狐冲嘆道：「這六位仁兄，當眞世間罕見，我……我也是給他們害苦了。」田伯光驚道：「原來令狐兄也是傷在他們手下？」令狐冲嘆道：「誰說不是呢！」

田伯光道：「我身子凌空吊著，不瞞你說，可眞害怕。我大聲道：『要是將我撕成四塊，我是一定不會說話的了，就算口中會說，我心裏氣惱，也決計不說。』一人道：『將你撕成四塊之後，你的嘴巴在一塊上，心又在另一塊上，心中所想和口中所說，又怎能聯在一起？』我當下也給他們來個亂七八糟，叫道：『有事快問，再拉住我不放，我可要大放毒氣了。』一人問道：『甚麼大放毒氣？』我說：『我的屁臭不可當，聞到之後，三天三晚吃不下飯，還得將三天之前吃的飯盡數嘔將出來。警告在先，莫謂言之不預也！』」

令狐冲笑道：「這幾句話，只怕有點道理。」

田伯光道：「是啊，那四人一聽，不約而同的大叫一聲，將我重重往地下一摔，跳了開去。我躍將起來，只見六個古怪之極的傢伙各自伸手掩鼻，顯是怕了我的屁臭不可當。令狐兄，你說這六個人叫甚麼桃谷六仙？」

令狐冲道：「正是。唉，可惜我沒田兄聰明，當時沒施這臭屁……之計，將他們嚇退。田兄這路空屁計，不輸於當年……當年諸葛亮嚇退司馬懿的空城計。」

田伯光乾笑兩聲，罵了兩句「他奶奶的」，說道：「我知這六個傢伙不好惹，偏生兵刃又丟在你那思過崖上了，當下腳底抹油，便想溜開，不料這六人手掩鼻子，像一堵牆似的排成一排，擋在我面前，嘿嘿，可誰也不敢站在我身後。我一見衝不過去，立即轉身，那知這六人猶似鬼魅，也不知怎的，竟已轉將過來，擋在我身前。我連轉幾次，閃避不開，當即一步一步後退，終於碰到了山壁。這六個怪物高興得緊，呵呵大笑，又問：『他在那裏？這人在那裏？』

「我問：『你們要找誰？』六個人齊聲道：『我們圍住了你，你無路逃走，必須回答我們的話。』其中一人道：『若是你圍住了我們，教我們無路逃走，那就由你來問我們，我們只好乖乖的回答了。』另一人道：『他只有一個人，怎能圍得住我們六人？』先前那人道：『假如他本領高強，以一勝六呢？』另一人道：『那也只是勝過我們，而不是圍住我們。』先一人道：『但如將我們堵在一個山洞之中，守住洞門，不讓我們出來，那不是圍住了我們嗎？』另一人道：『那是堵住，不是圍住。』先一人道：『但如他張開雙臂，將我們一齊抱住，豈不是圍了？』另一人道：『第一，世上沒如此長臂之人；第二，就算世上真有，至少眼前此人就沒如此長臂；第三，就算他將我們六人一把抱住，那也是抱住，不是圍住。』先一人愁眉苦臉，無可辯駁，卻偏又不肯認輸，呆了半晌，突然大笑，說道：『有了，他如大放臭屁，教我們不敢奔逃，以屁圍之，難道不是圍？』其餘四人一齊拍手，笑道：『對啦，這小子有法子將我們圍住。』

「我靈機一動，撒腿便奔，叫道：『我……我要圍你們啦。』料想他們怕我臭屁，不會再追，那知這六個怪物出手快極，我沒奔得兩步，已給他們揪住，立即將我按著坐在一塊大石之上，牢牢按住，令我就算真的放屁，臭氣也不致外洩。」

令狐沖哈哈大笑，但笑得幾聲，便覺胸口熱血翻湧，再也笑不下去了。

田伯光續道：「這六怪按住我後，一人問道：『屁從何出？』另一人道：『屁從腸出，自然屬於陽明大腸經，點他商陽、合谷、曲池、迎香諸穴。』他說了這話，隨手便點了我這四處穴道，出手之快，認穴之準，田某生平少見，當真令人好生佩服。他點穴之後，六個怪物都吁了口長氣，如釋重負，都道：『這臭……臭……臭屁蟲再也放不出臭屁了。』那點穴之人又問：『喂，那人究竟在那裏？你如不說，我永遠不給你解穴，叫你有屁難放，脹不可當。』我心裏想，這六個怪物武功如此高強，來到華山，自不會是找尋泛泛之輩。令狐兄，尊師岳先生夫婦其時不在山上，就算已經回山，自是在正氣堂中居住，一找便著。我思來想去，六怪所要找尋的，定是你太師叔風老前輩了。」

令狐沖心中一震，忙問：「你說了沒有？」田伯光大是不悅，悻然道：「呸，你當我是甚麼人了？田某既已答允過你，決不洩漏風老前輩的行蹤，難道我堂堂男兒，說話如同放屁嗎？」令狐沖道：「是，是，小弟失言，田兄莫怪。」田伯光道：「你如再瞧我不起，咱們一刀兩斷，從今而後，誰也別當誰是朋友。」

令狐沖默然，心想：「你是武林中衆所不齒的採花淫賊，誰又將你當朋友了？只是你數次可以殺我而沒下手，總算我欠了你的情。」

黑暗之中，田伯光瞧不見他臉色，只道他已然默諾，續道：「那六怪不住問我，我大聲道：『我知道這人的所在，可就偏偏不說；這華山山嶺連綿，峯巒洞谷，不計其數，我倘若不說，你們一輩子也休想找得到他。』那六怪大怒，對我痛加折磨，我從此就給他們來個不理不睬。令狐兄，這六怪的武功怪異非常，你快去稟告風老前輩，他老人家劍法雖高，卻也須得提防才是。」

田伯光輕描淡寫的說一句「六怪對我痛加折磨」，令狐沖卻知道這「痛加折磨」四字之中，不知包括了多少毒辣苦刑，多少難以形容的煎熬。六怪對自己是一番好意的治傷，自己此刻尚自身受其酷，他們逼迫田伯光說話，則手段之厲害可想而知，心下好生過意不去，說道：「你寧死不洩漏我風太師叔的行藏，眞乃天下信人。不過……不過這桃谷六仙要找的是我，不是我風太師叔。」

田伯光全身一震，道：「要找你？他們找你幹甚麼？」

令狐冲道：「他們和你一般，也是受了儀琳小師妹之託，來找我去見……見她。」

田伯光張大了口，說不出話來，不絕發出「嗬嗬」之聲。

過了好一會，田伯光才道：「早知這六個怪人找的是你，我實該立即說與他們知曉，這六怪將你請了去，我跟隨其後，也不致劇毒發作，葬身於華山了。咦，你既落入六怪手中，他們怎地沒將你抬了去見那小師太？」令狐冲嘆了口氣，道：「總之一言難盡。田兄，你說會劇毒發作，葬身於華山？」田伯光道：「我早就跟你說過，我給人點了死穴，下了劇毒，命我一月之內將你請去，和那小師太相會，便給我解穴解毒。眼下我請你請不動，打又打不過，還給六個怪物整治得遍體鱗傷，屈指算來，離毒發之期也不過十天了。」

令狐冲問道：「儀琳小師妹在那裏？從此處去，不知有幾日之程？」田伯光道：「你肯去了？」令狐冲道：「你曾數次饒我不殺，雖然你行爲不端，令狐冲卻也不能眼睜睜的瞧著你爲我毒發而死。當日你恃強相逼，我自是寧折不屈，但此刻情勢卻又大不相同了。」田伯光道：「小師太在山西，唉……倘若咱二人身子安健，騎上快馬，六七天功夫也趕到了。這時候兩個都傷成這等模樣，那還有甚麼好說？」

令狐冲道：「反正我在山上也是等死，便陪你走一遭。也說不定老天爺保祐，咱們在山下僱到輕車快馬，十天之間便抵達山西呢。」田伯光笑道：「田某生平作孽多端，不知已害死了多少好人，老天爺為甚麼要保祐我？除非老天爺當眞瞎了眼睛。」令狐冲道：「老天爺瞎眼之事……嘿嘿，那……那也是有的。反正左右是死，試試那也不妨。」

田伯光拍手道：「不錯，我死在道上和死在華山之上，又有甚麼分別？下山去找些吃的，最是要緊，我給乾擱在這裏，每日只撿生栗子吃，嘴裏可眞淡出鳥來了。你能不能起身？我來扶你。」

他口說「我來扶你」，自己卻掙扎不起。令狐冲要伸手相扶，臂上又那有半點力氣？二人掙扎了好半天，始終無用，突然之間，不約而同的哈哈大笑。

田伯光道：「田某縱橫江湖，生平無一知己，與令狐兄一齊死在這裏，倒也開心。」令狐冲笑道：「日後我師父見到我二人屍身，定道我二人一番惡鬥，同歸於盡。誰也料想不到，我二人臨死之前，居然還曾稱兄道弟一番。」

田伯光伸出手去，說道：「令狐兄，咱們握一握手再死。」

令狐冲不禁遲疑，田伯光此言，明是要與自己結成生死之交，但他是個聲名狼藉的採花大盜，自己是名門高徒，如何可以和他結交？當日在思過崖上數次勝他而不殺，還可說是報他數度不殺之德，到今日再和他一起廝混，未免太也說不過去，言念及此，一隻右手伸了一半，便伸不過去。

田伯光還道他受傷實在太重，連手臂也難以動彈，大聲道：「令狐兄，田伯光交上了你這個朋友。你倘若傷重先死，田某決不獨活。」

令狐冲聽他說得誠摯，心中一凜，尋思：「這人倒很夠朋友。」當即伸出手去，握住他右手，笑道：「田兄，你我二人相伴，死得倒不寂寞。」

他這句話剛出口，忽聽得身後陰惻惻的一聲冷笑，跟著有人說道：「華山派氣宗首徒，墮落到這步田地，竟去跟江湖下三濫的淫賊結交。」

田伯光喝問：「是誰？」令狐冲心中暗暗叫苦：「我傷重難治，死了也不打緊，卻連累師父的清譽，當眞糟糕之極了。」

黑暗之中，只見朦朦朧朧的一個人影，站在身前，那人手執長劍，光芒微閃，只聽他冷笑道：「令狐冲，你此刻尚可反悔，拿這把劍去，將這姓田的淫賊殺了，便沒人能責你和他結交。」噗的一聲，將長劍插入地下。

令狐冲見這劍劍身闊大，是嵩山派的用劍，問道：「尊駕是嵩山派那一位？」那人道：「你眼力倒好，我是嵩山派狄修。」令狐冲道：「原來是狄師兄，一向少會。不知尊駕來到敝山，有何貴幹？」狄修道：「掌門師伯命我到華山巡查，要看華山派的弟子們，是否果如外間傳言這般不堪，嘿嘿，想不到一上華山，便聽到你和這淫賊相交的肺腑之言。」

田伯光罵道：「狗賊，你嵩山派有甚麼好東西了？自己不加檢點，卻來多管閒事。」狄修提起足來，砰的一聲，在田伯光頭上重重踢了一腳，喝道：「你死到臨頭，嘴裏還在不乾不淨！」田伯光卻兀自「狗賊、臭賊、直娘賊」的罵個不休。

狄修若要取他性命，自是易如探囊取物，只是他要先行折辱令狐冲一番，冷笑道：「令狐冲，你和他臭味相投，是決計不殺他的了？」令狐冲大怒，朗聲道：「我殺不殺他，管你甚麼事？你有種便一劍把令狐沖殺了，要是沒種，給我乖乖的夾著尾巴，滾下華山去罷。」狄修道：「你決計不肯殺他，決計當這淫賊是朋友了？」令狐沖道：「不管我跟誰交朋友，總之好過跟你交朋友。」田伯光大聲喝采：「說得好，說得妙！」

狄修道：「你想激怒了我，讓我一劍把你二人殺了，天下可沒這般便宜事。我要將你二人剝得赤赤條條地綁在一起，然後點了你二人啞穴，拿到江湖上示衆，說道一個大鬍子，一個小白臉，正在行那苟且之事，給我手到擒來。哈哈，你華山派岳不羣假仁假義，裝出一副道學先生的模樣來唬人，從今而後，他還敢自稱『君子劍』麼？」

令狐沖一聽，登時氣得暈了過去。田伯光罵道：「直娘賊……」狄修一腳踢中他腰間穴道，嘿嘿一笑，伸手便去解令狐沖的衣衫。

忽然身後一個嬌嫩清脆的女子聲音說道：「喂，這位大哥，你在這裏幹甚麼？」狄修一驚，回過頭來，微光朦朧中只見一個女子身影，便道：「你又在這裏幹甚麼？」

田伯光聽到那女子聲音正是儀琳，大喜叫道：「小……小師父，你來了，這可好啦。這直娘賊要……要害你的令狐師兄。」他本來想說：「直娘賊要害我」，但隨即轉念，這一個「我」，在儀琳心中毫無份量，當即改成了「你的令狐師兄」。

儀琳聽得躺在地下的那人竟然是令狐沖，如何不急，忙縱身上前，叫道：「令狐師兄，是你嗎？」

狄修見她全神貫注，對自己半點也不防備，左臂一屈，食指便往她脅下點去。手指正要碰到她衣衫，突然間後領陡緊，身子已讓人提起，離地數尺，狄修大駭，右肘向後撞去，卻撞了個空，跟著左足後踢，又踢了個空。他更加驚駭，雙手反過去擒拿，便在此時，咽喉中已給一隻大手扼住，登時呼吸爲艱，全身再沒半點力氣。

令狐冲悠悠醒轉，只聽得一個女子聲音在焦急呼喚：「令狐師兄，令狐師兄！」依稀似是儀琳的聲音。他睜開眼來，星光朦朧之下，眼前是一張雪白秀麗的瓜子臉，卻不是儀琳是誰？

只聽得一個洪亮的聲音說道：「琳兒，這病鬼便是令狐冲麼？」令狐冲循聲向上瞧去，不由得嚇了一跳，只見一個極肥胖、極高大的和尙，鐵塔也似的站在當地。這和尙身高少說也有七尺，左手平伸，將狄修凌空提起。狄修四肢軟垂，一動不動，也不知是死是活。

儀琳道：「爹，他……他便是令狐師兄，可不是病夫。」她說話之時，雙目仍凝視著令狐冲，眼光中流露出愛憐橫溢的神情，似欲伸手去撫摸他面頰，卻又不敢。

令狐冲大奇，心道：「你是個小尼姑，怎地叫這大和尙做爹？和尙有女兒，已駭人聽聞，女兒是個小尼姑，更奇上加奇了。」

那胖大和尙呵呵笑道：「你日思夜想，掛念著這個令狐冲，我只道是個怎生高大了得的英雄好漢，卻原來是躺在地下裝死、受人欺侮不能還手的小膿包。這病夫，我可不要他做女婿。咱們別理他，這就走罷。」

儀琳又羞又急，嗔道：「誰日思夜想了？你……你就是胡說八道。你要走，你自己走好了。你不要……不要……」下面這「不要他做女婿」這幾字，終究出不了口。

令狐冲聽他既罵自己是「病夫」，又罵「膿包」，大是惱怒，說道：「你走就走，誰要你理了？」田伯光急叫：「走不得，走不得！」令狐冲道：「爲甚麼走不得？」田伯光道：「我的死穴要他來解，劇毒的解藥也在他身上，他如一走，我豈不嗚呼哀哉？」令狐冲道：「怕甚麼？我說過陪你一起死，你毒發身亡，我立即自刎便是。」

那胖大和尚哈哈大笑，聲震山谷，說道：「很好，很好，很好！原來這小子倒是個挺有骨氣的好漢子。琳兒，他很對我胃口。不過，有一件事咱們還得問個明白，他喝酒不喝？」儀琳還未回答，令狐冲已大聲道：「當然喝，爲甚麼不喝？老子朝也喝，晚也喝，睡夢中也喝。你見了我喝酒的德性，包管氣死了你這戒葷、戒酒、戒殺、戒撒謊的大和尚！」

那胖大和尚呵呵大笑，說道：「琳兒，你跟他說，爹爹的法名叫作甚麼。」

儀琳微笑道：「令狐師兄，我爹爹法名『不戒』。他老人家雖身在佛門，但佛門種種清規戒律，一概不守，因此法名叫作『不戒』。你別見笑，他老人家喝酒吃葷，殺人偷錢，甚麼事都幹，而且還……還生了……生了個我。」說到這裏，忍不住噗哧一聲，笑了出來。

令狐冲哈哈大笑，朗聲道：「這樣的和尚，才教人……才教人瞧著痛快。」說著想掙扎站起，總是力有未逮。儀琳忙伸手扶他起身。

令狐冲笑道：「老伯，你既然甚麼都幹，何不索性還俗，還做和尚幹甚麼？」不戒道：「這個你就不知道了。我正因爲甚麼都幹，這才做和尚的。我就像你這樣，愛上了一個美貌尼姑……」儀琳插口道：「爹，你又來隨口亂說了。」說這句話時，滿臉通紅，幸好黑夜之中，旁人瞧不清楚。不戒道：「大丈夫做事光明磊落，做就做了，人家笑話也好，詛罵也好，我不戒和尚堂堂男子，又怕得誰來？」

令狐冲和田伯光齊聲喝采，道：「正是！」

不戒聽得二人稱讚，大爲高興，說道：「我愛上的那個美貌尼姑，便是她媽媽了。」

令狐冲心道：「原來儀琳小師妹的爹爹是和尚，媽媽是尼姑。」

不戒繼續道：「那時候我是個殺豬屠夫，愛上了她媽媽，她媽媽睬也不睬我，我無計可施，只好去做和尚。當時我心裏想，和尚尼姑是一家人，尼姑不愛屠夫，多半會愛和尚。」儀琳啐道：「爹爹，你一張嘴便是沒遮攔，年紀這樣大了，說話卻還是像孩子一般。」

不戒道：「難道我的話不對？不過我當時沒想到，做了和尚，可不能跟女人相好啦，連尼姑也不行，要跟她媽媽相好，反而更加難了，於是就不想做和尚啦。不料我師父偏說我有甚麼慧根，是眞正的佛門子弟，不許我還俗。她媽媽也胡裏胡塗的爲我眞情感動，就這麼生了個小尼姑出來。冲兒，你今日方便啦，要同我女兒小尼姑相好，不必做和尚。」

令狐冲大是尷尬，心想：「儀琳師妹其時爲田伯光所困，我路見不平，拔劍相助。她是恆山派清修的女尼，如何能和俗人有甚情緣瓜葛？她遣了田伯光和桃谷六仙來邀我相見，只怕是生了誤會。我務須儘快避開，若損及華山、恆山兩派的清譽，我雖死了，師父師娘也仍會怪責，靈珊小師妹會瞧我不起。」

儀琳甚爲忸怩不安，說道：「爹爹，令狐師兄早就……早就有了意中人，如何會將旁人放在眼裏，你……你……今後再也別提這事，沒的教人笑話。」

不戒怒道：「這小子另有意中人？氣死我也，氣死我也！」右臂一探，一隻蒲扇般的大手往令狐沖胸口抓去。令狐沖站也站不穩，如何能避，給他一把抓住，提了起來。不戒和尚左手抓住狄修後頸，右手抓住令狐沖胸口，雙臂平伸，便如挑擔般挑著兩人。

令狐沖本就動彈不得，給他提在半空，便如是一隻破布袋般，軟軟垂下。

儀琳急叫：「爹爹，快放令狐師兄下來，你不放，我可要生氣啦。」

不戒一聽女兒說到「生氣」兩字，登時怕得甚麼似的，立即放下令狐沖，口中兀自喃喃：「他又中意那一個美貌小尼姑了？眞正豈有此理！」他自己愛上了美貌尼姑，便道世間除了美貌尼姑之外，別無可愛之人。

儀琳道：「令狐師兄的意中人，是他的師妹岳小姐。」

不戒大吼一聲，震得人人耳中嗡嗡作響，喝道：「甚麼姓岳的姑娘？他媽的，不是美貌小尼姑嗎？那有甚麼可愛了？下次給我見到，一把捏死了這臭丫頭。」

令狐沖心道：「這不戒和尚是個魯莽匹夫，跟那桃谷六仙倒有異曲同工之妙。只怕他說得出，做得到，眞要傷害小師妹，那便如何是好？」

儀琳心中焦急，說道：「爹爹，令狐師兄受了重傷，你快設法給他治好了。另外的事，慢慢再說不遲。」

不戒對女兒之言奉命唯謹，道：「治傷就治傷，那有甚麼難處？」隨手將狄修向後一拋，大聲問令狐冲：「你受了甚麼傷？」狄修早給他閉了穴道，悶聲不響的從山坡上滾了下去。

令狐冲道：「我給人胸口打了一掌，那倒不要緊……」不戒道：「胸口中掌，定是震傷了任脈……」令狐冲道：「我給桃谷……」不戒道：「任脈之中，並沒甚麼桃谷。你華山派內功不精，不明其理。人身諸穴中雖有合谷穴，但那屬於手陽明大腸經，在拇指與食指的交界處，跟任脈全無干係。好，我給你治任脈之傷。」令狐冲道：「不，不，那桃谷六……」不戒道：「甚麼桃谷六、桃谷七？全身諸穴，只有手三里、足三里、陰陵泉、絲竹空，那裏有桃谷六、桃谷七了？你不可胡言亂語。」隨手點了他的啞穴，說道：「我以精純內功，通你任脈的承漿、天突、膻中、鳩尾、巨闕、中脘、氣海、石門、關元、中極諸穴，包你力到傷愈，休息七八日，立時變成個鮮龍活跳的小夥子。」

伸出兩隻蒲扇般的大手，右手按在他下頦承漿穴上，左手按在他小腹中極穴上，兩股眞氣，從兩處穴道中透了進去，突然之間，這兩股眞氣和桃谷六仙所留下的六道眞氣一碰，雙手險遭震開。不戒大吃一驚，大聲叫了出來。儀琳忙問：「爹，怎麼樣？」不戒道：「他身體內有幾道古怪眞氣，一、二、三、四，共有四道，不對，又有一道，一共是五道，這五道眞氣……啊哈，又多了一道。他媽的，居然有六道之多！我這兩道眞氣，就跟你他媽的六道眞氣鬥上一鬥！看看到底是誰厲害。只怕還有，哈哈，這可熱鬧之極了！好玩，好玩！再來好了，哼，沒有了，是不是？只有六道，我不戒和尚他奶奶的又怕你這六隻狗賊何來？」

他雙手緊緊按住令狐冲的兩處穴道，自己頭上漸漸冒出白氣，初時還大呼小叫，到後來內勁越運越足，一句話也說不出來了。其時天色漸明，但見他頭頂白氣愈來愈濃，直如一團濃霧，將他一個大腦袋圍在其中。

過了良久良久，不戒雙手一起，哈哈大笑，突然間笑聲中絕，咕咚一聲，栽倒在地。儀琳大驚，叫道：「爹爹，爹爹。」忙搶過去將他扶起，但不戒身子實在太重，只扶起一半，兩人又一起坐倒。不戒全身衣褲都已爲大汗濕透，口中不住喘氣，顫聲道：「我……我……他媽的……我……我……他媽的……」

儀琳聽他罵出聲來，這才稍稍放心，問道：「爹，怎麼啦？你累得很麼？」不戒罵道：「他奶奶的，這小子身體內有六道狗賊的眞氣，想跟老子……老子鬥法。他奶奶的，老子催動眞氣，將這六道邪門怪氣都給壓了下去，嘿嘿，你放心，這小子死不了。」儀琳芳心大慰，回過臉去，果見令狐冲慢慢站起身來。

田伯光笑道：「大和尚的眞氣當眞厲害，便這麼片刻之間，就治愈了令狐兄的重傷。」不戒聽他一讚，甚是歡喜，道：「你這小子作惡多端，本想一把捏死了你，總算你找到了令狐冲這小子，有點兒功勞，饒你一命，乖乖的給我滾罷。」

田伯光大怒，罵道：「甚麼叫做乖乖的給我滾罷？他媽的狗和尚，你說的是人話不是？你說一個月之內給你找到令狐冲，便給我解開死穴，再給解藥解毒，這時候卻又來賴了。你不給解穴解毒，便是豬狗不如的下三濫臭和尚。」

田伯光如此狠罵，不戒倒也並不惱怒，笑道：「瞧你這臭小子，怕死怕成這等模樣，生怕我不戒大師說話不算數，不給解藥。他媽的混小子，解藥給你。」說著伸手入懷，去取解藥，但適才使力過度，一隻手不住顫抖，將瓷瓶拿在手中，幾次又掉在身上。儀琳伸手過去拿起，拔去瓶塞。不戒道：「給他三粒，服一粒後隔三天再服一粒，再隔六天後服第三粒，有效無效，到時方知。這九天中你若給人殺了，可不干大和尚的事。」

田伯光從儀琳手中取過解藥，說道：「大和尚，你逼我服毒，現下又給解藥，我不罵你已算客氣了，謝是不謝的。我身上的死穴呢？」不戒哈哈大笑，說道：「我點你的穴道，七天之後早就自行解開了。大和尚如當眞點了你死穴，你這小子還能活到今日？」

田伯光早就察知身上穴道已解，聽了不戒這幾句話，登時大爲寬慰，又笑又罵：「他奶奶的，臭和尚騙人。」轉頭向令狐冲道：「令狐兄，你和小師太一定有些言語要說，我去了，咱們後會有期。」說著一拱手，轉身走向下山的大路。

令狐冲道：「田兄且慢。」田伯光道：「怎麼？」令狐冲道：「田兄，令狐冲數次承你手下留情，交了你這朋友。有一件事我可要良言相勸。你若不改，咱們這朋友可做不長。」田伯光笑道：「你不說我也知道，你勸我從此不可再幹奸淫良家婦女的勾當。好，田某聽你的話，天下蕩婦淫娃，所在多有，田某貪花好色，出錢也能買到，不必定要去逼迫良家婦女，傷人性命。哈哈，令狐兄，衡山羣玉院中的風光，不是妙得緊麼？」

令狐冲和儀琳聽他提到衡山羣玉院，都不禁臉上一紅。田伯光哈哈大笑，邁步又行，腳下一軟，一個觔斗，骨碌碌的滾出老遠。他掙扎著坐起，取出一粒解藥吞入腹中，霎時間腹痛如絞，坐在地下，一時動彈不得。他知這是解治劇毒的應有之象，倒也並不驚恐，反因解藥有效而暗喜。

適才不戒和尚將兩道強勁之極的眞氣注入令狐冲體內，壓制了桃谷六仙的六道眞氣，令狐冲只覺胸口煩惡盡去，腳下勁力暗生，甚是歡喜，走上前去，向不戒恭恭敬敬的一揖，說道：「多謝大師，救了晚輩一命。」

不戒笑嘻嘻的道：「謝倒不用，以後咱們是一家人了，你是我女婿，我是你丈人老頭，又謝甚麼？」

儀琳滿臉通紅，道：「爹，你……你又來胡說了。」不戒奇道：「咦！爲甚麼胡說？你日思夜想的記掛著他，難道不是想嫁給他做老婆？就算嫁不成，難道不想跟他生個美貌的小尼姑？」儀琳啐道：「老沒正經，誰又……誰又……」

便在此時，只聽得山道上腳步聲響，兩人並肩上山，正是岳不羣和岳靈珊父女。令狐冲一見又驚又喜，忙迎將上去，叫道：「師父，小師妹，你們又回來啦！師娘呢？」

岳不羣突見令狐冲精神健旺，渾不似昨日奄奄一息的模樣，甚是歡喜，一時無暇詢問，向不戒和尚一拱手，問道：「這位大師上下如何稱呼？光降敝處，有何見教？」

不戒道：「我叫做不戒和尚，光降敝處，是找我女婿來啦。」說著向令狐冲一指。他是屠夫出身，不懂文謅謅的客套，岳不羣謙稱「光降敝處」，他也照樣說「光降敝處」。

岳不羣不明他底細，又聽他說甚麼「找女婿來啦」，只道有意戲侮自己，心下惱怒，臉上卻不動聲色，淡淡的道：「大師說笑了。」見儀琳上來行禮，說道：「儀琳師姪，不須多禮。你來華山，是奉了師尊之命麼？」

儀琳臉上微微一紅，道：「不是。我……我……」

岳不羣不再理她，轉向田伯光，意存詢問。田伯光拱手道：「岳先生，在下田伯光！」岳不羣怒道：「田伯光，哼！你好大膽子！」田伯光道：「我跟你徒弟令狐冲很說得來，挑了兩擔酒上山，跟他喝個痛快，那也用不著多大膽子。」岳不羣臉色愈益嚴峻，道：「酒呢？」田伯光道：「早在思過崖上跟他喝得乾乾淨淨了。」

岳不羣轉向令狐冲，問道：「此言不虛？」令狐冲道：「師父，此中原委，說來話長，待徒兒慢慢稟告。」岳不羣道：「田伯光來到華山，已有幾日？」令狐冲道：「約莫有半個月。」岳不羣道：「這半個月中，他一直便在華山之上？」令狐冲道：「是。」岳不羣厲聲道：「何以不向我稟明？」令狐冲道：「那時師父師娘不在山上。」岳不羣道：「我和你師娘到那裏去了？」令狐冲道：「到長安附近，去追殺田君。」

岳不羣哼了一聲，說道：「田君，哼，田君！你既知此人積惡如山，怎地不拔劍殺他？就算鬥他不過，也當給他殺了，何以貪生怕死，反和他結交？」

田伯光坐在地下，始終無法掙扎起身，插嘴道：「是我不想殺他，他又有甚麼法子？難道他鬥我不過，便拔劍自殺？」

岳不羣道：「在我面前，也有你說話的餘地？」向令狐冲道：「去將他殺了！」

岳靈珊忍不住插口道：「爹，大師哥身受重傷，怎能與人爭鬥？」

岳不羣道：「難道人家便沒傷？你躭甚麼心，明擺著我在這裏，豈能容這惡賊傷我門下弟子？」他素知令狐冲狡譎多智，生平嫉惡如仇，不久之前又曾在田伯光刀下受傷，若說竟去和這大淫賊結交爲友，那是決計不會，料想他是鬥力不勝，便欲鬥智，眼見田伯光身受重傷，多半便是這個大弟子下的手，因此雖聽說令狐冲和這淫賊結交，倒也並不眞怒，只是命他過去將之殺了，既爲江湖上除一大害，也成孺子之名，料得田伯光重傷之餘，縱然能與令狐冲相抗，卻抵擋不住自己的一劍。

不料令狐冲卻道：「師父，這位田兄已答允弟子，從此痛改前非，再也不做污辱良家婦女的勾當。弟子知他言而有信，不如……」

岳不羣厲聲道：「你……你怎知他言而有信？跟這等罪該萬死的惡賊，也講甚麼言而有信，言而無信？他這把刀下，曾傷過多少無辜人命？這種人不殺，我輩學武，所爲何來？珊兒，將佩劍交給大師哥。」岳靈珊應道：「是！」拔出長劍，將劍柄向令狐冲遞去。

令狐冲好生爲難，他從來不敢違背師命，但先前臨死時和田伯光這麼一握手，已算結交爲友，何況他確已答應改過遷善，這人過去爲非作歹，說過了的話卻必定算數，此時殺他，未免不義。他從岳靈珊手中接過劍來，轉身搖搖晃晃的向田伯光走去，走出十幾步，假裝重傷之餘突然間兩腿無力，左膝一曲，身子向前直撲出去，噗的一聲，長劍插入了自己左邊的小腿。

這一下誰也意料不到，不禁都驚呼出聲。儀琳和岳靈珊同時向他奔去。儀琳只跨出一步，便即停住，心想自己是佛門弟子，如何可以當衆向一個青年男子這等情切關心？岳靈珊卻奔到了令狐冲身旁，叫道：「大師哥，你怎麼了？」令狐冲閉目不答。岳靈珊握住劍柄，拔起長劍，創口中鮮血直噴。她隨手從懷中取出本門金創藥，敷在令狐冲腿上創口，一抬頭，猛見儀琳俏臉全無血色，滿臉是關注已極的神氣。岳靈珊心頭一震：「這小尼姑對大師哥竟這等關懷！」她提劍站起，道：「爹，讓女兒去殺了這惡賊。」

岳不羣道：「你殺此惡賊，沒的壞了自己名頭。將劍給我！」田伯光淫賊之名，天下皆知，將來江湖傳言，都說田伯光死於岳家小姐之手，定有不肖之徒加油添醬，說甚麼強姦行暴之類的言語。岳靈珊聽父親這般說，當即將劍柄遞過。

岳不羣卻不接劍，右袖一拂，裹住了長劍。不戒和尙見狀，叫道：「使不得！」除下兩隻鞋子在手。但見岳不羣袖力揮出，一柄長劍向著十餘丈外的田伯光激飛過去。不戒已然料到，雙手力擲，兩隻鞋子也分從左右激飛而出。

劍重鞋輕，長劍又先揮出，但說也奇怪，不戒的兩隻僧鞋竟後發先至，更兜了轉來，搶在頭裏，分從左右勾住了劍柄，硬生生拖轉長劍，又飛出數丈，這才力盡，插在地下。兩隻僧鞋兀自掛在劍柄之上，隨著劍身搖晃不已。

不戒叫道：「糟糕，糟糕！琳兒，爹爹今日爲你女婿治傷，大耗內力，這把長劍竟飛了一半便掉將下來。本來該當飛到你女婿的師父面前兩尺之處落下，嚇他一大跳，唉！你和尙爹爹這一回丟臉之極，難爲情死了。」

儀琳見岳不羣臉色不善，低聲道：「爹，別說啦。」快步過去，在劍柄上取下兩隻僧鞋，拔起長劍，心下躊躇，知道令狐冲之意是不欲刺殺田伯光，倘若將劍交還給岳靈珊，她又去向田伯光下手，豈不是傷了令狐冲之心？

岳不羣以袖功揮出長劍，滿擬將田伯光一劍穿心而過，萬不料不戒和尚這兩隻僧鞋上竟有如許力道，而勁力又巧妙異常。這和尚大叫大嚷，對小尼姑自稱爹爹，叫令狐冲爲女婿，胡言亂語，顯是個瘋僧，但武功可當眞了得，他還說適才給令狐冲治傷，大耗內力，若非如此，豈不更加厲害？雖然自己適才這衣袖一拂之中未使上紫霞神功，否則未必便輸於和尚，但名家高手，一擊不中，怎能再試？他雙手一拱，說道：「佩服，佩服。大師既一意迴護這個惡賊，在下今日倒不便下手了。大師意欲如何？」

儀琳聽他說今日不會再殺田伯光，當即雙手橫捧長劍，走到岳靈珊身前，微微躬身，道：「姊姊，你……」岳靈珊哼的一聲，抓住劍柄，眼睛瞧也不瞧，順手嚓的一聲，便即還劍入鞘，手法乾淨利落之極。

不戒和尚呵呵大笑，道：「好姑娘，這一下手法可帥得很哪。」轉頭向令狐冲道：「小女婿兒，這就走罷。你師妹俊得很，你跟她在一塊兒，我可不大放心。」

令狐冲道：「大師愛開玩笑，只是這等言語有損恆山、華山兩派令譽，還請住口。」不戒愕然道：「甚麼？好容易找到你，救活了你性命，你又不肯娶我女兒了？」令狐冲正色道：「大師相救之德，令狐冲終身不敢或忘。儀琳師妹恆山派門規精嚴，大師再說這等無聊笑話，定閒、定逸兩位師太臉上須不好看。」不戒搔頭道：「琳兒，你……你……你這個女婿兒到底是怎麼搞的？這……這不是莫名其妙麼？」

儀琳雙手掩面，叫道：「爹，別說啦，別說啦！他自是他，我自是我，有……有……有甚麼干係了？」哇的一聲，哭了出來，向山下疾奔而去。

不戒和尚更加摸不著頭腦，呆了一會，道：「奇怪，奇怪！見不到他時，拚命要見。見到他時，卻又不要見了。就跟她媽媽一模一樣，小尼姑的心事，當真猜想不透。」眼見女兒越奔越遠，當即追了下去。

田伯光支撐著站起，向令狐冲道：「青山不改，綠水長流！」轉過身來，踉蹌下山。

岳不羣待田伯光去遠，才道：「冲兒，你對這惡賊倒挺有義氣啊，寧可自刺一劍，也不肯殺他。」令狐冲臉有慚色，知師父目光銳利，適才自己這番做作瞞不過他，只得低頭道：「師父，此人行止雖十分不端，但一來他已答應改過遷善，二來他曾數次將弟子制住，卻始終留情不殺。」岳不羣冷笑道：「跟這種狼心狗肺的賊子也講道義，你一生之中，苦頭有得吃了。」

他對這個大弟子一向鍾愛，見他居然重傷不死，心下早已十分歡喜，剛才他假裝跌倒，自刺其腿，明知是詐，只是此人從小便十分狡獪，岳不羣知之已稔，也不深究，再加令狐冲對不戒和尚這番言語應對得體，頗洽己意，田伯光這樁公案，暫且便擱下了，伸手說道：「書呢？」

令狐冲見師父和師妹去而復返，便知盜書事發，師父回山追索，此事正求之不得，說道：「在六師弟那裏。小師妹為救弟子性命，一番好意，師父請勿怪責。但未奉師父之命，弟子便有天大膽子，也不敢伸手碰那秘笈一碰，秘笈上所錄神功，更是隻字不敢入眼。」

岳不羣臉色登和，微笑道：「原當如此。我也不是不肯傳你，只是本門面臨大事，時機緊迫，無暇從容指點，但若任你自習，只怕誤入歧途，反有不測之禍。」頓了一頓，續道：「那不戒和尚瘋瘋顛顛，內功倒甚高明，是他給你化解了身體內的六道邪氣麼？現下覺得怎樣？」令狐冲道：「弟子體內煩惡盡消，種種炙熱冰冷之苦也除去了，不過周身沒半點力氣。」岳不羣道：「重傷初愈，自是乏力。不戒大師的救命之恩，咱們該當圖報才是。」令狐冲應道：「是。」

岳不羣回上華山，一直躭心遇上桃谷六仙，此刻不見他們蹤跡，心下稍定，但也不願多所逗留，道：「咱們會齊大有，一齊去嵩山罷。冲兒，你能不能長途跋涉？」令狐冲大喜，連聲道：「能，能，能！」

師徒三人來到正氣堂旁的小舍外。岳靈珊快步在前，推門進內，突然間「啊」的一聲尖叫出來，聲音中充滿了驚怖。

岳不羣和令狐冲同時搶上，向內望時，只見陸大有直挺挺的躺在地下不動。令狐冲笑道：「師妹勿驚，是我點倒他的。」岳靈珊道：「倒嚇了我一跳，幹麼點倒了六猴兒？」令狐冲道：「他也是一番好意，見我不肯觀看秘笈，便唸誦秘笈上的經文給我聽，我阻止不住，只好點倒了他，他怎麼……」

突然之間，岳不羣「咦」的一聲，俯身一探陸大有鼻息，又搭了搭他脈搏，驚道：

「他怎麼……怎麼會死了？冲兒，你點了他甚麼穴道？」

令狐冲聽說陸大有竟然死了，這一下嚇得魂飛天外，身子晃了幾晃，險些暈去，顫聲道：「我……我……」伸手去摸陸大有的臉頰，觸手冰冷，已然死去多時，忍不住哭出聲來，叫道：「六……六師弟，你當眞死了？」岳不羣道：「書呢？」

令狐冲淚眼模糊的瞧出來，不見了那部《紫霞秘笈》，也道：「書呢？」忙伸手到陸大有屍身的懷裏一搜，並無影蹤，說道：「弟子點倒他時，記得見到那秘笈翻開了攤在桌上，怎麼會不見了？」

岳靈珊在炕上、桌旁、門角、椅底，到處找尋，卻那裏有紫霞秘笈的蹤跡？

這是華山派內功的無上典籍，突然失蹤，岳不羣如何不急？他細查陸大有屍身，並無一處致命的傷痕，再在小舍前後與屋頂踏勘一遍，也無外人到過的絲毫蹤跡，尋思：「既無外人來過，那決不是桃谷六仙或不戒和尚取去的了。」厲聲問道：「冲兒，你到底點的是甚麼穴道？」

令狐冲雙膝一曲，跪在師父面前，道：「弟子生怕重傷之餘，手上無力，是以點的是膻中要穴，沒想到……沒想到竟然失手害死了六師弟。」一探手，拔出陸大有腰間的長劍，便往自己頸中刎去。

岳不羣伸指彈出，長劍遠遠飛開，說道：「便是要死，也得先找到了紫霞秘笈。你到底把秘笈藏到那裏去了？」

令狐冲心下一片冰涼，心想：「師父竟然疑心我藏起了紫霞秘笈。」呆了一呆，說道：「師父，這秘笈定是為人盜去，弟子說甚麼也要追尋回來，一頁不缺，歸還師父。」

岳不羣心亂如麻，說道：「要是給人抄錄了，或是背熟了，縱然一頁不缺的得回原書，本門的上乘武功，也從此不再是獨得之秘了。」他頓了一頓，溫言說道：「沖兒，倘若是你取去的，你交了出來，師父不責備你便是。」

令狐沖呆呆的瞧著陸大有的屍身，大聲道：「師父，弟子今日立下重誓，世上若有人偷窺了師父的紫霞秘笈，有十個弟子便殺他十個，有一百個便殺他一百個。師父如仍疑心是弟子偷了，請師父舉掌打死便是。」

岳不羣搖頭道：「你起來！你既說不是，自然不是了。你和大有向來交好，當然不是故意殺他。那麼這部秘笈，到底是誰偷了去呢？」眼望窗外，呆呆出神。

岳靈珊垂淚道：「爹，都是女兒不好，我……我自作聰明，偷了爹爹的秘笈，盼望治好大師哥的內傷，那知道大師哥決意不看，反而害了六師哥性命。女兒……女兒說甚麼也要去找回秘笈。」

岳不羣道：「咱們四下再找一遍。」這一次三人將小舍中每一處都細細找過了，秘笈固然不見，也沒見到半點可疑的線索。岳不羣對女兒道：「此事不可聲張，除了我跟你娘說明之外，向誰也不能提及。咱們葬了大有，這就下山去罷。」

令狐沖見到陸大有屍體的臉孔，忍不住又悲從中來，尋思：「同門諸師弟之中，六師弟對我情誼最深，那知我一個失手，竟會將他點斃。這件事實在萬萬料想不到，就算我毫沒受傷，這樣一指也決不會送了他性命，莫非因我體內有了桃谷六仙的邪門眞氣，指力便即異乎尋常麼？就算如此，那紫霞秘笈卻何以又會不翼而飛？這中間的蹊蹺，當眞猜想不透。師父對我起疑，辯白也是無用，說甚麼也要將這件事查個水落石出，那時再行自刎以謝六師弟便了。」他拭了眼淚，找把鋤頭，挖坑埋葬陸大有的屍體，直累得全身大汗，氣喘不已，還是岳靈珊在旁相助，才安葬完畢。

三人來到白馬廟，岳夫人見令狐冲性命無礙，隨伴前來，自不勝之喜。岳不羣悄悄告知陸大有身亡、紫霞秘笈失蹤的訊息，岳夫人又淒然下淚。紫霞秘笈失蹤雖是大事，但在她想來，丈夫早已熟習，是否保有秘笈，已殊不相干。可是陸大有在華山派門下已久，爲人隨和，一旦慘亡，自是傷心難過。衆弟子不明緣由，但見師父、師娘、大師哥和小師妹四人都神色鬱鬱，誰也不敢大聲談笑。

當下岳不羣命勞德諾僱了兩輛大車，一輛由岳夫人和岳靈珊乘坐，另一輛由令狐冲躺臥其中養傷，一行向東，朝嵩山進發。

這日行至韋林鎭，天已將黑，鎭上只一家客店，已住了不少客人，華山派一行有女眷，借宿不便。岳不羣道：「咱們再趕一程路，到前面鎭上再說。」那知行不到三里路，岳夫人所乘的大車脫了車軸，沒法再走。岳夫人和岳靈珊只得從車中出來步行。

施戴子指著東北角道：「師父，那邊樹林中有座廟宇，咱們過去借宿可好？」岳夫人道：「就是女眷不便。」岳不羣道：「戴子，你過去問一聲，倘若廟中和尚不肯，那就罷了，不必強求。」施戴子應了，飛奔而去。不多時便奔了回來，遠遠叫道：「師父，是座破廟，沒有和尚。」衆人大喜。陶鈞、英白羅、舒奇等年幼弟子當先奔去。

岳不羣、岳夫人等到得廟外時，只見東方天邊烏雲一層層的堆將上來，霎時間天色便已昏黑。岳夫人道：「幸好這裏有座破廟，要不然途中非遇大雨不可。」走進大殿，見殿上供的是一座青面神像，身披樹葉，手持枯草，是嘗百草的神農氏藥王菩薩。

岳不羣率領衆弟子向神像行了禮，還沒打開鋪蓋，電光連閃，半空中忽喇喇的打了個霹靂，跟著黃豆大的雨點洒將下來，只打得瓦上嗽嗽直響。

那破廟到處漏水，衆人鋪蓋也不打開了，各尋乾燥之地而坐。梁發、高根明和三名女弟子自去做飯。岳夫人道：「今年春雷響得好早，只怕年成不好。」

令狐冲在殿角中倚著鐘架而坐，望著簷頭雨水傾倒下來，宛似一張水簾，心想：「倘若六師弟健在，大家有說有笑，那就開心得多了。」心下不禁悲傷。

這一路上他極少和岳靈珊說話，有時見她和林平之在一起，更加避得遠遠的，心中常想：「小師妹拚著給師父責罵，盜了紫霞秘笈來給我治傷，足見對我情義深厚。我只盼她一生快樂。我決意找到秘笈之後，便自刎以謝六師弟，豈可再去招惹於她？她和林師弟正是一對璧人，但願她將我忘得乾乾淨淨，我死之後，她眼淚也不流一滴。」心中雖這麼想，可是每當見到她和林平之並肩同行、娓娓而談之際，胸中總是酸楚難當。

這時藥王廟外大雨傾盆，眼見岳靈珊在殿上走來走去，幫著燒水做飯，她目光每次和林平之相對，兩人臉上都露出一絲微笑。這情景他二人只道旁人全沒注意，可是每一次微笑，從沒逃過令狐冲的眼去。他二人相對一笑，令狐冲心中便一陣難受，想要轉過了頭不看，但每逢岳靈珊走過，他的眼光總又情不自禁的向她跟了過去。

用過晚飯後，各人分別睡臥。那雨一陣大，一陣小，始終不止，令狐冲既煩亂，又傷心，一時難以入睡，聽得大殿上鼻息聲此起彼落，各人均已沉沉睡去。

突然東南方傳來一片馬蹄聲，約有十餘騎，沿著大道馳來。令狐冲一凜：「黑夜之中，怎地有人冒雨奔馳？難道是衝著我們來麼？」他坐起身來，只聽岳不羣低聲喝道：「大家別作聲。」過不多時，那十餘騎在廟外奔了過去。這時華山派諸人已全都醒轉，各人手按劍柄防敵，聽得馬蹄聲越過廟外，漸漸遠去，各人鬆了口氣，正欲重行臥倒，卻聽得馬蹄聲又兜了轉來。十餘騎馬來到廟外，一齊停住。

只聽得一個清亮的聲音叫道：「華山派岳先生在廟裏麼？咱們有事請教。」

令狐冲是本門大弟子，向來由他出面應付外人，當即走到門邊，打開廟門，說道：「夤夜之際，那一路朋友過訪？」望眼過去，但見廟外一字排開十五騎人馬，有六七人手中提著孔明燈，齊往令狐冲臉上照來。

黑暗之中六七盞燈同時迎面照來，不免耀眼生花，此舉極是無禮，只這麼一照，已顯得來人充滿了敵意。令狐冲睜大了眼，卻見來人個個頭上戴了黑布罩子，只露出一對眼睛，心中一動：「這些人若不是跟我們相識，便是怕給我們記得了相貌。」只聽左首一人說道：「請岳不羣岳先生出見。」

令狐冲道：「閣下何人？請示知尊姓大名，以便向敝派師長稟報。」那人道：「我們是何人，你也不必多問。你去跟你師父說，聽說華山派得到了福威鏢局的辟邪劍譜，要想借來一觀。」令狐冲氣往上衝，說道：「華山派自有本門武功，要別人的劍譜何用？別說我們沒得到，就算得到了，閣下如此無禮強索，還將華山派放在眼裏麼？」

那人哈哈大笑，其餘十四人也都跟著大笑，笑聲從曠野中遠遠傳了開去，聲音洪亮，顯然每一個人都內功不弱。令狐冲暗暗吃驚：「今晚又遇上了勁敵，這一十五個人看來人人都是好手，卻不知是甚麼來頭？」

衆人大笑聲中，一人朗聲說道：「聽說福威鏢局姓林的那小子，已投入華山派門下。素仰華山派君子劍岳先生劍術神通，獨步武林，對那辟邪劍譜自是不值一顧。我們是江湖上無名小卒，斗膽請岳先生賜借一觀。」那十四人的笑聲呵呵不絕，但這一人的說話仍清晰洪亮，未爲嘈雜之聲所掩，足見此人內功比之餘人又勝了一籌。

令狐冲道：「閣下到底是誰？你……」這幾個字卻連自己也沒法聽見，心中一驚，隨即住口，暗忖：「難道我十多年來所練內功，竟一點也沒賸下？」他自下華山之後，曾數度按照本門心法修習內功，但稍一運氣，體內便雜息奔騰，沒法調御，越要控制，越是氣悶難當，若不立停內息，登時便會暈去。練了數次，均是如此，便向師父請教，但岳不羣只冷冷的瞧了他一眼，並不置答。令狐冲當時即想：「師父定然疑心我吞沒紫霞秘笈，私自修習。那也不必辯白。反正我已命不久長，又去練這內功作甚？」此後便不再練。不料此刻提氣說話，竟給對方的笑聲壓住了，一點聲音也傳不出去。

卻聽得岳不羣清亮的聲音從廟中傳出：「各位都是武林中的成名人物，怎地自謙是無名小卒？岳某素來不打誑語，林家辟邪劍譜不在我們這裏。」他說這幾句話時運上了紫霞神功，夾在廟外十餘人的大笑聲中，廟裏廟外，衆人仍皆聽得清清楚楚，他說得輕描淡寫，跟平時談話殊無分別，比之那人力運中氣的大聲說話，顯得遠爲自然。

只聽得另一人粗聲說道：「你自稱不在你這裏，卻到那裏去了？」岳不羣道：「閣下憑甚麼問這句話？」那人道：「天下之事，天下人管得。」岳不羣冷笑一聲，並不答話。那人大聲道：「姓岳的，你到底交不交出來？可莫要敬酒不吃吃罰酒。你不交出來，咱們只好動粗，要進來搜了。」

岳夫人低聲道：「女弟子們站在一塊，背靠著背，男弟子們，拔劍！」唰唰唰唰聲響，衆人都拔出了長劍。

令狐冲站在門口，手按劍柄，還未拔劍，已有兩人一躍下馬，向他衝來。令狐冲身子一側，待要拔劍，只聽一人喝道：「滾開！」抬腿將他踢了個觔斗，遠遠摔了出去。

令狐冲直飛出數丈之外，跌入灌木叢中。他頭腦中一片混亂，心道：「他這一踢力道也不如何厲害，怎地我下盤竟輕飄飄的沒半點力氣？」掙扎著待要坐起，突然胸腹間熱血翻湧，七八道眞氣盤旋來去，在體內相互衝突碰撞，令他便要移動一根手指也是不能。

令狐冲大驚，張嘴大叫，卻叫不出半點聲息，這情景便如著了夢魘，腦子甚是清醒，可就絲毫動彈不得。耳聽得兵器碰撞之聲錚錚不絕，師父、師娘、二師弟等人已衝到廟外，和七八個蒙面人鬥在一起，另有幾個蒙面人卻闖進了廟內，一陣陣叱喝之聲從廟門中傳出來，還夾著幾下女子的呼叱聲音。

這時雨勢又已轉大，幾盞孔明燈抛在地下，發出淡淡黃光，映著劍光閃爍，人影亂晃。過不多時，只聽得廟中傳出一聲女子的慘呼，令狐冲更是焦急，敵人都是男子，這聲女子慘呼，自是師妹之中有人受了傷，眼見師父舞動長劍，以一敵四，師娘則在和兩個敵人纏鬥。他知師父師娘劍術極精，雖以少敵多，諒必不致落敗。二師弟勞德諾大聲叱喝，也是以一擋二，他兩個敵人均使單刀，從兵器撞碰聲中聽來，顯是膂力沉雄，時候一長，勞德諾勢難抵擋。

眼見己方三人對抗八名敵人，形勢已甚險惡，廟內情景只怕更加凶險。師弟師妹人數雖衆，卻無一好手，耳聽得慘呼之聲連連，多半已有幾人遭了毒手。他越焦急，越使不出半分力氣，不住暗暗禱祝：「老天爺保祐，讓我有半個時辰恢復力道，令狐冲只須進得廟中，自當力護小師妹周全，我便給敵人碎屍萬段，身遭無比酷刑，也所心甘情願。」

他強自掙扎，又運內息，陡然間六道眞氣一齊衝向胸口，跟著又有兩道眞氣自上而下，將六道眞氣壓了下去，登時全身空盪盪地，似乎五臟六腑全都不知去向，肌膚血液也都消失得無影無蹤。他心頭登時一片冰冷，暗叫：「罷了，罷了！原來如此。」

這時他方才明白，桃谷六仙競以眞氣爲他療傷，六道眞氣分從不同經脈中注入，內傷固然並未治好，而這六道眞氣卻停留在他體內，鬱積難宣。偏又遇上了內功甚高而性子極躁的不戒和尚，強行以兩道眞氣將桃谷六仙的眞氣壓了下去，一時之間，似乎他內傷已愈，實則是他體內更多了兩道眞氣，相互均衡抵制，使得他舊習內功半點也不留存，竟然成了廢人。他胸口一酸，心想：「我遭此不測，等於是廢去了我全身武功，今日師門有難，我竟出不了半分力氣。令狐冲身爲華山派大弟子，眼睜睜的躺在地下，聽憑師父、師娘受人欺辱，師弟、師妹為人宰割，當眞枉自為人了。好，我去和小師妹死在一塊。」

他知道只消稍一運氣，牽動體內八道眞氣，全身便沒法動彈，當下氣沉丹田，絲毫不運內息，果然便能移動四肢，當下慢慢站起，緩緩抽出長劍，一步一步走進廟中。

一進廟門，撲鼻便聞到一陣血腥氣，神壇上亮著兩盞孔明燈，但見梁發、施戴子、高根明諸師弟正自和敵人浴血苦戰，幾名師弟、師妹躺在地下，不知死活。岳靈珊和林平之正並肩和一個蒙面敵人相鬥。

岳靈珊長髮披散，林平之左手持劍，顯然右手已為敵人所傷。那蒙面人手持一根短槍，槍法矯夭靈活，林平之連使三招「蒼松迎客」，才擋住了他攻勢，苦在所學劍法有限，只見敵人短槍一起，槍上紅纓抖開，耀眼生花，噗的一聲，林平之右肩中槍。岳靈珊急刺兩劍，逼得敵人退開一步，叫道：「小林子，快去裹傷。」林平之道：「不要緊！」刺出一劍，腳步已然踉蹌。那蒙面人一聲長笑，橫過槍柄，啪的一聲響，打在岳靈珊腰間。岳靈珊右手撒劍，痛得蹲下身去。

令狐冲大驚，當即持劍搶上，提氣挺劍刺出，劍尖只遞出一尺，內息上湧，右臂登時軟軟的垂了下來。那蒙面人眼見劍到，本待側身閃避，然後還他一槍，那知他這一劍刺不到一尺，手臂便即垂下。那蒙面人微感詫異，一時不加細想，左腿橫掃，將令狐冲從廟門中踢了出去。

砰的一聲，令狐冲摔入了廟外的水潭。大雨兀自滂沱，他口中、眼中、鼻中、耳中全是泥漿，一時沒法動彈，但見勞德諾已爲人點倒，本來和他對戰的兩敵已分別去圍攻岳不羣夫婦。過不多時，廟中又擁出兩個敵人，變成岳不羣獨鬥七人，岳夫人力抗三敵的局面。

只聽得岳夫人和一個敵人齊聲呼叱，兩人腿上同時受傷。那敵人退了下去，岳夫人眼前雖少了一敵，但腿上給狠狠砍了一刀，受傷著實不輕，又拆得幾招，肩頭爲敵人刀背擊中，委頓在地。兩個蒙面人哈哈大笑，在她背心上點了幾處穴道。

這時廟中羣弟子相繼受傷，一一爲人制服。來攻之敵顯是另有圖謀，只將華山羣弟子打倒擒獲，或點其穴道，卻不傷性命。

十五人團團圍在岳不羣四周，八名好手分站八方，與岳不羣對戰，餘下七人手中各執孔明燈，將燈火射向岳不羣雙眼。華山派掌門內功雖深，劍術雖精，但對戰的八人均屬好手，七道燈光迎面直射，更令他難以睜眼。他知今日華山派已然一敗塗地，不免在這藥王廟中全軍覆沒，但仍揮劍守住門戶，氣力悠長，劍法精嚴，燈火射到之時，他便垂目向下，八個敵人一時倒也奈何他不得。

一名蒙面人高聲叫道：「岳不羣，你投不投降？」岳不羣朗聲道：「岳某寧死不辱，要殺便殺。」那人道：「你不投降，我先斬下你夫人的右臂！」說著提起一柄厚背薄刃的鬼頭刀，在孔明燈照射之下，刀刃上發出幽幽藍光，刀鋒對住了岳夫人肩頭。

岳不羣微一遲疑：「難道聽憑師妹斷去一臂？」但隨即心想：「倘若棄劍投降，一般的受他們欺凌虐辱，我華山派數百年令名，豈可在我手中葬送？」突然間吸一口氣，臉上紫氣大盛，揮劍向左首的漢子劈去。那漢子舉刀擋格，豈知岳不羣這一劍伴附著紫霞神功，力道強勁，那刀竟然爲長劍逼回，一刀一劍，同時砍上他右臂，將他右臂砍下了兩截，鮮血四濺。那人大叫一聲，摔倒在地。

岳不羣一招得手，嗤的一劍，又插入了另一名敵人左腿，那人破口大罵，退了下去。和他對戰的少了二人，但情勢並不稍緩，驀地裏噗的一聲，背心中了一記鏈子錘，他連攻三劍，才驅開敵人，忍不住一口鮮血噴出。衆敵齊聲歡呼：「岳老兒受了傷，累也累死了他！」和他對戰的六人眼見勝算在握，放開了圈子，這一來，岳不羣更無可乘之機。

蒙面敵人一共一十五人，其中三人爲岳不羣夫婦所傷，只一個遭斬斷手臂的傷得極重，其餘二人傷腿，並無大礙，手中提著孔明燈，不住口的向岳不羣嘲罵。

岳不羣聽他們口音南北皆有，武功更雜，顯然並非一個門派，但趨退之餘，相互間又默契甚深，並非臨時聚集，到底是甚麼來歷，委實猜想不透，最奇的是，這一十五人無一是弱者，以自己在江湖上見聞之博，不該一十五名武功好手竟連一個也認不出來，但偏偏便摸不著半點頭腦。他拿得定這些人從未和自己交過手，絕無仇冤，難道眞是爲了《辟邪劍譜》，才如此大舉來和華山派爲難？

他心中思忖，手上卻絲毫不懈，紫霞神功施展出來，劍尖末端隱隱發出光芒，十餘招後又有一名敵人肩頭中劍，手中鋼鞭跌落在地。圈外另一名蒙面人搶了過來，替了他出去，這人手持鋸齒刀，兵刃沉重，刀頭有一彎鉤，不住去鎖拿岳不羣手中長劍。岳不羣內力充沛，精神愈戰愈長，突然間左手反掌，打中一人胸口，喀喇一聲響，打斷了他兩根肋骨，那人雙手所持的鑌鐵懷杖登時震落在地。

不料這人勇悍絕倫，肋骨一斷，奇痛徹心，反激起了狂怒，著地滾進，張開雙臂便抱住了岳不羣左腿。岳不羣一驚，揮劍往他背心劈落，旁邊兩柄單刀同時伸過來格開。岳不羣長劍未能砍落，右腳便往他頭上踢去。那人是個擒拿好手，左臂長出，連他右腿也抱住了，跟著滾轉。岳不羣武功再強，也已沒法站定，登時摔倒。傾刻之間，單刀、短槍、鏈子錘、長劍，諸般兵刃同時對準了他頭臉喉胸諸處要害。

岳不羣一聲嘆息，鬆手撒劍，閉目待死，只覺腰間、脅下、喉頭、左乳各處，都給人以重手點了穴道，跟著兩個蒙面人拉著他站起。

一個蒼老的聲音說道：「君子劍岳先生武功卓絕，果然名不虛傳，我們合十五人之力對付你一人，還鬧得四五人受傷，這才將你擒住，嘿嘿，佩服，佩服！老朽跟你單打獨鬥，那是鬥不過你的了。不過話得說回來，我們有十五人，你們卻有二十餘人，比較起來，還是你華山派人多勢衆。我們今晚以少勝多，打垮了華山派，這一仗也算勝得不易，是不是？」其餘蒙面人都道：「是啊，勝來著實不易。」

那老者道：「岳先生，我們跟你無冤無仇，今晚冒昧得罪，只不過想借那辟邪劍譜一觀。這劍譜嗎，本來也不是你華山派的，你千方百計的將福威鏢局的林家少年收入門下，自然是在圖謀這部劍譜了。這件事太也不夠光明正大，武林同道聽了，人人憤怒。老朽好言相勸，你還是獻了出來罷！」

岳不羣大怒，說道：「岳某既落入你手，要殺便殺，說這些廢話作甚？岳不羣爲人如何，江湖上衆皆知聞，你殺岳某容易，想要壞我名譽，卻是作夢！」

一名蒙面人哈哈大笑，大聲道：「壞你名譽不容易麼？你的夫人、女兒和幾個女弟子都相貌不錯，我們不如大夥兒分了，當作了小老婆！哈哈，這一下，你岳先生在武林中可就大名鼎鼎了。」其餘蒙面人都跟著大笑，笑聲中充滿了淫猥之意。

岳不羣只氣得全身發抖。只見幾名蒙面人將一衆男女弟子從廟中推了出來。衆弟子都給點中了穴道，有的滿臉鮮血，有的一到廟外便即跌倒，顯是腿腳受傷。

那蒙面老者說道：「岳先生，我們的來歷，或許你已經猜到了三分，我們並不是武林中甚麼白道上的英雄好漢，沒甚麼事做不出來。衆兄弟有的好色成性，倘若得罪了尊夫人和令愛，於你面上可不大光采。」

岳不羣叫道：「罷了，罷了！閣下既然不信，儘管在我們身上搜索便是，且看有甚麼辟邪劍譜！」一名蒙面人笑道：「我勸你還是自己獻出來的好。一個個搜將起來，搜到你老婆、閨女身上，未必有甚麼好看。」

林平之大聲叫道：「一切禍事，都是由我林平之身上而起。我跟你們說，我福建林家，壓根兒便沒甚麼辟邪劍譜，信與不信，全由你們了。」說著從地下拾起一根給震落的鑌鐵懷杖，猛力往自己額頭擊落。只是他雙臂已遭點了穴道，出手無力，嗒的一聲，懷杖雖擊在頭上，只擦損了一些油皮，連鮮血也無。但他此舉用意，旁人都十分明白，他意欲犧牲一己性命，表明並沒甚麼劍譜落在華山派手中。

那蒙面老者笑道：「林公子，你倒挺夠義氣。我們跟你死了的爹爹有交情，岳不羣害死你爹爹，吞沒你家傳的辟邪劍譜，我們今天是打抱不平來啦。你師父徒有君子之名，卻無君子之實。不如你改投在我門下，包你學成一身縱橫江湖的好功夫。」

林平之叫道：「我爹娘是給青城派余滄海與塞北明駝木高峯害死的，跟我師父有甚麼相干？我是堂堂華山派門徒，豈能臨到危難便貪生怕死？」

梁發叫道：「說得好！我華山派……」一名蒙面人喝道：「你華山派便怎樣？」橫揮一刀，將梁發的腦袋砍了下來，鮮血直噴。華山羣弟子中，八九個人齊聲驚呼。

岳不羣腦海中種種念頭此起彼落，卻始終想不出這些人是甚麼來頭，聽那老者的話，多半是黑道上的強人，或是甚麼爲非作歹的幫會匪首，可是秦晉川豫一帶白道黑道上的成名人物，自己就算不識，也必早有所聞，絕無那一個幫會、山寨擁有如此衆多的好手。那人一刀便砍了梁發的腦袋，下手之狠，實所罕見。江湖上動武爭鬥，殺傷人命原屬常事，但既已將對方擒住，絕少這般隨手一刀，便斬人首級。

那人一刀砍死梁發後，縱聲狂笑，走到岳夫人身前，將那柄染滿鮮血的鋼刀在半空中虛劈幾刀，在岳夫人頭頂掠過，相距不過半尺。岳靈珊尖聲叫喚：「別……別傷我媽！」便暈了過去。岳夫人卻是女中豪傑，毫不畏懼，心想他若將我一刀殺了，免受其辱，正是求之不得之事，昂首罵道：「膿包賊，有種便將我殺了。」

便在此時，東北角上馬蹄聲響，數十騎馬奔馳而來。蒙面老者叫道：「甚麼人？過去瞧瞧！」兩名蒙面人應道：「是！」上馬迎了上去。卻聽得蹄聲漸近，跟著乒乒乓乓幾下兵刃碰撞，有人叫道：「啊喲！」顯是來人和那兩名蒙面人交上了手，有人受傷。

岳不羣夫婦和華山羣弟子知是來了救星，無不大喜，模模糊糊的燈光之下，只見三四十騎馬沿著大道，濺水衝泥，急奔而至，頃刻間在廟外勒馬，團團站定。馬上一人叫道：「是華山派的朋友。咦！這不是岳兄麼？」

岳不羣往那說話之人臉上瞧去，不由得大是尷尬，原來此人便是數日前持了五嶽令旗、來到華山絕頂的嵩山派第二太保仙鶴手陸柏。他右首一人高大魁偉，認得是嵩山派大太保托塔手丁勉。站在他左首的，赫然是華山派棄徒劍宗的封不平。那日來到華山的泰山派和衡山派好手也均在內，只是比之其時上山的更多了不少人。孔明燈的黯淡光芒之下，影影綽綽，一時也認不得那許多。只聽陸柏道：「岳兄，那天你不接左盟主的令旗，左盟主甚是不快，特令我丁師哥、湯師弟奉了令旗，再上華山奉訪。不料深夜之中，竟會在這裏相見，可當眞料不到了。」岳不羣默然不答。

那蒙面老者抱拳說道：「原來是嵩山派丁二俠、陸三俠、湯七俠三位到了。當眞幸會，幸會。」嵩山派第六太保湯英鶚道：「不敢，閣下尊姓大名，如何不肯以眞面目相示？」蒙面老者道：「我們衆兄弟都是黑道上的無名小卒，幾個難聽之極的匪號說將出來，沒的污了各位武林高人的耳朵。衝著各位的金面，大夥兒對岳夫人和岳小姐是不敢無禮的了，只是有一件事，卻要請各位主持武林公道。」

湯英鶚道：「是甚麼事，不妨說出來大家聽聽。」

那老者道：「這位岳不羣先生，有個外號叫作君子劍，聽說平日說話，向來滿口仁義道德，最講究武林規矩，可是最近的行爲卻有點兒大大的不對頭了。福州福威鏢局給人挑了，總鏢頭林震南夫婦給人害了，各位想必早已知聞。」

湯英鶚道：「是啊，聽說那是四川青城派幹的。」那老者連連搖頭，道：「江湖上雖這般傳言，實情卻未必如此。咱們打開天窗說亮話，人人都知道，福威鏢局林家有一部祖傳的辟邪劍譜，載有精微奧妙的劍法，練得之後，可以天下無敵。林震南夫婦所以遭害，便因於有人對這部辟邪劍譜眼紅之故。」湯英鶚道：「那又怎樣？」

那老者道：「林震南夫婦到底是給誰害死的，外人不知詳情。咱們只聽說，這位君子劍暗使詭計，騙得林震南的兒子死心塌地的投入了華山派門下，那部劍譜，自然也帶入了華山派門中。大夥兒一推敲，都說岳不羣工於心計，強奪不成，便使巧取之計。想那姓林的小子有多大的年紀？能有多大見識？投入華山派門中之後，還不是讓那老狐狸玩弄於掌股之上，乖乖的將辟邪劍譜雙手獻上。」

湯英鶚道：「那恐怕不見得罷。華山派劍法精妙，岳先生的紫霞神功更獨步武林，乃是最神奇的一門內功，如何會去貪圖別派的劍法？」

那老者仰天打了個哈哈，說道：「湯老英雄這是以君子之心，去度小人之腹了。岳不羣有甚麼精妙劍法？他華山派氣劍兩宗分家之後，氣宗霸佔華山，只講究練氣，劍法平庸幼稚之極。江湖上震於『華山派』三字的虛名，還道他們眞有本領，其實呢，嘿嘿，嘿嘿……」他冷笑了幾聲，續道：「按理說，岳不羣既是華山派掌門，劍術自必不差，可是衆位親眼目睹，眼下他是爲我們幾個無名小卒所擒。我們一不使毒藥，二不用暗器，三不是以多勝少，乃是憑著眞實本領，硬打硬拚，將華山派衆師徒收拾了下來。華山派氣宗的武功如何，那也可想而知了。岳不羣當然有自知之明，他是急欲得到辟邪劍譜之後，精研劍法，以免徒負虛名，一到要緊關頭，就此露乖出醜。」

湯英鶚點頭道：「這幾句話倒也在理。」

那老者又道：「我們這些黑道上的無名小卒，說到功夫，在衆位名家眼中看來，原是不値一笑，對那辟邪劍譜也不敢起甚麼貪心。不過以往十幾年中，承蒙福威鏢局的林總鏢頭瞧得起，每年都贈送厚禮，他的鏢車經過我們山下，衆兄弟衝著他面子，誰也不去動他一動。這次聽說林總鏢頭爲了這部劍譜，鬧得家破人亡，大夥兒不由得動了公憤，因此上要和岳不羣算一算這個帳。」他說到這裏，頓了一頓，環顧馬上衆人，說道：「今晚駕到的，個個都是武林中大名鼎鼎的英雄好漢，更有與華山結盟的五嶽劍派高手在內，這件事到底如何處置，聽憑衆位吩咐，在下無有不遵。」

湯英鶚道：「這位兄台很夠朋友，我們領了這份交情。丁師哥、陸師哥，你們瞧這件事怎麼辦？」

丁勉道：「華山派掌門人之位，依左盟主說，該當由封先生執掌，岳不羣今日又做出這等無恥卑鄙的事來，便由封先生自行清理門戶罷！」

馬上衆人齊聲說道：「丁二俠斷得再明白也沒有了。華山派之事，該由華山派掌門人自行處理，也免得江湖上朋友說咱們多管閒事。」

封不平躍下馬來，向衆人團團一揖，說道：「衆位給在下這個面子，當眞感激不盡。岳不羣竊居敝派掌門之位，搞得天怒人怨，江湖上聲名掃地，今日更做出殺人之父、奪人劍譜、勒逼收徒，種種無法無天的事來。在下無德無能，本來不配執掌華山派門戶，只是念著敝派列祖列宗創業艱難，實不忍華山一派在岳不羣這不肖門徒手中灰飛煙滅，只得勉爲其難，還盼衆位朋友今後時時指點督促。」說著又抱拳作個四方揖。

這時馬上乘客中已有七八人點起火把，霖雨未歇，但已成爲絲絲小雨。火把上光芒射到封不平臉上，顯得神色得意非凡。他繼續說道：「岳不羣罪大惡極，無可寬赦，須當執行門規，立即處死！叢師弟，你爲本派清理門戶，將叛徒岳不羣夫婦殺了。」

一名五十來歲的漢子應道：「是！」拔出長劍，走到岳不羣身前，獰笑道：「姓岳的，你敗壞本派，今日當有此報。」

岳不羣嘆了口氣，道：「好，好！你劍宗爲了爭奪掌門之位，居然設下這條毒計。叢不棄，你今日殺我，日後在陰世有何面目去見華山派的列祖列宗？」

叢不棄哈哈一笑，道：「你自己幹下了這許多罪行，我若不殺你，你勢必死於外人之手，那反而不美了。」封不平喝道：「叢師弟，多說無益，殺！」

叢不棄道：「是！」提起長劍，手肘一縮，火把上紅光照到劍刃之上，忽紅忽碧。

岳夫人叫道：「且慢！那辟邪劍譜到底是在何處？捉賊捉贓，你們如此含血噴人，如何能令人心服？」

叢不棄道：「好一個捉賊捉贓！」向岳夫人走上兩步，笑嘻嘻的道：「那部辟邪劍譜，多半便藏在你身上，我可要搜上一搜了，也免得你說我們含血噴人。」當年同門學劍之時，叢不棄便已覬覦師妹寧中則的美色，此時得到機會，伸出左手，便要往岳夫人懷中摸去。

岳夫人腿上受傷，又給點中了兩處穴道，眼看叢不棄一隻骨節稜稜的大手往自己身上摸來，若給他手指碰到了肌膚，實是奇恥大辱，大叫一聲：「嵩山派丁師兄！」

丁勉沒料到她突然會呼叫自己，問道：「怎樣？」岳夫人道：「令師兄左盟主是五嶽劍派盟主，為武林表率，我華山派也托庇於左盟主旗下，你卻任由這等無恥小人來辱我婦道人家，那是甚麼規矩？」丁勉道：「這個？」沉吟不語。

岳夫人又道：「那惡賊一派胡言，說甚麼並非以多勝少。這兩個華山派的叛徒，倘若單打獨鬥能勝得我丈夫，咱們將掌門之位雙手奉讓，死而無怨，否則須難塞武林中千萬英雄好漢的悠悠之口。」說到這裏，突然呸的一聲，一口唾沫向叢不棄臉上吐去。

叢不棄和她相距甚近，這一下又來得突然，竟不及避讓，正中在雙目之間，大罵：「你奶奶的！」

岳夫人怒道：「你劍宗叛徒，武功低劣之極，不用我丈夫出手，便是我一個女流之輩，若不是給人暗算點了穴道，要殺你也易如反掌。」

丁勉道：「好！」雙腿一夾，胯下黑馬向前邁步，繞到岳夫人身後，倒轉馬鞭，向前俯身戳出，鞭柄戳中了岳夫人背上三處穴道。她只覺全身一震，受點的兩處穴道登時解了。

岳夫人四肢一得自由，知道丁勉是要自己與叢不棄比武，眼前這一戰不但攸關一家三口的生死，也將決定華山一派的盛衰興亡，自己如能將叢不棄打敗，雖然未必化險爲夷，至少是個轉機，自己倘若落敗，那就連話也沒得說了，當即從地下拾起自己先前給擊落的長劍，橫劍當胸，立個門戶，便在此時，左腿一軟，險些跪倒。她腿上受傷著實不輕，稍一用力，便難支持。

叢不棄哈哈大笑，叫道：「你又說是婦道人家，又假裝腿上受傷，那還比甚麼劍？就算勝了你，也沒甚麼光采！」岳夫人不願跟他多說一句，叱道：「看劍！」唰唰唰三劍，疾刺而出，劍刃上帶著內力，嗤嗤有聲，這三劍一劍快似一劍，全是指向對方的要害。叢不棄退了兩步，叫道：「好！」岳夫人本可乘勢逼進，但她不敢移動腿腳，站著不動。叢不棄提劍又上，反擊過去，錚錚錚三聲，火光飛迸，這三劍攻得甚是狠辣。岳夫人一一擋開，第三劍隨即轉守爲攻，疾刺敵人小腹。

岳不羣站在一旁，眼見妻子腿傷之餘，力抗強敵，叢不棄劍招精妙，靈動變化，顯是遠在妻子之上。二人拆到十餘招後，岳夫人下盤呆滯，華山氣宗本來擅於內力克敵，但她受傷後氣息不勻，劍法上漸漸爲叢不棄所制。岳不羣心中大急，見妻子劍招越使越快，更加擔憂：「他劍宗所長者在劍法，你卻以劍招與他相拆，以己之短，抗敵之長，非輸不可。」

這中間的關竅，岳夫人又何嘗不知，只是她腿上傷勢不輕，而且中刀之後，不久便給點中穴道，始終沒能緩出手來裹傷，此刻兀自流血不止，這時全仗著一股精神支持，劍招上雖絲毫不懈，勁力卻已迅速減弱。十餘招一過，叢不棄已覺察到對方弱點，心中大喜，當下並不急切求勝，只嚴密守住門戶。

令狐冲眼睜睜瞧著兩人相鬥，見叢不棄劍路縱橫，純是使招不使力的打法，與師父所授全然不同，心道：「怪不得本門分為氣宗、劍宗，兩宗武功所尚，果然完全相反。」他慢慢支撐著站起，伸手摸到地下一柄長劍，心想：「今日我派一敗塗地，但師娘和師妹清白的名聲決不能為奸人所污，看來師娘非此人之敵，待會我先殺了師娘、師妹，然後自刎，以全華山派的聲名。」

只見岳夫人劍法漸亂，突然之間長劍急轉，呼的一聲刺出，正是她那招「無雙無對，寧氏一劍」。這一劍勢道凌厲，雖然在重傷之餘，刺出時仍虎虎有威。

叢不棄吃了一驚，向後急縱，僥倖躲開。岳夫人若雙腿完好，乘勢追擊，敵人必難倖免，此刻卻臉上全無血色，以劍拄地，喘息不已。

叢不棄笑道：「怎麼？岳夫人，你力氣打完啦，可肯給我搜一搜麼？」說著左掌箕張，一步步逼近，岳夫人待要提劍而刺，但右臂便如有千斤之重，說甚麼也提不起來。

令狐冲叫道：「且慢！」邁步走到岳夫人身前，叫道：「師娘！」便欲出劍將她刺死，以保她清白。

岳夫人目光中露出喜色，點頭道：「好孩子！」再也站立不住，一交坐入泥濘。

叢不棄喝道：「滾開！」挺劍向令狐冲咽喉挑去。

令狐冲眼見劍到，自知手上沒半分力氣，倘若伸劍相格，立時會給他將長劍擊飛，當下更不思索，提劍也向他喉頭刺去，那是個同歸於盡的打法，這一劍出招並不迅捷，但部位卻妙到顛毫，正是「獨孤九劍」中「破劍式」的絕招。

叢不棄大吃一驚，萬不料這個滿身泥污的少年突然會使出這麼一招，情急之下，著地打了個滾，直滾出丈許之外，才得避過，卻已驚險萬分。

旁觀眾人見他狼狽不堪，躍起身來時，頭上、臉上、手上、身上，全是泥水淋漓，有的人忍不住笑出聲來，但稍加思索，都覺除了這麼一滾之外，實無其他妙法可拆解此招。

叢不棄聽到笑聲，羞怒更甚，連人帶劍，向令狐冲直撲過去。

令狐冲已打定了主意：「我不可運動絲毫內息，只以太師叔所授的劍法與他拆招。」那「獨孤九劍」他本未練熟，原不敢貿然以之抗禦強敵，但當此生死繫於一線之際，腦筋突然清明異常，「破劍式」中種種繁複神奇的拆法，霎時間盡皆清清楚楚的湧現，眼見叢不棄勢如瘋虎的拚撲而前，早已看到他招式中的破綻，劍尖斜挑，指向他小腹。

叢不棄這般撲將過去，對方如不趨避，便須以兵刃擋架，因此自己小腹雖是空門，卻不必守禦。豈知令狐冲不避不格，只是劍尖斜指，候他自己將小腹撞到劍上去。叢不棄身子躍起，雙足尚未著地，已然看到自己陷入險境，忙揮劍往令狐冲長劍上斬去。令狐冲早料到此著，右臂輕提，長劍提起了兩尺，劍尖一抬，指向叢不棄胸前。

叢不棄這一劍斬出，原盼與令狐冲長劍相交，便能借勢躍避，萬不料對方突然會在這要緊關頭轉劍上指，他一劍斬空，身子在半空中無可迴旋，口中哇哇大叫，便向令狐冲劍尖上直撞過去。封不平縱身而起，伸手往叢不棄背心抓去，終於遲了一步，但聽得噗的一聲響，劍尖從叢不棄肩胛一穿而過。

封不平一抓不中，拔劍已斬向令狐冲後頸。按照劍理，令狐冲須得向後急躍，再乘機還招，但他體內眞氣雜沓，內息混亂，半分內勁也沒法運使，絕難後躍相避，無可奈何之中，長劍從叢不棄肩頭抽出，便又使出「獨孤九劍」中的招式，反劍刺出，指向封不平的肚臍。這一招似乎又是同歸於盡的拚命打法，但他的反手劍部位奇特，這一劍先刺入敵人肚臍，敵人的兵器才刺到他身上，相距雖不過瞬息之間，這中間畢竟有了先後之差。

封不平見自己這一劍敵人已絕難擋架，那知這少年隨手反劍，竟會刺向自己小腹，凶險之極，立即後退，吸一口氣，登時連環七劍，一劍快似一劍，如風如雷般攻上。

令狐冲早將生死置之度外，心中所想，只是風淸揚所指點的種種劍法，有時腦中一閃，想到了後洞石壁上的劍招，也即順手使出，揮洒如意，與封不平片刻間便拆了七十餘招，兩人長劍始終沒相碰一下，攻擊守禦，全是精微奧妙之極的劍法。旁觀衆人瞧得目爲之眩，無不暗暗喝采，各人都聽到令狐冲喘息沉重，顯然力氣不支，但劍上的神妙招數始終層出不窮，變幻無方。封不平每逢招數上沒法抵擋，便以長劍硬砍硬劈，情知對方不會與自己鬥力而以劍擋劍，這麼一來，便得解脫窘境。

旁觀諸人中眼見封不平的打法跡近無賴，有的忍不住心中不滿。泰山派的一個道士說道：「氣宗的徒兒劍法高，劍宗的師叔內力強，這到底怎麼搞的？華山派的氣宗、劍宗，這可不是顚倒來玩了麼？」

封不平臉上一紅，一柄長劍更使得猶如疾風驟雨一般。他是當今華山派劍宗第一高手，劍術確是了得。令狐冲無力移動身子，勉強支撐，方能站立，失卻了不少可勝的良機，而初使「獨孤九劍」，便即遭逢大敵，不免心有怯意，劍法又不純熟，是以兩人酣鬥良久，一時仍勝敗難分。

再拆三十餘招後，令狐冲發覺自己倘若隨手亂使一劍，對方往往難以抵擋，手忙腳亂；但如在劍招中用上了本門華山派劍法，或是後洞石壁上所刻的嵩山、衡山、泰山等派劍法，封不平卻乘勢反擊，將自己劍招破去。有一次封不平長劍連劃三個弧形，險些將自己右臂齊肩斬落，委實凶險之極。危急之中，風清揚的一句話突然在腦海中響起：「你劍上無招，敵人便沒法可破，無招勝有招，乃劍法之極詣。」

其時他與封不平拚鬥已逾二百招，對「獨孤九劍」中的精妙招式領悟越來越多，不論封不平以如何凌厲狠辣的劍法攻來，總是一眼便看到他招式中的破綻所在，隨手出劍，便迫得他非迴劍自保不可，再鬥一會，信心漸增，待得想到風清揚所說「以無招破有招」的要訣，輕吁一口長氣，斜斜刺出一劍，這一劍不屬於任何招式，甚至也不是獨孤九劍中「破劍式」的劍法，出劍全然無力，但劍尖歪斜，連自己也不知指向何方。

封不平一呆，心想：「這是甚麼招式？」一時不知如何拆解才好，只得舞劍護住了上盤。令狐冲出劍原無定法，見對方護住上盤，劍尖輕顫，便刺向他腰間。封不平料不到他變招如此奇特，大驚之下，向後躍開三步。令狐冲無力跟他縱躍，適才鬥了良久，雖不曾動用半分真氣內息，但提劍劈刺，畢竟頗耗力氣，不由得左手撫胸，喘息不已。

封不平見他並不追擊，如何肯就此罷手？隨即縱上，唰唰唰唰四劍，向令狐冲胸、腹、腰、肩四處連刺。令狐冲手腕一抖，挺劍向他左眼刺去。封不平驚叫一聲，又向後躍開了三步。

泰山派那道人又道：「奇怪，奇怪！這人的劍法，當眞令人好生佩服。」旁觀衆人均有同感，都知他所佩服的「這人的劍法」，自不是封不平的劍法，必是令狐冲的劍法。

封不平聽在耳裏，心道：「我以劍宗之長，圖入掌華山一派，倘若在劍法上竟輸了給氣宗的一個徒兒，做華山派掌門的雄圖固然從此成爲泡影，勢必又將入山隱居，再也沒臉在江湖上行走了。」言念及此，暗叫：「到這地步，我再能隱藏甚麼？」仰天一聲清嘯，斜行而前，長劍橫削直擊，迅捷無比，未到五六招，劍勢中已發出隱隱風聲。

他出劍越來越快，風聲也是漸響。這套「狂風快劍」，是封不平在中條山隱居十五年而創製出來的得意劍法，劍招一劍快似一劍，所激起的風聲也越來越強。他胸懷大志，不但要執掌華山一派，還想成了華山派掌門人之後，更進而爲五嶽劍派盟主，所憑持的便是這套一百零八式「狂風快劍」。這項看家本領本不願貿然顯露，一顯之後，便露了底，此後再和一流高手相鬥，對方先已有備，便難收出奇制勝之效。但此刻勢成騎虎，若不將令狐冲打敗，便即顏面無存，實逼處此，也只好施展了。

這套「狂風快劍」果然威力奇大，劍鋒上所發出的一股勁氣漸漸擴展，旁觀衆人只覺寒氣逼人，臉上、手上給疾風刮得隱隱生疼，不由自主的後退，圍在相鬥兩人身周的圈子漸漸擴大，竟有四五丈方圓。

此刻縱是嵩山、泰山、衡山諸派高手，以及岳不羣夫婦，對封不平也已不敢再稍存輕視之心，均覺他劍法不但招數精奇，且劍上氣勢凌厲，並非徒以劍招取勝，此人在江湖上無籍籍之名，不料劍法竟如此了得。

馬上衆人所持火把的火頭爲劍氣逼得向外飄揚，劍上所發的風聲尙有漸漸增大之勢。在旁觀衆人的眼中看來，令狐冲便似是百丈洪濤中的一葉小舟，狂風怒號，駭浪如山，一個又一個的滔天白浪向小舟撲去，小舟隨波上下，卻始終不讓波濤呑沒。

封不平攻得越急，令狐冲越領略到風淸揚所指點的劍學精義，每鬥一刻，便多了幾分體會。他於劍法上種種招數明白得越透徹，自信越強，當下並不急於求勝，只凝神觀看對方劍招中的種種變化。

「狂風快劍」委實快極，一百零八招片刻間便已使完，封不平見始終奈何對方不得，心下焦躁，連聲怒喝，長劍斜劈直斫，猛攻過去，非要對方出劍擋架不可。令狐冲眼見他勢如拚命，倒也有些膽怯，不敢再行纏鬥，長劍抖動，嗤嗤嗤嗤四聲輕響，封不平左臂、右臂、左腿、右腿上各已中劍，噹的一聲，長劍落地。令狐冲手上無力，這四劍刺得甚輕。

封不平霎時間臉色蒼白，說道：「罷了，罷了！」回身向丁勉、陸柏、湯英鶚三人拱手道：「嵩山派三位師兄，請你們拜上左盟主，說在下對他老人家的盛意感激不盡。只是……只是技不如人，無顏……無顏……」又一拱手，向外疾走，奔出十餘步後，突然站定，叫道：「那位少年，你劍法好生了得，在下拜服。但這等劍法，諒來岳不羣也不如你。請教閣下尊姓大名，劍法是那一位高人所授？也好叫封不平輸得心服。」

令狐冲道：「在下令狐冲，是恩師岳先生座下大弟子。承蒙前輩相讓，僥倖勝得一招半式，何足道哉！」

封不平一聲長嘆，聲音中充滿了淒涼落魄的況味，緩步走入了黑暗之中。叢不棄右手按住肩胛傷口，跟隨其後。

丁勉、陸柏和湯英鶚三人對望了一眼，均想：「以劍法而論，自己多半及不上封不平，當然更非令狐冲之敵，倘若一擁而上，亂劍分屍，立即便可將他殺了。但此刻各派好手在場，說甚麼也不能幹這等事。」三人心意相同，都點了點頭。丁勉朗聲道：「令狐賢姪，你劍法高明，教人大開眼界，後會有期！」

湯英鶚道：「大夥兒這就走罷！」左手一揮，勒轉了馬頭，雙腿一夾，縱馬直馳而去，其餘各人也都跟隨其後，片刻間均已奔入黑暗之中，但聽得蹄聲漸遠漸輕。藥王廟外除了華山派眾人，便是那些蒙面客了。

那蒙面老者乾笑了兩聲，說道：「令狐少俠，你劍術高明，大家都是很佩服的。岳不羣的功夫和你差得太遠，照理說，早就該由你來當華山派掌門人才是。」他頓了一頓，續道：「今晚見識了閣下的精妙劍法，原當知難而退，只是我們得罪了貴派，日後禍患無窮，今日須得斬草除根，欺侮你身上有傷，只好以多為勝了。」說著一聲呼嘯，其餘十四名蒙面人團團圍了上來。

當丁勉等一行人離去時，火把隨手拋在地下，一時未熄，但只照得各人下盤明亮，腰圍以上便瞧不清楚，十五個蒙面客的兵刃閃閃生光，一步步向令狐冲逼近。

令狐沖適才酣鬥封不平，雖未耗內力，亦已全身大汗淋漓。他所以得能勝過這華山派劍宗高手，全仗學過獨孤九劍，在招數上著著佔了先機。但這十五個蒙面客所持的是諸般不同兵刃，所使的是諸般不同招數，同時攻來，如何能一一拆解？他內力全無，便想直縱三尺，橫躍半丈，也已無能爲力，怎能在這十五名好手的分進合擊之下突圍而出？

他長嘆一聲，眼光向岳靈珊望去，知道這是臨死時最後一眼，只盼能從岳靈珊的神色中得到一些慰藉，果見她一雙妙目正凝視著自己，眼光中流露出十分焦慮關切之情。令狐沖心中一喜，火光中卻見她一隻纖纖素手垂在身邊，竟是和一隻男子的手相握，一瞥眼間，那男子正是林平之。令狐沖胸口一酸，更無鬥志，當下便想拋下長劍，聽由宰割。

那一十五名蒙面客憚於他適才惡鬥封不平的威勢，誰也不敢搶先發難，半步半步的慢慢逼近。

令狐沖緩緩轉身，只見這一十五人三十隻眼睛在面幕洞孔中炯炯生光，便如是一對對猛獸的眼睛，充滿了兇惡殘忍之意。突然之間，他心中如電光石火般閃過了一個念頭：「獨孤九劍第八劍『破箭式』專破暗器。任憑敵人千箭萬弩射將過來，或是數十人以各種各樣暗器同時攢射，只須使出這一招，便能將千百件暗器同時擊落。」

只聽得那蒙面老者喝道：「大夥兒齊上，亂刀分屍！」

令狐沖更無餘暇再想，長劍倏出，使出「獨孤九劍」的「破箭式」，劍尖顫動，向十五人的眼睛點去。

只聽得「啊！」「哎唷！」「啊喲！」慘呼聲不絕，跟著叮噹、嗆啷、乒乓，諸般兵刃紛紛墮地。十五名蒙面客的三十隻眼睛，在一瞬之間全讓令狐冲以迅捷無倫的手法盡數刺中。

獨孤九劍「破箭式」那一招擊打千百件暗器，千點萬點，本有先後之別，但出劍實在太快，便如同時發出一般。這路劍招須得每刺皆中，只消疏漏了一刺，敵人的暗器便射中了自己。令狐冲這一式本未練熟，但刺人緩緩移近的眼珠，畢竟遠較擊打紛飛急射的暗器爲易，刺出三十劍，三十劍便刺中了三十隻眼睛。

他一刺之後，立即從人叢中衝出，左手扶住了門框，臉色慘白，身子搖晃，跟著「噹」的一聲響，手中長劍落地。

但見那十五名蒙面客各以雙手按住眼睛，手指縫中不住滲出鮮血。有的蹲在地下，有的大聲號叫，更有的在泥濘中滾來滾去。

十五名蒙面客眼前突然漆黑，雙眼疼痛難當，驚駭之下，只知按住眼睛大聲呼號，若能稍一鎮定，繼續羣起而攻，令狐冲非給十五人的兵刃斬成肉醬不可。但任他武功再高，驀然間雙目爲人刺瞎，又如何鎮定得下來？又怎能繼續向敵人進攻？這一十五人便似沒頭蒼蠅一般，亂闖亂走，不知如何是好。

令狐冲在千鈞一髮之際，居然一擊成功，大喜過望，但看到這十五人的慘狀，卻不禁又感害怕，又惻然生憫。

岳不羣驚喜交集，大聲道：「冲兒，將他們挑斷了腳筋，慢慢拷問。」

令狐冲應道：「是……是……」俯身撿拾長劍，那知適才使這一招時牽動了內力，全身便只顫抖，說甚麼也沒法抓起長劍，雙腿一軟，坐倒在地。

那蒙面老者叫道：「大夥兒右手拾起兵刃，左手拉住同伴腰帶，跟著我去！」

十四名蒙面客正自手足無措，聽得那老者的呼喝，一齊俯身在地下摸索，不論碰到甚麼兵刃，便隨手拾起，也有人摸到兩件而有人一件也摸不到的，各人左手牽住同伴的腰帶，連成一串，跟著那老者，七高八低，在雨中踐踏泥濘而去。

華山派衆人除岳夫人和令狐冲外，個個給點中了穴道，動彈不得。岳夫人雙腿受傷，難以移步。令狐冲又全身脫力，軟癱在地。衆人眼睜睜瞧著這一十五名蒙面客明明已全無還手之力，卻沒法將之留住。

令狐冲依著綠竹翁所教，試奏琴曲〈碧霄吟〉，
雖有數音不準，指法生澀，
但琴韻中洋洋然自有青天一碧、萬里無雲的空闊氣象。

一三 學琴

一片寂靜中，惟聞衆男女弟子粗重的喘息之聲。岳不羣忽然冷冷的道：「令狐冲令狐大俠，你還不解開我的穴道，當眞要大夥兒向你哀求不成？」

令狐冲大吃一驚，顫聲道：「師父，你……你……你怎地跟弟子說笑？我……我立即給師父解穴。」掙扎著爬起，搖搖晃晃的走到岳不羣身前，問道：「師……師父，解甚麼穴？」

岳不羣惱怒之極，想起先前令狐冲在華山上裝腔作勢的自刺一劍，說甚麼也不肯殺田伯光，眼下自又是老戲重演，既放走那十五名蒙面客，又故意拖延，不即爲自己解穴，怕自己去追殺那些蒙面惡徒，怒道：「不用你費心了！」繼續暗運紫霞神功，衝盪被封的諸處穴道。他自給敵人點了穴道後，一直以強勁內力衝擊不休，只是點他穴道之人所使勁力著實厲害，而受點的又是玉枕、膻中、大椎、肩貞、志室等幾處要緊大穴，經脈運行在這幾處要穴中受阻，紫霞神功威力大減，一時竟衝解不開。

令狐冲只想儘快爲師父解穴，卻半點力道也使不出來，數次勉力想提起手臂，總是眼前金星亂舞，耳中嗡嗡作響，差一點便即暈去，只得躺在岳不羣身畔，靜候他自解穴道。

岳夫人伏在地下，適才氣惱中岔了眞氣，全身脫力，竟抬不起手來按住腿上傷口。眼見天色微明，雨也漸漸住了，各人面目慢慢由矇矓變爲清楚。岳不羣頭頂白霧瀰漫，臉上紫氣大盛，忽然一聲長嘯，全身穴道盡解。他一躍而起，雙手或拍或打，或點或揑，頃刻間將各人被封的穴道全解開了，然後以內力輸入岳夫人體內，助她順氣。岳靈珊忙給母親包紮腿傷。

衆弟子回思昨晚死裏逃生的情景，當眞恍如隔世。施戴子、高根明等看到梁發身首異處的慘狀，都潸然落淚，幾名女弟子更放聲大哭。衆人均想：「幸虧大師哥擊敗了這批惡徒，否則委實不堪設想。」高根明見令狐冲兀自躺在泥濘之中，過去將他扶起。

岳不羣淡淡的道：「冲兒，那十五個蒙面人是甚麼來歷？」令狐冲道：「弟子……弟子不知。」岳不羣道：「你識得他們嗎？交情如何？」令狐冲駭然道：「弟子在此以前，從未見過其中任何一人。」岳不羣道：「既然如此，那爲甚麼我命你留他們下來仔細查問，你卻聽而不聞，置之不理？」令狐冲道：「弟子……弟子……實在全身乏力，半點力氣也沒有了，此刻……此刻……」說著身子搖晃，顯然單是站立也頗艱難。

岳不羣哼的一聲，道：「你做的好戲！」令狐冲額頭汗水涔涔而下，雙膝一曲，跪倒在地，說道：「弟子自幼孤苦，承蒙師父師娘大恩大德，收留撫養，看待弟子便如親生兒子一般。弟子雖不肖，也決不敢違背師父意旨，有意欺騙師父師娘。」岳不羣道：「你不敢欺騙我和你師娘？那你這些劍法，哼哼，是從那裏學來的？難道眞是夢中神人所授，突然從天上掉下來不成？」令狐冲叩頭道：「請師父恕罪，傳授劍法這位前輩曾要弟子答應，無論如何不可向人吐露劍法的來歷，即是對師父、師娘，也不得稟告。」

岳不羣冷笑道：「這個自然，你武功到了這地步，怎麼還會將師父、師娘瞧在眼裏？我們華山派這點點兒微末功力，如何能當你神劍之一擊？那蒙面老者不說過麼？華山派掌門一席，早該由你接掌才是。」

令狐冲不敢答話，只是磕頭，心中思潮起伏：「我若不吐露風太師叔傳授劍法的經過，師父師娘終究不能見諒。但男兒漢須當言而有信，田伯光一個採花淫賊，在身受桃谷六仙種種折磨之時，尚且決不洩漏風太師叔的行蹤。令狐冲受人大恩，決不能有負於他。我對師父師娘之心，天日可表，暫受一時委屈，又算得甚麼？」說道：「師父、師娘，不是弟子膽敢違抗師命，實是有難言的苦衷。日後弟子去求懇這位前輩，請他准許弟子向師父、師娘稟明經過，那時自然不敢有絲毫隱瞞。」

岳不羣道：「好，你起來罷！」令狐冲又叩兩個頭，待要站起，雙膝一軟，又即跪倒。林平之正在他身畔，伸手將他拉起。

岳不羣冷笑道：「你劍法高明，做戲的本事更加高明。」令狐冲不敢回答，心想：「師父待我恩重如山，今日錯怪了我，日後終究會水落石出。此事太也蹊蹺，那也難怪他老人家心中生疑。」他雖受委屈，倒無絲毫怨懟之意。

岳夫人溫言道：「昨晚若不是憑了冲兒的神妙劍法，華山派全軍覆沒，固然不用說了，我們娘兒們只怕還難免慘受凌辱。不管傳授冲兒劍法那位前輩是誰，咱們所受恩德，總之實在不淺。至於那一十五個惡徒的來歷，日後總能打聽得出。冲兒怎麼跟他們會有交情？他們不是要將冲兒亂刀分屍、冲兒又都刺瞎了他們眼睛麼？」

岳不羣抬起了頭呆呆出神，於岳夫人這番話似一句也沒聽進耳去。

眾弟子有的生火做飯，有的就地掘坑，掩埋了梁發的屍首。用過早飯後，各人從行李中取出乾衣，換了身上濕衣。大家眼望岳不羣，聽他示下，均想：「是不是還要到嵩山去跟左盟主評理？封不平既敗於大師哥劍底，該沒臉來爭這華山派掌門之位了。」

岳不羣向岳夫人道：「師妹，你說咱們到那裏去？」岳夫人道：「嵩山是不必去了。但既然出來了，也不必急急的就回華山。」她害怕桃谷六仙，不敢便即回山。岳不羣道：「左右無事，四下走走那也不錯，也好讓弟子們增長些閱歷見聞。」

岳靈珊大喜，拍手道：「好極，爹爹……」但隨即想到梁發師哥剛死，登時便如此歡喜，實是不合，只拍了一下手，便即停住。岳不羣微笑道：「提到遊山玩水，你最高興了。爹爹索性順你的性，珊兒，你說咱們到那裏去玩的好？」說著眼瞧林平之。

岳靈珊道：「爹爹，既然說玩，那就得玩個痛快，走得越遠越好。咱們大家到小林子家裏玩兒去。我跟二師哥去過福州，只可惜那次扮了個醜丫頭，不想在外面多走動，甚麼也沒見到。福建龍眼又大又甜，還有福橘、榕樹、水仙花……」

岳夫人搖搖頭，說道：「從這裏到福建，萬里迢迢，咱們那有這許多盤纏？莫不成華山派變了丐幫，一路乞食討飯？」

林平之道：「師父、師娘，咱們沒幾天便入河南省境，弟子外婆家是在洛陽。」岳夫人道：「嗯，你外祖父金刀無敵王元霸是洛陽人。」林平之道：「弟子父母雙亡，很想去拜見外公、外婆，稟告詳情。師父、師娘和衆位師哥、師姊如肯賞光，到弟子外祖家盤桓數日，我外公、外婆必定大感榮寵。然後咱們再慢慢遊山玩水，到福建舍下去走走。弟子在長沙分局中，從青城派手裏奪回了不少金銀珠寶，盤纏一節……倒不必掛懷。」

岳夫人自從刺了桃實仙一劍之後，每日裏只躭心給桃谷四仙抓住四肢，登時全身麻木，沒法動彈，更想到成不憂給撕成四塊、遍地臟腑的慘狀，當眞心膽俱裂，已不知做了多少惡夢。她見丈夫注目林平之後，林平之便邀請衆人赴閩，心想逃難自然逃得越遠越好，自己和丈夫生平從未去過南方，到福建一帶走走倒也不錯，便笑道：「師哥，小林子管吃管住，咱們去不去吃他的白食啊？」

岳不羣微笑道：「平之的外公金刀無敵王老爺子威震中原，我一直好生相敬，只緣慳一面。福建泉州是南少林所在地，自來便多武林高手。咱們便到洛陽、福建走一遭，如能結交到幾位說得來的朋友，也就不虛此行了。」

衆弟子聽得師父答應去福建遊玩，無不興高采烈。林平之和岳靈珊相視而笑，心花怒放。

這中間只令狐冲一人黯然神傷，尋思：「師父、師娘甚麼地方都不去，偏偏先要去洛陽會見林師弟的外祖父，再萬里迢迢的去福建作客，不言而喻，自是要將小師妹許配給他了。到洛陽是去見他家長輩，說定親事；到了福建，多半便在他林家完婚。我是個沒爹沒娘、無親無戚的孤兒，怎能和他分局遍天下的福威鏢局相比？林師弟去洛陽叩見外公、外婆，我跟了去卻又算甚麼？」見衆師弟、師妹個個笑逐顏開，將梁發慘死一事丟到了九霄雲外，更是不愉，尋思：「今晚投宿之後，我不如黑夜裏一個人悄悄走了。難道我竟能隨著大家，吃林師弟的飯，使林師弟的錢？再強顏歡笑，恭賀他和小師妹舉案齊眉，白頭偕老？」

衆人啓程後，令狐冲跟隨在後，神困力乏，越走越慢，和衆人相距也越來越遠。行到中午時分，他坐在路邊一塊石上喘氣，卻見勞德諾快步回來，道：「大師哥，你身子怎樣？走得很累罷？我等等你。」令狐冲道：「好，有勞你了。」勞德諾道：「師娘已在前邊鎮上僱了輛大車，這就來接你。」

令狐冲心中感到一陣暖意：「師父雖然對我起疑，師母仍待我極好。」過不多時，一輛大車由騾子拉著馳來。令狐冲上了大車，勞德諾在旁相陪。

這日晚上，投店住宿，勞德諾便和他同房。如此一連兩日，勞德諾竟跟他寸步不離。令狐冲見他顧念同門義氣，照料自己有病之身，頗爲感激，心想：「勞師弟是帶藝投師，年紀比我大得多，平時跟我話也不多說幾句，想不到我此番遭難，他竟如此盡心待我，當眞是路遙知馬力，日久見人心。別的師弟們見師父對我神色不善，便不敢來跟我多說話。唉，倘若六師弟尚在，那便大大不同了。」

第三日晚上，他正在炕上合眼養神，忽聽得小師弟舒奇在房門口輕聲說話：「二師哥，師父問你，今日大師哥有甚異動？」勞德諾噓的一聲，低聲道：「別作聲，出去！」只聽了這兩句話，令狐冲心下已一片冰涼，才知師父對自己的疑忌實是非同小可，竟然派了勞德諾在暗中監視自己。

只聽得舒奇躡手躡腳的走了開去。勞德諾來到炕前，察看他是否眞的睡著。令狐冲心下大怒，登時便欲跳起身來，直斥其非，但轉念一想：「此事跟他又有甚麼相干？他是奉師命辦事，身不由己。」當下強忍怒氣，假裝睡熟。勞德諾輕步出房。

令狐冲知他必是去向師父稟報自己動靜，暗自冷笑：「我又沒做絲毫虧心事，你們就有十個、一百個對我日夜監視，令狐冲光明磊落，又有何懼？」胸中憤激，牽動了內息，只感氣血翻湧，極是難受，伏在枕上大聲喘息，隔了好半天，這才漸漸平靜。坐起身來，披衣穿鞋，心道：「師父既已不當我弟子看待，便似防賊一般提防，我留在華山派中還有甚麼意味，不如一走了之。將來師父明白我也罷，不明白也罷，一切由他去罷。」

便在此時，忽聽得窗外有人低聲說道：「伏著別動！」另一人低聲道：「好像大師哥起身下地。」這二人說話聲音極低，但這時夜闌人靜，令狐冲耳音又好，竟聽得清清楚楚，認出是兩名年輕師弟，顯是伏在院子中，防備自己逃走。令狐冲雙手抓拳，只捏得骨節格格直響，心道：「我此刻一走，反顯得作賊心虛。好！我偏不走，任憑你們如何對付我便了。」突然大叫：「店小二，店小二，拿酒來。」

叫了好一會，店小二才答應了送上酒來。令狐冲喝得酩酊大醉，不省人事。次日早晨由勞德諾扶入大車，還兀自叫道：「拿酒來，我還要喝！」

數日後，華山派衆人到了洛陽，在一家大客店投宿了。林平之單身到外祖父家去。岳不羣等衆人都換了乾淨衣衫。

令狐冲自那日藥王廟外夜戰後，所穿那件泥濘長衫始終沒換，這日仍是滿身污穢，醉眼乜斜。岳靈珊拿了一件長袍，走到他身前，道：「大師哥，你換上這件袍子，好不好？」令狐冲道：「師父的袍子，幹麼給我穿？」岳靈珊道：「待會小林子請咱們到他家去，你換上爹爹的袍子罷。」令狐冲道：「到他家去，非穿漂亮衣服不可嗎？」說著向她上下打量。

只見她上身穿一件翠綢緞子薄皮襖，下面是淺綠緞裙，臉上薄施脂粉，一頭青絲梳得油光烏亮，鬢邊插著一朵珠花，令狐冲記得往日只過年之時她才如此刻意打扮，心中一酸，待要說幾句負氣話，又想：「男子漢大丈夫，何以如此小氣？」便忍住不說。

岳靈珊給他銳利的目光看得忸怩不安，說道：「你不愛著，那也不用換了。」令狐冲道：「我不慣穿新衣，還是別換了罷！」岳靈珊不再跟他多說，拿著長袍出房。

只聽得門外一個洪亮的聲音說道：「岳大掌門遠道光臨，在下未曾遠迎，可當眞失禮之極哪！」

岳不羣知是金刀無敵王元霸親自來客店相會，和夫人對視一笑，心下甚喜，當即雙雙迎了出去。

只見那王元霸已有七十來歲，滿面紅光，頦下一叢長長的白鬚飄在胸前，精神矍鑠，左手嗆啷啷的轉著兩枚鵝蛋大小的金膽。武林中人手玩鐵膽，甚是尋常，但均是鑌鐵或純鋼所鑄，王元霸手中所握的卻是兩枚黃澄澄的金膽，比之鐵膽固重了一倍有餘，而且大顯華貴之氣。他一見岳不羣，便哈哈大笑，說道：「幸會，幸會！岳大掌門名滿武林，小老兒十多年來無日不在思念，今日來到洛陽，當眞是中州武林的大喜事。」說著握住了岳不羣的右手連連搖晃，歡喜之情，甚是眞誠。

岳不羣笑道：「在下夫婦帶了徒兒出外遊歷訪友，以增見聞，第一位要拜訪的，便是中州大俠、金刀無敵王老爺子。咱們這幾十個不速之客，可來得鹵莽了。」

王元霸大聲道：「『金刀無敵』這四個字，在岳大掌門面前誰也不許提。誰要提到了，那不是捧我，而是損我王元霸來著。岳先生，你收容我的外孫，恩同再造，咱們華山派和金刀門從此便是一家，哥兒倆再也休分彼此。來來來，大家到我家去，不住他一年半載的，誰也不許離開洛陽一步。岳大掌門，我老兒親自給你背行李去。」

岳不羣忙道：「這個可不敢當。」

王元霸回頭向身後兩個兒子道：「伯奮、仲強，快向岳師叔、岳師母叩頭。」王伯奮、王仲強齊聲答應，屈膝下拜。岳不羣夫婦忙跪下還禮，說道：「咱們平輩相稱，『師叔』二字，如何克當？就從平之身上算來，咱們也是平輩。」王伯奮、王仲強二人在鄂豫一帶武林中名頭甚響，對岳不羣雖素來佩服，但向他叩頭終究不願，只是父命不可違，勉強跪倒，見岳不羣夫婦叩頭還禮，心下甚喜。四人交拜了站起。

岳不羣看二人時，見兄弟倆都身材甚高，只王仲強要肥胖得多。兩人太陽穴高高鼓起，手上筋骨突出，顯然內功外功造詣都甚了得。岳不羣向衆弟子道：「大家過來拜見王老爺子和二位師叔。金刀門武功威震中原，咱們華山派的上代祖師，向來對金刀門便極推崇。今後大家得王老爺子和二位師叔指點，一定大有進益。」

衆弟子齊聲應道：「是！」登時在客店的大堂中跪滿了一地。

王元霸笑道：「不敢當，不敢當！」王伯奮、王仲強各還了半禮。

林平之站在一旁，將華山羣弟子一一向外公通名。王元霸手面豪闊，早就備下每人一份四十兩銀子的見面禮，由王氏兄弟逐一分派。

林平之引見到岳靈珊時，王元霸笑嘻嘻的向岳不羣道：「岳老弟，你這位令愛眞是一表人才，可對了婆家沒有啊？」岳不羣笑道：「女孩兒年紀還小，再說，咱們學武功的人家，大姑娘家整日價也是動刀掄劍，甚麼女紅烹飪可都不會，又有誰家要她這樣的野丫頭？」王元霸笑道：「老弟說得太謙了，將門虎女，尋常人家的子弟自不敢高攀了。不過女孩兒家，學些閨門之事也是好的。」說到這裏，聲音放低了，頗為喟然。岳不羣知他是想起了在湖南逝世的女兒，當即收起笑容，應道：「是！」

王元霸為人爽朗，喪女之痛隨即克制，哈哈一笑，說道：「令愛這麼才貌雙全，要找一位少年英雄來配對兒，可還眞不容易。」

勞德諾到店房中扶了令狐冲出來。令狐冲腳步踉蹌，見了王元霸與王氏兄弟也不叩頭，只深深作揖，說道：「弟子令狐冲，拜見王老爺子、兩位師叔。」

岳不羣皺眉道：「怎麼不磕頭？」王元霸早聽得外孫稟告，知令狐冲身上有傷，笑道：「令狐賢姪身子不適，不用多禮了。岳老弟，你華山派內功向稱五嶽劍派中第一，酒量必定驚人，來，我和你喝十大碗去。」說著挽了岳不羣的手，走出客店。

岳夫人、王伯奮、王仲強以及華山衆弟子在後相隨。

一出店門，外邊車輛坐騎早已預備妥當。女眷坐車，男客乘馬，車輛帷幄華麗，牲口鞍轡鮮明。自林平之去報訊到王元霸客店迎賓，還不到一個時辰，倉卒之間，車馬便已齊備，單此一節，便知金刀王家在洛陽的聲勢。

到得王家，但見房舍高大，朱紅漆的大門，門上兩個大銅環，擦得晶光雪亮，八名壯漢垂手在大門外侍候。一進大門，見樑上懸著一塊黑漆大匾，寫著「見義勇為」四個金字，下面落款是河南省的巡撫某人。

這一晚王元霸大排筵席，宴請岳不羣師徒，不但廣請洛陽武林中知名之士相陪，賓客之中還有不少的士紳名流、富商大賈。

令狐冲是華山派大弟子，遠來男賓之中，除岳不羣外便以他居長。衆人見他衣衫襤褸，神情委靡，均暗暗納罕。但武林中獨特異行之士甚多，丐幫的首領高手便個個穿得破破爛爛，衆賓客心想此人既是華山派首徒，自非尋常，都對他甚爲客氣。

令狐冲坐在第三席上，由王伯奮作主人相陪。酒過三巡，王伯奮見他神情冷漠，問他三句，往往只答一句，顯是對自己老大瞧不在眼裏，又想起先前在客店之中，這人對自己父子連頭也不曾磕一個，四十兩銀子的見面禮倒是老實不客氣的收了，不由得暗暗生氣，談到武功上頭，便旁敲側擊，提了幾個疑難向他請教考問。

令狐冲唯唯否否，全不置答。他倒不是對王伯奮有何惡感，只是見王家如此豪奢，自己一個窮小子和之相比，當眞是一個天上，一個地下。林平之一到外公家，便即換上蜀錦長袍，他本來相貌俊美，這一穿戴，越發顯得富貴都雅，丰神如玉。令狐冲一見之下，更不由得自慚形穢，尋思：「莫說小師妹在山上時便已跟他相好，就算她始終對我如昔，跟了我這窮光蛋，一世又有甚麼出息？」他一顆心來來回回，盡是在岳靈珊身上纏繞，不論王伯奮跟他說甚麼話，自然都聽而不聞了。

王伯奮在中州一帶武林之中，人人對他趨奉唯恐不及，這一晚卻連碰了令狐冲這年輕人幾個釘子，依著他平時心性，早就要發作，只是一來念著死去了的姊姊，二來見父親對華山派甚是尊重，當下強抑怒氣，接連向令狐冲敬酒。令狐冲酒到杯乾，不知不覺已喝了四十來杯。他本來酒量甚宏，便百杯以上也不會醉，但此時內力已失，大大打了個折扣，兼之酒入愁腸，加倍易醉，喝到四十餘杯時已大有醺醺之意。王伯奮心想：「你這小子太也不通人情世故，我外甥是你師弟，你就該當稱我一聲師叔或是世叔。你一聲不叫，那也罷了，對我竟不理不睬。你當我王伯奮是甚麼人？好，今日灌醉了你，叫你在衆人之前大大的出個醜。」

眼見令狐冲醉眼惺忪，酒意已有八分了，王伯奮笑道：「令狐老弟華山首徒，果然是英雄出在少年，武功高，酒量也高。來人哪，換上大碗，給令狐少爺倒酒。」

王家家人轟聲答應，上來倒酒。令狐冲一生之中，人家給他斟酒，那可從未拒卻過，當下酒到碗乾，又喝了五六大碗，酒氣湧將上來，將身前的杯筷都拂到了地下。同席的人都道：「令狐少俠醉了。喝杯熱茶醒醒酒。」王伯奮笑道：「人家華山派掌門弟子，那有這麼容易醉的？令狐老弟，乾了！」又跟他斟滿了一碗酒。

令狐冲道：「那……那裏醉了？乾了！」舉起酒碗，骨嘟骨嘟的喝下，倒有半碗酒倒在衣襟之上，突然間身子一晃，張嘴大嘔，腹中酒菜淋淋漓漓的吐滿了一桌，酒汁殘菜，四散熏人。同席之人一齊驚避，王伯奮卻不住冷笑。

令狐冲這麼一嘔，大廳上數百對眼光都向他射來。岳不羣夫婦皺起了眉頭，心想：「這孩子便是上不得枱盤，在這許多貴賓之前出醜。」

勞德諾和林平之同時搶過來扶住令狐冲。林平之道：「大師哥，我扶你歇歇去！」令狐冲道：「我……我沒醉，我還要喝酒，拿酒來。」林平之道：「是，是，快拿酒來。」令狐冲醉眼斜睨，道：「你……你……小林子，怎地不去陪小師妹？拉著我幹麼？多事！」勞德諾低聲道：「大師哥，咱們歇歇去，這裏人多，別亂說話！」令狐冲怒道：「我亂說甚麼了？師父派你來監視我、看牢我，你……你找到了甚麼憑據？就算沒有，也好假造些去討好師父啊！」勞德諾生怕他醉後更加口不擇言，和林平之二人左右扶持，硬生生將他架入後進廂房中休息。

岳不羣聽到他說「師父派你來監視我，你找到了甚麼憑據」這句話，饒是他修養極好，也忍不住變色。王元霸笑道：「岳老弟，後生家酒醉後胡言亂語，理他作甚？來來來，喝酒！」岳不羣強笑道：「鄉下孩子沒見過世面，倒教王老爺子見笑了。」

筵席散後，岳不羣囑咐勞德諾此後不可跟隨令狐冲，只暗中留神便是。

當晚王元霸叫來兩子，關上了書房門，與岳不羣夫婦談論福威鏢局給青城派挑散、女兒女婿爲余滄海及木高峯害死、今後如何報仇雪恨之事。岳不羣慨然直言，青城派人多勢衆，五嶽劍派內部又有紛爭，此刻起釁，未必能佔上風，日後如須出一份力，華山派上下義不容辭。王元霸父子和林平之齊向岳不羣夫婦道謝，兩家直說到深夜方散。

令狐冲這一醉，直到次日午後才醒，昨晚自己說過些甚麼，卻一句也不記得了。只覺頭痛欲裂，見自己獨睡一房，臥具甚是精潔。他踱出房來，衆師弟一個也不見，一問下人，原來是在後面講武廳上，和金刀門王家的子姪、弟子切磋武藝。令狐冲心道：「我跟他們混在一塊幹甚麼？不如到外面逛逛去。」當即揚長出門。

洛陽是數朝都城，規模宏偉，市肆卻不甚繁華。令狐冲識字不多，於古代史事所知有限，見到洛陽城內種種名勝古蹟，茫然不明來歷，看得毫無興味。信步走進一條小巷，見七八名無賴正在一家小酒店中賭骰子。他擠身進去，摸出王元霸昨日所給的見面禮封包，取出銀子，便和他們呼么喝六的賭了起來。到得傍晚，在這家小酒店中喝得醺醺而歸。

一連數日，他便和這羣無賴賭錢喝酒，頭幾日手氣不錯，贏了幾兩，第四日上卻一敗塗地，四十幾兩銀子輸得乾乾淨淨。那些無賴便不許他再賭。令狐冲怒火上衝，只管叫酒喝，喝得幾壺，店小二道：「小夥子，你輸光了錢，這酒帳怎麼還？」令狐冲道：「欠一欠，明日來還。」店小二搖頭道：「小店本小利薄，至親好友，概不賒欠！」令狐冲大怒，喝道：「你欺侮小爺沒錢麼？」店小二笑道：「不管你是小爺、老爺，有錢便賣，無錢不賒。」

令狐冲回顧自身，衣衫襤褸，原不似是個有錢人模樣，除了腰間一口長劍，更無他物，當即解下劍來，往桌上一拋，說道：「給我去當鋪裏當了。」

一名無賴還想贏他的錢，忙道：「好！我給你去當。」捧劍而去。

店小二便又端了兩壺酒上來。令狐冲喝乾了一壺，那無賴已拿了幾塊碎銀子回來，道：「一共當了三兩四錢銀子。」將銀子和當票都塞了給他。令狐冲一掂銀子，連三兩也不到，當下也不多說，又和衆無賴賭了起來。賭到傍晚，連喝酒帶輸，三兩餘銀子又不知去向。

令狐冲向身旁一名無賴陳歪嘴道：「借三兩銀子來，贏了加倍還你。」陳歪嘴笑道：「輸了呢？」令狐冲道：「輸了？明天還你。」陳歪嘴道：「諒你這小子家裏也沒銀子，輸了拿甚麼來還？賣老婆麼？賣妹子麼？」令狐沖大怒，反手便是一記耳光，這時酒意早有了八九分，順手便將他身前的幾兩銀子都搶了過來。陳歪嘴叫道：「反了，反了！這小子是強盜。」眾無賴本是一夥，一擁而上，七八個拳頭齊往令狐沖身上招呼。令狐沖手中無劍，又力氣全失，給幾名無賴按在地下，拳打足踢，片刻間便給打得鼻青目腫。忽聽得馬蹄聲響，有幾騎馬經過身旁，馬上有人喝道：「閃開，閃開！」揮起馬鞭，將眾無賴趕散。令狐沖俯伏在地，再也爬不起來。

一個女子聲音突然叫道：「咦，這不是大師哥麼？」正是岳靈珊。另一人道：「我瞧瞧去！」卻是林平之。他翻身下馬，扳過令狐沖的身子，驚道：「大師哥，你怎麼啦？」令狐沖搖搖頭，苦笑道：「喝醉啦！賭輸啦！」林平之忙將他抱起，扶上馬背。

除了林平之、岳靈珊二人外，另有四騎馬，馬上騎的是王伯奮的兩個女兒和王仲強的兩個兒子，是林平之的表兄弟姊妹。他六人一早便出來在洛陽各處寺觀中遊玩，直到此刻才盡興而歸，那料到竟在這小巷之中見令狐沖給人打得如此狼狽。那四人都大爲訝異：「他華山派位列五嶽劍派，爺爺平日提起，好生讚揚，前數日和他們眾弟子切磋武功，也確各有不凡功夫。這令狐沖是華山派首徒，怎地連幾個流氓地痞也打不過？」眼見他給打得鼻孔流血，又不是假的，這可眞奇了？

令狐沖回到王元霸府中，將養了數日，這才漸漸康復。岳不羣夫婦聽說他跟無賴賭博，輸了錢打架，甚是氣惱，也不來看他。

到第五日上，王仲強的小兒子王家駒興沖沖的走進房來，說道：「令狐大哥，我今日給你出了一口惡氣。那日打你的七個無賴，我都已找了來，狠狠的給抽了一頓鞭子。」

令狐沖對這件事其實並不介懷，淡淡的道：「那也不必了。那日是我喝醉了酒，本來是我的不是。」王家駒道：「那怎麼成？你是我家的客人，不看僧面看佛面，我金刀王家的客人，怎能在洛陽城中教人打了不找回場子？這口氣倘若不出，人家還能把我金刀王家瞧在眼裏麼？」

令狐沖內心深處，對「金刀王家」本就頗有反感，又聽他左一個「金刀王家」，右一個「金刀王家」，倒似「金刀王家」乃武林中權勢薰天的大豪門一般，忍不住脫口而出：「對付幾個流氓混混，原用得著金刀王家。」他話一出口，已然後悔，正想致歉，王家駒臉色已沉了下來，道：「令狐兄，你這是甚麼話？那日若不是我和哥哥趕散了這七個流氓混混，你今日還有命在麼？」令狐沖淡淡一笑，道：「是啊！原要多謝兩位的救命之恩。」

王家駒聽他語氣，知他說的乃是反話，更加有氣，大聲道：「你是華山派掌門大弟子，連洛陽城中幾個流氓混混也對付不了，嘿嘿，旁人不知，豈不是要說你浪得虛名？」

令狐沖百無聊賴，甚麼事都不放在心上，說道：「我本就連虛名也沒有，『浪得虛名』四字，卻也談不上了。」

便在這時，房門外有人說道：「兄弟，你跟令狐兄在說甚麼？」門帷一掀，走進一個人來，卻是王仲強的長子王家駿。

王家駒氣憤憤的道：「大哥，我好意爲他出氣，將那七個痞子找齊了，每個人都狠狠給抽了一頓鞭子，不料這位令狐大俠卻怪我多事呢。」王家駿道：「兄弟，你有所不知，適才我聽得岳師妹說道，這位令狐兄眞人不露相，那日在陝西藥王廟前，以一柄長劍，只一招便刺瞎了一十五位一流高手的雙眼，當眞是劍術如神，天下罕有，哈哈！」他這一笑神氣間頗爲輕浮，顯然對岳靈珊之言全然不信。王家駒跟著也哈哈一笑，說道：「想來那一十五位一流高手，比之咱們洛陽城中的流氓，武藝卻還差了這麼老大一截，哈哈，哈哈！」

令狐冲也不動怒，嘻嘻一笑，坐在椅上抱住了右膝，輕輕搖晃。

王家駿這一次奉了伯父和父親之命，前來盤問令狐冲。王伯奮、仲強兄弟本來叫他善言套問，不可得罪了客人，但他見令狐冲神情傲慢，全不將自己兄弟瞧在眼裏，漸漸的氣往上衝，說道：「令狐兄，小弟有一事請教。」聲音說得甚響。令狐冲道：「不敢。」王家駿道：「聽平之表弟言道，我姑丈姑母逝世之時，就只令狐兄一人在他二位身畔送終。」令狐冲道：「正是。」王家駿道：「我姑丈姑母的遺言，是令狐兄帶給了我平之表弟？」令狐冲道：「不錯。」王家駿道：「那麼我姑丈的辟邪劍譜呢？」

令狐冲一聽，霍地站起，大聲道：「你說甚麼？」

王家駿防他暴起動手，退了一步，道：「我姑丈有一部辟邪劍譜，託你交給平之表弟，怎地你至今仍未交出？」令狐冲聽他信口誣衊，只氣得全身發抖，顫聲道：「誰……誰說有一部辟……辟邪劍譜，託……託……託我交給林師弟？」王家駿笑道：「倘若並無其事，你又何必作賊心虛，說起話來也膽戰心驚？」令狐冲強抑怒氣，說道：「兩位王兄，令狐冲在府上是客，你說這等話，是令祖、令尊之意，還是兩位自己的意思？」

王家駿道：「我不過隨口問問，又有甚麼大不了的事？跟我爺爺、爹爹可全不相干。不過福州林家的辟邪劍法威震天下，武林中衆所知聞，林姑丈突然之間逝世，他隨身珍藏的辟邪劍譜又不知去向，我們既是至親，自不免要查問查問。」

令狐冲道：「是小林子叫你問的，是不是？他自己爲甚麼不來問我？」

王家駒嘿嘿嘿的笑了三聲，說道：「平之表弟是你師弟，他又怎敢開口問你？」令狐冲冷笑道：「既有你洛陽金刀王家撐腰，嘿嘿，你們現下可以一起逼問我啦。那麼去叫林平之來罷。」王家駿道：「閣下是我家客人，『逼問』二字，可擔當不起。我兄弟不過心懷好奇，這麼問上一句，令狐兄肯答當然甚好，不肯答呢，我們自也無法可施。」

令狐冲點頭道：「我不肯答！你們無法可施，這就請罷！」

王氏兄弟面面相覷，沒料到他乾淨爽快，一句話就將門封住了。

王家駿咳嗽一聲，另找話頭，說道：「令狐兄，你一劍刺瞎了一十五位高手的雙眼，這手劍招如此神奇，多半是從辟邪劍譜中學來的罷？」

令狐冲大吃一驚，全身出了一陣冷汗，雙手忍不住發顫，登時心下一片雪亮：「師父、師娘和衆師弟、師妹不感激我救了他們性命，反而人人大有疑忌之意，我始終不明白是甚麼緣故。原來如此，原來如此！原來他們都認定我吞沒了林震南的辟邪劍譜。他們既從來沒見過獨孤九劍，我又不肯洩露風太師叔傳劍的祕密，眼見我在思過崖上住了數月，突然之間劍術大進，連劍宗封不平那樣的高手都敵我不過，若不是從辟邪劍譜中學到了奇妙高招，這劍法又從何處學來？風太師叔傳劍之事太過突兀，沒人能料想得到，而林震南夫婦逝世之時又只我一人在側，人人自然都會猜想，那部武林高手大生覬覦之心的辟邪劍譜，必定是落入了我手中。旁人這般猜想，並不希奇。但師父師母撫養我長大，師妹和我情若兄妹，我令狐冲是何等樣人，居然也信我不過？嘿嘿，可真將人瞧得小了！」思念及此，臉上自然而然露出了憤慨不平之意。

王家駿甚爲得意，微笑道：「我這句話猜對了，是不是？那辟邪劍譜呢？我們也不想瞧你的，只是物歸原主，你將劍譜還了給林家表弟，也就是啦。」令狐冲搖頭道：「我從來沒見過甚麼辟邪劍譜。林總鏢頭夫婦曾先後爲青城派和塞北明駝木高峯所擒，他身上倘若有甚麼劍譜，旁人早已搜了出來。」王家駿道：「照啊，那辟邪劍譜何等寶貴，我姑丈姑母怎會隨身攜帶？自然是藏在一個萬分隱秘的所在。他們臨死之時，這才請你轉告平之表弟，那知道……那知道……嘿嘿！」王家駒道：「那知道你悄悄去找了出來，就此吞沒！」

令狐冲越聽越怒，本來不願多辯，但此事關連太過重大，不能蒙此污名，說道：「林總鏢頭要是眞有這麼一部神妙劍譜，他自己該當無敵於世了，怎麼連幾個青城派的弟子也敵不過，竟然爲他們所擒？」

王家駒道：「這個……這個……」一時張口結舌，無言以對。王家駿卻能言善辯，說道：「天下之事，無獨有偶。令狐兄學會了辟邪劍法，劍術通神，可是連幾個流氓地痞也敵不過，竟然爲他們所擒，那是甚麼緣故？哈哈，這叫做眞人不露相。可惜哪，令狐兄，你做得未免也太過份了些，堂堂華山派掌門大弟子，給洛陽城幾個流氓打得全無招架之力。這番做作，任誰也難以相信。既是絕不可信，其中自然有詐。令狐兄，我勸你還是認了罷！」

按著令狐冲平日的性子，早就反唇相稽，只是此事太也湊巧，自己身處嫌疑之地，甚麼「金刀王家」，甚麼王氏兄弟，他半點也沒放在心上，卻不能讓師父、師娘、師妹三人對自己起了疑忌之心，當即莊容道：「令狐冲生平從沒見過甚麼辟邪劍譜。福州林總鏢頭的遺言，我也已一字不漏的傳給了林師弟知曉。令狐冲若有欺騙隱瞞之事，罪該萬死，不容於天地之間。」說著叉手而立，神色凜然。

王家駿微笑道：「這等關涉武林祕笈的大事，假使隨口發了一個誓，便能混蒙了過去，令狐兄未免把天下人都當作傻子啦。」令狐冲強忍怒氣，道：「依你說該當如何？」王家駒道：「我兄弟斗膽，要在令狐兄身邊搜上一搜。」他頓了一頓，笑嘻嘻的道：「就算那日令狐兄給那七個流氓擒住了，動彈不得，他們也會在你身上裏裏外外的大搜一陣。」令狐冲冷笑道：「你們要在我身上搜檢，哼，當我令狐冲是小賊麼？」

王家駿道：「不敢！令狐兄既說沒取辟邪劍譜，又何必怕人搜檢？搜上一搜，倘若身上並無劍譜，從此洗脫了嫌疑，豈不是好？」令狐冲點頭道：「好！你去叫林師弟和岳師妹來，好讓他二人作個證人。」

王家駿生怕自己一走開，兄弟落了單，立刻便爲令狐冲所乘，倘若二人同去，他自然會將辟邪劍譜收了起來，再也搜檢不到，說道：「要搜便搜，令狐兄若不是心虛，又何必這般諸多推搪？」

令狐冲心想：「我容你們搜查身子，只不過要在師父、師娘、師妹三人面前證明自己清白，你二人信得過我也好，信不過也好，令狐冲理會作甚？小師妹若不在場，豈容你二人的獸爪子碰一碰我身子？」當下緩緩搖頭，說道：「憑你二位，只怕還不配搜我！」

王氏兄弟越是見他不讓搜檢，越認定他身上藏了辟邪劍譜，一來要在伯父與父親面前領功，二來素聞辟邪劍法好生厲害，這劍譜既是自己兄弟搜查出來，林表弟不能不借給自己兄弟閱看。王家駿日前眼見他給幾個無賴按在地下毆打，無力抗拒，料想他只不過劍法了得，拳腳功夫卻甚平常，此刻他手中無劍，正好乘機動手，當下向兄弟使個眼色，說道：「令狐兄，你可別敬酒不吃吃罰酒，大家破了臉，卻沒甚麼好看。」兩兄弟說著便逼將過來。

王家駒挺起胸膛，直撞過去。令狐冲伸手一擋。王家駒大聲道：「啊喲，你打人麼？」刁住他手腕，往下便是一壓。他想令狐冲是華山派首徒，終究不可小覷了，這一刁一壓，使上了家傳的擒拿手法，更運上了十成力道。

令狐冲臨敵應變經驗極爲豐富，見他挺胸上前，便知他不懷好意，右手這一擋原本藏了不少後著，給對方刁住了手腕，本當轉臂斜切，轉守爲攻，豈知自己內力全失之後，雖照式轉臂，卻發不出半點力道，只聽得喀喇一聲響，右臂一麻，手肘關節已給他扭脫了臼，這才覺到徹骨之痛。

王家駒下手極是狠辣，一壓脫令狐冲右臂，跟著一抓一扭，將他左臂齊肩的關節也扭脫了臼，說道：「哥哥，快搜！」王家駿伸出左腿，攔在令狐冲雙腿之前，防他飛腿傷人，伸手到他懷中，將各種零星物事一件件掏了出來，突然摸到一本薄薄的書冊，當即取出。二人同聲歡叫：「在這裏啦，在這裏啦，搜到了林姑丈的辟邪劍譜！」

王氏兄弟忙不迭的揭開那本冊子，只見第一頁上寫著「笑傲江湖之曲」六個篆字。王氏兄弟只粗通文墨，這六個字如是楷書，倒也認得，既作篆體，那便一個也不識得了。再翻過一頁，但見一個個均是奇文怪字，他二人不知這是琴簫曲譜，心中既已認定是辟邪劍譜，自然更無懷疑，齊聲大叫：「辟邪劍譜，辟邪劍譜！」

王家駿道：「給爹爹瞧去。」拿了那部琴簫曲譜，急奔出房。王家駒在令狐冲腰裏重重踢了一腳，罵道：「不要臉的小賊！」又在他臉上吐了口唾沫。

令狐冲初時氣得幾乎胸膛也要炸了，但轉念一想：「這兩個小子無知無識，他祖父和父親卻不致如此粗鄙，待會得知這是琴譜簫譜，非來向我賠罪不可。」只是雙臂脫臼，一陣陣疼痛難當，又想：「我內功全失，遇到街上的流氓無賴也毫無抵抗之力，已成廢人一個，活在世上，更有何用？」他躺在床上，額頭不住冒汗，傷心之際，忍不住眼淚簌簌流下，但想王氏兄弟定然轉眼便回，不可示弱於人，當即拭乾了眼淚。

過了好一會，聽得腳步聲響，王氏兄弟快步回來。王家駿冷笑道：「去見我爺爺！」

令狐冲怒道：「不去！你爺爺不來向我賠罪，我去見他幹麼？」王氏兄弟哈哈大笑。王家駒道：「我爺爺向你這小賊賠罪？發你的春秋大夢了！去，去！」兩人抓住令狐冲腰間衣服，將他從床上提了起來，走出房外。令狐冲罵道：「金刀王家還自誇俠義道呢，卻如此狂妄欺人，當眞卑鄙之極。」王家駿反手一掌，打得他滿口是血。

令狐冲仍然罵聲不絕，給王氏兄弟提到後面花廳之中。

只見岳不羣夫婦和王元霸分賓主而坐，王伯奮、仲強二人坐在王元霸下首。令狐冲兀自大罵：「金刀王家，卑鄙無恥，武林中從未見過這等污穢骯髒的人家！」

岳不羣臉一沉，喝道：「冲兒，住口！」

令狐冲聽到師父喝斥，這才止聲不罵，向著王元霸怒目而視。

王元霸手中拿著那部琴簫曲譜，淡淡的道：「令狐賢姪，這部辟邪劍譜，你是從何處得來的？」

令狐冲仰天大笑，笑聲半晌不止。岳不羣斥道：「冲兒，尊長問你，便當據實稟告，何以膽敢如此無禮？甚麼規矩？」令狐冲道：「師父，弟子重傷之後，全身無力，你瞧這兩個小子怎生對付我，嘿嘿，這是江湖上待客的規矩嗎？」

王仲強道：「倘若是朋友佳客，我們王家說甚麼也不敢得罪。但你負人所託，將這部辟邪劍譜據為己有，這是盜賊之行，我洛陽金刀王家是清白人家，豈能再當他是朋友？」令狐冲道：「你祖孫三代口口聲聲的說這是辟邪劍譜。你們見過辟邪劍譜沒有？怎知這便是辟邪劍譜？」王仲強一怔，道：「這部冊子從你身上搜了出來，岳師兄又說這不是華山派的武功書譜，卻不是辟邪劍譜是甚麼？」

令狐冲氣極反笑，說道：「你既說是辟邪劍譜，便算是辟邪劍譜好了。但願你金刀王家依樣照式，練成天下無敵的劍法，從此洛陽王家在武林中號稱刀劍雙絕，哈哈！」

王元霸道：「令狐賢姪，小孫一時得罪，你也不必介意。人孰無過，知過能改，善莫大焉。你既把劍譜交了出來，衝著你師父面子，咱們還能追究麼？這件事，大家此後誰也別提。我先給你接上了手膀再說。」說著下座走向令狐沖，伸手去抓他左掌。

令狐沖退後兩步，厲聲道：「且慢！令狐沖可不受你買好。」

王元霸愕然道：「我向你買甚麼好？」

令狐沖怒道：「我令狐沖又不是木頭人，我的手臂你們愛折便折，愛接便接！」向左兩步，走到岳夫人面前，叫道：「師娘！」

岳夫人嘆了口氣，將他雙臂給扭脫的關節都給接上了。

令狐沖道：「師娘，這明明是一本七絃琴的琴譜、洞簫的簫譜，他王家目不識丁，硬說是辟邪劍譜，天下居然有這等大笑話。」

岳夫人道：「王老爺子，這本譜兒，給我瞧瞧成不成？」王元霸道：「岳夫人請看。」將曲譜遞了過去。岳夫人翻了幾頁，也不明所以，說道：「琴譜簫譜我是不懂，劍譜卻曾見過一些，這部冊子卻不像是劍譜。王老爺子，府上可有甚麼人會奏琴吹簫？不妨請他來看看，便知端的。」

王元霸心下猶豫，只怕這眞是琴譜簫譜，這個人可丟得夠瞧的，一時沉吟不答。王家駒卻是個草包，大聲道：「爺爺，咱們帳房裏的易師爺會吹簫，去叫他來瞧瞧便是。這明明是辟邪劍譜，怎麼會是甚麼琴譜簫譜？」王元霸道：「武學秘笈的種類極多，有人為了守秘，怕人偷窺，故意將武功圖譜寫成曲譜模樣，那也是有的。這並不足為奇。」

岳夫人道：「府上既有一位師爺會得吹簫，那麼這到底是劍譜，還是簫譜，請他來一看便知。」王元霸無奈，只得命王家駒去請易師爺來。

那易師爺是個瘦瘦小小、五十來歲的漢子，頦下留著一部稀稀疏疏的鬍子，衣履甚是整潔。王元霸道：「易師爺，請你瞧瞧，這是不是尋常的琴譜簫譜？」

易師爺打開琴譜，看了幾頁，搖頭道：「這個，晚生可不大懂了。」再看到後面的簫譜時，雙目登時一亮，口中低聲哼了起來，左手兩根手指不住在桌上輕打節拍。哼了一會，卻又搖頭，道：「不對，不對！」跟著又哼了下去，突然之間，聲音拔高，忽又變啞，皺起了眉頭，道：「世上決無此事，這個……這個……晚生實在難以明白。」

王元霸臉有喜色，問道：「這部書中是否大有可疑之處？是否與尋常簫譜大不相同？」

易師爺指著簫譜，說道：「東翁請看，此處宮調，突轉變徵，實在大違樂理，而且簫中也吹不出來。這裏忽然又轉爲角調，再轉羽調，那也是從所未見的曲調。洞簫之中，無論如何是奏不出這等曲子的。」

令狐冲冷笑道：「是你不會吹，未見得別人也不會吹奏！」

易師爺點頭道：「那也說得是，不過世上如果當眞有人能吹奏這樣的調子，晚生佩服得五體投地，佩服得五體投地！除非是……除非是東城……」

王元霸打斷他話頭，問道：「你說這不是尋常的簫譜？其中有些調子，壓根兒沒法在簫中吹奏出來？」易師爺點頭道：「是啊，大非尋常，大非尋常，晚生是決計吹不出。除非是東城……」

岳夫人問道：「東城有那一位名師高手，能夠吹這曲譜？」

易師爺道：「這個……晚生可也不能擔保，只是……只是東城的綠竹翁，他既會撫琴，又會吹簫，或許能吹得出也不一定。他吹奏的洞簫，可比晚生要高明得多，實在是高明得太多，不可同日而語，不可同日而語！」

王元霸道：「既然不是尋常簫譜，這中間當然大有文章了。」

王伯奮在旁一直靜聽不語，忽然插口道：「爹，鄭州八卦刀的那套四門六合刀法，不也是記在一部曲譜之中麼？」

王元霸一怔，隨即會意，便知兒子是在信口開河，鄭州八卦刀的掌門人莫星與洛陽金刀王家是數代姻親，他八卦刀門中可並沒甚麼四門六合刀法，但料想華山派只專研劍法，別派中有沒有這樣一門刀法，岳不羣縱然淵博，也未必能盡曉，當即點頭道：「不錯，不錯，幾年前莫親家還提起過這件事。曲譜中記以刀法劍法，那是常有之事，一點也不足爲奇。」

令狐冲冷笑道：「既然不足爲奇，那麼請教王老爺子，這兩部曲譜中所記的劍法，卻是怎麼一副樣子？」

王元霸長嘆一聲，說道：「這個……唉，我女婿既已逝世，這曲譜中的秘奧，世上除了老弟一人之外，只怕再也沒第二人明白了。」

令狐冲若要辯白，原可說明〈笑傲江湖〉一曲的來歷，但這一來可牽涉重大，不得不說到衡山派莫大先生如何殺死大嵩陽手費彬，師父若知此曲與魔教長老曲洋有關，勢必將之毀去，那麼自己受人所託，便不能忠人之事了，當下強忍怒氣，說道：「這位易師爺說道，東城有一位綠竹翁精於音律，何不拿這曲譜去請他品評一番。」

王元霸搖頭道：「這綠竹翁為人古怪之極，瘋瘋顛顛的，這種人的話，怎能信得？」

岳夫人道：「此事終須問個水落石出，沖兒是我們弟子，平之也是我們弟子，我們不能有所偏袒，到底誰是誰非，不妨去請那位綠竹翁評評這個道理。」她不便說這是令狐沖和金刀王家的爭執，而將爭端的一造換作了林平之，又道：「易師爺，煩你派人用轎子去接了這位綠竹翁來如何？」

易師爺道：「這老人家脾氣古怪得緊，別人有事求他，倘若他不願過問的，便上門磕頭，也休想得他理睬，但如他要插手，便推也推不開。」

岳夫人點頭道：「這倒是我輩中人，想來這位綠竹翁是武林中的前輩了。師哥，咱們可孤陋寡聞得緊。」

王元霸笑道：「那綠竹翁是個篾匠，只會編竹籃，打篾席，那裏是武林中人了？只是他彈得好琴，吹得好簫，又會畫竹，很多人出錢來買他的畫兒，算是個附庸風雅的老匠人，因此地方上對他倒也有幾分看重。」

岳夫人道：「如此人物，來到洛陽可不能不見。王老爺子，便請勞動你大駕，咱們同去拜訪一下這位風雅的篾匠如何？」

眼見岳夫人之意甚堅，王元霸不能不允，只得帶同兒孫，和岳不羣夫婦、令狐沖、林平之、岳靈珊等人同赴東城。

易師爺在前領路，經過幾條小街，來到一條窄窄的巷子之中。巷子盡頭，好大一片綠竹叢，迎風搖曳，雅致天然。

眾人剛踏進巷子，便聽得琴韻丁冬，有人正在撫琴，小巷中一片清涼寧靜，和外面的洛陽城宛然是兩個世界。岳夫人低聲道：「這位綠竹翁好會享清福啊！」

便在此時，錚的一聲，一根琴絃忽爾斷絕，琴聲也便止歇。一個蒼老的聲音說道：「貴客枉顧蝸居，不知有何見教。」易師爺道：「竹翁，有一本奇怪的琴譜簫譜，要請你老人家的法眼鑒定鑒定。」綠竹翁道：「有琴譜簫譜要我鑒定？嘿嘿，可太瞧得起老篾匠啦。」

易師爺還未答話，王家駒搶著朗聲說道：「金刀王家王老爺子過訪。」他抬了爺爺的招牌出來，料想爺爺是洛陽城中響噹噹的腳色，一個老篾匠非立即出來迎接不可。那知綠竹翁冷笑道：「哼，金刀銀刀，不如我老篾匠的爛鐵刀有用。老篾匠不去拜訪王老爺，王老爺也不用來拜訪老篾匠。」王家駒大怒，大聲道：「爺爺，這老篾匠是個不明事理的渾人，見他作甚？咱們不如回去罷！」

岳夫人道：「既然來了，請綠竹翁瞧瞧這部琴譜簫譜，卻也不妨。」

王元霸「嘿」了一聲，將曲譜遞給易師爺。易師爺接過，走入了綠竹叢中。

只聽綠竹翁道：「好，你放下罷！」易師爺道：「請問竹翁，這眞的是曲譜，還是甚麼武功秘訣，故意寫成了曲譜模樣？」綠竹翁道：「武功秘訣？虧你想得出！這當然是琴譜了。嗯……」接著只聽得琴聲響起，幽雅動聽。

令狐冲聽了片刻，記得這正是當日劉正風與曲洋所奏的曲子，人亡曲在，不禁淒然。彈不多久，突然間琴音高了上去，越響越高，聲音尖銳之極，錚的一聲響，斷了一根琴絃，再高了幾個音，錚的一聲，琴絃又斷了一根。綠竹翁「咦」的一聲，道：「這琴譜好生古怪，令人難以明白。」

王元霸祖孫五人你瞧瞧我，我瞧瞧你，臉上均有得色。

只聽綠竹翁道：「我試試這簫譜。」跟著簫聲便從綠竹叢中傳了出來，初時悠揚動聽，情致纏綿，但後來簫聲愈轉愈低，幾不可聞，再吹得幾個音，簫聲便即啞了，波波波的十分難聽。綠竹翁嘆了口氣，說道：「易老弟，你是會吹簫的，這樣的低音如何能吹奏出來？這琴譜、簫譜未必是假，但撰曲之人卻在故弄玄虛，跟人開玩笑。你且回去，讓我仔細推敲推敲。」易師爺道：「是。」從綠竹叢中退了出來。

王仲強道：「那劍譜呢？」易師爺道：「劍譜？啊！綠竹翁要留著，說是要仔細推敲推敲。」王仲強急道：「快去拿回來，這是珍貴無比的劍譜，武林中不知有多少人想要搶奪，如何能留在不相干之人手中？」易師爺應道：「是！」正要轉身再入竹叢，忽聽得綠竹翁叫道：「姑姑，怎麼你出來了？」

王元霸低聲問道：「綠竹翁多大年紀？」易師爺道：「七十幾歲，快八十了罷！」

眾人心想：「一個八十老翁居然還有姑姑，這位老婆婆怕沒一百多歲？」

只聽得一個女子聲音低低應了一聲。綠竹翁道：「姑姑請看，這部琴譜可有些古怪。」那女子又嗯了一聲，琴音響起，調了調絃，停了一會，似是在將斷了的琴絃換去，又調了調絃，便奏了起來。初時所奏和綠竹翁相同，到後來越轉越高，那琴韻竟然履險如夷，舉重若輕，毫不費力的便轉了上去。

令狐冲又驚又喜，依稀記得便是那天晚上所聽到曲洋所奏的琴韻。

這一曲時而慷慨激昂，時而溫柔雅致，令狐冲雖不明樂理，但覺這位婆婆所奏，和曲洋所奏的曲調雖同，意趣卻大有差別。這婆婆所奏的曲調平和中正，令人聽著只覺音樂之美，卻無曲洋所奏熱血如沸的激奮。奏了良久，琴韻漸緩，似乎樂音在不住遠去，倒像奏琴之人走出了數十丈之遙，又走到數里之外，細微幾不可再聞。

琴音似止未止之際，卻有一二下極低極細的簫聲在琴音旁響了起來。迴旋婉轉，簫聲漸響，恰似吹簫人一面吹，一面慢慢走近。簫聲清麗，忽高忽低，忽輕忽響，低到極處之際，幾個盤旋之後，又再低沉下去，雖極低極細，每個音節仍清晰可聞。漸漸低音中偶有珠玉跳躍，清脆短促，此伏彼起，繁音漸增，先如鳴泉飛濺，繼而如羣卉爭艷，花團錦簇，更夾著間關鳥語，彼鳴我和，漸漸的百鳥離去，春殘花落，但聞雨聲蕭蕭，一片淒涼肅殺之象，細雨綿綿，若有若無，終於萬籟俱寂。

簫聲停頓良久，衆人這才如夢初醒。王元霸、岳不羣等雖都不懂音律，卻也不禁心馳神醉。易師爺更猶如喪魂落魄一般。

岳夫人嘆了口氣，衷心讚佩，道：「佩服，佩服！冲兒，這是甚麼曲子？」令狐冲道：「這叫做〈笑傲江湖之曲〉，這位婆婆當真神乎其技，難得是琴簫盡皆精通。」岳夫人道：「這曲子譜得固然奇妙，但也須有這位婆婆那樣的琴簫絕技，才奏得出來。如此美妙的音樂，想來你也是生平首次聽見。」令狐冲道：「不！弟子當日所聞，卻比今日更爲精采。」岳夫人奇道：「那怎麼會？難道世上更有比這位婆婆撫琴吹簫還要高明之人？」令狐冲道：「比這位婆婆更加高明，倒不見得。只不過弟子聽到的是兩個人琴簫合奏，一人撫琴，一人吹簫，奏的便是這〈笑傲江湖之曲〉……」

他這句話未說完，綠竹叢中傳出錚錚錚三響琴音，那婆婆的語音極低極低，隱隱約約似乎聽得她說：「琴簫合奏，世上那裏找這二個人去？」

只聽綠竹翁朗聲道：「易師爺，這確是琴譜、簫譜，我姑姑適才奏過了，你拿回去罷！」易師爺應道：「是！」走入竹叢，雙手捧著曲譜出來。綠竹翁又道：「這曲譜中所記樂曲之妙，世所罕有，此乃神物，不可落入俗人手中。你不會吹奏，千萬不得痴心妄想的硬學，否則於你無益有損。」易師爺道：「是，是！在下萬萬不敢！」將曲譜交給王元霸。

王元霸親耳聽了琴韻簫聲，知道更無虛假，當即將曲譜還給令狐冲，訕訕的道：「令狐賢姪，這可得罪了！」

令狐冲冷笑一聲接過，待要說幾句譏刺的言語，岳夫人向他搖了搖頭，令狐冲便忍住不說。王元霸祖孫五人面目無光，首先離去。岳不羣等跟著也去。

令狐冲卻捧著曲譜，呆呆的站著不動。

岳夫人道：「冲兒，你不回去嗎？」令狐冲道：「弟子多躭一會便回去。」岳夫人道：「早些回去休息。你手臂剛脫過臼，不可使力。」令狐冲應道：「是。」

一行人去後，小巷中靜悄悄地一無聲息，偶然間風動竹葉，發出沙沙之聲。令狐冲看著手中那部曲譜，想起那日晚上劉正風和曲洋琴簫合奏，他二人得遇知音，創了這部神妙的曲譜出來。綠竹叢中這位婆婆雖能撫琴吹簫，曲盡其妙，可惜她只能分別吹奏，那綠竹翁便不能和她合奏，只怕這琴簫合奏的〈笑傲江湖之曲〉從此便音斷響絕，更無第二次得聞了。

又想：「劉正風師叔和曲長老，一是正派高手，一是魔教長老，兩人正邪殊途，勢如水火，但論到音韻，卻心意相通，結成知交，合創了這曲神妙絕倫的〈笑傲江湖〉。他二人攜手同死之時，顯是心中絕無遺憾，遠勝於我孤另另的在這世上，爲師父所疑，爲師妹所棄，而一個敬我愛我的師弟，卻又爲我親手所殺。」不由得悲從中來，眼淚一滴滴的落在曲譜之上，忍不住哽咽出聲。

綠竹翁的聲音又從竹叢中傳了出來：「這位朋友，爲何哭泣？」令狐冲道：「晚輩自傷身世，又想起撰作此曲的兩位前輩之死，不禁失態，打擾老先生了。」說著轉身便行。綠竹翁道：「小朋友，我有幾句話請教，請進來談談如何？」

令狐冲適才聽他對王元霸說話時傲慢無禮，不料對自己一個無名小卒卻這等客氣，倒大出意料之外，便道：「不敢，前輩有何垂詢，晚輩自當奉告。」緩步走進竹林。

只見前面有五間小舍，左二右三，均以粗竹子架成。一個老翁從右邊小舍中走出來，笑道：「小朋友，請進來喝茶。」

令狐冲見這綠竹翁身子略形佝僂，頭頂稀稀疏疏的已無多少頭髮，大手大腳，精神卻十分矍鑠，當即躬身行禮，道：「晚輩令狐冲，拜見前輩。」

綠竹翁呵呵笑道：「老朽不過痴長幾歲，不用多禮，請進來，請進來！」

令狐冲隨著他走進小舍，見桌椅几榻無一而非竹製，牆上懸著一幅墨竹，筆勢縱橫，墨跡淋漓，頗有森森之意。桌上放著一具瑤琴，一管洞簫。

綠竹翁從一把陶茶壺中倒出一碗碧綠清茶，說道：「請用茶。」令狐冲雙手接過，躬身謝了。綠竹翁道：「小朋友，這部曲譜，不知你從何處得來？是否可以見告？」

令狐冲一怔，心想這部曲譜的來歷之中包含著許多隱秘，是以連師父、師娘也未稟告。但當日劉正風和曲洋將曲譜交給自己，用意是要使此曲傳之後世，不致湮沒，這綠竹翁和他姑姑妙解音律，他姑姑更將這一曲奏得如此神韻俱顯，他二人年紀雖老，但除他二人之外，世上又怎再找得到第三個人來傳授此曲？就算世上另有精通音律的解人，自己命不久長，未必能有機緣遇到。他微一沉吟，便道：「撰寫此曲的兩位前輩，一位精於撫琴，一位善於吹簫，這二人結成知交，共撰此曲，可惜遭逢大難，同時逝世。二位前輩臨死之時，將此曲交於弟子，命弟子訪覓傳人，免致此曲湮沒無聞，從此散失。」頓了一頓，又道：「適才弟子得聆前輩這位姑姑的琴簫妙技，深慶此曲已逢眞主，便請前輩將此曲譜收下，奉交婆婆，弟子得以不負撰作此曲者的付託，完償了一番心願。」說著雙手恭恭敬敬的將曲譜呈上。

綠竹翁卻不便接，說道：「我得先行請示姑姑，不知她肯不肯收。」

只聽得左邊小舍中傳來那位婆婆的聲音道：「令狐先生高義，慨以妙曲見惠，咱們卻之不恭，受之有愧。只不知那兩位撰曲前輩的大名，可能見告否？」聲音卻也並不如何蒼老。令狐冲道：「前輩垂詢，自當稟告。撰曲的兩位前輩，一位是劉正風劉師叔，一位是曲洋曲長老。」那婆婆「啊」的一聲，顯得十分驚異，說道：「原來是他二人。」

令狐冲道：「前輩認得劉曲二位麼？」那婆婆並不逕答，沉吟半晌，說道：「劉正風是衡山派中高手，曲洋卻是魔教長老，雙方乃是世仇，如何會合撰此曲？此中原因，令人好生難以索解。」

令狐冲雖未見過那婆婆之面，但聽了她彈琴吹簫之後，只覺她是位清雅慈和的前輩高人，決不會欺騙出賣了自己，聽她言及劉曲來歷，顯是武林同道，當即源源本本的將劉正風如何金盆洗手，嵩山派左盟主如何下旗令阻止，劉曲二人如何中了嵩山派高手的掌力，如何荒郊合奏，二人臨死時如何委託自己尋覓知音傳曲等情，一一照實說了，只略去了莫大先生殺死費彬一節。那婆婆一言不發的傾聽。

令狐冲說完，那婆婆問道：「這明明是曲譜，那金刀王元霸卻何以說是武功秘笈？」

令狐冲當下又將林震南夫婦如何爲青城派及木高峯所傷致命，如何臨終時請其轉囑林平之，王氏兄弟如何起疑等情說了。

那婆婆道：「原來如此。」她頓了一頓，說道：「此中情由，你只消跟你師父師娘說了，豈不免去許多無謂的疑忌？我是個素不相識的陌生人，何以你反而對我直言無隱？」

令狐冲道：「弟子自己也不明白其中原因。想是聽了前輩雅奏之後，對前輩高風大爲傾慕，更無絲毫猜疑之意。」那婆婆道：「那麼你對你師父師娘，反有猜疑之意麼？」令狐冲心中一驚，道：「弟子萬萬不敢。只是……恩師心中，對弟子卻大有疑意，唉，這也怪恩師不得。」那婆婆道：「我聽你說話，中氣大是不足，少年人不該如此，卻是何故？最近是生了大病呢，還是曾受重傷？」令狐冲道：「是受了極重的內傷。」

那婆婆道：「竹賢姪，你帶這位少年到我窗下，待我搭一搭脈。」綠竹翁道：「是。」引令狐冲走到左邊小舍窗邊，命他將左手從細竹窗簾下伸將進去。那竹簾之內，又障了一層輕紗，令狐冲只隱隱約約的見到有個人影，五官面貌卻一點也沒法見到，只覺有三根冷冰冰的手指搭上了自己腕脈。

那婆婆只搭得片刻，便驚噫了一聲，道：「奇怪之極！」過了半晌，才道：「請換右手。」她搭完兩手脈搏後，良久無語。

令狐冲微微一笑，說道：「前輩不必爲弟子生死擔憂。弟子自知命不久長，一切早已置之度外。」那婆婆道：「你何以自知命不久長？」令狐冲道：「弟子誤殺師弟，遺失了師門的紫霞秘笈，我只盼早日找回秘笈，繳奉師父，便當自殺以謝師弟。」那婆婆道：「紫霞秘笈？那也未必是甚麼了不起的物事。你又怎地誤殺了師弟？」令狐冲當下又將桃谷六仙如何爲自己治傷，如何六道眞氣在體內交戰，如何師妹盜了師門秘笈來爲自己治傷，如何自己拒絕而師弟陸大有強自誦讀，如何自己將之點倒，如何下手太重而致其死命等情一一說了。

那婆婆聽完，說道：「你師弟不是你殺的。」令狐冲吃了一驚，道：「不是我殺的？」那婆婆道：「你眞氣不純，點那處穴道，決計殺不了他。你師弟是旁人殺的。」令狐冲喃喃的道：「那是誰殺了陸師弟？」那婆婆道：「偷盜秘笈之人，雖然不一定便是害你師弟的兇手，但兩者多少會有些牽連。」

令狐冲吁了口長氣，胸口登時移去了一塊大石。他當時原也已經想到，自己輕輕點了陸大有的膻中穴，怎能制其死命？只內心深處隱隱覺得，就算陸大有不是自己點死，卻也是爲了自己而死，男子漢大丈夫豈可推卸罪責，尋些藉口來爲自己開脫？這些日子來岳靈珊和林平之親密異常，他傷心失望之餘，早感全無生趣，一心只往一個「死」字上去想，此刻經那婆婆一提，立時心生莫大憤慨：「報仇！報仇！必當爲陸師弟報仇！」

那婆婆又道：「你說體內有六道眞氣相互交迸，可是我覺你脈象之中，卻有八道眞氣，那是何故？」令狐冲哈哈大笑，將不戒和尙爲自己治病的情由說了。

那婆婆微微一笑，說道：「閣下性情開朗，脈息雖亂，並無衰歇之象。我再彈琴一曲，請閣下品評如何？」令狐冲道：「前輩眷顧，弟子衷心銘感。」

那婆婆嗯了一聲，琴韻又再響起。這一次的曲調卻柔和之至，宛如一人輕輕歎息，又似是朝露暗潤花瓣，曉風低拂柳梢。

令狐冲聽不多時，眼皮便越來越沉重，心中只道：「睡不得，我在聆聽前輩撫琴，倘若睡著了，豈非大大不敬？」但雖竭力凝神，卻終於難以抗拒睡魔，不久眼皮合攏，再也睜不開來，身子軟倒在地，便即睡著了。睡夢之中，仍隱隱約約聽到柔和的琴聲，似有一隻溫柔的手在撫摸自己頭髮，像是回到了童年，在師娘的懷抱之中，受她親熱憐惜一般。

過了良久良久，琴聲止歇，令狐沖便即驚醒，忙爬起身來，不禁大是慚愧，說道：「弟子該死，不專心聆聽前輩雅奏，卻竟爾睡著了，當眞好生惶恐。」

那婆婆道：「你不用自責。我適才奏曲，原有催眠之意，盼能爲你調理體內眞氣。你倒試試自運內息，煩惡之情，可減少了些麼？」

令狐沖大喜，道：「多謝前輩。」當即盤膝坐地，潛運內息，只覺那八股眞氣仍相互衝突，但以前那股胸口立時熱血上湧、嘔吐難忍的情景卻已大減，可是只運息片刻，又已頭暈腦脹，身子一側，倒在地下。綠竹翁忙搶前扶起，將他扶入房中。

那婆婆道：「桃谷六仙和不戒大師功力深厚，所種下的眞氣，非我淺薄琴音所能調理，反令閣下多受痛楚，甚是過意不去。」

令狐沖忙道：「前輩說那裏話來？得聞此曲，弟子已大爲受益。」綠竹翁提起筆來，在硯池中蘸了些墨，在紙上寫道：「懇請傳授此曲，終身受益。」令狐沖登時省悟，說道：「弟子斗膽求請前輩傳授此曲，以便弟子自行慢慢調理。」綠竹翁臉現喜色，連連點頭。

那婆婆並不即答，過了片刻，才道：「你琴藝如何？可否撫奏一曲？」

令狐沖臉上一紅，說道：「弟子從未學過，一竅不通，要從前輩學此高深琴技，實深冒昧，還請恕過弟子狂妄。」當下向綠竹翁長揖到地，說道：「弟子這便告辭。」

那婆婆道：「閣下慢走。承你慨贈妙曲，愧無以報，閣下傷重難愈，亦令人思之不安。竹姪，你明日以奏琴之法傳授令狐少君，倘若他有耐心，能在洛陽久留，那麼……那麼我這一曲〈清心普善咒〉便傳了給他，亦自不妨。」最後兩句話語聲細微，幾不可聞。

次日清晨，令狐沖便來小巷竹舍中學琴。綠竹翁取出一張焦尾桐琴，授以音律，說道：「樂律十二律，是為黃鐘、大呂、太簇、夾鐘、姑洗、中呂、蕤賓、林鐘、夷則、南呂、無射、應鐘。此是自古已有，據說當年黃帝命伶倫為律，聞鳳凰之鳴而製十二律。瑤琴七絃，具宮、商、角、徵、羽五音，一絃為黃鐘，三絃為宮調。五調為慢角、清商、宮調、慢宮、及蕤賓調。」當下依次詳加解釋。

令狐沖雖於音律一竅不通，但天資聰明，一點便透。綠竹翁甚是歡喜，當即授以指法，教他試奏一曲極短的〈碧霄吟〉。令狐沖學得幾遍，彈奏出來，雖有數音不準，指法生澀，但心中想著「碧霄」二字，卻洋洋然自有青天一碧、萬里無雲的空闊氣象。

一曲既終，那婆婆在隔舍聽了，輕嘆一聲，道：「令狐少君，你學琴如此聰明，多半不久便能學〈清心普善咒〉了。」綠竹翁道：「姑姑，令狐兄弟今日初學，但彈奏這曲〈碧霄吟〉，琴中意象已比姪兒為高。琴為心聲，想是因他胸襟豁達之故。」

令狐沖謙謝道：「前輩過獎了，不知要到何年何月，弟子才能如前輩這般彈奏那〈笑傲江湖之曲〉。」那婆婆失聲道：「你……你也想彈奏那〈笑傲江湖之曲〉麼？」

令狐沖臉上一紅，道：「弟子昨日得聆前輩琴簫雅奏，心下甚是羡慕，那當然是痴心妄想，連綠竹前輩尚且不能彈奏，弟子又怎夠得上？」

那婆婆不語，過了半晌，低聲道：「倘若你能彈琴，自是大佳……」語音漸低，隨後是輕輕的一聲嘆息。

如此一連二十餘日，令狐冲一早便到小巷竹舍中來學琴，直至傍晚始歸，中飯也在綠竹翁處吃，雖是青菜豆腐，卻比王家的大魚大肉吃得更有滋味，更妙在每餐都有好酒。綠竹翁酒量雖不甚高，備的酒卻是上佳精品。他於酒道所知極多，於天下美酒不但深明來歷，而且年份產地，一嘗即辨。令狐冲聽來聞所未聞，不但跟他學琴，更向他學酒，深覺酒中學問，比之劍道琴理，似也不遑多讓。

有幾日綠竹翁出去販賣竹器，便由那婆婆隔著竹簾教導。到得後來，令狐冲於琴中所提的種種疑難，綠竹翁常自無法解答，須得那婆婆親自指點。

但令狐冲始終未見過那婆婆一面，只是聽她語音輕柔，倒似是位大家的千金小姐，那像陋巷貧居的一個老婦？料想她雅善音樂，自幼深受薰冶，因之連說話的聲音也好聽了，至老不變。

一日令狐冲問道：「婆婆，我曾聽曲前輩言道，那一曲〈笑傲江湖〉，是從嵇康所彈的〈廣陵散〉中變化出來，而〈廣陵散〉則是抒寫聶政刺韓王之事。之前聽婆婆奏這〈笑傲江湖曲〉，卻多溫雅輕快之情，似與聶政慷慨決死的情景頗不相同，請婆婆指點。」

那婆婆道：「曲中溫雅之情，是寫聶政之姊的心情。他二人姊弟情深，聶政死後，他姊姊前去收屍，使其弟名垂後世。你能體會到琴韻中的差別，足見於音律頗有天份。」頓了一頓，聲音低了下來，說道：「你我如能相處時日多些，少君日後當能學得會這首〈笑傲江湖之曲〉，不過……那要瞧緣份了。」

令狐沖這些日子在綠竹巷中學琴，常聽著那婆婆溫雅親切的言談，想到婆婆年老，自己壽命也不久長，這等緣份不知何日便盡，心中一酸，說道：「但願婆婆健康長壽，弟子性命亦得多延時日，便可多得婆婆教誨。」

那婆婆嘆了口氣，溫言道：「人生無常，機緣難言。這〈笑傲江湖之曲〉，跟〈廣陵散〉的確略有不同。聶政奮刀前刺之時，音轉肅殺，聶政刺死韓王，其後爲武士所殺，琴調轉到極高，再轉上去琴絃便斷；簫聲沉到極低，低到我那竹姪吹不出來，那便是聶政的終結。此後琴簫更有大段輕快跳躍的樂調，意思是說：俠士雖死，豪氣長存，花開花落，年年有俠士俠女笑傲江湖。人間俠氣不絕，也因此後段的樂調便繁花似錦。據史事云，聶政所刺的不是韓王，而是俠累，那便不足深究了。」

令狐沖一拍大腿，說道：「婆婆，您說得眞好。弟子能得婆婆這般開導，再受十倍冤屈挫折，也不算甚麼。」

那婆婆不再言語，琴韻響起，又是奔放跳盪的樂音。

又過數日，那婆婆傳授了一曲〈有所思〉，這是漢時古曲，節奏宛轉。令狐沖聽了幾遍，依法撫琴。他不知不覺想起當日和岳靈珊兩小無猜、同遊共樂的情景，又想到瀑布中練劍，思過崖上送飯，小師妹對自己的柔情密意，後來無端來了個林平之，小師妹對待自己竟一日冷淡過一日。他心中淒楚，突然之間，琴調一變，竟爾出現了幾下福建山歌的曲調，正是岳靈珊那日下崖時所唱。他一驚之下，立時住手不彈。

那婆婆溫言道：「這一曲〈有所思〉，你本來奏得極好，意與情融，深得曲理，想必你心中想到了往昔之事。只是忽然出現閩音，曲調似是俚歌，令人大爲不解，卻是何故？」

令狐冲生性本來開朗，這番心事在胸中鬱積已久，那婆婆這二十多天來又對他極好，忍不住便吐露自己苦戀岳靈珊的心情。他只說了個開頭，便再難抑止，竟原原本本的將種種情由盡行說了，便將那婆婆當作自己的祖母、母親，或是親姊姊、妹妹一般，待得說完，這才大感慚愧，說道：「婆婆，弟子的無聊心事，嘮嘮叨叨的說了這半天，眞是……眞是……」

那婆婆輕聲道：「『緣』之一事，不能強求。古人道得好：『各有因緣莫羨人』。令狐少君，你今日雖然失意，他日未始不能另有佳耦。」

令狐冲大聲道：「弟子也不知能再活得幾日，室家之想，那是永遠不會有的了。」

那婆婆不再說話，琴音輕輕，奏了起來，卻是那曲〈清心普善咒〉。令狐冲聽得片刻，便已昏昏欲睡。那婆婆止了琴音，說道：「現下我起始授你此曲，大概有十日之功，便可學完。此後每日彈奏，往時功力雖不能盡復，多少總會有些好處。」

令狐冲應道：「是。」那婆婆當即傳了曲譜指法，令狐冲用心記憶。

如此學了四日，第五日令狐冲又要到小巷去學琴，勞德諾忽然匆匆過來，說道：「大師哥，師父吩咐，咱們明日要走了。」令狐冲一怔，道：「明日便走了？我……我……」想要說「我的琴曲還沒學全呢」，話到口邊，卻又縮回。勞德諾道：「師娘叫你收拾收拾，明兒一早動身。」

令狐冲答應了，當下快步來到綠竹小舍，向婆婆道：「弟子明日要告辭了。」那婆婆一怔，半晌不語，隔了良久，才輕輕道：「去得這麼急！你……你這一曲還沒學全呢。」

令狐冲道：「弟子也這麼想。只是師命難違。再說，我們異鄉爲客，也不能在人家家中久居。」那婆婆道：「那也說得是。」當下傳授曲調指法，與往日無異。

令狐冲與那婆婆相處多日，雖然從未見過她一面，但從琴音說話之中，知她對自己頗爲關懷，無異親人。只是她性子淡泊，偶然說了一句關切的話，立即雜以他語，顯是不想讓他知道心意。這世上對令狐冲最關心的，本來是岳不羣夫婦、岳靈珊與陸大有四人，現今陸大有已死，岳靈珊全心全意放在林平之身上，師父師母對他又有了疑忌之意，他覺得眞正的親人，倒只有綠竹翁和那婆婆二人了。這一日中，他幾次三番想跟綠竹翁陳說，要在這小巷中留居，既學琴簫，又學竹匠之藝，不再回歸華山派，但一想到岳靈珊的倩影，終究割捨不下，心想：「小師妹就算不理睬我，我每日只見她一面，縱然只見到她的背影，聽到一句她的說話聲音，也是好的。何況她又沒不睬我？」

傍晚臨別之際，對綠竹翁和那婆婆甚有依戀之情，走到婆婆窗下，跪倒拜了幾拜，依稀見竹簾之中，那婆婆卻也跪倒還禮，聽她說道：「我傳你琴技，乃是報答你贈曲之德，令狐少君爲何行此大禮？」令狐冲道：「前輩眷顧，豈僅傳琴而已？弟子中心銘感，永不敢忘。今日一別，不知何日得能再聆前輩雅奏。令狐冲但教不死，定當再來拜訪婆婆和竹翁。」心中忽想：「他二人年紀老邁，不知還有幾年可活，下次我來洛陽，未必再能見到。」言下想到人生如夢如露，不由得聲音便哽咽了。

那婆婆道：「令狐少君，臨別之際，我有一言相勸。」

令狐冲道：「是，前輩教誨，令狐冲不敢或忘。」

但那婆婆始終不說話，過了良久良久，才輕聲說道：「江湖風波險惡，少君性情仁厚，多多保重。」

令狐冲道：「是。」心中一酸，躬身向綠竹翁告別。只聽得左首小舍中琴聲響起，奏的正是那〈有所思〉古曲。

次日岳不羣等一行向王元霸父子告別，坐舟沿洛水北上。王元霸祖孫五人直送到船上，盤纏酒菜，致送得十分豐盛。

自從那日王家駿、王家駒兄弟折斷了令狐冲的手臂，令狐冲和王家祖孫三代不再交言，此刻臨別，他也是翻起了一雙白眼，對他五人漠然而視，似乎眼前壓根兒便沒這個「金刀王家」一般。岳不羣對這個大弟子甚感頭痛，知他生性倔強，倘若硬要他向王元霸行禮告別，他當時師命難違，勉強順從，事後多半會去向王家尋仇搗蛋，反而多生事端，是以他自行向王元霸一再稱謝，於令狐冲的無禮神態只作不見。

令狐冲冷眼旁觀，見王家大箱小箱，大包小包，送給岳靈珊的禮物極多。一名名僕婦走上船來，呈上禮物，說道這是老太太送給岳姑娘路上吃的，又說這是大奶奶送給姑娘路上穿的，二奶奶送給姑娘船中戴的，簡直便將岳靈珊當作了親戚一般。岳靈珊歡然道謝，說道：「啊喲，我怎穿得了這許多，吃得了這許多？」

正熱鬧間，忽然一名敝衣老者走上船頭，叫道：「令狐少君！」令狐冲見是綠竹翁，不由得一怔，忙迎上躬身行禮。綠竹翁道：「我姑姑命我將這件薄禮送給令狐少君。」說著雙手奉上一個長長的包裹，包袱布是印以白花的藍色粗布。令狐冲躬身接過，說道：「前輩厚賜，弟子拜領。」說著連連作揖。

王家駿、王家駒兄弟見他對一個身穿粗布衣衫的老頭兒如此恭敬，而對名滿江湖的金刀無敵王家爺爺卻連正眼也不瞧上一眼，自是十分有氣，若非礙著岳不羣夫婦和華山派衆師兄弟姊妹的面子，二人又要將令狐冲拉了出來，狠狠打他一頓，方出胸中惡氣。

眼見綠竹翁交了那包裹後，從船頭踏上跳板，要回到岸上，兩兄弟使個眼色，分從左右向綠竹翁擠了過去。二人一挺左肩，一挺右肩，只消輕輕一撞，這糟老頭兒還不摔下洛水之中？雖然岸邊水淺淹不死他，卻也大大削了令狐冲的面子。令狐冲見了，忙叫：「小心！」正要伸手去抓二人，陡然想起自己功力全失，別說這一下抓不住王氏兄弟，就算抓上了也全無用處。他只一怔之間，眼見王氏兄弟已撞到了綠竹翁身上。

王元霸叫道：「不可！」他在洛陽是有家有業之人，與尋常武人大不相同。他兩個孫兒年輕力壯，若將這個衰翁一下子撞死了，官府查究起來那可後患無窮。偏生他坐在船艙之中，正和岳不羣說話，來不及出手阻止。

但聽得波的一聲響，兩兄弟的肩頭已撞上了綠竹翁，驀地裏兩條人影飛起，撲通撲通兩響，王氏兄弟分從左右摔入洛水。那老翁便如是個鼓足了氣的大皮囊一般，王氏兄弟撞將上去，立即彈出。老翁自己卻渾若無事，仍顫巍巍的一步步從跳板走到岸上。

王氏兄弟一落水，船上登時一陣大亂，立時便有水手跳下水去，救了二人上來。此時方當春寒，洛水中雖已解凍，河水卻仍極冷。王氏兄弟不識水性，早已喝了好幾口河水，只凍得牙齒打戰，狼狽之極。王元霸正驚奇間，一看之下，更大吃一驚，只見兩兄弟的四條胳臂，都在左臂肩關節和右臂肘關節處脫了臼，便如當日二人折斷令狐冲的胳臂一模一樣。兩人一面呼痛，一面破口大罵，四條手臂卻軟垂垂的懸在身邊。

王仲強見二子吃虧，縱身躍上岸去，搶在綠竹翁面前，攔住了他去路。

綠竹翁仍弓腰曲背，低著頭慢慢走去。王仲強喝道：「何方高人，到洛陽王家顯身手來著？」綠竹翁便如不聞，繼續前行，慢慢走到王仲強身前。

舟中衆人的眼光都射在二人身上。但見綠竹翁一步步上前，王仲強微張雙臂，擋在路心。漸漸二人越來越近，相距自一丈而五尺，自五尺而至三尺，綠竹翁又踏前一步，王仲強喝道：「去罷！」伸出雙手，往他背上猛力抓落。

眼見他雙手手指剛要碰到綠竹翁背脊，突然之間，他一個高大的身形騰空而起，飛出數丈。衆人驚呼聲中，他在半空中翻了半個觔斗，穩穩落地。倘若二人分從遠處急速奔至，相撞時有一人如此飛了出去，倒也不奇，奇在王仲強站著不動，而綠竹翁緩緩走近，卻陡然間將他震飛，即連岳不羣、王元霸這等高手，也瞧不出這老翁使了甚麼手法，竟這般將人震得飛出數丈之外。王仲強落下時身形穩實，絕無半分狼狽之態，不會武功之人還道他是自行躍起，顯了一手輕功。衆家丁轎夫拍手喝采，大讚王家二老爺武功了得。但跟著便見他臉色一變，額頭冒汗，雙臂顯然軟軟的下垂，便不敢再叫好了。

王元霸初見綠竹翁不動聲色的將兩個孫兒震得四條手臂脫臼，心下已十分驚訝，自忖這等本事自己雖然也有，但使出之時定然十分威猛霸道，決不能如這老頭兒那麼舉重若輕，也決不能如此迅捷，待見他又將兒子震飛卸臂，心下已非驚異，而是大爲駭然。他知次子已得自己武功眞傳，一手單刀固然使得沉穩狠辣，而拳腳上功夫和內功修爲，也已不弱於自己壯年之時，但二人一招未交，便給對方震飛，更不知不覺間給卸脫了雙臂關節，那是生平從所未見之事，眼見兒子吃了虧，忙叫道：「仲強，過來！」

王仲強忍住疼痛，勉力躍上船頭，吐了口唾沫，悻悻罵道：「這臭老兒，多半會使妖法！」王元霸喀喀兩聲，給兒子接上了關節，低聲問道：「身上覺得怎樣？沒受內傷麼？」王仲強搖了搖頭。王元霸心下盤算，憑自己本事，恐怕對付不了這老人，若要岳不羣出手相助，勝了也不光采，索性不提此事，含糊過去。眼見綠竹翁緩緩遠去，心頭一股說不出的滋味，尋思：「這老兒自是令狐冲的朋友，只因孫兒折斷了令狐冲兩條胳臂，他便來震斷他父子三人的胳臂還帳，再加上些利息。我在洛陽稱雄一世，難道到得老來，反要摔個大觔斗麼？」

這時王伯奮已將兩個姪兒關節脫臼處接上。兩乘轎子將兩個濕淋淋的少年抬回府去。

王元霸眼望岳不羣，說道：「岳先生，這人是甚麼來歷？老朽老眼昏花，可認不出這位高人。」岳不羣道：「冲兒，他是誰？」令狐冲道：「他便是綠竹翁。」

王元霸和岳不羣同時「哦」的一聲。那日他們雖曾同赴小巷，卻未見綠竹翁之面，而唯一識得綠竹翁的易師爺，在府門口送別後沒到碼頭來送行，是以誰都不識此人。

岳不羣指著那藍布包裹，問道：「他給了你些甚麼？」令狐冲道：「弟子不知。」打開包裹，露出一具短琴，琴身陳舊，顯是古物，琴尾刻著兩個篆字「燕語」；另有一本冊子，封面上寫著「清心普善咒」五字。令狐冲胸口一熱，「啊」的一聲，叫了出來。

岳不羣凝視著他，問道：「怎麼？」令狐冲道：「這位前輩不但給了我一張瑤琴，還抄了琴譜給我。」翻開琴譜，但見每一頁都寫滿了簪花小楷，除了以琴字書明曲調之外，還詳細列明指法、絃法，以及撫琴的種種關竅，紙張墨色，均是全新，顯是那婆婆剛寫就的。令狐冲想到這位前輩對自己如此眷顧，心下感動，眼中淚光瑩然，差點便掉下淚來。

王元霸和岳不羣見這冊子上所書確然全是撫琴之法，其中有些怪字，顯然也與那本《笑傲江湖之曲》中的怪字相似，雖然心下疑竇不解，卻也無話可說。岳不羣道：「這位綠竹翁眞人不露相，原來是武林中一位高手。冲兒，你可知他是那一家那一派的？」他料想令狐冲縱然知道，也不會據實以答，只是這人武功太高，若不問明底細，心下終究不安。果然令狐冲說道：「弟子只跟隨這位前輩學琴，實不知他身負武功。」

當下岳不羣夫婦向王元霸和王伯奮、仲強兄弟拱手作別，起篙解纜，大船北駛。王元霸意興索然，心下惴惴，惟恐綠竹翁再來尋釁。

坐船駛出十餘丈，華山派衆弟子便紛紛議論。有的說那綠竹翁武功深不可測，有的爲了討好林平之和岳靈珊，卻說這老兒未必有甚麼本領，王氏兄弟自己不小心才摔入洛水之中，王仲強只是不願跟這又老又貧的老頭子一般見識，這才躍起相避。但他爲何在半空中自卸雙臂關節，可就難以解釋了。

令狐冲坐在後梢，也不去聽衆師弟師妹談論，自行翻閱琴譜，按照書上所示，以指按捺琴絃，生怕驚吵了師父師娘，只虛指作勢，不敢彈奏出聲。

岳夫人眼見坐船順風，行駛甚速，想到綠竹翁的詭異形貌、高強武功，心中思潮起伏，走到船頭，觀賞風景。看了一會，忽聽得丈夫的聲音在耳畔說道：「你瞧那綠竹翁是甚麼門道？」這句話正是她要問丈夫的，他雖先行問起，岳夫人仍然問道：「你瞧他是甚麼門道？」岳不羣道：「這老兒行動詭異，手不動，足不抬，便將王家父子三人震得離身數丈，多半不是正派武功。他將王家父子的雙臂關節卸脫，跟那日沖兒被卸關節的部位全然相同，擺明是爲沖兒報仇來著。」

岳夫人點了點頭，道：「他對沖兒似乎甚好，不過也不像眞的要對金刀王家生事。」岳不羣嘆了口氣，道：「但願此事就此了結，否則王老爺子一生英名，只怕未必有好結果呢。」隔了半晌，又道：「咱們雖然走的是水道，大家仍小心點的好。」

岳夫人道：「你說會有人上船來生事？」

岳不羣搖了搖頭，說道：「咱們一直給蒙在鼓裏，到底那晚這一十五名蒙面客是甚麼路道，還是不明所以。咱們在明，而敵人在暗，前途未必會很太平呢。」他自執掌華山一派以來，從未遇到過甚麼重大挫折，近月來卻深覺前途多艱，但到底敵人是誰，有甚麼圖謀，卻半點摸不著底細，正因爲愈是無著力處，愈是心事重重。

他夫婦倆叮囑弟子日夜嚴加提防，但坐船自鞏縣附近入河，順流東下，竟沒半點意外。離洛陽越遠，衆人越放心，提防之心也漸漸懈了。

祖千秋伸手入懷，掏了一隻酒杯出來，光潤柔和，竟是一隻羊脂白玉杯，只見他一隻又一隻，不斷從懷中取出酒杯。

一四

論杯

這一日將到開封，岳不羣夫婦和衆弟子談起開封府的武林人物。岳不羣道：「開封府雖是大都，但武風不盛，像華老鏢頭、海老拳師、豫中三英這些人，武功和聲望都並沒甚麼了不起。咱們在開封看看名勝古蹟便是，不必拜客訪友，免得驚動人家。」

岳夫人微笑道：「開封府有一位大大有名的人物，師哥怎地忘了？」岳不羣道：「大大有名？你說是……是誰？」岳夫人笑道：「『醫一人，殺一人。殺一人，醫一人。』醫人殺人一樣多，賺錢蝕本都不做。』那是誰啊？」岳不羣微笑道：「『殺人名醫』平一指，那自是大大有名。不過這人脾氣太怪，咱們便去拜訪，他也未必肯見。」岳夫人道：「是啊，否則冲兒一直內傷難愈，咱們又來到了開封，該當去求這位殺人名醫瞧瞧才是。」

岳靈珊奇道：「媽，甚麼叫做『殺人名醫』？既會殺人，又怎會是名醫？」

岳夫人微笑道：「這位平老先生，是武林中的一個怪……一位奇人，醫道高明之極，當眞是著手成春，據說不論多麼重的疾病傷勢，只要他肯醫治，便決沒治不好的。不過他有個古怪脾氣。他說世上人多人少，老天爺和閻羅王心中自然有數。如他醫好許多人的傷病，死的人少了，難免活人太多而死人太少，對不起閻羅王。日後他自己死了之後，就算閻羅王不加理會，判官小鬼定要跟他爲難，只怕在陰間日子很不好過。」衆弟子聽著都笑了起來。

岳夫人續道：「因此他立下誓願，只要救活了一個人，便須殺一個人來抵數。又如他殺了一人，必定要救活一個人來補數。聽說他醫寓中掛著一幅大中堂，寫明：『醫一人，殺一人。殺一人，醫一人。醫人殺人一樣多，賺錢蝕本都不做。』他說這麼一來，老天爺不會怪他殺傷人命，閻羅王也不會怨他搶了陰世地府的生意。」衆弟子又都大笑。

岳靈珊道：「這位平一指大夫倒有趣得緊。怎麼他又取了這樣一個奇怪名字？他只有一根手指麼？」岳夫人道：「好像不是一根手指的。師哥，你可知他爲甚麼取這名字？」

岳不羣道：「平大夫十指俱全，他自稱『一指』，意思說：殺人醫人，俱只一指。要殺人，點人一指便死了，要醫人，也只用一根手指搭脈。」岳夫人道：「啊，原來如此。那麼他的點穴功夫定然厲害得很了？」岳不羣道：「那就不大清楚了，當眞和這位平大夫動過手的，只怕也沒幾個。武林中的好手都知他醫道高明之極，人生在世，誰也難保沒三長兩短，說不定有一天會上門去求他，因此誰也不敢得罪了他。但若非迫不得已，也不敢貿然請他治病。」岳靈珊道：「爲甚麼？」岳不羣道：「武林中人請他治病療傷，他定要那人先行立下重誓，病好傷愈之後，須得依他吩咐，去殺一個他所指定之人，這叫做一命抵一命。倘若他要殺的是個不相干之人，倒也罷了，要是他指定去殺的，竟是求治者的至親好友，甚或是父兄妻兒，那豈不是爲難之極？」

衆弟子均道：「這位平大夫，可邪門得緊了。」

岳靈珊道：「大師哥，這麼說來，你的傷是不能去求他治的了。」

令狐冲一直倚在後梢艙門邊，聽師父師娘述說「殺人名醫」平一指的怪癖，聽小師妹這麼說，淡淡一笑，道：「是啊！只怕他治好我傷之後，叫我來殺了我的小師妹。」

華山羣弟子都笑了起來。

岳靈珊笑道：「這位平大夫跟我無冤無仇，爲甚麼要你殺我？」她轉過頭去，問父親道：「爹，這平大夫到底是好人呢還是壞人？」岳不羣道：「聽說他行事喜怒無常，亦正亦邪，說不上是好人，也不能算壞人。說得好些，是個奇人，說得壞些，便是個怪人了。」

岳靈珊道：「只怕江湖上傳言，誇大其事，也是有的。到得開封府，我倒想去拜訪拜訪這位平大夫。」岳不羣和岳夫人齊聲喝道：「千萬不可胡鬧！」岳靈珊見父親和母親的臉色都十分鄭重，微微一驚，問道：「爲甚麼？」岳不羣道：「你想惹禍上身麼？這種人都見得的？」岳靈珊道：「見上一見，也會惹禍上身了？我又不是去求他治病，怕甚麼？」岳不羣臉一沉，說道：「咱們出來是遊山玩水，可不是惹事生非。」岳靈珊見父親動怒，便不敢再說了，但對這「殺人名醫平一指」卻充滿了好奇之心。

次日辰牌時分，舟至開封，但到府城尚有一段路程。

岳不羣笑道：「離這裏不遠有個地方，是咱岳家當年大出風頭之所，倒不可不去。」岳靈珊拍手笑道：「好啊，知道啦，那是朱仙鎭，是岳鵬舉岳爺爺大破金兀朮的地方。」凡學武之人，對抗金衛國的岳飛無不極爲敬仰，朱仙鎭是昔年岳飛大破金兵之地，自是誰都想去瞧瞧。

岳靈珊第一個躍上碼頭，叫道：「咱們快去朱仙鎭，再趕到開封城中吃中飯。」

衆人紛紛上岸，令狐冲卻坐在後梢不動。岳靈珊叫道：「大師哥，你不去麼？」

令狐冲自失了內力之後，一直倦怠困乏，懶於走動，心想各人上岸遊玩，自己正好乘機學彈〈清心普善咒〉，又見林平之站在岳靈珊身畔，神態親熱，更是心冷，便道：「我沒力氣，走不動。」岳靈珊道：「好罷，你就在船裏歇歇。我到開封給你打幾斤好酒來。」

令狐冲見她和林平之並肩而行，快步走在衆人前頭，心中一酸，只覺那〈清心普善咒〉學會之後，即使眞能治好自己內傷，卻又何必去治？這琴又何必去學？望著黃河中濁流滾滾東去，一霎時間，只覺人生悲苦，亦如流水滔滔無盡，這一牽動內力，丹田中立時大痛。

岳靈珊和林平之並肩而行，指點風物，細語喁喁，卻另是一般心情。

岳夫人扯了扯丈夫的衣袖，低聲道：「珊兒和平兒年輕，這般男女同行，在山野間渾沒要緊，到了大城市中卻是不妥，咱們二老陪陪他們罷。」岳不羣一笑，道：「你我年紀已經不輕，男女同行便渾沒要緊了。」岳夫人哈哈一笑，搶上幾步，走到女兒身畔。四人向行人問明途逕，逕向朱仙鎭而去。

將到鎭上，只見路旁有座大廟，廟額上寫著「楊將軍廟」四個金字。岳靈珊道：「爹，我知道啦，這是楊再興楊將軍的廟，他誤走小商河，給金兵射死的。」岳不羣點頭道：「正是。楊將軍爲國捐軀，令人好生敬仰，咱們進廟去瞻仰遺容，叩拜英靈。」見其餘衆弟子相距尚遠，四人不待等齊，先行進廟。

只見楊再興的神像粉面銀鎧，英氣勃勃，岳靈珊心道：「這位楊將軍生得好俊！」

轉頭向林平之瞧了一眼，心下暗生比較之意。

便在此時，忽聽得廟外有人說道：「我說楊將軍廟供的一定是楊再興。」岳不羣夫婦聽得聲音，臉色均是一變，同時伸手按住劍柄。卻聽得另一人道：「天下姓楊的將軍甚多，怎麼一定是楊再興？說不定是後山金刀楊老令公，又說不定是楊六郎、楊七郎？」又有一人道：「單是楊家將，也未必是楊令公、楊六郎、楊七郎，或許是楊宗保、楊文廣呢？」另一人道：「爲甚麼不能是楊四郎？」先一人道：「楊四郎投降番邦，決不會起一座廟來供他。」另一人道：「你譏刺我排行第四，就會投降番邦，是不是？」先一人道：「你排行第四，跟楊四郎有甚相干？」另一人道：「你排行第五，楊五郎五台山出家，你又爲甚麼不去做和尚？」先一人道：「我如做和尚，你便得投降番邦。」

岳不羣夫婦聽到最初一人說話，便知是桃谷諸怪到了，當即打個手勢，和女兒及林平之一齊躲入神像之後。他夫婦躲在左首，岳靈珊和林平之躲在右首。

只聽得桃谷諸怪在廟外不住口的爭辯，卻不進來看個明白。岳靈珊暗暗好笑：「那有甚麼好爭的，到底是楊再興還是楊四郎，進來瞧瞧不就是了？」

岳夫人仔細分辨外面話聲，只是五人，心想餘下那人果然是給自己刺死了，自己和丈夫遠離華山躲避這五個怪物，防他們上山報仇，不料狹路相逢，還是在這裏碰上了，雖然尚未見到，但別的弟子轉眼便到，如何能逃得過？心下好生擔憂。

只聽五怪愈爭愈烈，終於有一人道：「咱們進去瞧瞧，到底這廟供的是甚麼臭菩薩？」五人一擁而進。一人大聲叫了起來：「啊哈，你瞧，這裏不明明寫著『楊公再興之神』，這當然是楊再興了。」說話的是桃枝仙。

桃幹仙搔了搔頭，說道：「這裏寫的是『楊公再』，又不是『楊再興』。原來這個楊將軍姓楊，名字叫公再。唔，楊公再，楊公再，好名字啊，好名字。」桃枝仙大怒，大聲道：「這明明是楊再興，你胡說八道，怎麼叫做楊公再？」桃幹仙道：「這裏寫的明明是『楊公再』，可不是『楊再興』。」桃根仙道：「那麼『興之神』三個字是甚麼意思？」桃葉仙道：「興，就是高興，興之神，是精神很高興的意思。楊公再這姓楊的小子，死了有人供他，精神當然很高興了。」桃幹仙道：「很是，很是！」

桃花仙道：「我說這裏供的是楊七郎，果然不錯，我桃花仙大有先見之明。」桃枝仙怒道：「是楊再興，怎麼是楊七郎了？」桃幹仙也怒道：「是楊公再，又怎麼是楊七郎了？」

桃花仙道：「三哥，楊再興排行第幾？」桃枝仙搖頭道：「我不知道。」桃花仙道：「楊再興排行第七，是楊七郎。二哥，楊公再排行第幾？」桃幹仙道：「從前我知道的，現下忘了。」桃花仙道：「我倒記得，他排行也是第七，因此是楊七郎。」桃根仙道：「這神像倘若是楊再興，便不是楊公再；如果是楊公再，便不是楊再興。怎麼又是楊再興，又是楊公再？」桃葉仙道：「大哥你有所不知。這個『再』字，是甚麼意思？『再』，便是再來一個之意，一定是兩個人而不是一個，因此既是楊公再，又是楊再興。」餘下四人都道：「此言有理。」

突然之間，桃枝仙說道：「你說名字中有個『再』字，便要再來一個，那麼楊七郎有七個兒子，那是衆所周知之事！」桃根仙道：「然則名字中有個千字，便生一千個兒子，有個萬字，便生一萬個兒子？」五人越扯越遠。岳靈珊幾次要笑出聲來，卻都強自忍住。

桃谷五怪又爭了一會，桃幹仙忽道：「楊七郎啊楊七郎，你只要保祐咱們六弟不死，老子向你磕幾個頭也是不妨。我這裏先磕頭了。」說著跪下磕頭。

岳不羣夫婦一聽，互視一眼，臉上均有喜色，心想：「聽他言下之意，那怪人雖中了一劍，卻並沒死。」這桃谷六仙莫名奇妙，他夫婦實不願結上這不知所云的冤家。

桃枝仙道：「倘若六弟死了呢？」桃幹仙道：「我便把神像打得稀巴爛，再在爛泥上撒泡尿。」桃花仙道：「就算你把楊七郎的神像打得稀巴爛，又撒上一泡尿，就算再拉上一堆屎，卻又怎地？六弟死都死了，你磕了頭，總之是吃了虧啦！」桃枝仙道：「言之有理，這頭且不忙磕，咱們去問個清楚，到底六弟的傷治得好呢，還是治不好。治得好再來磕頭，治不好便來拉尿。」桃根仙道：「倘若治得好，不磕頭也治得好，這頭便不用磕了。倘若治不好，不拉尿也治不好，這尿便不用拉了。」桃葉仙道：「六弟治不好，咱們大家便不拉尿？不拉尿，豈不是要脹死？」桃幹仙突然放聲大哭，道：「六弟要是活不成，大夥兒不拉尿便不拉尿，脹死便脹死。」其餘四人也都大哭起來。

桃枝仙忽然哈哈大笑，道：「六弟倘若不死，咱們白哭一場，豈不吃虧？去去去，問個明白，再哭不遲。」桃花仙道：「這句話大有語病。六弟倘若不死，『再哭不遲』這四字，便用不著了。」五人一面爭辯，快步出廟。

岳不羣見五怪離去，向岳夫人道：「那人到底死活如何，事關重大，我去探個虛實。師妹，你和珊兒他們在這裏等我回來。」岳夫人道：「你孤身犯險，沒有救應，我和你同去。」說著搶先出廟。岳不羣過去每逢大事，總是夫婦聯手，此刻聽妻子這麼說，知道拗不過她，也不多言。

兩人出廟後，遙遙望見桃谷五怪從一條小路轉入一個山坳。兩人不敢太過逼近，只遠遠跟著，好在五人爭辯之聲甚響，雖相隔甚遠，仍聽到五人的所在。沿著那條山路，經過十幾株大柳樹，只見一條小溪畔有幾間瓦屋，五怪的爭辯聲直響入瓦屋之中。

岳不羣輕聲道：「從屋後繞過去。」夫婦倆展開輕功，遠遠向右首奔出，又從里許之外兜了轉來。瓦屋後又是一排柳樹，兩人隱身柳樹之後。

猛聽得桃谷五怪齊聲怒叫：「你殺了六弟啦！」「怎……怎地剖開了他胸膛？」「要你這狗賊抵命。」「把你胸膛也剖了開來。」「啊喲，六弟，你死得這麼慘，我……我們永遠不拉屎，跟著你一起脹死。」

岳不羣夫婦大驚：「怎麼有人剖了他們六弟的胸膛？」兩人打個手勢，彎腰走到窗下，從窗縫向屋內望去。

只見屋內明晃晃的點了七八盞燈，屋子中間放著一張大床。床上仰臥著一個全身赤裸的男子，胸口已讓人剖開，鮮血直流，雙目緊閉，似已死去多時，瞧他面容，正是那日在華山頂上身中岳夫人一劍的桃實仙。桃谷五怪圍在床邊，指著一個矮胖子大叫大嚷。

這矮胖子腦袋極大，生一撇鼠鬚，搖頭晃腦，形相滑稽。他雙手都是鮮血，右手持著一柄雪亮的短刀，刀上也染滿了鮮血。他雙目直瞪桃谷五怪，過了一會，才沉聲道：「放屁放完了沒有？」桃谷五怪齊聲道：「放完了，你有甚麼屁放？臭不臭？」那矮胖子道：「這個活死人胸口中劍，你們給他敷了金創藥，千里迢迢的抬來求我救命。你們路上走得太慢，創口結疤，經脈都對錯了。要救他性命是可以的，不過經脈錯亂，救活後武功全失，而且下半身癱瘓，沒法行動。這樣的廢人，醫好了又有甚麼用處？」

桃根仙道：「雖是廢人，總比死人好些。」那矮胖子怒道：「我要就不醫，要就全部醫好。醫成一個廢人，老子顏面何在？不醫了，不醫了！你們把這死屍抬去罷，老子決心不醫了。氣死我也，氣死我也！」

桃根仙道：「你說『氣死我也』，怎麼又不氣死？」那矮胖子雙目直瞪著他，冷冷的道：「我早就給你氣死了。你怎知我沒死？」桃幹仙道：「你既沒醫好我六弟的本事，幹麼又剖開了他胸膛？」那矮胖子冷冷的道：「我的外號叫作甚麼？」桃幹仙道：「你的狗屁外號有道是『殺人名醫』！」

岳不羣夫婦心中一凜，對望了一眼，均想：「原來這個形相古怪的矮胖子，居然便是大名鼎鼎的『殺人名醫』。不錯，普天下醫道之精，江湖上都說以這平一指爲第一，那怪人身受重傷，他們來求他醫治，原在情理之中。」

只聽平一指冷冷的道：「我既號稱『殺人名醫』，殺個把人，又有甚麼希奇？」桃花仙道：「殺人有甚麼難？我難道不會？你只會殺人，不會醫人，枉稱了這『名醫』二字。」平一指道：「誰說我不會醫人？我將這活死人的胸膛剖開，經脈重行接過，醫好之後，內外武功和沒受傷時一模一樣，這才是殺人名醫的手段。」

桃谷五怪大喜，齊聲道：「原來你能救活我們六弟，那可錯怪你了。」桃根仙道：「你怎……怎麼還不動手醫治？六弟的胸膛給你剖開了，一直流血不止，再不趕緊醫治，便來不及了。」平一指道：「殺人名醫是你還是我？」桃根仙道：「自然是你，那還用問？」平一指道：「既然是我，你怎知來得及來不及？再說，我剖開他胸膛後，本來早就在醫治，你們五個討厭鬼來囉唆不休，我怎麼醫法？我叫你們去楊將軍廟玩上半天，再到牛將軍廟、張將軍廟去玩玩，爲甚麼這麼快便回來了？」桃幹仙道：「快動手治傷罷，是你自己在囉唆，還說我們囉唆呢。」

平一指又瞪目向他凝視，突然大喝一聲：「拿針線來！」

他這麼突如其來的一聲大喝，桃谷五仙和岳不羣夫婦都吃了一驚，只見一個高高瘦瘦的婦人走進房來，端著一隻木盤，一言不發的放在桌上。這婦人四十來歲年紀，方面大耳，眼睛深陷，臉上全無血色。

平一指道：「你們求我救活這人，我的規矩，早跟你們說過了，是不是？」桃根仙道：「是啊。我們也早答允了，誓也發過了。不論要殺甚麼人，你吩咐下來好了，我們六兄弟無不遵命。」平一指道：「那就是了，現下我還沒想到要殺那一個人，等得想到了，再跟你們說。你們通統給我站在一旁，不許出一句聲，只要發出半點聲息，我立即停手，這人是死是活，我可再也不管了。」

桃谷六兄弟自幼同房而睡，同桌而食，從沒片刻停嘴，在睡夢中也常自爭辯不休。

這時你看看我，我看看你，個個都滿腹言語，須得一吐方快，但想到只須說一個字，便送了六弟性命，唯有竭力忍住，連大氣也不敢透一口，又唯恐一不小心，放一個屁。

平一指從盤裏取過一口大針，穿上了透明的粗線，將桃實仙胸口的剖開處縫了起來。他十根手指又粗又短，便似十根胡蘿蔔一般，豈知動作竟靈巧之極，運針如飛，片刻間將一條九寸來長的傷口縫上了，隨即反手從許多磁瓶中取出藥粉、藥水，紛紛敷上傷口，又撬開桃實仙的牙根，灌下幾種藥水，然後用濕布抹去他身上鮮血。那高瘦婦人一直在旁相助，遞針遞藥，動作也極熟練。

平一指向桃谷五仙瞧了瞧，見五人唇動舌搖，個個急欲說話，便道：「此人還沒活，等他活了過來，你們再說話罷。」五人張口結舌，神情尷尬之極。平一指「哼」了一聲，坐在一旁。那婦人將針線刀圭等物移了出去。

岳不羣夫婦躲在窗外，屏息凝氣，此刻屋內鴉雀無聲，窗外只須稍有動靜，屋內諸人立時便會察覺。

過了良久，平一指站起身來，走到桃實仙身旁，突然伸掌在桃實仙頭頂「百會穴」上重重一擊。六個人「啊」的一聲，同時驚呼出來。這六個人中五個是桃谷五仙，另一個竟是躺臥在床、一直昏迷不醒的桃實仙。

桃實仙一聲呼叫，便即坐起，罵道：「你奶奶的，你為甚麼打我頭頂？」平一指罵道：「你奶奶的，老子不用眞氣通你百會穴，你能好得這麼快麼？」桃實仙道：「你奶奶的，老子好得快好得慢，跟你又有甚麼相干？」平一指道：「你奶奶的，你好得慢了，豈非顯得我『殺人名醫』的手段不夠高明？你老是躺在我屋裏，豈不討厭？」桃實仙道：「你奶奶的，你討厭我，老子走好了，希罕麼？」一骨碌站起身來，邁步便行。

桃谷五仙見他說走就走，好得如此迅速，都又驚又喜，跟隨其後，出門而去。

岳不羣夫婦心下駭然，均想：「平一指醫術果然驚人，而他內力也非同小可，適才在桃實仙頭頂百會穴上這一拍，定是以渾厚內力注入其體，這才能令他立時甦醒。」二人微一猶豫，見桃谷六仙已去得遠了，平一指站起身來，走向另一間屋中。

岳不羣向妻子打個手勢，兩人立即輕手輕腳的走開，直到離那屋子數十丈處，這才快步疾行。岳夫人道：「那殺人名醫內功好生了得，瞧他行事，又委實邪門。」岳不羣道：「桃谷六怪既在這裏，這開封府就勢必是非甚多，咱們儘早離去罷，不用跟他們歪纏了。」岳夫人哼的一聲，畢生之中，近幾個月來所受委屈特多，丈夫以五嶽劍派一派掌門之尊，居然不得不東躲西避，天下雖大，竟似無容身之所。他夫婦間無話不談，話題一涉及此事，卻都避了開去，以免同感尷尬。此刻想到桃實仙終得不死，心頭都如放下了一塊大石。

兩人回到楊將軍廟，只見岳靈珊、林平之和勞德諾等諸弟子均在後殿相候。岳不羣道：「回船去罷！」衆人均已得知桃谷五怪便在當地，誰也沒多問，便即匆匆回舟。

正要吩咐船家開船，忽聽得桃谷五仙齊聲大叫：「令狐冲，令狐冲，你在那裏？」

岳不羣夫婦及華山羣弟子臉色一齊大變，只見六個人匆匆奔到碼頭邊，桃谷五仙之外，另一個便是平一指。桃谷五仙認得岳不羣夫婦，遠遠望見，便即大聲歡呼，五人縱身躍起，齊向船上跳來。

岳夫人立即拔出長劍，運勁向桃根仙胸口刺去。岳不羣也已長劍出手，噹的一聲，將妻子的劍刃壓下，低聲囑咐：「不可魯莽！」只覺船身微微一沉，桃谷五仙已站在船頭。

桃根仙大聲道：「令狐冲，你躲在那裏？怎地不出來？」

令狐冲大怒，叫道：「我怕你們麼？爲甚麼要躲？」

便在這時，船身微晃，船頭又多了一人，正是殺人名醫平一指。岳不羣暗自吃驚：「我和師妹剛回舟中，這矮子跟著也來了，莫非發現了我二人在窗外偷窺的蹤跡？桃谷五怪已極難對付，再加上這個厲害人物，岳不羣夫婦的性命，今日只怕要送在開封了。」

只聽平一指問道：「那一位是令狐兄弟？」言辭居然甚爲客氣。令狐冲慢慢走到船頭，道：「在下令狐冲，不知閣下尊姓大名，有何見教。」

平一指向他上下打量，說道：「有人託我來治你之傷。」伸手抓住他手腕，一根食指搭上他脈搏，突然雙眉一軒，「咦」的一聲，過了一會，眉頭慢慢皺了攏來，又是「啊」的一聲，仰頭向天，左手不住搔頭，喃喃的道：「奇怪，奇怪！」隔了良久，伸手去搭令狐冲另一隻手的脈搏，突然打了個噴嚏，說道：「古怪得緊，老夫生平從所未遇。」

桃根仙忍不住道：「那有甚麼奇怪？他心經受傷，我早已用內力眞氣給他治過了。」

桃幹仙道：「你還在說他心經受傷，明明是肺經不妥，若不是我用眞氣通他肺經諸穴，這小子又怎活得到今日？」桃枝仙、桃葉仙、桃花仙三人也紛紛大發謬論，各執一辭，自居大功。

平一指突然大喝：「放屁，放屁！」桃根仙怒道：「是你放屁，還是我五兄弟放屁？」平一指道：「自然是你們六兄弟放屁！令狐兄弟體內，有兩道較強眞氣，似乎是不戒和尙所注，另有六道較弱眞氣，多半是你們六個大傻瓜的了。」

岳不羣夫婦對望了一眼，均想：「這平一指果然了不起，他一搭脈搏，察覺冲兒體內有八道不同眞氣，那倒不奇，奇在他居然說得出來歷，知道其中兩道來自不戒和尙。」

桃幹仙怒道：「爲甚麼我們六人的較弱，不戒賊禿的較強？明明是我們的強，他的弱！」平一指冷笑道：「好不要臉！他一個人的兩道眞氣，壓住了你們六個人的，難道還是你們較強？不戒和尙這老混蛋，武功雖強，卻毫無見識，他媽的，老混蛋！」

桃花仙伸出一根手指，假意也去搭令狐冲右手的脈搏，道：「以我搭脈所知，乃是桃谷六仙的眞氣，將不戒和尙的眞氣壓得沒法動……」突然間大叫一聲，那根手指猶如給人咬了一口，急縮不迭，叫道：「哎唷，他媽的！」

平一指哈哈大笑，十分得意。衆人均知他是以上乘內功借著令狐冲的身子傳力，狠狠的將桃花仙震了一下。

平一指笑了一會，臉色一沉，道：「你們都給我在船艙裏等著，誰都不許出聲！」

桃葉仙道：「我是我，你是你，我們爲甚麼要聽你的話？」平一指道：「你們立過誓，要給我殺一個人，是不是？」桃枝仙道：「是啊，我們只答允替你殺一個人，卻沒答允聽你的話。」平一指道：「聽不聽話，原在你們。但如我叫你們去殺了桃谷六仙中的桃實仙，你們意下如何？」桃谷五仙齊聲大叫：「豈有此理！你剛救活了他，怎麼又叫我們去殺他？」

平一指道：「你們五人，向我立過甚麼誓？」桃根仙道：「我們答允了你，倘若你救活了我們的兄弟桃實仙，你吩咐我們去殺一個人，不論要殺的是誰，都須照辦，不得推托。」平一指道：「不錯。我救活了你們的兄弟沒有？」桃花仙道：「救活了！」平一指道：「桃實仙是不是人？」桃葉仙道：「他當然是人，難道還是鬼？」平一指道：「好了，我叫你們去殺一個人，這個人便是桃實仙！」

桃谷五仙你瞧瞧我，我瞧瞧你，均覺此事太也匪夷所思，卻又難以辯駁。

平一指道：「你們倘若眞的不願去殺桃實仙，那也可以通融。你們到底聽不聽我的話？我叫你們到船艙裏去乖乖的坐著，誰都不許亂說亂動。」桃谷五仙連聲答應，一晃眼間，五人均已雙手按膝，端莊而坐，要有多規矩便有多規矩。

令狐冲道：「平前輩，聽說你給人治病救命，有個規矩，救活之後，要那人去爲你殺一人。」平一指道：「不錯，確是有這規矩。」令狐冲道：「晚輩不願爲你殺人，因此你也不用給我治病。」

平一指聽了這話，「哈」的一聲，又自頭至腳的向令狐冲打量了一番，似在察看一件希奇古怪的物事一般，隔了半晌，才道：「第一，你的病很重，我治不好。第二，就算治好了，自有人答應給我殺人，不用你親自出手。」

令狐冲自從岳靈珊移情別戀之後，雖已覺了無生趣，但忽然聽得這位號稱有再生之能的名醫斷定自己傷病已沒法治愈，心中卻也不禁感到一陣淒涼。

岳不羣夫婦又對望一眼，均想：「甚麼人這麼大的面子，居然請得動『殺人名醫』到病人處來出診？這人跟沖兒又有甚麼交情？」

平一指道：「令狐兄弟，你體內有八道異種眞氣，驅不出、化不掉、降不服、壓不住，是以爲難。我受人之託，給你治病，不是我不願盡力，實在你的病因與眞氣有關，非針灸藥石所能奏效，在下行醫以來，從未遇到過這等病象，無能爲力，十分慚愧。」說著從懷中取出一個瓷瓶，倒出十粒朱紅色的丸藥，說道：「這十粒『鎭心理氣丸』，多含名貴藥材，製煉不易，你每十天服食一粒，可延百日之命。」

令狐沖雙手接過，說道：「多謝。」平一指轉過身來，正欲上岸，忽然又回頭道：「瓶裏還有兩粒，索性都給了你罷。」令狐沖不接，說道：「前輩如此珍視，這藥丸自有奇效，不如留著救人。晚輩多活十日八日，於人於己，都沒甚麼好處。」

平一指側頭又瞧了令狐沖一會，說道：「生死置之度外，確是大丈夫本色。原來如此，怪不得，怪不得！唉，可惜，可惜！慚愧，慚愧！」一顆大頭搖了幾搖，一躍上岸，快步而去。

他說來便來，說去便去，竟對華山派掌門人岳不羣全不理睬，視若無物。

岳不羣好生有氣，只船艙中還坐著五個要命的瘟神，如何打發，可煞費周章。只見桃谷五仙坐著一動也不動，眼觀鼻，鼻觀心，便如老僧入定一般。若命船家開船，勢必將五個瘟神一齊帶走，若不開船，不知他五人坐到甚麼時候，又不知是否會暴起傷人，以報岳夫人刺傷桃實仙的一劍之仇？

勞德諾、岳靈珊等都親眼見過他們撕裂成不憂的兇狀，此刻思之猶有餘悸，各人面面相覷，誰都不敢向五人瞧去。

令狐冲回身走進船艙，說道：「喂，你們在這裏幹甚麼？」桃根仙道：「乖乖的坐著，甚麼也不幹。」令狐冲道：「我們要開船了，你們請上岸罷。」桃幹仙道：「平一指叫我們在船艙中乖乖的坐著，不許亂說亂動，否則便要我們去殺了我們兄弟。因此我們便乖乖的坐著，不敢亂說亂動。」令狐冲忍不住好笑，說道：「平大夫早就上岸去了，你們可以亂說亂動了！」桃花仙搖頭道：「不行，不行！萬一他瞧見我們亂說亂動，那可大事不妙。」

忽聽得岸上有個嘶嗄的聲音叫道：「五個人不像人、鬼不像鬼的東西在那裏？」

桃根仙道：「他是在叫我們。」桃幹仙道：「為甚麼是叫我們？我們怎會是人不像人、鬼不像鬼？」那人又叫道：「這裏又有一個人不像人、鬼不像鬼的東西，平大夫剛給他治好了傷，你們要不要？如果不要，我就丟下黃河去餵大王八了。」

桃谷五仙一聽，呼的一聲，五個人並排從船艙中縱了出去，站在岸邊。只見那個相助平一指縫傷的中年婦人筆挺站著，左手平伸，提著個擔架，桃實仙便躺在架上。這婦人滿臉病容，力氣卻也真大，一隻手提了個百來斤的桃實仙再加上木製擔架，竟全沒當一回事。

桃根仙忙道：「當然要的，為甚麼不要？」桃幹仙道：「你為甚麼要說我們人不像人、鬼不像鬼？」桃實仙躺在擔架之上，說道：「瞧你相貌，比我們更加人不像人、鬼不像鬼。」原來桃實仙經平一指縫好了傷口，服下靈丹妙藥，又給他在頂門一拍，輸入眞氣，立時起身行走，但畢竟失血太多，行不多時，便又暈倒，給那中年婦人提了轉去。他受傷雖重，嘴頭上仍決不讓人，忍不住要和那婦人頂撞幾句。

那婦人冷冷的道：「你們可知平大夫生平最怕的是甚麼？」桃谷六仙齊道：「不知道，他怕甚麼？」那婦人道：「他最怕老婆！」桃谷六仙哈哈大笑，齊聲道：「他這麼一個天不怕、地不怕的人，居然怕老婆，哈哈，可笑啊可笑！」那婦人冷冷的道：「有甚麼可笑？我就是他老婆！」桃谷六仙立時不作一聲。那婦人道：「我有甚麼吩咐，他不敢不聽。我要殺甚麼人，他便會叫你們去殺。」桃谷六仙齊道：「是，是！不知平夫人要殺甚麼人？」

那婦人的眼光向船艙中射去，從岳不羣看到岳夫人，又從岳夫人看到岳靈珊，逐一瞧向華山派羣弟子，每個人都給她看得心中發毛，各人都知道，只要這個形容醜陋、全無血色的婦人向誰一指，桃谷五仙立時便會將這人撕了，縱是岳不羣這樣的高手，只怕也難逃毒手。

那婦人的眼光慢慢收了回來，又轉向桃谷六仙臉上瞧去，六兄弟也是心中怦怦亂跳。那婦人「哈」的一聲，桃谷六仙齊道：「是，是！」那婦人又「哼」的一聲，桃谷六仙又一齊應道：「是，是！」

那婦人道：「此刻我還沒想到要殺之人。不過平大夫說道，這船中有一位令狐冲令狐公子，是他十分敬重的。你們須得好好服侍他，直到他死為止。他說甚麼，你們便聽甚麼，不得有違！」桃谷六仙皺眉道：「服侍到他死為止？」平夫人道：「不錯，服侍他到死為止。不過他已不過百日之命，在這一百天中，你們須得事事聽他吩咐。」

桃谷六仙聽說令狐冲已不過再活一百日，登時都高興起來，都道：「服侍他一百天，倒也不是難事。」

令狐冲道：「平前輩一番美意，晚輩感激不盡。只是晚輩不敢勞動桃谷六仙照顧，便請他們上岸，晚輩這可要告辭了。」

平夫人臉上冷冰冰的沒半點喜怒之色，說道：「平大夫言道，令狐公子的內傷，是這六個混蛋害的，不但送了令狐公子一條性命，而且使得平大夫沒法醫治，大失面子，不能向囑託他的人交代，非重重責罰這六個混蛋不可。平大夫本來要他們依據誓言，殺死自己一個兄弟，現下從寬處罰，要他們服侍令狐公子。」她頓了一頓，又道：「這六個混蛋若不聽令狐公子的話，平大夫知道了，立即取他六人中一人的性命。」

桃花仙道：「令狐兄的傷既是由我們而起，我們服侍他一下，何足道哉？這叫做大丈夫恩怨分明。」桃枝仙道：「男兒漢為朋友雙脅插刀，尚且不辭，何況照料一下他的傷勢？」桃實仙道：「我的傷勢本來需人照料，我照料他，他照料我，有來有往，大家便宜。」桃幹仙道：「何況只服侍一百日，時日甚是有限。」桃根仙一拍大腿，說道：「古人聽得朋友有難，千里赴義，我六兄弟路見不平，拔刀相助……」平夫人白了白眼，逕自去了。

桃枝仙和桃幹仙抬了擔架，躍入船中。桃根仙等跟著躍入，叫道：「開船，開船！」

令狐冲見其勢無論如何不能拒卻他六人同行，便道：「六位桃兄，你們要隨我同行，那也未始不可，但對我師父師母必須恭敬有禮，這是我第一句吩咐。你們如不聽，我便不要你們服侍了。」桃葉仙道：「桃谷六仙本來便是彬彬君子，天下知名，別說是你的師父師母，就算是你的徒子徒孫，我們也一般的禮敬有加。」

令狐冲聽他居然自稱是「彬彬君子」，忍不住好笑，向岳不羣道：「師父，這六位桃兄想乘咱們坐船東行，師父意下如何？」

岳不羣心想，這六人目前已不致向華山派爲難，雖同處一舟，不免是心腹之患，但瞧情形也沒法將他們攆走，好在這六人武功雖強，爲人卻瘋瘋顛顛，若以智取，未始不能對付，便點頭道：「好，他們要乘船，那也不妨，只是我生性愛靜，不喜聽他們爭辯不休。」

桃幹仙道：「岳先生此言錯矣，人生在世，幹甚麼有一張嘴巴？這張嘴除了吃飯之外，是還須說話的。又幹甚麼有兩隻耳朵？那自是聽人說話之用。你如生性愛靜，便辜負了老天爺造你一張嘴巴、兩隻耳朵的美意。」

岳不羣知道只須和他一接上口，他五兄弟的五張嘴巴一齊加入，不知要嘈到甚麼地步，打架固然打他們不過，辯論也辯他們不贏，當即微微一笑，提聲說道：「船家，開船！」

桃葉仙道：「岳先生，你要船家開船，便須張口出聲，倘若當眞生性愛靜，該當打手勢叫他開船才是。」桃幹仙道：「船家在後梢，岳先生在中艙，他打手勢，船家看不見，那也枉然。」桃根仙道：「他難道不能到後梢去打手勢麼？」桃花仙道：「倘若船家不懂他的手勢，將『開船』誤作『翻船』，豈不糟糕？」

桃谷六仙爭辯聲中，船家已拔錨開船。

岳不羣夫婦不約而同的向令狐冲望了一眼，向桃谷六仙瞧了一眼，又互相你瞧我，我瞧你，心中所想的是同一件事：「平一指說受人之託來給冲兒治病，從他話中聽來，那個託他之人在武林中地位甚高，以致他雖將華山派掌門人沒瞧在眼裏，對華山派的一個弟子卻偏偏十分客氣。到底是誰託了他給冲兒治病？他罵不戒和尚爲『他媽的老混蛋』，自不會是受了不戒和尚之託。」

若在往日，他夫婦早就將令狐冲叫了過來，細問端詳，但此刻師徒間不知不覺已生出許多隔閡，二人均知還不是向令狐冲探問的時候。岳夫人想到江湖上第一名醫平一指也治不了令狐冲的傷，說他已只有百日之命，心下難過，禁不住掉下淚來。

順風順水，舟行甚速，這晚停泊處離蘭封已不甚遠。船家做了飯菜，各人正要就食，忽聽得岸上有人朗聲說道：「借問一聲，華山派諸位英雄，是乘這艘船的麼？」

岳不羣還沒答話，桃枝仙已搶著說道：「桃谷六仙和華山派的諸位英雄好漢都在船上，有甚麼事？」

那人歡然道：「這就好了，我們在這裏已等了一日一夜。快，快，拿過來。」

十多名大漢分成兩行，從岸旁的一個茅棚中走出，每人手中都捧著一隻朱漆匣子。一個空手的藍衫漢子走到船前，躬身說道：「敝上得悉令狐少俠身子欠安，甚是掛念，本當親來探候，只是實在來不及趕回，飛鴿傳書，特命小人奉上一些菲禮，請令狐少俠賞收。」一眾大漢走上船頭，將十餘隻匣子放在船上。

令狐冲奇道：「貴上不知是那一位？如此厚賜，令狐冲愧不敢當。」那漢子道：「令狐少俠福澤深厚，定可早日康復，還請多多保重。」說著躬身行禮，率領一眾大漢逕自去了。

令狐冲心想：「也不知是誰給我送禮，可眞希奇古怪。」

桃谷五仙早就忍耐不住，齊聲道：「先打開瞧瞧。」五人七手八腳，將一隻隻朱漆匣子的匣蓋揭開，只見有的匣中裝滿了精致點心，有的是薰雞火腿之類的下酒物，更有人參、鹿茸、燕窩、銀耳一類珍貴滋補的藥材。最後兩盒卻裝滿了小小的金錠銀錠，顯是以備令狐冲路上花用，說是「菲禮」，爲數可著實不菲。

桃谷五仙見到糖果蜜餞、水果點心，便抓起來塞入口中，大叫：「好吃，好吃！」

令狐冲翻遍了十幾隻匣子，既無信件名刺，亦無花紋表記，到底送禮之人是誰，實無半分線索可尋，向岳不羣道：「師父，這件事弟子可眞摸不著半點頭腦。這送禮之人既不像是有惡意，也不似是開玩笑。」說著捧了點心，先敬師父師娘，再分給眾師弟師妹。

岳不羣見桃谷六仙吃了食物，一無異狀，瞧模樣這些食物也不似下了毒藥，問令狐冲道：「你有江湖上的朋友是住在這一帶的麼？」令狐冲沉吟半晌，搖頭道：「沒有。」

只聽得馬蹄聲響，八乘馬沿河馳來，有人叫道：「華山派令狐少俠是在這裏麼？」

桃谷六仙歡然大叫：「在這裏，在這裏！有甚麼好東西送來？」

那人叫道：「敝幫幫主得知令狐少俠來到蘭封，又聽說令狐少俠喜歡喝上幾杯，命小人物色到十六罈陳年美酒，專程趕來，請令狐少俠船中飲用。」八乘馬奔到近處，果見每一匹馬的鞍上都掛著兩罈酒。酒罈上有的寫著「極品貢酒」，有的寫著「陳年佳汾」，更有的寫著「紹興狀元紅」，十六罈酒竟似各不相同。

令狐冲見了這許多美酒，那比送甚麼給他都要歡喜，忙走上船頭，拱手說道：「恕在下眼拙，不知貴幫是那一幫？兄台尊姓大名？」

那漢子笑道：「敝幫幫主再三囑咐，不得向令狐少俠提及敝幫之名。他老人家言道，這一點小小禮物實在太過菲薄，再提敝幫的名字，實在不好意思。」他左手一揮，馬上乘客便將一罈罈美酒搬下，放上船頭。

岳不羣在船艙中凝神看這八名漢子，見個個身手矯捷，一手提一隻酒罈，輕輕一躍便上了船頭，這八人顯然並非一流的武功，但顯然八人並非同一門派，看來同是一幫的幫衆，倒是不假。八人將十六罈酒送上船頭後，躬身向令狐冲行禮，便即上馬而去。

令狐冲笑道：「師父，這件事可眞奇怪了，不知是誰跟弟子開這個玩笑，送了這許多罈酒來。」岳不羣沉吟道：「莫非是田伯光？又莫非是不戒和尙？」

令狐冲道：「不錯，這兩人行事古裏古怪，或許是他們也未可知。喂！桃谷六仙，有大批好酒在此，你們喝不喝？」桃谷六仙笑道：「喝啊！喝啊！豈有不喝之理？」桃根仙、桃幹仙二人捧起兩罈酒來，拍去泥封，倒在碗中，果然香氣撲鼻。六人也不和令狐冲客氣，便即骨嘟嘟的喝酒。

令狐冲也去倒了一碗，捧到岳不羣面前，道：「師父，你請嘗嘗，這酒著實不錯。」岳不羣微微皺眉，「嗯」的一聲。勞德諾道：「師父，防人之心不可無。這酒不知是誰送來，焉知酒中沒古怪。」岳不羣點點頭，道：「冲兒，還是小心些兒的好。」

令狐冲一聞到醇美的酒香，那裏還忍耐得住，笑道：「弟子已命不久長，這酒中有毒無毒，也沒多大分別。」雙手捧碗，幾口喝了個乾淨，讚道：「好酒，好酒！」

只聽得岸上也有人大聲讚道：「好酒，好酒！」令狐冲舉目往聲音來處望去，只見柳樹下有個衣衫襤褸的落魄書生，右手搖著一柄破扇，仰頭用力嗅著從船上飄去的酒香，說道：「果然是好酒！」

令狐冲笑道：「這位兄台，你並沒品嘗，怎知此酒美惡？」那書生道：「你一聞酒氣，便該知道這是藏了六十二年的三鍋頭汾酒，豈有不好之理？」

令狐冲自得綠竹翁悉心指點，於酒道上的學問已著實不凡，早知這是六十年左右的三鍋頭汾酒，但要辨出不多不少恰好是六十二年，卻所難能，料想這書生多半是誇張其辭，笑道：「兄台若是不嫌，便請過來喝幾杯如何？」

那書生搖頭晃腦的道：「你我素不相識，萍水相逢，一聞酒香，已是干擾，如何再敢叨兄美酒，那是萬萬不可，萬萬不可！」令狐冲笑道：「四海之內，皆兄弟也。聞兄之言，知是酒國前輩，在下正要請教，便請下舟，不必客氣。我師父岳先生、師娘岳夫人也都在舟中。」

那書生慢慢踱將過來，深深一揖，說道：「原來是華山派衆位英傑，請了！晚生姓祖，祖宗之祖。當年祖逖聞雞起舞，那便是晚生的遠祖了。晚生雙名千秋，千秋者，百歲千秋之意。不敢請教兄台尊姓大名。」令狐冲道：「在下複姓令狐，單名一個冲字。」那祖千秋道：「姓得好，姓得好，這名字也好！當年唐朝令狐楚、令狐綯，都是做過宰相的大人物！」一面說，一面從跳板走上船頭。

令狐冲微微一笑，心想：「我請你喝酒，便甚麼都好了。」當即斟了一碗酒，遞給祖千秋，道：「請喝酒！」只見他五十來歲年紀，焦黃面皮，一個酒糟鼻，雙眼無神，疏疏落落的幾根鬍子，衣襟上一片油光，兩隻手伸了出來，十根手指甲中都是黑黑的污泥。他身材瘦削，卻挺著個大肚子。

祖千秋見令狐冲遞過酒碗，卻不便接，說道：「令狐兄雖有好酒，卻無好器皿，可惜啊可惜。」令狐冲道：「旅途之中，只有些粗碗粗盞，祖先生將就著喝些。」祖千秋搖頭道：「萬萬不可，萬萬不可！你對酒具如此馬虎，於飲酒之道，顯是未明其中三昧。飲酒須得講究酒具，喝甚麼酒，便用甚麼酒杯。喝汾酒當用玉杯，唐人有詩云：『玉碗盛來琥珀光。』可見玉碗玉杯，能增酒色。」令狐冲道：「正是。」

祖千秋指著一罈酒，說道：「這一罈關外白酒，酒味是極好的，只可惜少了一股芳冽之氣，最好是用犀角杯盛之而飲，那就醇美無比，須知玉杯增酒之色，犀角杯增酒之香，古人誠不我欺。」

令狐冲在洛陽曾聽綠竹翁談論講解，於天下美酒的來歷、氣味、釀酒之道、窖藏之法，已十知八九，但對酒具卻一竅不通，此刻聽祖千秋侃侃而談，大有茅塞頓開之感。只聽他又道：「至於飲葡萄酒嘛，當然要用夜光杯了。古人詩云：『葡萄美酒夜光杯，欲飲琵琶馬上催。』要知葡萄美酒作艷紅之色，我輩鬚眉男兒飲之，未免豪氣不足。葡萄美酒盛入夜光杯之後，酒色便與鮮血一般無異，飲酒有如飲血。岳武穆詞云：『壯志飢餐胡虜肉，笑談渴飲匈奴血』，豈不壯哉！」

令狐冲連連點頭，他讀書甚少，聽得祖千秋引證詩詞，於文義不甚了了，只是「笑談渴飲匈奴血」一句，確是豪氣干雲，令人胸懷大暢。

祖千秋指著一罈酒道：「至於這高粱美酒，乃是最古之酒。夏禹時儀狄作酒，禹飲而甘之，那便是高粱酒了。令狐兄，世人眼光短淺，只道大禹治水，造福後世，殊不知治水甚麼的，那也罷了，大禹眞正的大功，你可知道麼？」

令狐冲和桃谷六仙齊聲道：「造酒！」祖千秋道：「正是！」八人一齊大笑。

祖千秋又道：「飲這高粱酒，須用青銅酒爵，始有古意。至於那米酒呢，上佳米酒，其味雖美，失之於甘，略稍淡薄，當用大斗飲之，方顯氣概。」

令狐冲道：「在下草莽之人，少了學問。不明白這酒漿和酒具之間，竟有這許多講究。」

祖千秋拍著一隻寫著「百草美酒」字樣的酒罈，說道：「這百草美酒，乃採集百草，浸入美酒，故酒氣清香，如行春郊，令人未飲先醉。飲這百草酒須用古藤杯。百年古藤彫而成杯，以飲百草酒則大增芳香之氣。」令狐冲道：「百年古藤，倒是很難得的。」祖千秋正色道：「令狐兄言之差矣，百年美酒比之百年古藤，可就更爲難得。你想，百年古藤，儘可求之於深山野嶺，但百年美酒，人人想飲，一飲之後，便沒有了。一隻古藤杯，就算飲上千次萬次，還是好端端的一隻古藤杯。」令狐冲道：「正是。在下無知，承先生指教。」

岳不羣一直在留神聽那祖千秋說話，聽他言辭誇張，卻又非無理，眼見桃枝仙、桃幹仙等捧起了那罈百草美酒，倒得滿桌淋漓，全沒當是十分珍貴的美酒。岳不羣雖不嗜飲，卻聞到酒香撲鼻，甚是醇美，情知那確是上佳好酒，桃谷六仙如此糟蹋，未免可惜。

祖千秋又道：「飲這紹興狀元紅須用古瓷杯，最好是北宋瓷杯，五代瓷杯當然更好，吳越國龍泉哥窯弟窯青瓷最佳，不過那太難得。南宋瓷杯勉強可用，但已有衰敗氣象，至於元瓷，則不免粗俗了。飲這罈梨花酒呢？那該當用翡翠杯。白樂天杭州春望詩云：『紅袖織綾誇柿蒂，青旗沽酒趁梨花。』你想，杭州酒家在西湖邊上賣這梨花酒，酒家旁一株柿樹，花蒂垂謝，有如胭脂，酒家女穿著綾衫，紅袖當爐，玉顏勝雪，映著酒家所懸滴翠也似的青旗，這嫣紅翠綠的顏色，映得那梨花酒分外精神。至於飲這玉露酒，當用琉璃杯。玉露酒中有如珠細泡，盛在透明的琉璃杯中而飲，方可見其佳處。」

忽聽得一個女子聲音說道：「嘟嘟嘟，吹法螺！」說話之人正是岳靈珊，她伸著右手食指，刮自己右頰。岳不羣道：「珊兒不可無理，這位祖先生說的大有道理。」岳靈珊道：「甚麼大有道理？喝幾杯酒助助興，那也罷了，成日成晚的喝酒，又有這許多講究，豈是英雄好漢之所為？」

祖千秋搖頭晃腦的道：「這位姑娘言之差矣。漢高祖劉邦，是不是英雄？當年他若不是大醉之後劍斬白蛇，如何能成漢家數百年基業？樊噲是不是好漢？那日鴻門宴上，樊將軍盾上割肉，大斗喝酒，豈非壯士哉？」

令狐沖笑道：「先生既知此是美酒，又說英雄好漢，非酒不歡，卻何以不飲？」

祖千秋道：「我早說過，若無佳器，徒然糟蹋了美酒。」

桃幹仙道：「你胡吹大氣，說甚麼翡翠杯、夜光杯，世上那有這等酒杯？就算眞的有，也不過一兩隻，又有誰能一起齊備了的？」祖千秋道：「講究品酒的雅士，當然具備。似你們這等牛飲驢飲，自然甚麼粗杯粗碗都能用了。」桃葉仙道：「你是不是雅士？」祖千秋道：「說多不多，說少不少，三分風雅是有的。」桃葉仙哈哈大笑，問道：「那麼喝這八種美酒的酒杯，你身上帶了幾隻？」祖千秋道：「說多不多，說少不少，每樣一隻是有的。」

桃谷六仙齊聲叫嚷：「牛皮大王，牛皮大王！」

桃根仙道：「我跟你打個賭，你如身上有這八隻酒杯，我一隻一隻都吃下肚去。你要是沒有，那又如何？」祖千秋道：「就罰我將這些酒杯酒碗，也一隻隻都吃下肚去！」

桃谷六仙齊道：「妙極，妙極！且看他怎生……」

一句話沒說完，只見祖千秋伸手入懷，掏了一隻酒杯出來，光潤柔和，竟是一隻羊脂白玉杯。桃谷六仙吃了一驚，便不敢再說下去，只見他一隻又一隻，不斷從懷中取出酒杯，果然是翡翠杯、犀角杯、古藤杯、青銅爵、夜光杯、琉璃杯、古瓷杯無不具備。他取出八隻酒杯後，還繼續不斷取出，金光燦爛的金杯、鏤刻精致的銀杯、花紋斑斕的石杯，此外更有象牙杯、虎齒杯、牛皮杯、竹筒杯、紫檀杯等等，或大或小，種種不一。

眾人只瞧得目瞪口呆，誰也料想不到這窮酸懷中，竟然藏了這許多珍貴酒杯。

祖千秋得意洋洋的向桃根仙道：「怎樣？」

桃根仙臉色慘然，道：「我輸了，我吃八隻酒杯便是。」拿起那隻古藤杯，格的一聲，咬成兩截，將小半截塞入口中，咭咭咯咯的一陣咀嚼，便吞下肚中。

眾人見他說吃當真便吃，將半隻古藤杯嚼得稀爛，吞下肚去，無不駭然。

桃根仙一伸手，又去拿那隻犀角杯，祖千秋左手撩出，去切他脈門。桃根仙右手一沉，反拿他手腕，祖千秋中指彈向他掌心，桃根仙愕然縮手，道：「你不給我吃了？」祖千秋道：「在下服了你啦，我這八隻酒杯，就算你都已吃下了肚去便是。你有這股狠勁，我可捨不得了。」眾人又都大笑。

岳靈珊初時對桃谷六仙甚是害怕，但相處時刻既久，見他們不露兇悍之氣，而行事說話滑稽可親，便大著膽子向桃根仙道：「喂，這隻古藤杯的味道好不好？」

桃根仙舐唇咂舌，嗒嗒有聲，說道：「苦極了，有甚麼好吃？」

祖千秋皺起了眉頭，道：「給你吃了一隻古藤杯，可壞了我的大事。唉，沒了古藤杯，這百草酒用甚麼杯來喝才是？只好用一隻木杯來將就將就了。」他從懷中掏出一塊手巾，拿起半截給桃根仙咬斷的古藤杯抹了一會，又取過檀木杯，裏裏外外的拭抹不已，只是那塊手巾又黑又濕，不抹倒也罷了，這麼一抹，顯然越抹越髒。他抹了半天，才將木杯放在桌上，八隻一列，將其餘金杯、銀杯等都收入懷中，然後將汾酒、葡萄酒、紹興酒等八種美酒，分別斟入八隻杯裏，吁了一口長氣，向令狐冲道：「令狐仁兄，這八杯酒，你逐一喝下，然後我陪你喝八杯。咱們再來細細品評，且看和你以前所喝之酒，有何不同？」

令狐冲道：「好！」端起木杯，將酒一口喝下，只覺一股辛辣之氣直鑽入腹中，不由得心中一驚，尋思道：「這酒味怎地如此古怪？」

祖千秋道：「我這些酒杯，實是飲者至寶。只是膽小之徒，嘗到酒味有異，喝了第一杯後，第二杯便不敢再喝了。古往今來，能連飲八杯者，絕無僅有。」

令狐冲心想：「就算酒中有毒，令狐冲早就命不久長，給他毒死便毒死便了，何必輸這口氣？」當即端起酒杯，又連飲兩杯，只覺一杯極苦而另一杯甚澀，決非美酒之味，再拿起第四杯酒時，桃根仙忽然叫道：「啊喲，不好，我肚中發燒，有團炭火。」

祖千秋笑道：「你將我半隻古藤酒杯吃下肚中，豈有不肚痛之理？這古藤堅硬如鐵，在肚子裏是化不掉的，快些多吃瀉藥，瀉了出來，倘若瀉不出，只好去請殺人名醫平大夫開肚剖腸取出來了。」

令狐冲心念一動：「他這八隻酒杯之中必有怪異。桃根仙吃了那隻古藤杯，就算古藤堅硬不化，也不過肚中疼痛，那有發燒之理？嘿，大丈夫視死如歸，他的毒藥越毒越好。」一仰頭，又喝了一杯。

岳靈珊忽道：「大師哥，這酒別喝了，酒杯之中說不定有毒。你刺瞎了那些人的眼睛，可須防人暗算報仇。」

令狐冲淒然一笑，說道：「這位祖先生是個豪爽漢子，諒他也不會暗算於我。」內心深處，似乎反盼望酒中有毒，自己飲下即死，屍身躺在岳靈珊眼前，也不知她是否有點兒傷心？當即又喝了兩杯。這第六杯酒又酸又鹹，更有些臭味，別說當不得「美酒」兩字，便連這「酒」字，也加不上去。他吞下肚中之時，不由得眉頭微微一皺。

桃幹仙見他喝了一杯又一杯，忍不住也要試試，說道：「這兩杯給我喝罷。」伸手去取第七杯酒。祖千秋揮扇往他手背擊落，笑道：「慢慢來，輪著喝，每個人須得連喝八杯，方知酒中眞味。」桃幹仙見他扇子一擊之勢極是沉重，若給擊中了，只怕手骨也得折斷，一翻手便去抓他扇子，喝道：「我偏要先喝這杯，你待怎地？」

祖千秋的扇子本來摺成一條短棍，爲桃幹仙手指抓到之時，突然間呼的一聲張開，扇緣便往他食指上彈去。這一下出其不意，桃幹仙險遭彈中，急忙縮手，食指上已微微一痲，啊啊大叫，向後退開。祖千秋道：「令狐兄，你快些將這兩杯酒喝了……」

令狐冲更不多想，將餘下的兩杯酒喝了。這兩杯酒臭倒不臭，卻是一杯刺喉有如刀割，一杯藥氣沖鼻，這那裏是酒，比之最濃冽的草藥，藥氣還更重了三分。

桃谷六仙見他臉色怪異，都極感好奇，問道：「八杯酒喝下之後，味道怎樣？」

祖千秋搶著道：「八杯齊飲，甘美無窮。古書上是有得說的。」

桃幹仙道：「胡說八道，甚麼古書？」突然之間，也不知他使了甚麼古怪暗號，四人同時搶上，分別抓住了祖千秋的四肢。桃谷六仙抓人手足的手法既怪且快，突如其來，似鬼似魅，饒是祖千秋武功了得，還是給桃谷四仙抓住手足，提將起來。

華山派衆人見過桃谷四仙手撕成不憂的慘狀，忍不住齊聲驚呼。

祖千秋心念電閃，立即大呼：「酒中有毒，要不要解藥？」

抓住祖千秋手足的桃谷四仙都已喝了不少酒，聽得「酒中有毒」四字，都是一怔。

祖千秋所爭的正是四人這片刻之間的猶豫，突然大叫：「放臭屁，放臭屁了！」桃谷四仙只覺手中一滑，登時便抓了個空，跟著「砰」的一聲巨響，船篷頂上穿了個大孔，祖千秋破篷而遁，不知去向。桃根仙和桃枝仙兩手空空，桃花仙和桃葉仙手中，卻分別多了一隻臭襪，一隻沾滿了爛泥的臭鞋。

桃谷五仙身法也是快極，一晃之下，齊到岸上，祖千秋卻已影蹤不見。五人正要展開輕功去追，忽聽得長街盡頭有人呼道：「祖千秋你這壞蛋臭東西，快還我藥丸來，少了一粒，我抽你的筋，剝你的皮！」那人大聲呼叫，迅速奔來。桃谷五仙聽到有人大罵祖千秋，深合我意，都要瞧瞧這位如此夠朋友之人是怎樣一號人物，當即停步不追，往那人瞧去。

但見一個肉球氣喘吁吁的滾來，越滾越近，才看清楚這肉球居然是個活人。此人極矮極胖，說他是人，實在頗爲勉強。此人頭頸是決計沒有，一顆既扁且闊的腦袋安在雙肩之上，便似初生下地之時，給人重重當頭一鎚，打得他腦袋擠下，臉頰口鼻全都向橫裏扯了開去。衆人一見，無不暗暗好笑，均想：「那平一指也是矮胖子，但和此人相比，卻是全然小巫見大巫了。」平一指不過矮而橫闊，此人卻腹背俱厚，兼之手足短到了極處，似乎只有前臂而無上臂，只有大腹而無小腹。

此人來到船前，雙手一張，老氣橫秋的問道：「祖千秋這臭賊躲到那裏去了？」桃根仙笑道：「這臭賊逃走了，他腳程好快，你這麼慢慢滾啊滾的，定然追他不上。」

那人睜著圓溜溜的小眼向他一瞪，哼了一聲，突然大叫：「我的藥丸，我的藥丸！」雙足一彈，一個肉球衝入船艙，嗅了幾嗅，抓起桌上一隻空著的酒杯，移近鼻端聞了一下，登時臉色大變。他臉容本就十分難看，這一變臉，更是奇形怪狀，難以形容，委實是傷心到了極處。他將餘下七杯逐一拿起，嗅一下，說一句：「我的藥丸！」說了八句「我的藥丸」，哀苦之情更是不忍卒睹，忽然往地下一坐，放聲大哭。

桃谷五仙更加好奇，一齊圍在身旁，問道：「你爲甚麼哭？」「是祖千秋欺侮你嗎？」「不用難過，咱們找到這臭賊，把他撕成四塊，給你出氣。」

那人哭道：「我的藥丸給他和酒喝了，便殺……殺了這臭賊，也……也……沒用啦。」令狐冲心念一動，問道：「那是甚麼藥丸？」

那人垂淚道：「我前後足足花了一十二年時光，採集千年人參、伏苓、靈芝、鹿茸、首烏、靈脂、熊膽、三七、麝香種種珍貴之極的藥物，九蒸九晒，製成八顆起死回生的『續命八丸』，卻給祖千秋這天殺的偷了去，混酒喝了。」

令狐冲大驚，問道：「你這八顆藥丸，味道可是相同？」那人道：「當然不同。有的極臭，有的極苦，有的入口如刀割，有的辛辣如火炙。只要吞服了這『續命八丸』，不論多大的內傷外傷，定然起死回生。」

令狐冲一拍大腿，叫道：「糟了，糟了！這祖千秋將你的續命八丸偷了來，不是自己吃了，而是……而是……」那人問道：「而是怎樣？」令狐冲道：「而是混在酒裏，騙我吞下了肚中。我不知酒中有珍貴藥丸，還道他是下毒呢。」

那人怒不可遏，罵道：「下毒，下毒！下你奶奶個毒！當眞是你吃了我這續命八丸？」令狐冲道：「那祖千秋在八隻酒杯之中，裝了美酒給我飲下，確是有的極苦，有的甚臭，有的猶似刀割，有的好似火炙。甚麼藥丸，我可沒瞧見。」那人瞪眼向令狐冲凝視，一張肨臉上的肥肉不住跳動，突然一聲大叫，身子彈起，便向令狐冲撲去。

桃谷五仙見他神色不善，早有提防，他身子剛縱起，桃谷四仙出手如電，已分別拉住他四肢。

令狐冲忙叫：「別傷他性命！」

可是說也奇怪，那人雙手雙足給桃谷四仙拉住了，四肢反而縮攏，更似一個圓球。桃谷四仙大奇，一聲呼喝，將他四肢拉了開來，但見這人的四肢越拉越長，手臂大腿，都從身體中伸展出來，便如一隻烏龜的四隻腳給人從殼裏拉了出來一般。

令狐冲又叫：「別傷他性命！」

桃谷四仙手勁稍鬆，那人四肢立時縮攏，又成了一個圓球。桃實仙躺在擔架之上，大叫：「有趣，有趣！這是甚麼功夫？」桃谷四仙使勁向外一拉，那人的手足又長了尺許。岳靈珊等女弟子瞧著，無不失笑。

桃根仙道：「喂，我們將你身子手足拉長，可俊得多啦。」

那人大叫：「啊喲，不好！」桃谷四仙一怔，齊道：「怎麼？」手上勁力略鬆。那人四肢猛地一縮，從桃谷四仙手中滑了出來，砰的一聲響，船底已給他撞破一個大洞，從黃河中逃走了。

衆人齊聲驚呼，只見河水不絕從破洞中冒將上來。

岳不羣叫道：「各人取了行李物件，躍上岸去。」

船底撞破的大洞有四尺方圓，河水湧進極快，過不多時，船艙中水已齊膝。好在那船泊在岸邊，各人都上了岸。船家愁眉苦臉，不知如何是好。

令狐冲道：「你不用發愁，這船値得多少銀子，加倍賠你便是。」心中好生奇怪：「我和那祖千秋素不相識，爲甚麼他要盜了如此珍貴的藥物來騙我服下？」微一運氣，只覺丹田中一團火熱，但體內的八道眞氣仍衝突來去，不能聚集。

枕上躺著一張更沒半點血色的臉蛋，

一頭三尺來長的頭髮散在布被之上，稀疏淡黃。

那姑娘約莫十七八歲年紀，

面貌倒也清秀，低聲叫道：「爹！」卻不睜眼。

一五
灌藥

當下勞德諾去另僱一船，將各物搬了上去。令狐冲拿了幾錠不知是誰所送的銀子，賠給那撞穿了船底的船家。岳不羣覺當地異人甚多，來意不明，希奇古怪之事層出不窮，當以儘早離開這是非之地爲宜，只天色已黑，河水急湍，不便夜航，只得在船中歇了。

桃谷五仙兩次失手，先後給祖千秋和那肉球人逃走，實是生平罕有之事，六兄弟自吹自擂，拚命往自己臉上貼金，但不論如何自圓其說，必有人挑眼。六人喝了一會悶酒，也就睡了。

岳不羣躺在船艙中，耳聽河水拍岸，思湧如潮。過了良久，迷迷糊糊中忽聽得岸上腳步聲響，由遠而近，當即翻身坐起，從船窗縫中向外望去。月光下見兩個人影迅速奔來，其中一人突然右手一舉，兩人都在數丈外站定。

岳不羣知這二人倘若說話，語音必低，當即運起「紫霞神功」，登時耳目加倍靈敏，聽覺視力均可及遠，只聽一人道：「就是這艘船，稍早華山派那老兒僱了船後，我已在船篷上做了記號，不會弄錯的。」另一人道：「好，咱們就去回報諸師伯。師哥，咱們『百藥門』幾時跟華山派結上了樑子啊？爲甚麼諸師伯要這般大張旗鼓的截攔他們？」

岳不羣聽到「百藥門」三字，吃了一驚，微微打個寒噤，略一疏神，紫霞神功的效力便減，只聽得先一人說道：「……不是截攔……諸師伯是受人之託，欠了人家的情，打聽一個人……倒不是……」那人說話的語音極低，斷斷續續的聽不明白，待得再運神功，卻聽得腳步聲漸遠，二人已然走了。

岳不羣尋思：「我華山派怎地會跟『百藥門』結下了樑子？那個甚麼諸師伯，多半便是『百藥門』的掌門人諸草仙了。此人外號『毒不死人』，據說他下毒的本領高明之極，下毒而毒死人，人人都會，毫不希奇，這人下毒之後，遭毒者卻並不斃命，只是身上或如千刀萬剮，或如蟲鑽蟻嚙，總之是生不如死，卻又是求死不得，除了受他擺布之外，更無別條道路可走。江湖上將『百藥門』與雲南『五仙教』並稱為武林中兩大毒門，雖然『百藥門』比之『五仙教』聽說還頗不如，究竟也非同小可。這姓諸的要大張旗鼓的來跟我為難，『受人之託』，受了誰的託啊？」想來想去，只有兩個緣由：其一，百藥門是由劍宗封不平等人邀了來和自己過不去；其二，令狐冲所刺瞎的一十五人之中，有百藥門的朋友在內。

忽聽得岸上有一個女子聲音低聲問道：「到底你家有沒有甚麼辟邪劍譜啊？」正是女兒岳靈珊，不必聽第二人說話，另一人自然是林平之了，不知何時，他二人竟爾到了岸上。岳不羣心下恍然，女兒和林平之近來情愫日增，白天為防旁人恥笑，不敢太露形跡，卻在深宵中到岸上相聚。只因發覺岸上來了敵人，這才運功偵查，否則運這紫霞功頗耗內力，等閒不輕運用，不料除了查知敵人來歷之外，還發覺了女兒的秘密。

只聽林平之道：「辟邪劍法是有的，我早練給你瞧過了幾次，劍譜卻眞的沒有。」岳靈珊道：「那為甚麼你外公和兩位舅舅，總疑心大師哥吞沒了你的劍譜？」林平之道：「這是他們疑心，我可沒疑心。」岳靈珊道：「哼，你倒是好人，讓人家代你疑心，你自己卻一點也不疑心。」林平之嘆道：「倘若我家眞有甚麼神妙劍譜，我福威鏢局也不致給青城派如此欺侮，鬧得家破人亡了。」岳靈珊道：「這話也有道理。那麼你外公、舅舅對大師哥起疑，你怎麼又不為他分辯？」林平之道：「到底爹爹媽媽說了甚麼遺言，我沒親耳聽見，要分辯也無從辯起。」

岳靈珊道：「如此說來，你心裏畢竟是有點疑心了。」林平之道：「千萬別說這等話，要是給大師哥知道了，豈不傷了同門義氣？」岳靈珊冷笑一聲，道：「偏你便有這許多做作！疑心便疑心，不疑心便不疑心，換作是我，早就當面去問大師哥了。」她頓了一頓，又道：「你的脾氣和爹爹倒也眞像，兩人心中都對大師哥犯疑，猜想他暗中拿了你家的劍譜……」林平之插口問道：「師父也在犯疑？」岳靈珊嗤的一笑，道：「你自己若不犯疑，何以用上這個『也』字？我說你和爹爹的性格兒一模一樣，就只管肚子裏做功夫，嘴上卻一句不提。」

突然之間，華山派坐船旁的一艘船中傳出一個破鑼般的聲音喝道：「不要臉的狗男女！胡說八道。令狐冲是英雄好漢，要你們甚麼狗屁劍譜？你們背後說他壞話，老子第一個容不得！」他這幾句話聲聞十數丈外，不但河上各船乘客均從夢中驚醒，連岸上樹頂宿鳥也都紛紛叫噪。跟著那船中躍起一個巨大人影，疾向林平之和岳靈珊處撲去。

林岳二人上岸時並未帶劍，忙展開拳腳架式，以備抵禦。

岳不羣一聽那人呼喝，便知此人內功了得，而他這一撲一躍，更顯得外功也頗為深厚，眼見他向女兒攻去，情急之下，大叫：「手下容情！」縱身破窗而出，也向岸上躍去，身在半空之時，見那巨人一手一個，已抓住林平之和岳靈珊後領，向前奔出。岳不羣大驚，右足一落地，立即提氣縱前，手中長劍一招「白虹貫日」，向那人背心刺去。

那人身材既極魁梧，腳步自也奇大，邁了一步，岳不羣這劍便刺了個空，當即又一招「中平劍」向前遞出。那巨人正好大步向前，這一劍又刺了個空。岳不羣一聲清嘯，叫道：「留神了！」一招「清風送爽」，急刺而出。眼見劍尖離他背心已不過一尺，突然間勁風起處，有人自身旁搶近，兩根手指向他雙眼插到。

此處正是河街盡頭，一排房屋遮住了月光，岳不羣立即側身避過，斜揮長劍削出，未見敵人，先已還招。敵人一低頭，欺身直進，舉手扣他肚腹的「中脘穴」。岳不羣飛腳踢出，那人的溜溜打個轉，攻他背心。岳不羣更不回身，反手劍疾刺而出。那人又已避開，縱身拳打胸膛。岳不羣見這人好生無禮，竟敢以一雙肉掌對他長劍，而且招招進攻，心下惱怒，長劍圈轉，倏地挑上，刺向對方額頭。那人急忙伸指在劍身上一彈。岳不羣長劍微歪，乘勢改刺爲削，嗤的一聲響，將那人頭上帽子削落，露出個光頭。那人竟是個和尙。他頭頂鮮血直冒，已然受傷。

那和尙雙足力登，向後疾射而出。岳不羣見他去路恰和那擄去岳靈珊的巨人相反，便不追趕。岳夫人提劍趕到，忙問：「珊兒呢？」岳不羣左手一指，道：「追！」夫婦二人向那巨人去路追了出去，不多時便見道路交叉，不知敵人走的是那一條路。

岳夫人大急，連叫：「怎麼辦？」岳不羣道：「擄劫珊兒那人是冲兒的朋友，想來不至於……不至於加害珊兒。咱們去問冲兒，便知端的。」岳夫人點頭道：「不錯，那人大聲叫嚷，說珊兒、平兒污衊冲兒，不知是甚麼緣故？」岳不羣道：「還是跟辟邪劍譜有關。」

夫婦倆回到船邊，見令狐冲和衆弟子都站在岸上，神情甚是關切。岳不羣和岳夫人走進中艙，正要叫令狐冲來問，只聽得岸上遠處有人叫道：「有封信送給岳不羣。」勞德諾等幾名男弟子拔劍上岸，過了一會，勞德諾回入艙中，說道：「師父，這塊布用石頭壓在地下，送信的人早走了。」說著呈上一塊布片。岳不羣接過一看，見是從衣衫上撕下的一片碎布，用手指蘸了鮮血歪歪斜斜的寫著：「五霸岡上，還你的臭女兒。」

岳不羣將布片交給夫人，淡淡的道：「是那和尚寫的。」岳夫人急問：「他……他用誰的血寫字？」岳不羣道：「別躭心，是我削傷了他頭皮。」問船家道：「這裏去五霸岡，有多少路？」那船家道：「明兒一早開船，過銅瓦廂、九赫集，便到東明。五霸岡在東明集東面，挨近荷澤，是河南和山東兩省交界之地。爺台倘若要去，明日天黑，也就到了。」

岳不羣嗯了一聲，心想：「對方約我到五霸岡相會，此約不能不去，可是前去赴會，對方不知有多少人，珊兒又在他們手中，那注定了是有敗無勝的局面。」正自躊躇，忽聽得岸上有人叫道：「他媽巴羔子的桃谷六鬼，我鍾馗爺爺捉鬼來啦。」

桃谷六仙聽了，如何不怒？桃實仙躺著不能動彈，口中大呼小叫，其餘五人一齊躍上岸去。只見說話之人頭戴尖帽，手持白旛。那人轉身便走，大叫：「桃谷六鬼膽小如鼠，決計不敢跟來！」桃根仙等怒吼連連，快步急追。這人的輕功也甚了得，前奔後追，幾個人頃刻間便隱入了黑暗之中。

岳不羣等這時都已上岸。岳不羣叫道：「這是敵人調虎離山之計，大家上船。」

眾人剛要上船，岸邊一個圓圓的人形忽然滾將過來，一把抓住了令狐冲的胸口，叫道：「跟我去！」正是那個肉球一般的矮胖子。令狐冲爲他抓住，全無招架之力。

忽然呼的一聲響，屋角邊又有一人衝了出來，飛腳向肉球人踢去，卻是桃枝仙。原來他追出十餘丈，想到兄弟桃實仙留在船上，可別給那他媽的甚麼「鍾馗爺爺」捉了去，當即奔回守護，待見肉球人擒了令狐冲，便挺身來救。

肉球人立即放下令狐冲，身子一晃，已鑽入船艙，躍到桃實仙床前，右足伸出，作勢往他胸膛上踏去。桃枝仙大驚，叫道：「勿傷我兄弟！」肉球人道：「老頭子愛傷便傷，你管得著嗎？」桃枝仙如飛般縱入船艙，連人帶床板，將桃實仙抱在手中。

那肉球人其實只是要將他引開，反身上岸，又已將令狐冲抓住，抗在肩上，飛奔而去。桃枝仙立即想到，平一指吩咐他們五兄弟照料令狐冲，他給人擒去，日後如何交代？平大夫非叫他們殺了桃實仙不可。但如放下桃實仙不顧，又怕他傷病之中無力抗禦來襲敵人，當即雙臂將他橫抱，隨後追去。

岳不羣向妻子打個手勢，說道：「你照料衆弟子，我瞧瞧去。」岳夫人點了點頭。二人均知眼下強敵環伺，倘若夫婦同去追敵，只怕滿船男女弟子都會傷於敵手。

肉球人的輕功本來遠不如桃枝仙，但他將令狐冲抗在肩頭，全力奔跑，桃枝仙卻惟恐碰損桃實仙的傷口，雙臂橫抱了他，穩步疾行，便追趕不上。岳不羣展開輕功，漸漸追上，只聽得桃枝仙大呼小叫，要肉球人放下令狐冲，否則決計不和他善罷干休。

桃實仙身子雖動彈不得，一張嘴可不肯閒著，不斷和桃枝仙爭辯，說道：「三哥啊，大哥他們不在這裏，你就是追上了這肉球，也沒法奈何得了他，那麼決不和他善罷干休甚麼的，也不過虛聲恫嚇而已。」桃枝仙道：「就算虛聲恫嚇，也有嚇阻敵人之效，總之比不嚇爲強。」桃實仙道：「我看這肉球奔跑迅速，腳下絲毫沒慢了下來，『嚇阻』二字中這個『阻』字，未免不大妥當。」桃枝仙道：「他眼下還沒慢，過得一會，便慢下來啦。」桃實仙道：「那麼是拖慢了他，而不是阻擋他，因此是『嚇拖』不是『嚇阻』。」桃枝仙道：「總之這『嚇』字便不錯。」他手中抱著人，嘴裏爭辯不休，腳下竟絲毫不緩。

三人一條線般向東北方奔跑，道路漸漸崎嶇，走上了一條山道。岳不羣突然想起：「別要這肉球人在山裏埋伏高手，引我入伏，大舉圍攻，那可凶險得緊。」停步微一沉吟，只見肉球人已抱了令狐冲走向山坡上一間瓦屋，越牆而入。岳不羣四下察看，又即追上。

桃枝仙抱著桃實仙也即越牆而入，驀地裏一聲大叫，顯是中伏受困。

岳不羣欺到牆邊，只聽桃實仙道：「我早跟你說，叫你小心些，你瞧，現下給人家用漁網縛了起來，像是一條大魚，有甚麼光采？」桃枝仙道：「第一，是兩條大魚，不是一條大魚。第二，你幾時叫過我小心些？」桃實仙道：「小時候我一起和你去偷人家院子裏樹上的石榴，我叫你小心些，難道你忘了？」桃枝仙道：「那是三十多年前的事了，跟眼前的事有甚相干？」桃實仙道：「當然相干。那一次你不小心，摔了下去，給人家捉住了，揍了一頓，後來大哥、二哥、四哥他們趕到，才將那一家人殺得乾乾淨淨。這一次你又不小心，又給人家捉住了。」桃枝仙道：「那有甚麼要緊？最多大哥、二哥他們一齊趕到，又將這家人殺得乾乾淨淨。」

那肉球人冷冷的道：「你桃谷二鬼轉眼便死，還在這裏想殺人。不許說話，好讓我耳根清淨些。」只聽得啪啪兩響，聲音清脆，似是肉球人打了桃枝仙和桃實仙重重一個耳光，嚇得他二人暫且不敢出聲，免吃眼前虧。

岳不羣側耳傾聽，牆內好半天沒聲息，繞到圍牆之後，見牆外有株大棗樹，輕輕躍上棗樹，向牆內望去，見裏面是間小小瓦屋，和圍牆相距約有一丈。他想桃枝仙躍入牆內即給漁網縛住，多半這一丈的空地上裝有機關埋伏，當下隱身在棗樹枝葉濃密之處，運起「紫霞神功」，凝神傾聽。

那肉球人將令狐冲放在椅上，低沉著聲音問道：「你到底是祖千秋那老賊的甚麼人？」令狐冲道：「祖千秋這人，今兒我還是第一次見到，他是我甚麼人了？」肉球人怒道：「事到如今，還在撒謊！你已落入我的掌握，我要你死得慘不堪言。」

令狐冲笑道：「你的靈丹妙藥給我無意中吃在肚裏，你自然要大發脾氣。只不過你的丹藥實在不見得有甚麼靈妙，我服了之後，不生半點效驗。」肉球人怒道：「見效那有這樣快的？常言道病來似山倒，病去如抽絲。這藥力須得在十天半月之後，這才慢慢見效。」令狐冲道：「那麼咱們過得十天半月，再看情形罷！」肉球人怒道：「看你媽的屁！你偷吃了我的『續命八丸』，老頭子非立時殺了你不可。」令狐冲笑道：「你即刻殺我，我的命便沒有了，可見你的『續命八丸』毫無續命之功。」肉球人道：「是我殺你，跟『續命八丸』全不相干。」

令狐冲嘆道：「你要殺我，儘管動手，反正我全身無力，毫無抗禦之能。」

肉球人道：「哼，你想痛痛快快的死，可沒這麼容易！我先得問個清楚。他奶奶的，祖千秋是我老頭子幾十年的老朋友，這一次居然賣友，其中定然別有原因。你華山派在我『黃河老祖』眼中，不值半文錢，他當然並非為了你是華山派的弟子，才盜了我的『續命八丸』給你。當眞奇哉怪也！」一面自言自語，一面頓足有聲，怒氣沖天。

令狐冲道：「閣下的外號原來叫作『黃河老祖』，失敬啊失敬。」肉球人怒道：「胡說八道！我一個人怎做得來『黃河老祖』？」令狐冲問道：「為甚麼一個人做不來？」肉球人道：「『黃河老祖』一個姓老，一個姓祖，當然是兩個人了。連這個也不懂，眞是蠢才。我老爺老頭子，祖宗祖千秋，我們兩人居於黃河沿岸，合稱『黃河老祖』。」

令狐冲問道：「怎麼一個叫老爺，一個叫祖宗？」肉球人道：「你孤陋寡聞，不知世上有姓老、姓祖之人。我姓老，單名一個『爺』字，字『頭子』，人家不是叫我老爺，便叫我老頭子……」令狐冲忍不住笑出聲來，問道：「那個祖千秋，便姓祖名宗了？」

肉球人老頭子道：「是啊。」頓了一頓，奇道：「咦！你不知祖千秋的名字，如此說來，或許眞的跟他沒甚麼相干。啊喲，不對，你是不是祖千秋的兒子？」令狐冲更是好笑，說道：「我怎麼會是他兒子？他姓祖，我複姓令狐，怎拉扯得上一塊？」

老頭子喃喃自語：「眞是古怪。我費了無數心血，偷搶拐騙，才配製成了這『續命八丸』，原是要用來治我寶貝乖女兒之病的，你既不是祖千秋的兒子，他幹麼要偷了我這丸藥給你服下？」令狐冲這才恍然，說道：「原來老先生這些丸藥，是用來治令愛之病的，卻給在下誤服了，當眞萬分過意不去。不知令愛患了甚麼病，何不請『殺人名醫』平大夫設法醫治？」

老頭子呸呸連聲，說道：「『世上有人病難治，就須求教平一指。』老頭子身在開封，豈有不知？他有個規矩，治好一人，須得殺一人抵命。我怕他不肯治我女兒，先去將他老婆家中一家五口盡數殺了，他才不好意思，不得不悉心為我女兒診斷，查出我女兒在娘胎之中便已有了這怪病，於是開了這張『續命八丸』的藥方出來。否則我怎懂得採藥製煉的法子？」

令狐冲愈聽愈奇，道：「前輩既去請平大夫醫治令愛，又怎能殺了他岳家的全家？」

老頭子道：「你這人笨得要命，不點不透。平一指仇家本來不多，這幾年來又早讓他的病人殺得精光了。平一指生平最恨之人是他岳母，只因他怕老婆，不便親自殺他岳母，也不好意思派人代殺。老頭子跟他是鄉鄰，大家武林一脈，怎不明白他心意？於是由我出手代勞。我殺了他岳母全家之後，平一指十分歡喜，這才悉心診治我女兒之病。」

令狐冲點頭道：「原來如此。其實前輩的丹藥雖靈，對我的疾病卻不對症。不知令愛病勢現下如何，重新再覓丹藥，可還來得及嗎？」

老頭子怒道：「我女兒最多再拖得一年半載，便一命嗚呼了，又怎來得及去再覓這等靈丹妙藥？現下無可奈何，只有死馬當作活馬醫了。」

他取出幾根繩索，將令狐冲的手足牢牢縛在椅上，撕爛他衣衫，露出了胸口肌膚。令狐冲問道：「你要幹甚麼？」老頭子獰笑道：「不用心急，待會便知。」將他連人帶椅抱起，穿過兩間房，揭起棉帷，走進一間房中。

令狐冲一進房便覺悶熱異常。但見那房的窗縫都用綿紙糊住，密不通風，房中生著兩大盆炭火，床上布帳低垂，滿房都是藥氣。

老頭子將椅子在床前一放，揭開帳子，柔聲道：「不死好孩兒，今天覺得怎樣？」令狐冲心下大奇：「甚麼？老頭子的女兒芳名『不死』，豈不叫作『老不死』？啊，是了，他說他女兒在娘胎中便得了怪病，想來他生怕女兒死了，便給她取名『不死』，到老不死，是大吉大利的好口彩。她是『不』字輩，跟我師父是同輩。」越想越覺好笑。只見枕上躺著一張更沒半點血色的臉蛋，一頭三尺來長的頭髮散在布被之上，頭髮也是稀疏淡黃。那姑娘約莫十七八歲年紀，面貌倒也清秀，雙眼緊閉，睫毛甚長，低聲叫道：「爹！」卻不睜眼。

老頭子道：「不兒，爹爹給你煉製的『續命八丸』已經大功告成，今日便可服用了，你吃了之後，毛病便好，就可起床玩耍。」那少女嗯的一聲，似乎並不怎麼關切。令狐冲見到那少女病勢如此沉重，心下更是過意不去，又想：「老頭子對他女兒十分愛憐，無可奈何之中，只好騙騙她了。」

老頭子扶著女兒上身，道：「你坐起一些，好吃藥，這藥得來不易，可別糟蹋了。」那少女慢慢坐起，老頭子拿了兩個枕頭墊在她背後。那少女睜眼見到令狐冲，十分詫異，眼珠不住轉動，瞧著令狐冲，問道：「爹，他……他是誰？」

老頭子微笑道：「他麼？他不是人，他是藥。」那少女茫然不解，道：「他是藥？」老頭子道：「是啊，他是藥。那『續命八丸』藥性太過猛烈，我兒服食不宜，因此先讓這人服了，再刺他之血供我兒服食，最爲適當。」那少女道：「刺他的血？他會痛的，那……那不大好。」老頭子道：「這人是個蠢才，不知道痛的。」那少女「嗯」的一聲，閉上了眼。

令狐冲又驚又怒，正欲破口大罵，轉念一想：「我吃了這姑娘的救命靈藥，雖非有意，總之是我壞了大事，害了她性命。何況我本就不想活了，以我之血，救她性命，贖我罪愆，有何不可？」當下淒然一笑，並不說話。

老頭子站在他身旁，只待他一出聲叫罵，立即點他啞穴，豈知他竟神色泰然，不以爲意，倒也大出意料之外。他怎知令狐冲自岳靈珊移情別戀之後，本已心灰意懶，這晚聽得那大漢大聲斥責岳靈珊和林平之，罵他二人說自己壞話，又親眼見到岳林二人在岸上樹底密約相會，更覺了無生趣，於自己生死早已全不掛懷。

老頭子問道：「我要刺你心頭熱血，爲我女兒治病了，你怕不怕？」令狐冲淡淡的道：「那有甚麼可怕？」老頭子側目凝視，見他果然毫無懼怕神色，說道：「刺出你心頭之血，你便性命不保了，我有言在先，可別怪我沒告知你。」令狐冲淡淡一笑，道：「每個人到頭來終於要死的，早死幾年，遲死幾年，也沒多大分別？我的血能救得姑娘之命，那是再好不過，勝於我白白的死了，對誰都沒好處。」他猜想岳靈珊得知自己死訊，只怕非但毫不悲戚，說不定還要罵聲：「活該！」不禁大生自憐自傷之意。

老頭子大拇指一翹，讚道：「這等不怕死的好漢，當眞難得！只可惜我女兒若不飲你的血，便難活命，否則的話，眞想就此饒了你。」他到灶下端了一盆熱氣騰騰的沸水出來，右手執了尖刀，左手用手巾在熱水中浸濕了，敷在令狐冲心口。

正在此時，忽聽得祖千秋在外面叫道：「老頭子，快開門，我有些好東西送給你的不死姑娘。」老頭子眉頭一皺，右手刀子一劃，將那熱手巾割成兩半，將一半塞在令狐冲口中，說道：「甚麼好東西了？」放下刀子，出去開門，讓祖千秋進屋。

祖千秋道：「老頭子，這一件事你如何謝我？當時事情緊急，又找你不到。我只好取了你的『續命八丸』，騙他服下。倘若你自己知道了，也必會將這些靈丹妙藥送去，可是他就未必肯服。」老頭子怒道：「胡說八道……」

祖千秋將嘴巴湊到他的耳邊，低聲說了幾句話。老頭子突然跳起，大聲道：「有這等事？你……你……可不是騙我？」祖千秋道：「騙你作甚？我打聽得千眞萬確。老頭子，咱們是幾十年的交情了，知己之極，我辦這件事，可合了你心意罷？」老頭子頓足叫道：「不錯，不錯！該死，該死！」

祖千秋奇道：「怎地又是不錯，又是該死？」老頭子道：「你不錯，我該死！」祖千秋更加奇了，道：「你爲甚麼該死？」

老頭子一把拖了他手，直入女兒房中，向令狐冲納頭便拜，叫道：「令狐公子，令狐爺爺，小人豬油蒙了心，今日得罪了你。幸好祖千秋及時趕到，如我一刀刺死了你，便將老頭子全身肥肉熬成脂膏，也贖不了我罪愆的萬一。」說著連連叩頭。

令狐冲口中塞著半截手巾，嗬嗬作聲，說不出話來。

祖千秋忙將手巾從他口中挖了出來，問道：「令狐公子，你怎地到了這裏？」令狐冲忙道：「老前輩快快請起，這等大禮，我可愧不敢當。」老頭子道：「小老兒不知令狐公子和我大恩人有這等淵源，多多冒犯，唉，唉，該死，該死！胡塗透頂！就算我有一百個女兒，個個都要死，也不敢讓令狐公子流半點鮮血救她們的狗命。」

祖千秋睜大了眼，問道：「老頭子，你將令狐公子綁在這裏幹甚麼？」老頭子道：「唉，總之是我倒行逆施，胡作非爲，你少問一句行不行？」祖千秋又問：「這盆熱水和這把尖刀放在這裏，又幹甚麼來著？」只聽得啪啪啪啪幾聲，老頭子舉起手來，力批自己雙頰。他臉頰本就肥得有如南瓜，這幾下著力擊打，登時更加腫脹不堪。

令狐冲道：「種種情事，晚輩胡裏胡塗，實不知半點因由，還望兩位前輩明示。」老頭子和祖千秋匆匆忙忙解開他身上綁縛，說道：「咱們一面喝酒，一面詳談。」令狐冲向床上的少女望了一眼，問道：「令愛的病勢，不致便有變化麼？」

老頭子道：「沒有，不會有變化。就算有變化，唉，這個……那也是……」他口中嘮嘮叨叨的，也不知說些甚麼，將令狐冲和祖千秋讓到廳上，倒了三碗酒，又端出一大盤肥豬肉來下酒，恭恭敬敬的舉起酒碗，敬了令狐冲一碗。令狐冲一口飲了，只覺酒味淡薄，平平無奇，但比之在祖千秋酒杯中盛過的酒味，卻又好上十倍。

老頭子說道：「令狐公子，老朽胡塗透頂，得罪了公子，唉，這個……眞是……」

一臉惶恐之色，不知說甚麼話才能表達心中歉意。祖千秋道：「令狐公子大人大量，也不會怪你。再說，你這『續命八丸』倘若有些效驗，對令狐公子的身子眞有補益，那麼你反有功勞了。」老頭子道：「這個……功勞是不敢當的，祖賢弟，還是你功勞大。」祖千秋笑道：「我取了你這八顆丸藥，只怕於不死姪女身子有妨，這一些人參給她補一補罷。」說著俯身取過一隻竹簍，打開蓋子，掏出一把把人參來，有粗有細，看來就沒十斤，也有八斤。

老頭子道：「從那裏弄來這許多人參？」祖千秋笑道：「自然是從藥材鋪中借來的。」老頭子哈哈大笑，道：「劉備借荊州，不知何日還。」

令狐冲見老頭子雖強作歡容，卻掩不住眉間憂愁，說道：「老先生，祖先生，你兩位想要醫我之病，雖是一番好意，但一個欺騙在先，一個擄綁在後，未免太不將在下瞧在眼裏了。」老祖二人一聽，當即站起，連連作揖，齊道：「令狐公子，老朽罪該萬死。不論公子如何處罰，老朽二人都罪有應得。」令狐冲道：「好，我有一事不明，須請直言相告。請問二位到底是衝著誰的面子，才對我這等相敬？」

老祖二人相互瞧了一眼。老頭子道：「這個……這個……這個嗎？」祖千秋道：「公子爺當然知道。那一位的名字，恕我們不敢提及。」

令狐冲道：「我的的確確不知。」暗忖：「是風太師叔麼？是不戒大師麼？是田伯光麼？是綠竹翁麼？可是似乎都不像。風太師叔雖有這等本事面子，但他老人家隱居不出，不許我洩露行蹤，他怎會下山來幹這等事？不戒大師、田伯光、綠竹翁他們性子直爽，做事也不會如此隱秘。」

祖千秋道：「公子爺，你問的這件事，我和老兄二人是決計不敢答的，你就殺了我們，也不會說。你公子爺心中自然知道，又何必定要我們說出口來？」

令狐冲聽他語氣堅決，顯是不論如何逼問都決計不說的了，便道：「好，你們既然不說，我心中怒氣不消。老先生，你剛才將我綁在椅上，嚇得我魂飛魄散，我也要綁你二人一綁，說不定我心中不開心，一尖刀把你們的心肝都挖了出來。」

老祖二人又對望一眼，齊道：「公子爺要綁，我們自然不敢反抗。」老頭子端過兩隻椅子，又取了七八條粗索來。兩人先用繩索將自己雙足在椅腳上牢牢縛住，然後雙手放在背後，說道：「公子請綁。」均想：「這少年未必眞要綁我們出氣，多半是開開玩笑。」

那知令狐冲取過繩索，當眞將二人雙手反背牢牢縛住，提起老頭子的尖刀，說道：「我內力已失，不能用手指點穴，又怕你們運力掙扎，只好用刀柄敲打，封了你二人的穴道。」當下倒轉尖刀，用刀柄在二人的環跳、天柱、少海等處穴道中用力敲擊，封住了二人穴道。老頭子和祖千秋面面相覷，大爲詫異，不自禁生出恐懼之情，不知令狐冲用意何在。只聽他說道：「你們在這裏等一會。」轉身出廳。

令狐冲握著尖刀，走到那少女的房外，咳嗽一聲，說道：「老……唔，姑娘，你身子怎樣？」他本待叫她「老姑娘」，但想這少女年紀輕輕，雖然姓老，稱之爲「老姑娘」總不大妥當。那少女「嗯」的一聲，並不回答。

令狐冲掀開棉帷，走進房去，只見她兀自坐著，靠在枕墊之上，半睡半醒，雙目微睜。令狐冲走近兩步，見她臉上肌膚便如透明一般，淡黃的肌肉下現出一條條青筋，似乎可見到血管中血液隱隱流動。房中寂靜無聲，風息全無，好似她體內鮮血正在一滴滴的凝結成膏，她呼出來的氣息，呼出一口便少了一口。

令狐冲心道：「這姑娘本來可活，卻給我誤服丹藥而害了她。我反正是要死了，多活幾天，少活幾天，又有甚麼分別？」取過一隻瓷碗放在几上，伸出左腕，右手舉刀在腕脈上橫斬一刀，鮮血泉湧，流入碗中。他見老頭子先前取來的那盆熱水仍在冒氣，當即放下尖刀，右手抓些熱水淋上傷口，使得傷口鮮血不致迅速凝結。頃刻間鮮血已注滿了大半碗。

那少女迷迷糊糊中聞到一陣血腥氣，睜開眼來，突然見到令狐冲手腕上鮮血直淋，一驚之下，大叫了一聲。

令狐冲見碗中鮮血將滿，端到那姑娘床前，就在她嘴邊，柔聲道：「快喝了，血中含有靈藥，能治你的病。」那姑娘道：「我……我怕，我不喝。」令狐冲流了一碗血後，只覺腦中空盪盪地，四肢軟弱無力，心想：「她害怕不喝，這血豈不是白流了？」左手抓過尖刀，喝道：「你不聽話，我便一刀殺了你。」將尖刀刀尖直抵到她喉頭。

那姑娘怕了起來，只得張嘴將一碗鮮血一口口的都喝了下去，幾次煩惡欲嘔，看到令狐冲的尖刀閃閃發光，竟嚇得不敢作嘔。

令狐冲見她喝乾了一碗血，自己腕上傷口鮮血漸漸凝結，心想：「我服了老頭子的『續命八丸』，從血液中進入這姑娘腹內的，只怕還不到十分之一，待我大解小解之後，不免所失更多，須得儘早再餵她幾碗鮮血，直到我不能動彈為止。」當下再割右手腕脈，放了大半碗鮮血，又去餵那姑娘。

那姑娘皺起了眉頭，求道：「你……你別逼我，我眞的不行了。」令狐冲道：「不行也得行，快喝，快。」那姑娘勉強喝了幾口，喘了一會氣，說道：「你……你為甚麼這樣？你這樣做，好傷自己身子。」令狐冲苦笑道：「我傷身子打甚麼緊，我只要你好。」

桃枝仙和桃實仙給老頭子所裝的漁網所縛，越出力掙扎，漁網收得越緊，到得後來，兩人手足便想移動數寸也已有所不能。兩人身不能動，耳目卻仍靈敏，口中更爭辯不休。當令狐冲將老祖二人縛住後，桃枝仙猜他定要將二人殺了，桃實仙則猜他一定先來釋放自己兄弟。那知二人白爭了一場，所料全然不中，令狐冲卻走進了那姑娘房中。

那姑娘的閨房密不通風，二人在房中說話，只隱隱約約的傳了一些出來。桃枝仙、桃實仙、岳不羣、老頭子、祖千秋五人內力都甚了得，但令狐冲在那姑娘房中幹甚麼，五人只好隨意想像，突然間聽得那姑娘尖聲大叫，五人臉色登時都為之大變。

桃枝仙道：「令狐冲一個大男人，走到人家閨女房中去幹甚麼？」桃實仙道：「你聽！那姑娘害怕之極，說道：『我……我怕！』令狐冲說：『你不聽話，我便一刀殺了你。』他說『你不聽話』，令狐冲要那姑娘聽甚麼話？」桃枝仙道：「那還有甚麼好事？自然是強迫那姑娘做他老婆。」桃實仙道：「哈哈，可笑之極！那矮冬瓜胖皮球的女兒，當然也是矮冬瓜胖皮球，令狐冲為甚麼要逼她做老婆？」桃枝仙道：「蘿蔔青菜，各人所愛！說不定令狐冲特別喜歡肥胖女子，一見肥女，便即魂飛天外。」桃實仙道：「啊喲！你聽，你聽！那肥女求饒了，說甚麼『你別逼我，我眞的不行了。』」桃枝仙道：「不錯。令狐冲這小子卻霸王硬上弓，說道：『不行也得行，快，快！』」

桃實仙道：「爲甚麼令狐冲叫她快些，快甚麼？」桃枝仙道：「你沒娶過老婆，是童男之身，自然不懂！」桃實仙道：「難道你就娶過了，不害臊！」桃枝仙道：「你明知我沒娶過，幹麼又來問我？」桃實仙大叫：「喂，喂，老頭子，令狐冲在逼你女兒做老婆，你幹麼見死不救？」桃枝仙道：「你管甚麼閒事？你怎知那肥女要死，世上有多少女人做了老婆，她們又不死？她女兒名叫『老不死』，怎麼會死？」

老頭子和祖千秋給縛在椅上，又給封了穴道，聽得房中老姑娘驚呼和哀求之聲，二人面面相覷，不知如何是好。二人心下本已起疑，聽得桃谷二仙在院子中大聲爭辯，更無懷疑。

祖千秋道：「老兄，這件事非阻止不可，沒想到令狐公子如此好色，只怕要闖大禍。」老頭子道：「唉，蹧蹋了我不死孩兒，那還罷了，卻……卻太也對不起人家。」祖千秋道：「你聽，你聽。你的不死姑娘對他生了情意，她說：『你這樣做，好傷自己身子。』令狐冲說甚麼？你聽到沒有？」老頭子道：「他說：『我傷身子打甚麼緊？我只要你好！』他奶奶的，這兩個小傢伙。」

祖千秋哈哈大笑，說道：「老兄，恭喜，恭喜！」老頭子怒道：「恭你奶奶個喜！」祖千秋笑道：「你何必發怒？恭喜你得了個好女婿！」老頭子大叫一聲，喝道：「別胡說！這件事傳揚出去，你我還有命麼？」他說這兩句話時，聲音中含著極大驚恐。祖千秋道：「是，是！」聲音卻也打顫了。

岳不羣身在牆外樹上，隔得更遠，雖運起了「紫霞神功」，也只聽到一鱗半爪，最初一聽到令狐冲強迫那姑娘，便想衝入房中阻止，但轉念一想，這些人連令狐冲在內，個個詭秘怪異，不知有甚圖謀，還是不可魯莽，以靜觀其變爲是，當下運功繼續傾聽。桃谷二仙和老祖二人的說話不絕傳入耳中，只道令狐冲當眞乘人之危，對那姑娘大肆非禮，後來再聽老祖二人的對答，心想令狐冲瀟洒風流，那姑娘多半與乃父相像，是個胖皮球般的醜女，則失身之後對其傾倒愛慕，亦毫不出奇，不禁連連搖頭。

忽聽得那姑娘又尖叫道：「別……別……這麼多血，求求你……」

突然牆外有人叫道：「老頭子，桃谷四鬼給我撇掉啦。」波的一聲輕響，有人從牆外躍入，推門進內，正是那個手持白旛去逗引桃谷四仙的漢子。

他見老頭子和祖千秋都給綁在椅上，吃了一驚，叫道：「怎麼啦！」右手一翻，掌中已多了一柄精光燦然的匕首，手臂幾下揮舞，已將兩人手足上所綁的繩索割斷。

房中那姑娘又尖聲驚叫：「你……你……求求你……不能再這樣了。」

那漢子聽她叫得緊急，驚道：「是老不死姑娘！」向房門衝去。

老頭子一把拉住了他手臂，喝道：「不可進去！」那漢子一怔之下，停住了腳步。

只聽得院子中桃枝仙道：「我想矮冬瓜得了令狐冲這樣一個女婿，定然歡喜得緊。」

桃實仙道：「令狐冲快要死了，一個半死半活的女婿，得了有甚麼歡喜？」桃枝仙道：

「他女兒也快死了，一對夫妻一般的半死半活。」桃實仙問道：「那個死？那個活？」桃枝仙道：「那還用問？自然是令狐冲死。老不死姑娘名叫老不死，怎麼會死？」桃實仙道：「這也未必。難道名字叫甚麼，便眞的是甚麼？如果天下人個個叫老不死，便個個都老而不死了？咱們練武功還有甚麼用？」

兩兄弟爭辯聲中，猛聽得房中砰的一聲，甚麼東西倒在地下。老姑娘又叫了起來，聲音雖然微弱，卻充滿了驚惶之意，叫道：「爹，爹！快來！」

老頭子聽得女兒呼叫，搶進房去，只見令狐冲倒在地下，一隻瓷碗合在胸口，上身全是鮮血，老姑娘斜倚在床，嘴邊也都是血。祖千秋和那漢子站在老頭子身後，望望令狐冲，望望老姑娘，滿腹都是疑竇。

老姑娘道：「爹，他……他在自己手上割了許多血出來，逼我喝了兩碗……他……他還要割……」

老頭子這一驚更加非同小可，忙俯身扶起令狐冲，只見他雙手腕脈處各有傷口，鮮血兀自汩汩流個不住。老頭子急衝出房，取了金創藥來，心慌意亂之下，雖在自己屋中，還是額頭在門框邊上撞得腫起了一個大瘤，門框卻給他撞塌了半邊。

桃枝仙聽到碰撞聲響，只道他在毆打令狐冲，叫道：「喂，老頭子，令狐冲是桃谷六仙的好朋友，你可不能再打。要是打死了他，桃谷六仙非將你全身肥肉撕成一條條不可。」桃實仙道：「錯了，錯了！」桃枝仙道：「甚麼錯了？」桃實仙道：「他若是全身瘦肉，自可撕成一條一條，但他全是肥肉，一撕便成一團一塌胡塗的肥膏，如何撕成一條一條？」

老頭子將金創藥在令狐冲手腕上傷口處敷好，再在他胸腹間幾處穴道上推拿良久，令狐冲這才悠悠醒轉。老頭子驚魂略定，心下感激無已，顫聲道：「令狐公子，你……這件事當眞叫咱們粉身碎骨，也是……唉……也是……」祖千秋道：「令狐公子，老頭子剛才縛住了你，全是一場誤會，你怎地當眞了？豈不令他無地自容？」

令狐冲微微一笑，說道：「在下的內傷非靈丹妙藥所能醫治，祖前輩一番好意，取了老前輩的『續命八丸』來給在下服食，實在是蹧蹋了……但願這位姑娘的病得能痊可……」他說到這裏，因失血過多，一陣暈眩，又昏了過去。

老頭子將他抱起，走出女兒閨房，放在自己房中床上，愁眉苦臉的道：「那怎麼辦？那怎麼辦？」祖千秋道：「令狐公子失血極多，只怕性命已在頃刻之間，咱三人便以畢生修爲，將內力注入他體內如何？」老頭子道：「自該如此。」輕輕扶起令狐冲，右掌心貼上他背心大椎穴，甫一運氣，便全身一震，喀喇一聲響，所坐的木椅給他壓得稀爛。

桃枝仙哈哈大笑，大聲道：「令狐冲的內傷，便因咱六兄弟以內力給他療傷而起，這矮冬瓜居然又來學樣，令狐冲豈不是傷上加傷，傷之又傷，傷之不已！」桃實仙道：「你聽，這喀喇一聲響，定是矮冬瓜給令狐冲的內力震了出來，撞壞了甚麼東西。令狐冲的內力，便是我們的內力，矮冬瓜又吃了桃谷六仙一次苦頭！妙哉！妙哉！」

老頭子嘆了口氣，道：「唉，令狐公子倘若傷重不醒，我老頭子只好自殺了。」

那漢子突然放大喉嚨叫道：「牆外棗樹上的那一位，可是華山派掌門岳先生嗎？」

岳不羣大吃一驚，心道：「原來我的行跡早就給他見到了。」只聽那漢子又叫：「岳先生，遠來是客，何不進來見面？」岳不羣極爲尷尬，只覺進去固是不妙，其勢又不能老是坐在樹上不動。那漢子道：「令高足令狐公子暈了過去，請你一起參詳參詳。」

岳不羣咳嗽一聲，縱身飛躍，越過了院子中丈餘空地，落在滴水簷下的走廊。老頭子已從房中走了出來，拱手道：「岳先生，請進。」岳不羣道：「在下掛念小徒安危，可來得魯莽了。」老頭子道：「那是在下該死。唉，倘若……倘若……」

桃枝仙大聲道：「你不用躭心，令狐冲死不了的。」老頭子大喜，問道：「你怎知他不會死？」桃枝仙道：「他年紀比你小得多，也比我小得多，是不是？」老頭子道：「是啊。那又怎樣？」桃枝仙道：「年紀老的人先死呢，還是年紀小的人先死？自然是老的先死了。你還沒死，我也沒死，令狐冲又怎麼會死？」老頭子本道他有獨得之見，豈知又來胡說一番，只有苦笑。桃實仙道：「我倒有個挺高明的主意，咱們大夥兒齊心合力，給令狐冲改個名字，叫作『令狐不死』……」

岳不羣走入房中，見令狐冲暈倒在床，心想：「我若不露一手紫霞神功，可教這幾人輕視我華山派了。」當下暗運神功，臉向裏床，以便臉上紫氣顯現之時無人瞧見，伸掌按到令狐冲背心大椎穴上。他早知令狐冲體內眞氣運行的情狀，當下並不用力，只以少些內力緩緩輸入，覺到他體內眞氣生出反激，手掌便和他肌膚離開了半寸，停得片刻，又將手掌按了上去。果然過不多時，令狐冲便即悠悠醒轉，叫道：「師父，你……

老人家來了。」

老頭子等三人見岳不羣毫不費力的便將令狐冲救轉，都大爲佩服。

岳不羣尋思：「此處是非之地，不能多躭，又不知舟中夫人和衆弟子如何。」拱手說道：「多承諸位對我師徒禮敬有加，愧不敢當，這就告辭。」

老頭子道：「是，是！令狐公子身子違和，咱們本當好好接待才是，眼下卻是不便，實在失禮之至，還請兩位原恕。」

岳不羣道：「不用客氣。」黯淡的燈光之下，見那漢子一雙眸子炯炯發光，心念一動，拱手道：「這位朋友尊姓大名？」祖千秋笑道：「原來岳先生不識得咱們的夜貓子『無法可施』計無施。」岳不羣心中一凜：「夜貓子計無施？聽說此人天賦異稟，目力特強，行事忽善忽惡，或邪或正，雖然名叫計無施，其實卻詭計多端，是個極厲害的人物。他竟也跟老頭子等人攪在一起。」忙拱手道：「久仰計師傅大名，當眞如雷貫耳，今日有幸得見。」

計無施微微一笑，說道：「咱們今日見了面，明日還要在五霸岡再見面啊。」

岳不羣又是一凜，雖覺初次見面，不便向人探詢詳情，但女兒遭擄，甚爲關心，說道：「在下不知甚麼地方得罪了這裏武林朋友，想必是路過貴地，未曾拜候，委實禮數不周。小女和一個姓林的小徒，不知給那一位朋友召了去，計先生可能指點一二麼？」

計無施微笑道：「是麼？這個可不大清楚了。」

岳不羣向計無施探詢女兒下落，本已大大委屈了自己掌門人身分，聽他不置可否，雖又惱又急，其勢已不能再問，當下淡淡的道：「深夜滋擾，甚以爲歉，這就告辭了。」扶起令狐冲，伸手欲抱。

老頭子從他師徒之間探頭上來，將令狐冲搶著抱了過去，道：「令狐公子是在下請來，自當由在下恭送回去。」抓了張薄被蓋在令狐冲身上，大踏步往門外走出。

桃枝仙叫道：「喂，我們這兩條大魚，放在這裏，成甚麼樣子？」老頭子沉吟道：「這個……」心想縛虎容易縱虎難，若將他兩兄弟放了，他桃谷六仙前來生事尋仇，可眞難以抵擋。否則的話，有這兩個人質在手，另外那四人便心有所忌。

令狐冲知他心意，道：「老前輩，請你將他們二位放了。桃谷二仙，你們以後也不可向老祖二位尋仇生事，大家化敵爲友如何？」桃枝仙道：「單是我們二位，也沒法向他們尋仇生事。」令狐冲道：「那自是桃谷六仙一起在內了。」

桃實仙道：「不向他們尋仇生事，那是可以的；說到化敵爲友，卻是不行，殺了我頭也不行。」老頭子和祖千秋都哼了一聲，心下均想：「我們不過衝著令狐公子的面子，才不來跟你們計較，難道當眞怕了你桃谷六仙不成？」

令狐冲道：「那爲甚麼？」桃實仙道：「桃谷六仙跟他們黃河老祖本來無怨無仇，根本不是敵人，既非敵人，這『化敵』便如何化起？所以啊，要結成朋友，倒也不妨，要化敵爲友，可無論如何化不來了。」衆人一聽，都哈哈大笑。

祖千秋俯下身去，解開了漁網的活結。這漁網乃用人髮、野蠶絲、純金絲所絞成，堅韌異常，寶刀利劍亦不能斷，陷身入內後若非得人解救，則越是掙扎，勒得越緊。

桃枝仙站起身來，拉開褲子，便在漁網上撒尿。祖千秋驚問：「你……你幹甚麼？」桃枝仙道：「不在這臭網上撒一泡尿，難消老子心頭之氣。」

當下七人回到河邊碼頭。岳不羣遙遙望見勞德諾和高根明二弟子仗劍守在船頭，知道眾人無恙，當即放心。老頭子將令狐冲送入船艙，恭恭敬敬的一揖到地，說道：「公子爺義薄雲天，老朽感激不盡。此刻暫且告辭，不久便當再見。」

令狐冲在路上一震，迷迷糊糊的又欲暈去，也不知他說些甚麼話，只嗯了一聲。

岳夫人等見這肉球人前倨後恭，對令狐冲如此恭謹，無不大為詫異。

老頭子和祖千秋深怕桃根仙等回來，不敢逗留，向岳不羣一拱手，便即告辭。

桃枝仙向祖千秋招招手，道：「祖兄慢去。」祖千秋道：「幹甚麼？」桃枝仙道：「幹這個！」曲膝矮身，突然挺肩向他懷中猛力撞去。這一下出其不意，來勢快極，祖千秋不及閃避，只得急運內勁，霎時間氣充丹田，肚腹已堅如鐵石。只聽得喀喇、噼啪、玎玎、錚錚十幾種聲音齊響，桃枝仙已倒退在數丈之外，哈哈大笑。

祖千秋大叫：「啊唷！」探手入懷，摸出無數碎片來，或瓷或玉，或竹或木，他懷中所藏的二十餘隻珍貴酒杯，在這麼一撞之下多數粉碎，金杯、銀杯、青銅爵之類也都給壓得扁了。他既痛惜，又惱怒，手一揚，數十片碎片向桃枝仙激射過去。

桃枝仙早就有備，閃身避開，叫道：「令狐冲叫咱們化敵為友，他的話可不能不聽。咱們須得先成敵人，再做朋友。」

祖千秋窮數十年心血搜羅來的這些酒杯，給桃枝仙一撞之下盡數損毀，如何不怒？本來還待追擊，聽他這麼一說，當即止步，乾笑幾聲，道：「不錯，化敵為友，化敵為友！」和老頭子、計無施二人轉身而行。

令狐冲迷迷糊糊之中，還是掛念著岳靈珊的安危，說道：「桃枝仙，你請他們不可……不可害我岳師妹。」桃枝仙應道：「是。」大聲說道：「喂！喂！老頭子、夜貓子、祖千秋幾位朋友聽了，令狐冲說，叫你們不可傷害他的寶貝師妹。」

計無施等本已走遠，聽了此言，當即停步。老頭子回頭大聲道：「令狐公子有命，自當遵從。」三人低聲商量了片刻，這才離去。

岳不羣剛向夫人述說得幾句在老頭子家中的見聞，忽聽得岸上大呼小叫，桃根仙等四人回來了。

桃谷四仙滿嘴吹噓，說那手持白旛之人給他們四兄弟擒住，已撕成了四塊。桃實仙哈哈大笑，說道：「厲害，厲害！四位哥哥端的了得。」桃枝仙道：「你們將那人撕成了四塊，可知他叫甚麼名字？」桃幹仙道：「他死都死了，管他叫甚麼名字？難道你便知道？」桃枝仙道：「我自然知道。他姓計，名叫計無施，還有個外號，叫作夜貓子。」桃葉仙拍手道：「這姓固然姓得好，名字也取得妙，原來他倒有先見之明，知道日後給桃谷六仙擒住之後，定是無法可施，逃不了給撕成四塊的命運，因此上預先取下了這個名字。」桃實仙道：「這夜貓子計無施，功夫當真出類拔萃，世所罕有！」桃根仙道：「是啊，他功夫實在了不起，倘若不是遇上桃谷六仙，憑他的輕身功夫，在武林中也可算得是一把好手。」桃實仙道：「輕身功夫倒也罷了，給撕成四塊之後，他居然能自行拼起，死後還魂，行動如常。剛才還到這裏來說了一會子話呢。」

桃根仙等才知謊話拆穿，四人也不以爲意，臉上都假裝驚異之色。桃花仙道：「原來計無施還有這等奇門功夫，那倒是人不可貌相，海水不可斗量，佩服啊，佩服！」桃幹仙道：「將撕成四塊的身子自行拼湊，片刻間行動如常，聽說叫做『化零爲整大法』，這功夫失傳已久，想不到這計無施居然學會了，確是武林異人，下次見到，可以跟他交個朋友。」

岳不羣和岳夫人相對發愁，愛女被擄，連對頭是誰也不知道，想不到華山派名震武林，卻在黃河邊上栽了這麼個大觔斗，只是怕衆弟子驚恐，半點不露聲色。夫婦倆也不商量種種疑難不解之事，只心中暗自琢磨。大船之中，便是桃谷六仙胡說八道之聲。

過了一個多時辰，天色將曙，忽聽得岸上腳步聲響，不多時有兩乘轎子抬到岸邊。當先一名轎夫朗聲說道：「令狐冲公子吩咐，不可驚嚇了岳姑娘。敝上多有冒昧，還請令狐冲公子恕罪。」四名轎夫將轎子放下，向船上行了一禮，便即轉身而去。

只聽得轎中岳靈珊的聲音叫道：「爹，媽！」

岳不羣夫婦又驚又喜，躍上岸去掀開轎帷，果見愛女好端端的坐在轎中，只腿上給點了穴道，行動不得。另一頂轎中坐的，正是林平之。岳不羣伸手在女兒環跳、脊中、委中幾處穴道上拍了幾下，解開了她受封的穴道，問道：「那大個子是誰？」

岳靈珊道：「那個又高又大的大個子，他……他……他……」小嘴一扁，忍不住要哭。岳夫人輕輕將她抱起，走入船艙，低聲問道：「可受了委屈嗎？」岳靈珊給母親一問，索性「哇」的一聲哭了出來。岳夫人大驚，心想：「那些人路道不正，珊兒落在他們手裏，有好幾個時辰，不知是否受了凌辱？」忙問：「怎麼了？跟媽說不要緊。」岳靈珊只哭個不停。

岳夫人更是驚惶，船中人多，不敢再問，將女兒橫臥於榻，拉過被子，蓋在她身上。岳靈珊忽然大聲哭道：「媽，這大個子罵我，嗚！嗚！」

岳夫人一聽，如釋重負，微笑道：「給人家罵幾句，便這麼傷心。」岳靈珊哭道：「他舉起手掌，還假裝要打我、嚇我。」岳夫人笑道：「好啦，好啦！下次見到，咱們罵還他，嚇還他。」岳靈珊道：「我又沒說大師哥壞話，小林子更加沒說。那大個子強兇霸道，他說平生最不喜歡的事，便是聽到有人說令狐冲的壞話。我說我也不喜歡。他說，他一不喜歡，便要把人煮來吃了。媽，他說到這裏，便露出一口白森森的牙齒嚇我。嗚嗚嗚！」

岳夫人道：「這人眞壞。冲兒，那大個子是誰啊？」

令狐冲神智未曾十分清醒，迷迷糊糊的道：「大個子嗎？我……我……」

這時林平之也已得師父解開穴道，走入船艙，插口道：「師娘，那大個子跟那和尙當眞是吃人肉的，倒不是空言恫嚇。」岳夫人一驚，問道：「他二人都吃人肉？你怎知道？」林平之道：「那和尙問我辟邪劍譜的事，盤問了一會，從懷中取出一塊東西來嚼，咬得嗒嗒出聲，津津有味，還拿到我嘴邊，問我要不要咬一口嚐嚐滋味。卻原來……

……卻原來是一隻人手。」岳靈珊驚叫一聲，道：「你先前怎地不說？」林平之道：「我怕你受驚，不敢跟你說。」

岳不羣忽道：「啊，我想起來了。這是『漠北雙熊』。那大個兒皮膚很白，那和尚卻皮膚很黑，是不是？」岳靈珊道：「是啊。爹，你認得他們？」岳不羣搖頭道：「我不認得。只聽人說過，塞外漠北有兩名劇盜，一個叫白熊，一個叫黑熊。白熊是大個兒，黑熊是和尚。倘若事主自己攜貨而行，漠北雙熊不過搶了財物，也就算了，倘若有鏢局子保鏢，那麼雙熊往往將保鏢的煮來吃了，還道練武之人肌肉結實，吃起來加倍的有咬口。」岳靈珊又「啊」的一聲尖叫。

岳夫人道：「師哥你也眞是的，甚麼『吃起來加倍的有咬口』，這種話也說得出口，不怕人作嘔。」岳不羣微微一笑，頓了一頓，才道：「從沒聽說漠北雙熊進過長城，怎地這一次到黃河邊上來啦？冲兒，你怎會認得漠北雙熊的？」

令狐冲道：「漠北雙雄？」他沒聽清楚師父前半截的話，只道「雙雄」二字定是英雄之雄，卻不料是熊羆之熊，呆了半晌，道：「我不認得啊。」

岳靈珊忽問：「小林子，那和尚要你咬那隻手掌，你咬了沒有？」林平之道：「我自然沒咬。」岳靈珊道：「你不咬就罷了，倘若咬過一口，哼哼，瞧我以後還睬不睬你？」

桃幹仙在外艙忽然說道：「天下第一美味，莫過於人肉。小林子一定偷吃過了，只不肯承認而已。」桃葉仙道：「他若沒吃，先前爲甚麼不說，到這時候才拚命抵賴？」

林平之自遭大變後，行事言語均十分穩重，聽他二人這麼說，一怔之下，無以對答。

桃花仙道：「這就是了。他不聲不響，便是默認。岳姑娘，這種人吃了人肉不認，為人極不誠實，豈可嫁給他做老婆？」桃根仙道：「你與他成婚之後，他日後必定與第二個女子勾勾搭搭，回家來你若問他，他定然死賴，決計不認。」桃葉仙道：「更有一樁危險萬分之事，他吃人肉吃出癮來，他日你和他同床而眠，睡到半夜，忽然手指奇痛，又聽得咯喇、咯喇的咀嚼之聲，一查之下，你道是甚麼？卻原來這小林子在吃你的手指。」桃實仙道：「岳姑娘，一個人連腳趾在內，也不過二十根。這小林子今天吃幾根，明天吃幾根，好容易便將你十根手指、十根腳趾都吃了個精光。」

桃谷六仙自在華山絕頂與令狐冲結交，便已當他是好朋友。六兄弟雖好辯成性，卻也不是全無腦筋，令狐冲和岳靈珊之間落花有意、流水無情的情狀，他六人早就瞧在眼裏，此時捉到林平之的一點岔子，竟爾大肆挑撥離間。

岳靈珊伸手指塞在耳朵，叫道：「你們胡說八道，我不要聽，我不要聽！」

桃根仙道：「岳姑娘，你喜歡嫁給這小林子做老婆，倒也不妨，不過有一門功夫，卻不可不學。這門功夫跟你一生干係極大，倘若錯過了機會，日後定是追悔無及。」

岳靈珊聽他說得鄭重，問道：「甚麼功夫，有這麼要緊？」

桃根仙道：「那個夜貓子計無施，有一門『化零為整大法』，日後你的耳朵、鼻子、手指、腳趾，都給小林子吃在肚裏，只消你身具這門功夫，那也不懼，儘可剖開他肚子，取了出來，拼在身上，化零為整。」

小舟艙中躍出一個女子，站在船頭，
身穿藍布印白花衫褲，
自胸至膝圍一條繡花圍裙，
色彩燦爛，金碧輝煌。
那女子臉帶微笑，瞧她裝束，絕非漢家女子。

一六 注血

桃谷六仙胡說八道聲中，坐船解纜拔錨，向黃河下游駛去。其時曙色初現，曉霧未散，河面上一團團白霧罩在滾滾濁流之上，放眼不盡，令人胸懷大暢。

過了小半個時辰，太陽漸漸升起，照得河水中金蛇亂舞。忽見一艘小舟張起風帆，迎面駛來。其時吹的正是東風，那小舟的青色布帆吃飽了風，溯河而上。青帆上繪著一隻白色的人腳，再駛近時，但見帆上人腳纖纖美秀，顯是一隻女子的素足。

華山羣弟子紛紛談論：「怎地在帆上畫一隻腳，這可奇怪之極了！」桃枝仙道：「這多半是漠北雙熊的船。啊唷，岳夫人、岳姑娘，你們娘兒們可得小心，這艘船上的人講明要吃女人腳。」岳靈珊啐了一口，心中卻也不由得有些驚惶。

小船片刻間便駛到面前，船中隱隱有歌聲傳出。歌聲輕柔，曲意古怪，沒一字可辨，但音調濃膩無方，簡直不像是歌，既似歎息，又似呻吟。歌聲一轉，更像是男女歡好之音，喜樂無限，狂放不禁。華山派一衆青年男女登時忍不住面紅耳赤。

岳夫人罵道：「那是甚麼妖魔鬼怪？」

小舟中忽有一個女子聲音膩聲道：「華山派令狐冲公子可在船上？」岳夫人低聲道：「冲兒，別理她！」那女子說道：「咱們好想見見令狐公子的模樣，行不行呢？」聲音嬌柔宛轉，蕩人心魄。

只見小舟艙中躍出一個女子，站在船頭，身穿藍布印白花衫褲，自胸至膝圍一條繡花圍裙，色彩燦爛，金碧輝煌，耳上垂一對極大的黃金耳環，足有酒杯口大小。那女子約莫廿三四歲年紀，肌膚微黃，雙眼極大，黑如點漆，腰中一根彩色腰帶爲疾風吹而向前，雙腳卻是赤足。這女子風韻雖也甚佳，但聞其音而見其人，卻覺聲音之嬌美，遠過於其容貌了。那女子臉帶微笑，瞧她裝束，絕非漢家女子。

頃刻之間，華山派坐船順流而下，和那小舟便要撞上，那小舟一個轉折，掉過頭來，風帆跟著卸下，便和大船並肩順流下駛。

岳不羣陡然想起一事，朗聲問道：「這位姑娘，可是雲南五仙教藍教主屬下嗎？」

那女子格格一笑，柔聲道：「你倒有眼光，只不過猜對了一半。我是雲南五仙教的，卻不是藍教主屬下。」

岳不羣站到船頭，拱手道：「在下岳不羣，請教姑娘貴姓，河上枉顧，有何見教？」那女子笑道：「苗家女子，不懂你拋書袋的說話，你再說一遍。」岳不羣道：「請問姑娘，你姓甚麼？」那女子笑道：「你早知道我姓甚麼了，又來問我。」岳不羣道：「在下不知姑娘姓甚麼，這才請教。」那女子笑道：「你這麼大年紀啦，鬍子也這麼長了，明明知道我姓甚麼，偏偏又要賴。」這幾句話頗爲無禮，不過言笑晏晏，神色可親，不含絲毫敵意。岳不羣道：「姑娘取笑了。」那女子笑道：「岳掌門，你姓甚麼啊？」

岳不羣道：「姑娘知道在下姓岳，卻又明知故問。」岳夫人聽那女子言語輕佻，低聲道：「別理睬她。」岳不羣左手伸到自己背後，搖了幾搖，示意岳夫人不可多言。

桃根仙道：「岳先生在背後搖手，那是甚麼意思？嗯，岳夫人叫他不可理睬那個女子，岳先生卻見那女子既美貌，又風騷，偏偏不聽老婆的話，非理睬她不可。」

那女子笑道：「多謝你啦！你說我既美貌，又風甚麼的，我們苗家女子，那有你們漢人的小姐太太們生得好看？」似乎她不懂「風騷」二字中含有污衊之意，聽人讚她美貌，登時容光煥發，十分歡喜，向岳不羣道：「你知道我姓甚麼了，爲甚麼卻又明知故問？」

桃幹仙道：「岳先生不聽老婆的話，有甚麼後果？」桃花仙道：「後果必定不妙。」桃幹仙道：「岳先生人稱『君子劍』，原來也不是眞的君子，早知道人家姓甚麼了，偏偏明知故問，沒話找話，跟人家多對答幾句也是好的。」

岳不羣給桃谷六仙說得甚是尷尬，心想這六人口沒遮攔，不知更將有多少難聽的話說出來，給一衆男女弟子聽在耳中，算甚麼樣子？可又不能和他們當眞，當即向那女子拱了拱手，道：「便請拜上藍教主，說道華山岳不羣請問他老人家安好。」

那女子睁著一對圓圓的大眼，眼珠骨溜溜的轉了幾轉，滿臉詫異之色，問道：「你爲甚麼叫我『老人家』，難道我已經很老了嗎？」

岳不羣大吃一驚，道：「姑娘……你……你便是五仙教……藍教主……」

他知五仙教是個極爲陰毒狠辣的教派，「五仙」云云，只是美稱，江湖中人背後提起，都稱之爲五毒教。其實百餘年前，這教派的眞正名稱便叫作五毒教，創教教祖和教中重要人物，都是雲貴川湘一帶的苗人。後來有幾個漢人入了教，說起「五毒」二字不雅，這才改爲「五仙」。這五仙教善於使瘴、使蠱、使毒，與「百藥門」南北相稱。五仙教中教衆以苗人爲多，使毒的心計不及百藥門，然而詭異古怪之處，卻尤爲匪夷所思。江湖中人傳言，百藥門使毒，雖使人防不勝防，可是中毒之後，細推其理，終於能恍然大悟。但中了五毒教的毒後，即使下毒者細加解釋，往往還是令人難以相信，其詭秘奇特，實非常理所能測度。

那女子笑道：「我便是藍鳳凰，你不早知道了麼？我跟你說，我是五仙教的，可不是藍教主的屬下。五仙教中，除了藍鳳凰自己，又有那一個不是藍鳳凰的屬下？」說著格格格的笑了起來。

桃谷六仙拊掌大笑，齊道：「岳先生眞笨，人家明明跟他說了，他還是纏夾不清。」

岳不羣只知五仙教的教主姓藍，聽她這麼說，才知叫做藍鳳凰，瞧她一身花花綠綠的打扮，的確便如是一頭鳳凰似的。其時漢人士族女子，閨名深加隱藏，直到結親下聘，夫家行「問名」之禮，纔能告知。武林中雖不如此拘泥，卻也決沒將姑娘家的名字隨口亂叫的。這苗家女子竟在大河之上當衆自呼，絲毫無忸怩之態，只是她神態雖落落大方，語音卻仍嬌媚之極。然她不過二十多歲年紀，竟能是一個知名大教的教主，未免令人驚詫。

岳不羣拱手道：「原來是藍教主親身駕臨，岳某多有失敬，不知藍教主有何見教？」

藍鳳凰笑道：「我瞎字不識，教你甚麼啊？除非你來教我。瞧你這副打扮模樣，倒眞像是位教書先生，你想教我讀書，是不是？我笨得很，你們漢人鬼心眼兒多，我可學不會。」

岳不羣心道：「不知她是裝傻，還是眞的不懂『見教』二字。瞧她神情，似乎不是裝模作樣。」便道：「藍教主，你有甚麼事？」

藍鳳凰笑道：「令狐冲是你師弟呢，還是你徒弟？」岳不羣道：「是在下的弟子。」

藍鳳凰道：「嗯，我想瞧瞧他成不成？」岳不羣道：「小徒正在病中，神智未曾清醒，大河之上，不便拜見教主。」

藍鳳凰睜大了一雙圓圓的眼睛，奇道：「拜見？我不是要他拜見我啊，他又不是我五仙教屬下，幹麼要他拜我？再說，他是人家……嘻嘻……人家的好朋友，他就是要拜我，我也不敢當啊。聽說他割了兩大碗自己的血，去給老頭子的女兒喝，救那姑娘的性命。這樣有情有義之人，咱們苗家女子最是佩服，因此我要見見。」

岳不羣沉吟道：「這個……這個……」藍鳳凰道：「他身上有傷，我是知道的，又割出了這許多血。不用叫他出來了，我自己過來罷。」岳不羣忙道：「不敢勞動教主大駕。」藍鳳凰格格一笑，說道：「甚麼大駕小駕？」輕輕一躍，縱身上了華山派坐船的船頭。

岳不羣見她身法輕盈，卻也不見得有如何了不起的武功，當即退後兩步，擋住了船艙入口，心下好生為難。他素知五仙教十分難纏，施毒妙技神出鬼沒，跟這等邪教掽門，不能全仗眞實武功，一上來他對藍鳳凰十分客氣，便是為此；又想起昨晚那兩名百藥門門人的說話，說他們跟蹤華山派是受人之託，物以類聚，多半便是受了五毒教之託。五毒教卻為甚麼要跟華山派過不去？五毒教是江湖上一大教派，聲勢浩大，教主親臨，在理不該阻擋，可是如讓這樣一個周身都是千奇百怪毒物之人進入船艙，可也眞的放心不下。他並不讓開，叫道：「冲兒，藍教主要見你，快出來見過。」心想叫令狐冲出來在船頭一見，最為妥善。

令狐冲大量失血，神智兀自未復，雖聽得師父大聲呼叫，只輕聲答應：「是！是！」

身子動了幾下，竟坐不起來。

藍鳳凰道：「聽說他受傷甚重，怎麼出來？河上風大，再受了風寒可不是玩的。我進去瞧瞧他。」說著邁步便向艙門口走去。她走上幾步，離岳不羣已不過四尺。岳不羣聞到一陣極濃冽的花香，只得身子微側，藍鳳凰已走進船艙。

外艙中桃谷五仙盤膝而坐，桃實仙臥在床上。藍鳳凰笑道：「你們是桃谷六仙嗎？我是五仙教教主，你們是桃谷六仙。大家都是仙，是自家人啊。」桃根仙道：「不見得，我們是眞仙，你是假仙。」桃幹仙道：「就算你也是眞仙。我們是六仙，比你多了一仙。」藍鳳凰笑道：「要比你們多一仙，那也容易。」桃葉仙道：「怎麼能多上一仙？你的教改稱七仙教麼？」藍鳳凰道：「我們只有五仙，沒有七仙。可是叫你們桃谷六仙變成四仙，不就比你們多了一仙麼？」桃花仙怒道：「叫桃谷六仙變成四仙，你要殺死我們二人？」藍鳳凰笑道：「殺也可以，不殺也可以。聽說你們是令狐公子的朋友，那就不殺好了，不過你們不能吹牛皮，說比我五仙教還多一仙。」桃幹仙叫道：「偏要吹牛皮，你又怎樣？」

一瞬之間，桃根、桃幹、桃葉、桃花四人已同時抓住了她手足，剛要提起，突然四人齊聲驚呼，鬆手不迭。每人都攤開手掌，呆呆的瞧著掌中之物，臉上神情恐怖異常。

岳不羣一眼見到，不由得全身發毛，背上登時出了一陣冷汗。但見桃根仙、桃幹仙二人掌中各有一條綠色大蜈蚣，桃葉仙、桃花仙二人掌中各有一隻花紋斑斕的大蜘蛛。四隻毒蟲身上都生滿長毛，令人一見便欲作嘔。這四隻毒蟲只微微抖動，並未咬囓桃谷四仙，倘若已經咬了，事已如此，倒也不再令人生懼，正因將咬未咬，卻制得桃谷四仙不敢稍動。

藍鳳凰隨手一拂，四隻毒蟲都給她收了去，霎時不見，也不知給她藏在身上何處。她不再理會桃谷六仙，又向前行。桃谷六仙嚇得魂飛魄散，再也不敢多口。

令狐沖和華山派一衆男弟子都在中艙。這時中艙和後艙之間的隔板已然拉上，岳夫人和衆女弟子都回入了後艙。

藍鳳凰的眼光在各人臉上打了個轉，走到令狐沖床前，低聲叫道：「令狐公子，令狐公子！」聲音溫柔之極，旁人聽在耳裏，只覺迴腸盪氣，似乎她叫的便是自己，忍不住便要出聲答應。她這兩聲一叫，一衆男弟子倒有一大半面紅過耳，全身微顫。

令狐沖緩緩睜眼，低聲道：「你……你是誰？」藍鳳凰柔聲說道：「我是你好朋友的朋友，因此也是你的朋友。」令狐沖「嗯」的一聲，又閉上了眼睛。藍鳳凰道：「令狐公子，你失血雖多，但不用怕，不會死的。」令狐沖昏昏沉沉，並不答話。

藍鳳凰伸手到令狐沖被中，將他右手拉了出來，搭他脈搏，皺了皺眉頭，忽然探頭出艙，一聲唿哨，嘰哩咕嚕的說了好幾句話，艙中諸人均不明其意。

過不多時，四個苗女走了進來，都是十八九歲年紀，穿的一色是藍布染花衣衫，腰中縛一條繡花腰帶，手中都拿著一隻八寸見方的竹織盒子。

岳不羣微微皺眉，心想五仙教門下所持之物，那裏會有甚麼好東西，單是藍鳳凰一人，身上已是蜈蚣、蜘蛛，藏了不少，而且盡皆形色可怖，這四個苗女公然捧了盒子進船，只怕要天下大亂了，可是對方未曾露出敵意，卻又不便出手阻攔。

四名苗女走到藍鳳凰身前，低聲說了幾句。藍鳳凰一點頭，四名苗女便打開了盒子。衆人心下都十分好奇，急欲瞧瞧盒中藏的是甚麼古怪物事，只有岳不羣適才見過桃谷四仙掌中的生毛毒蟲，心想這盒中物事，最好是今生永遠不要見到。

便在頃刻之間，奇事陡生。

只見四個苗女各自捲起衣袖，露出雪白的手臂，跟著又捲起褲管，直至膝蓋以上。華山派一衆男弟子無不看得目瞪口呆，怦怦心跳。

岳不羣暗叫：「啊喲，不好！這些邪教女子要施邪術，以色慾引誘我門下弟子。這藍鳳凰的話聲已如此淫邪，再施展妖法，衆弟子定力不夠，必難抵禦。」不自禁的手按劍柄，心想這些五仙教教徒倘若解衣露體，施展邪法，說不得只好出劍對付。

四名苗女捲起衣袖褲管後，藍鳳凰也慢慢捲起了褲管。

岳不羣連使眼色，命衆弟子退到艙外，以免為邪術所惑，但只勞德諾和施戴子二人退了出去，其餘各人或呆立不動，或退了幾步，又再走回。岳不羣氣凝丹田，運起紫霞神功，臉上紫氣大盛，心想五毒教盤踞天南垂二百年，惡名決非倖致，必有狠毒厲害之極的邪法，此時其教主親身施法，更加非同小可，若不以神功護住心神，只怕稍有疏虞，便著了她道兒。這些苗女赤身露體，不知羞恥為何物，自己著邪中毒後喪了性命，也還罷了，怕的是心神被迷，當衆出醜，華山派和君子劍聲名掃地，可就陷於萬劫不復之境了。

只見四名苗女各從竹盒之中取出一物，蠕蠕而動，果是毒蟲。四名苗女將毒蟲放在自己赤裸的臂上腿上，毒蟲便即附著，並不跌落。岳不羣定睛看去，認出原來並非毒蟲，而是水中常見的吸血水蛭，只是比尋常水蛭大了一倍有餘。四名苗女取了一隻水蛭，又是一隻。藍鳳凰也到苗女的竹盒中取了一隻隻水蛭出來，放在自己臂上腿上，不多一會，五個人臂腿上爬滿了水蛭，總數少說也有一百餘條。

衆人都看得呆了，不知這五人幹的是甚麼古怪玩意。岳夫人本在後艙，聽得中艙中衆人你一聲「啊」，他一聲「噫」，充滿了詫異之情，忍不住輕輕推開隔板，眼見這五個苗女如此情狀，不由得也「啊」的一聲驚呼。

藍鳳凰微笑道：「不用怕，咬不著你的。你……你是岳先生的老婆嗎？聽說你的劍法很好，是不是？」

岳夫人勉強笑了笑，並不答話，她問自己是不是岳先生的老婆，出言太過粗俗，又問自己是否劍法很好，此言若是另一人相詢，對方縱含惡意，也當謙遜幾句，可是這藍鳳凰顯然不大懂得漢人習俗，如說自己劍法很好，未免自大，如說劍法不好，說不定她便信以爲眞，小覷了自己，還是以不答爲上。

藍鳳凰也不再問，只安安靜靜的站著。岳不羣全神戒備，只待這五個苗女一有異動，擒賊擒王，先制住了藍鳳凰再說。船艙中一時誰也不再說話。只聞到華山派衆男弟子粗重的呼吸之聲。過了良久，只見五個苗女臂上腿上的水蛭身體漸漸腫脹，隱隱現出紅色。

岳不羣知道水蛭一遇人獸肌膚，便以口上吸盤牢牢吸住，吮吸鮮血，非得吸飽，決不肯放。水蛭吸血之時，被吸者並無多大知覺，僅略感痲癢，農夫在水田中耕種，往往給水蛭釘在腿上，吸去不少鮮血而不自知。他暗自沉吟：「這些妖女以水蛭吸血，不知是何用意？多半五仙教徒行使邪法，須用自己鮮血。看來這些水蛭一吸飽血，便是她們行法之時。」

卻見藍鳳凰輕輕揭開蓋在令狐冲身上的棉被，從自己手臂上拔下一隻吸滿了八九成鮮血的水蛭，放上令狐冲頸中的血管。

岳夫人生怕她傷害令狐冲，急道：「喂，你幹甚麼？」拔出長劍，躍入中艙。

岳不羣搖搖頭，道：「不忙，等一下。」

岳夫人挺劍而立，目不轉睛的瞧著藍鳳凰和令狐冲二人。

只見令狐冲頸上那水蛭咬住了他血管，又再吮吸。藍鳳凰從懷中取出一個瓷瓶，拔開瓶塞，伸出右手小指的尖尖指甲，從瓶中挑了些白色粉末，洒了一些在水蛭身上。四名苗女解開令狐冲衣襟，捲起他衣袖褲管，將自己身上的水蛭一隻隻拔下，轉放在他胸腹臂腿各處血管上。片刻之間，一百多隻水蛭盡已附著在令狐冲身上。藍鳳凰不斷挑取藥粉，在每隻水蛭身上分別洒上少些。

說也奇怪，這些水蛭附在五名苗女身上時越吸越脹，這時卻漸漸縮小。

岳不羣恍然大悟，長長舒了口氣，心道：「原來她所行的是轉血之法，以水蛭為媒介，將她們五人身上的鮮血轉入冲兒體內。這些白色粉末不知是何物所製，竟能逼令水蛭倒吐鮮血，當眞神奇之極。」他想明白了這一點，緩緩放鬆了本來緊握著劍柄的手指。

岳夫人也輕輕還劍入鞘，本來繃緊著的臉上現出了笑容。

船艙中雖仍寂靜無聲，但和適才惡鬥一觸即發的氣勢卻已大不相同。更加難得的是，居然連桃谷六仙也瞧得驚詫萬分，張大了嘴巴，合不攏來。六張嘴巴既然都張大了合不攏，自然也無法議論爭辯了。

又過了一會，只聽得嗒的一聲輕響，一條吐乾了腹中血液的水蛭掉在船板上，扭曲了幾下，便即僵死。一名苗女拾了起來，從窗口拋入河中。水蛭一條條投入河中，不到一頓飯時分，水蛭拋盡，令狐冲本來焦黃的臉孔上卻微微有了些血色。那一百多條水蛭所吸而轉注入令狐冲體內的鮮血，總數當逾一大碗，雖不能補足他所失之血，卻已令他轉危為安。

岳不羣和岳夫人對望了一眼，均想：「這苗家女子以一教之尊，居然不惜以自身鮮血補入冲兒體內。她和冲兒素不相識，決非對他有了情意。她自稱是冲兒好朋友的朋友，冲兒幾時又結識下這樣大有來頭的一位朋友？」

藍鳳凰見令狐冲臉色好轉，再搭他脈搏，察覺振動加強，心下甚喜，柔聲問道：「令狐公子，你覺得怎樣？」

令狐冲於一切經過雖非全部明白，卻也知這女子是在醫治自己，但覺精神已好得多，說道：「多謝姑娘，我……我好得多了。」藍鳳凰道：「你瞧我老不老？是不是很老了？」

令狐冲道：「誰說你老了？你自然不老。要是你不生氣，我就叫你一聲妹子啦。」

藍鳳凰大喜，臉色便如春花初綻，大增嬌艷之色，微笑道：「你眞好。怪不得，怪不得，這個不把天下男子瞧在眼裏的人，對你也會這樣好，所以啦……唉……」令狐冲笑道：「你倘若眞的說我好，幹麼不叫我『令狐大哥』？」藍鳳凰臉上微微一紅，叫道：「令狐大哥。」令狐冲笑道：「好妹子，乖妹子！」

他生性倜儻，不拘小節，與素以「君子」自命的岳不羣大不相同。他神智略醒，便知藍鳳凰喜歡別人道她年輕美貌，聽她直言相詢，眼見她年紀和自己相若，卻也張口叫她「妹子」，心想她出力相救自己，該當讚上幾句，以資報答。果然藍鳳凰一聽之下，十分開心。

岳不羣和岳夫人都不禁皺起眉頭，均想：「冲兒這傢伙浮滑無聊，當眞難以救藥。平一指說他已不過百日之命，此時連一百天也沒有了，一隻腳已踏進了棺材，剛清醒得片刻，便和這等淫邪女子胡言調笑。」

藍鳳凰道：「大哥，適才這轉血之法，並不是每個人都能做到，有些人的血沒法轉到你身上，那水蛭一咬到血，便即掉下，可轉不進去。我們五人都是幾百人中挑選出來的，我們身上的血，轉給誰都行。大哥，你想吃甚麼？我去拿些點心給你吃，好不好？」令狐冲道：「點心倒不想吃，只是想喝酒。」藍鳳凰道：「這個容易，我們有自釀的『五寶花蜜酒』，你倒試試看。」嘰哩咕嚕的說了幾句苗語。

兩名苗女應命而去，從小舟取過八瓶酒來，開了其中一瓶，登時滿船花香酒香。

令狐冲道：「好妹子，你這酒嘛，花香太重，蓋住了酒味，那是女人家喝的酒。」

藍鳳凰笑道：「花香非重不可，否則有毒蛇的腥味。」令狐冲奇道：「酒中有毒蛇腥味？」藍鳳凰道：「是啊。我這酒叫作『五寶花蜜酒』，自然要用『五寶』了。」令狐冲問道：「甚麼叫『五寶』？」藍鳳凰道：「五寶是我們教裏的五樣寶貝，你瞧瞧罷。」說著端過兩隻空碗，倒轉酒瓶，將瓶中的酒倒了出來，只聽得咚咚輕響，有幾條小小物事隨酒落入碗中。

好幾名華山弟子見到，登時駭聲而呼。

她將酒碗拿到令狐冲眼前，只見酒色極清，純白如泉水，酒中浸著五條小小毒蟲，一是青蛇，一是蜈蚣，一是蜘蛛，一是蝎子，另有一隻小蟾蜍。令狐冲嚇了一跳，問道：「酒中爲甚麼放這……這種毒蟲？」藍鳳凰呸了一聲，說道：「這是五寶，別毒蟲……毒蟲的亂叫。令狐大哥，你敢不敢喝？」令狐冲苦笑道：「這……五寶，我可有些害怕。」

藍鳳凰拿起酒碗，喝了一大口，笑道：「我們苗人的規矩，倘若請朋友喝酒吃肉，朋友不喝不吃，那朋友就不是朋友啦。」

令狐冲接過酒碗，骨嘟骨嘟的將一碗酒都喝下肚中，連那五條毒蟲也一口吞下。他膽子雖大，卻也不敢去咀嚼其味了。

藍鳳凰大喜，伸手摟住他頭頸，便在他臉頰上親了兩親，她嘴唇上搽的胭脂在令狐冲臉上印了兩個紅印，笑道：「這才是好哥哥呢。」令狐冲一笑，一瞥眼間見到師父嚴厲的眼色，心中一驚，暗道：「糟糕，糟糕！我大膽妄爲，在師父師娘跟前這般胡鬧，非給師父痛罵一場不可。小師妹可又更加瞧我不起了。」

藍鳳凰又開了一瓶酒，斟在碗裏，連著酒中所浸的五條小毒蟲，送到岳不羣面前，笑道：「岳先生，我請你喝酒。」

岳不羣見到酒中所浸蜈蚣、蜘蛛等一干毒蟲，已然噁心，跟著便聞到濃冽的花香之中隱隱混著難以言宣的腥臭，忍不住便欲嘔吐，左手伸出，便往藍鳳凰持碗的手推去。不料藍鳳凰竟並不縮手，眼見自己手指便要碰到她手背，急忙縮回。藍鳳凰笑道：「怎地做師父的反沒徒兒大膽？華山派的衆位朋友，那一個喝了這碗酒？喝了可大有好處。」

霎時之間舟中寂靜無聲。藍鳳凰一手舉著酒碗，卻沒人接口。藍鳳凰嘆了口氣道：「華山派中除了令狐冲外，再沒第二個英雄好漢了？」

忽聽得一人大聲道：「給我喝！」卻是林平之。他走上幾步，伸手便要去接酒碗。

藍鳳凰雙眉一軒，笑道：「原來……」岳靈珊叫道：「小林子，你吃了這髒東西，就算不毒死，以後也別想我再來睬你。」藍鳳凰將酒碗遞到林平之面前，笑道：「你喝了罷！」林平之囁嚅道：「我……我不喝了。」聽得藍鳳凰長聲大笑，不由得脹紅了臉，道：「我不喝這酒，可……可不是怕死。」

藍鳳凰笑道：「我當然知道，你是怕這美貌姑娘從此不睬你。你不是膽小鬼，你是多情漢子，哈哈，哈哈！」走到令狐冲身前，說道：「大哥，回頭見。」將酒碗在桌上一放，一揮手。四個苗女拿了餘下的六瓶酒，跟著她走出船艙，縱回小舟。

只聽得甜膩的歌聲飄在水面，順流向東，漸遠漸輕，那小舟搶在頭裏，遠遠的去了。

岳不羣皺眉道：「將這些酒瓶酒碗都摔入河中。」林平之應道：「是！」走到桌邊，手指剛碰到酒瓶，只聞奇腥衝鼻，身子一晃，站立不定，忙伸手扶住桌邊。岳不羣登時省悟，叫道：「酒瓶上有毒！」衣袖拂出，勁風到處，將桌上的酒瓶酒碗，一古腦兒送出窗去，摔在河裏；驀地裏胸口一陣煩惡，強自運氣忍住，卻聽得哇的一聲，林平之已大吐起來。

跟著這邊廂哇的一聲，那邊廂又是哇的一響，人人都捧腹嘔吐，連桃谷六仙和船梢的船公水手也均不免。岳不羣強忍了半日，終於再也忍耐不住，也便嘔吐起來。各人嘔了良久，雖已將胃中食物吐了個乾乾淨淨，再無剩餘，嘔吐卻仍不止，不住的嘔出酸水。到後來連酸水也沒有了，仍覺喉癢心煩，肚裏悶惡，難過之極，均覺腹中倘若有物可吐，反比這等空嘔舒服得多。船中前前後後數十人，只令狐冲一人不嘔。

桃實仙道：「令狐冲，那妖女對你另眼相看，給你服了解藥。」令狐冲道：「我沒服解藥啊。難道那碗毒酒便是解藥？」桃根仙道：「誰說不是呢？那妖女見你生得俊，喜歡了你啦。」桃枝仙道：「我說不是因爲他生得俊，而是因爲他讚那妖女年輕貌美，又叫她好妹子。早知這樣，我也叫她幾聲，又不吃虧。」桃花仙道：「那也要他有膽量喝那毒酒，吞了那五條毒蟲。」桃葉仙道：「他雖不嘔，焉知不是腹中有了五條毒蟲之後，中毒更深？」桃幹仙道：「啊喲，不得了！令狐冲喝那碗毒酒，咱們沒加阻攔，倘若因此斃命，平一指追究起來，那便如何是好？」桃根仙道：「平一指說他本來就快死的，早死了幾天，有甚麼要緊？」桃花仙道：「令狐冲不要緊，我們就要緊了。」桃實仙道：「那也不要緊，咱們高飛遠走，那平一指身矮腿短，諒他也追咱們不著。」桃谷六仙不住作嘔，卻也不捨得少說幾句。

岳不羣眼見駕船的水手作嘔不止，座船在大河中東歪西斜，甚是危險，當即縱到後梢，把住了舵，將船向南岸駛去。他內功深厚，運了幾次氣，胸中煩惡之意漸消。

座船慢慢靠岸，岳不羣縱到船頭，提起鐵錨擲到岸邊。這隻鐵錨無慮二百來斤，要兩名水手才抬得動。船夫見岳不羣是個文弱書生，不但將這大鐵錨一手提起，而且一拋數丈，不禁為之咋舌，不過咋舌也沒多久，跟著又張嘴大嘔。

衆人紛紛上岸，跪在水邊喝滿了一腹河水，又嘔將出來，如此數次，這才嘔吐漸止。

這河岸是個荒僻所在，但遙見東邊數里外屋宇鱗比，是個市鎮。岳不羣道：「船中餘毒未淨，乘坐不得的了。咱們到那鎮上再說。」桃幹仙揹著令狐冲，桃枝仙揹著桃實仙，衆人齊往那市鎮行去。

到得鎮上，桃幹仙和桃枝仙當先走進一家飯店，將令狐冲和桃實仙往椅上一放，叫道：「拿酒來，拿菜來，拿飯來！」

令狐冲一瞥間，見店堂中端坐著一個矮小道人，正是青城派掌門余滄海，不禁一怔。這青城掌門顯是身處重圍。他坐在一張小桌旁，桌上放著酒壺筷子，三碟小菜，一柄閃閃發光的出鞘長劍。圍著那張小桌的卻是七條長凳，每條凳上坐著一人。這些人有男有女，貌相都頗兇惡，各人凳上均置有兵刃。七人一言不發，凝視余滄海。那青城掌門甚為鎮定，左手端起酒杯飲酒，衣袖竟沒絲毫顫動。

桃根仙道：「這矮道人心中在害怕。」桃枝仙道：「他當然在害怕，七個打一個，他非輸不可。」桃幹仙道：「他如不怕，幹麼左手舉杯，不用右手？當然是要空著右手，以備用劍。」余滄海哼了一聲，將酒杯從左手交到右手。桃花仙道：「他聽到二哥的說話，可是眼睛不敢向二哥瞄上一瞄，那就是害怕。他倒不是怕二哥，而是怕一個疏神，七個敵人同時進攻，他就得給分成七塊。」桃枝仙道：「錯了，七個人出刀出劍，矮道人分成八塊，不是七塊。」桃葉仙格的一笑，說道：「這矮道人本就矮小，分成八塊，豈不是更加矮小？」

令狐冲對余滄海雖大有芥蒂，但眼見他強敵環伺，不願乘人之危，說道：「六位桃兄，這位道長是青城派的掌門。」桃根仙道：「是青城派掌門便怎樣？是你的朋友麼？」令狐冲道：「在下不敢高攀，不是我的朋友。」桃幹仙道：「不是你朋友便好辦。咱們有一場好戲看。」桃花仙拍桌叫道：「快拿酒來！老子要一面喝酒，一面瞧人把矮道人切成九塊。」桃葉仙道：「剛才說八塊，怎麼又是九塊？」桃花仙道：「你瞧那頭陀使兩柄虎頭彎刀，他一個人要多切一塊。」桃枝仙道：「也不見得，這些人有的使狼牙錘，有的使金拐杖，那又怎麼切法？」

令狐冲道：「大家別說話，咱們兩不相幫，可是也別分散了青城派掌門余觀主的心神。」桃谷六仙不再說話，笑嘻嘻、眼睜睜的瞧著余滄海。令狐冲卻逐一打量圍住他的七人。

只見一個頭陀長髮垂肩，頭上戴著個閃閃發光的銅箍，束著長髮，身邊放著一對彎成半月形的虎頭戒刀。他身旁是個五十來歲的婦人，頭髮花白，滿臉晦氣之色，身畔放的是一柄兩尺來長的短刀。再過去是一僧一道，僧人身披血也似紅的僧衣，身邊放著一缽一鈸，均是純鋼所鑄，鋼鈸的邊緣鋒銳異常，顯是一件厲害武器；那道人身材高大，長凳上放的是個八角狼牙錘，看上去斤兩不輕。道人右側的長凳上箕踞著一個中年化子，頭頸和肩頭盤了兩條青蛇，蛇頭作三角之形，長信伸縮不已。其餘二人是一男一女，男的瞎了左眼，女的瞎了右眼，兩人身邊各倚一條拐杖，杖身燦然發出黃澄澄之色，杖身甚粗，倘若眞是黃金所鑄，份量著實沉重，這一男一女都是四十來歲年紀，服飾情狀便是江湖上尋常的落魄男女，卻攜了如此貴重的拐杖，透著說不出的詭異。

只見那頭陀目露兇光，緩緩伸出雙手，握住了一對戒刀的刀柄。那乞丐從頭中取下一條青蛇，盤在臂上，蛇頭對準了余滄海。那和尚拿起了鋼鈸。那道人提起了狼牙錘。那中年婦人也將短刀拿在手中。眼見各人便要同時進襲。

余滄海哈哈一笑，說道：「倚多爲勝，原是邪魔外道的慣技，我余滄海又有何懼？」

那眇目男子忽道：「姓余的，我們並不想殺你。」那眇目女子道：「不錯，你只須將辟邪劍譜乖乖交了出來，我們便客客氣氣的放你走路。」

岳不羣、令狐冲、林平之、岳靈珊等聽她突然提到《辟邪劍譜》，都是一怔，沒料想到這七人圍住了余滄海，竟是要向他索取辟邪劍譜。四人你向我瞧一眼，我向你瞧一眼，均想：「難道辟邪劍譜是落在余滄海手中？」

那中年婦人冷冷的道：「跟這矮子多說甚麼，先宰了他，再搜他身上。」眇目女子道：「說不定他藏在甚麼隱僻之處，宰了他而搜不到劍譜，豈不糟糕？」那中年婦人嘴巴一扁，道：「搜不到便搜不到，也不見得有甚麼糟糕。」她說話時含糊不清，大爲漏風，原來滿口牙齒已落了大半。

眇目女子道：「姓余的，我勸你好好的獻了出來。這劍譜又不是你的，在你手中已有這許多日子，你讀也讀熟了，背也背得出了，死死的霸著，又有何用？」

余滄海一言不發，氣凝丹田，全神貫注。

便在此時，忽聽得門外有人哈哈哈的笑了幾聲，走進一個眉花眼笑的人來。

這人身穿繡綢長袍，頭頂半禿，卻禿得晶光滑溜，一部黑鬚，肥肥胖胖，滿臉紅光，神情和藹可親，左手拿著個翡翠鼻煙壺，右手則是一柄尺來長的摺扇，衣飾華貴，是個富商模樣。他進店後見到衆人，一怔之下笑容立歛，但立即哈哈哈的笑了起來，拱手道：「幸會，幸會！想不到當世的英雄好漢，都聚集到這裏了。當眞三生有幸。」

這人向余滄海道：「甚麼好風把青城派余觀主吹到河南來啊？久聞青城派『松風劍法』是武林中一絕，今日咱們多半可以大開眼界了。」余滄海全神運功，不加理睬。

這人向眇目的男女拱手笑道：「好久沒見『桐柏雙奇』在江湖上行走了，這幾年可發了大財哪。」那眇目男子微微一笑，說道：「那裏有游大老闆發的財大。」這人哈哈哈連笑三聲，道：「兄弟是空場面，左手來，右手去，單是兄弟的外號，便可知兄弟只不過面子上好看，內裏卻空虛得很。」

桃枝仙忍不住問道：「你的外號叫甚麼？」那人向桃枝仙瞧去，見桃谷六仙形貌奇特，卻認不出他六人來歷，嘻嘻一笑，道：「兄弟名叫游迅，有個挺難聽的外號，叫作『滑不留手』。大家說兄弟愛結交朋友，為了朋友，兄弟是千金立盡，毫不吝惜，雖然賺得錢多，金銀卻在手裏留不住。」那眇目男子道：「這位游朋友，好像另外還有一個外號。」游迅笑道：「是麼？兄弟怎地不知？」

突然有個冷冷的聲音說道：「油浸泥鰍，滑不留手。」聲音漏風，自是那少了一半牙齒的婦人在說話了。

桃花仙叫道：「那不得了，泥鰍已滑溜之極，再用油來一浸，又有誰能抓得他住？」游迅笑道：「這是江湖上朋友抬愛，稱讚兄弟的輕功造詣不差，好像泥鰍一般敏捷，其實慚愧得緊，這一點微末功夫，實在不足掛齒。張夫人，你老人家近來清健。」這說著深深一揖。那中年婦人張夫人白了他一眼，喝道：「油腔滑調，給我走開些。」這游迅脾氣極好，一點也不生氣，向那乞丐道：「雙龍神丐嚴兄，你那兩條青龍可越來越矯捷活潑了。」那乞丐名叫嚴三星，外號本來叫作「雙蛇惡乞」，但游迅卻隨口將他叫作「雙龍神丐」，嚴三星本來極為兇悍，一聽之下，臉上也不由得露出了笑容。

游迅也認得長髮頭陀仇松年、僧人西寶、道人玉靈，隨口捧了幾句。他嘻嘻哈哈，片刻之間，便將劍拔弩張的局面弄得和緩了不少。

忽聽得桃葉仙叫道：「喂，油浸泥鰍，你卻怎地不讚我六兄弟武功高強，本事了得？」游迅笑道：「這個……這個自然要讚的……」豈知他一句話沒說完，雙手雙腳已給桃根、桃幹、桃枝、桃葉四仙抓在手中，將他提了起來，卻沒使勁拉扯。

游迅急忙讚道：「好功夫，好本事，如此武功，古今罕有！」桃谷四仙聽得游迅接連大讚三句，自不願便將他撕成了四塊。桃根仙、桃枝仙齊聲問道：「怎見得我們的武功古今罕有？」游迅道：「兄弟的外號叫作『滑不留手』，老實說，本來是誰也抓不到的。可是四位一伸手，便將兄弟手到擒來，一點不滑，一點不溜，四位手上功夫之厲害，當眞是古往今來，罕見罕聞。兄弟此後行走江湖，定要將六位高人的名號到處宣揚，以便武林中個個知道世上有如此了不起的人物。」桃根仙等大喜，當即將他放下。

張夫人冷冷的道：「滑不留手，名不虛傳。這一回，豈不是又叫人抓住再放了？」游迅道：「這是六位高人的武功太過了得，令人大爲敬仰，只可惜兄弟孤陋寡聞，不知六位前輩名號如何稱呼？」桃根仙道：「我們兄弟六人，名叫『桃谷六仙』。我是桃根仙，他是桃幹仙。」將六兄弟的名號逐一說了。游迅拍手道：「妙極，妙極。這『仙』之一字，和六位的武功再配合沒有，若非如此神乎其技、超凡入聖的功夫，那有資格稱到這一個『仙』字？」桃谷六仙大喜，齊道：「你這人有腦筋，有眼光，是個大大的好人。」

張夫人瞪視余滄海，喝道：「那辟邪劍譜，你到底交不交出來？」余滄海仍不理會。

游迅說道：「啊喲，你們在爭辟邪劍譜？據我所知，這劍譜可不在余觀主手中啊。」張夫人問道：「那你知道是在誰的手中？」游迅道：「此人大大的有名，說將出來，只怕嚇壞了你。」頭陀仇松年大聲喝道：「快說！你倘若不知，便走開些，別在這裏礙手礙腳！」游迅笑道：「這位師父遮莫多吃了些燒豬烤羊，偌大火氣。兄弟武功平平，消息卻十分靈通。江湖上有甚麼秘密訊息，要瞞過兄弟的千里眼、順風耳，可不大容易。」

桐柏雙奇、張夫人等均知此言倒是不假，這游迅好管閒事，無孔不入，武林中有甚麼他所不知道的事確實不多，眇目女子道：「你賣甚麼關子？快說！」張夫人道：「辟邪劍譜到底是在誰手中？」

游迅笑嘻嘻的道：「各位知道兄弟的外號叫作『滑不留手』，錢財左手來，右手去，這幾天實在窮得要命。各位都是大財主，拔一根寒毛，也比兄弟的腿子粗。兄弟好容易得到一個要緊消息，正是良機千載難逢。常言道得好，寶劍贈烈士，紅粉贈佳人，好消息嘛，自當賣給財主。兄弟所賣的不是關子，而是消息。」

張夫人道：「好，咱們先把余滄海殺了，再逼這游泥鰍說話。上罷！」她「上罷」二字一出口，只聽得叮叮噹噹幾下兵刃迅速之極的相交。張夫人等七人一齊離開了長凳，各挺兵刃和余滄海拆了幾招。七人一擊即退，仍團團圍住了余滄海。只見西寶和尚與頭陀仇松年腿上鮮血直流，余滄海長劍交在左手，右肩上道袍破碎，不知是給誰重重的擊中了一下。

張夫人叫道：「再上！」七人又一齊攻上，叮叮噹噹的響了一陣，七人又再後退，仍將余滄海圍在核心。

只見張夫人臉上中劍，左邊自眉心至下頦，劃了一道長長口子。余滄海左臂上卻給砍了一刀，左手已沒法使劍，將長劍又再交到右手。玉靈道人一揚狼牙錘，朗聲說道：「余觀主，咱二人是三清一派，勸你投降了罷！」余滄海哼了一聲，低聲咒罵。

張夫人也不去抹臉上鮮血，提起短刀，對準了余滄海，叫道：「再……」

張夫人一個「上」字尚未出口，忽聽得有人喝道：「且慢！」一人幾步搶進圈中，站在余滄海身邊，說道：「各位以七對一，未免太不公道，何況那位游老闆說過，辟邪劍譜確實不在余滄海手中。」這人正是林平之。他自見到余滄海後，目光始終沒離開過他片刻，眼見他雙臂受傷，張夫人等七人這次再行攻上，定然將他亂刀分屍，自己與這人仇深似海，非得手刃此獠不可，決不容旁人將他殺了，當即挺身而出。

張夫人厲聲問道：「你是甚麼人？要陪他送死不成？」林平之道：「陪他送死倒不想。我見這事太過不平，要出來說句公道話。大家不用打了罷。」仇松年道：「將這小子一起宰了。」玉靈道人道：「你是誰？如此膽大妄爲，給人強出頭。」

林平之道：「在下華山派林平之……」

桐柏雙奇、雙蛇惡乞、張夫人等齊聲叫道：「你是華山派的？令狐公子呢？」

令狐冲抱拳道：「在下令狐冲，山野少年，怎稱得上『公子』二字？各位識得我的一個朋友麼？」一路之上，許多高人奇士對他尊敬討好，都說是由於他的一個朋友之故，令狐冲始終猜想不出，到底甚麼時候交上了這樣一位神通廣大的朋友，聽這七人如此說，料想又是衝著這位神奇朋友而賣他面子了。

果然張夫人等七人一齊轉身，向令狐冲恭恭敬敬的行禮。玉靈道人說道：「我們七人得到訊息，日夜不停的趕來，便是要想一識尊範。得在此處拜見，眞好極了。」

余滄海受傷著實不輕，眼見挺身而出替他解圍的居然是林平之，不禁大爲奇怪，但隨即便明白了他用意，見圍住自己的七人都在跟令狐冲說話，此時不走，更待何時，他腿上並未受傷，突然倒縱而出，搶入小飯店後進，從後門飛也似的走了。

嚴三星和仇松年齊聲呼叫，卻顯然已追趕不及。

「滑不留手」游迅走到令狐冲面前，笑道：「兄弟從東方來，聽得不少江湖朋友提到令狐公子的大名，心下好生仰慕。兄弟得知幾十位教主、幫主、洞主、島主要在五霸岡上和公子相會，這就忙不迭的趕來湊熱鬧，想不到運氣眞好，卻搶先見到了公子。放心，不要緊，這次帶上五霸岡的靈丹妙藥，沒一百種也有九十九種，公子所患的小小疾患，何足道哉，何足道哉！哈哈哈，很好，很好！」拉住了令狐冲的手連連搖晃，顯得親熱無比。

令狐冲吃了一驚，問道：「甚麼數十位教主、幫主、洞主、島主？又是甚麼一百種靈丹妙藥？在下可全不明白了。」

游迅笑道：「令狐公子不必過慮，這中間的原由，兄弟便有天大膽子也不敢信口亂說。公子爺儘管放心，哈哈哈，兄弟要是胡說八道，就算公子爺不會見怪，落在旁人耳中，姓游的有幾個腦袋？游迅再滑上十倍，這腦袋瓜子終於也非給人揪下來不可。」

張夫人陰沉沉的道：「你說不敢胡說八道，卻又儘提這事作甚？五霸岡上有甚麼動靜，待會令狐公子自能親眼見到。我問你，那辟邪劍譜，到底是在誰的手裏？」

游迅佯作沒聽見，轉頭向著岳不羣夫婦，笑嘻嘻道：「在下一進門來，見到兩位，心中一直嘀咕：這位相公跟這位夫人相貌清雅，氣度不凡，卻是那兩位了不起的武林高人？兩位跟令狐公子在一起，那必是華山派掌門、大名鼎鼎的『君子劍』岳先生夫婦了。」

岳不羣微微一笑，說道：「不敢。」

游迅道：「常言道：有眼不識泰山。小人今日是有眼不識華山。最近岳先生一劍刺瞎一十五名強敵，名震江湖，小人佩服得五體投地。好劍法！好劍法！」他說得眞切，有如親眼目睹。岳不羣哼了一聲，臉上閃過一陣陰雲。游迅又道：「岳夫人寧女俠……」

張夫人喝道：「你囉裏囉唆的，有個完沒有？快說！是誰得了辟邪劍譜？」她聽到岳不羣夫婦的名字，竟似渾不在意下。

游迅笑嘻嘻的伸出手來，說道：「給一百兩銀子，我便說給你聽。」

張夫人呸的一聲，道：「你前世就沒見過銀子？甚麼都是要錢，要錢，要錢！」

桐柏雙奇的眇目男子從懷中取出一錠銀子，向游迅投了過去，道：「一百兩只多不少，快說！」游迅接過銀子，在手中掂了掂，說道：「這就多謝了。來，咱們到外邊去，我跟你說。」那眇目男子道：「爲甚麼到外邊去？你就在這裏說好了，好讓大家聽聽。」衆人齊道：「是啊，是啊！幹麼鬼鬼祟祟的？」游迅連連搖頭，說道：「不成，不成！我要一百兩銀子，是每人一百兩，可不是將這個大消息只賣一百兩銀子。如此大賤賣，世上焉有此理？」

那眇目男子右手一擺，仇松年、張夫人、嚴三星、西寶僧等都圍將上來，霎時間將游迅圍在垓心，便如適才對付余滄海一般。張夫人冷冷的道：「這人號稱滑不留手，對付他可不能用手，大家使兵刃。」玉靈道人提起八角狼牙錘，在空中呼的一聲響，劃了個圈子，說道：「不錯，瞧他的腦袋是不是滑不留錘。」眾人瞧瞧他錘上的狼牙尖銳鋒利，閃閃生光，再瞧瞧游迅的腦袋細皮白肉，油滋烏亮，都覺他的腦袋不見得前程遠大。

游迅道：「令狐公子，適才貴派一位少年朋友，片言為余觀主解圍，公子卻何以對游某人身遭大難，猶似不聞不見？」

令狐冲道：「你如不說辟邪劍譜的所在，在下也只好插手要對老兄不大客氣了。」說到這裏，心中一酸，情不自禁的向岳靈珊瞧了一眼，心想：「連你，也冤枉我取了小林子的劍譜。」

張夫人等七人齊聲歡呼，叫道：「妙極，妙極！請令狐公子出手。」

游迅嘆了口氣，道：「好，我說就是，你們各歸各位啊，圍著我幹甚麼？」張夫人道：「對付滑不留手，只好加倍小心些。」游迅嘆道：「這叫做自作孽，不可活。我游迅為甚麼不等在五霸岡上看熱鬧，卻自己到這裏送死？」張夫人道：「你到底說不說？」

游迅道：「我說，我說，我為甚麼不說？咦，東方教主，你老人家怎地大駕光臨？」他最後這兩句說得聲音極響，同時目光向著店外西首直瞪，臉上充滿了不勝駭異之情。

眾人一驚之下，都順著他眼光向西瞧去，只見長街上一人慢慢走近，手中提了一隻菜簍子，乃是個市井菜販，怎麼會是威震天下的東方不敗東方教主？眾人回過頭來，游迅卻已不知去向，這才知道是上了他的大當。張夫人、仇松年、玉靈道人都破口大罵，情知他輕功了得，為人又極精靈，既已脫身，就再難捉得他住。

令狐冲大聲道：「原來那辟邪劍譜是游迅得了去，眞料不到是在他手中。」衆人齊問：「當眞？是在游迅手中？」令狐冲道：「那當然是在他手中了，否則他爲甚麼堅不吐實，卻又拚命逃走？」他說得聲音極響，到後來已感氣衰力竭。

忽聽得游迅在門外大聲道：「令狐公子，你幹麼要冤枉我？」隨即走進門來。

張夫人等大喜，立即又將他圍住。玉靈道人笑道：「你中了令狐公子的計也！」游迅愁眉苦臉，道：「不錯，倘若這句話傳將出去，說道游迅得了辟邪劍譜，游某人今後那裏還有一天安寧日子好過？江湖之上，不知有多少人要找游某的痲煩。我便有三頭六臂，也抵擋不住。令狐公子，你眞了得，只一句話，便將滑不留手捉了回來。」

令狐冲微微一笑，心道：「我有甚麼了得？只不過我也曾給人這麼冤枉過而已。」不禁又向岳靈珊瞧去。岳靈珊也正在瞧他。兩人目光相接，都臉上一紅，迅速轉頭。

張夫人道：「游老兄，剛才你是去將辟邪劍譜藏了起來，免得給我們搜到，是不是？」游迅叫道：「苦也，苦也！張夫人，你這麼說，存心是要游迅的老命了。各位請想，那辟邪劍譜若是在我手中，游迅必定使劍，而且一定劍法極高，何以我身上一不帶劍，二不使劍，三來武功又是奇差呢？」衆人一想，此言倒也不錯。

桃根仙道：「你得到辟邪劍譜，未必便有時候去學；就算學了，也未必學得會。你身上沒帶劍，或許是給人偷了。」桃幹仙道：「你手中那柄扇子，便是一柄短劍，剛才你這麼一指，就是辟邪劍譜中的劍招。」桃枝仙道：「是啊，大家瞧，他摺扇斜指，明是辟邪劍法第五十九招『指打奸邪』，劍尖指著誰，便是要取誰性命。」

這時游迅手中的摺扇正好指著仇松年。這莽頭陀虎吼一聲，雙手戒刀便向游迅砍過去。游迅身子一側，叫道：「他是說笑，喂！喂！喂！你可別當眞！」噹噹噹噹四聲響，仇松年左右雙刀各砍了兩刀，都給游迅撥開。聽聲音，他那柄摺扇果是純鋼所鑄。他肥肥白白，一副養尊處優的模樣，身法竟甚敏捷，而摺扇輕輕一撥，仇松年的虎頭彎刀便給盪開在數尺之外，足見武功在那頭陀之上，只身陷包圍之中，不敢反擊而已。

桃花仙叫道：「這一招是辟邪劍法中第三十二招『烏龜放屁』，嗯，這一招架開一刀，是第二十五招『甲魚翻身』。」

令狐冲道：「游先生，那辟邪劍譜倘若不是在你手中，那麼是在誰的手中？」

張夫人、玉靈道人等都道：「是啊，快說。是在誰手中？」

游迅哈哈一笑，說道：「我所以不說，只是想多賣幾千兩銀子，你們這等小氣，定要省錢，好，我便說了，只不過你們聽在耳裏，卻癢在心裏，半點也無可奈何。那辟邪劍譜倘若爲旁人所得，也還有幾分指望，現下偏偏是在這一位主兒手中，那就……咳咳，這個……」衆人屏息凝氣，聽他述說劍譜得主的名字。

忽聽得馬蹄聲急，夾著車聲轔轔，從街上疾馳而來，游迅乘機住口，側耳傾聽，道：「咦，是誰來了？」玉靈道人道：「快說，是誰得到了劍譜？」游迅道：「我當然是要說的，卻又何必性急？」

只聽車馬之聲到得飯店之外，倏然而止，有個蒼老的聲音說道：「令狐公子在這裏嗎？敝幫派遣車馬，特來迎接大駕。」

令狐沖急欲知道辟邪劍譜的所在，以便消除師父、師娘、衆師弟、師妹對自己的疑心，卻不答覆外面的說話，向游迅道：「有外人到來，快快說罷！」游迅道：「公子鑒諒，有外人到來，這可不便說了。」

忽聽得街上馬蹄聲急，又有七八騎疾馳而至，來到店前，也即止住，一個雄偉的聲音道：「黃老幫主，你是來迎接令狐公子的嗎？」那老人道：「不錯。司馬島主怎地也來了？」那雄偉的聲音哼了一聲，接著腳步聲沉重，一個魁梧之極的大漢走進店來，大聲道：「那一位是令狐公子？小人司馬大，前來迎接公子去五霸岡上和羣雄相見。」

令狐沖只得拱手說道：「在下令狐沖，不敢勞動司馬島主大駕。」那司馬島主道：「小人名叫司馬大，只因小人自幼生得身材高大，因此父母給取了這一個名字。令狐公子叫我司馬大好了，要不然便叫阿大，甚麼島主不島主，阿大可不敢當。」

令狐沖道：「不敢。」伸手向著岳不羣夫婦道：「這兩位是我師父、師娘。」司馬大抱拳道：「久仰。」隨即轉過身來，說道：「小人迎接來遲，公子勿怪。」

岳不羣身爲華山派掌門十餘年，向來極受江湖中人敬重，可是這司馬大以及張夫人、仇松年、玉靈道人等一干人，全都對令狐沖十分恭敬，而對自己這華山派掌門顯然絲毫不以爲意，就算略有敬意，也完全瞧在令狐沖臉上，這等神情流露得十分明顯。這比之當面斥罵，令他尤爲恚怒。但岳不羣修養極好，沒顯出半分惱怒之色。

這時那姓黃的幫主也已走了進來。這人已有八十來歲年紀，一部白鬚，直垂至胸，精神卻甚矍鑠。他向令狐沖微微彎腰，抱拳說道：「令狐公子，小人幫中的兄弟們，就在左近一帶討口飯吃，這次沒好好接待公子，當眞罪該萬死。」

岳不羣心頭一震：「莫非是他？」他早知黃河下游有個天河幫，幫主黃伯流是中原武林中的一位前輩耆宿，只是他幫規鬆懈，幫衆良莠不齊，作奸犯科之事所在難免，這天河幫的聲名就不見得怎麼高明。但天河幫人多勢衆，幫中好手也著實不少，是齊魯豫鄂之間的一大幫會，難道眼前這個老兒，便是號令萬餘幫衆的「銀髯蛟」黃伯流？假若是他，又怎會對令狐冲這個初出道的少年如此恭敬？

岳不羣心中的疑團只存得片刻，便即打破，只聽雙蛇惡乞嚴三星道：「銀髯老蛟，你是地頭蛇，對咱們這些外來朋友，可也得招呼招呼啊。」

這白鬚老者果然便是「銀髯蛟」黃伯流，他哈哈一笑，說道：「若不是託了令狐公子的福，又怎請得動這許多位英雄好漢的大駕？衆位來到豫東魯西，都是天河幫的嘉賓，自然是要接待的。五霸岡上敝幫已備了酒席，令狐公子和衆位朋友這就動身如何？」

令狐冲見小小一間飯店之中擠滿了人，這般聲音嘈雜，游迅決不會吐露機密，好在適才大家這麼一鬧，師父、師妹他們對自己的懷疑之意當可大減，日後終究能水落石出，倒也不急欲洗刷，便向岳不羣道：「師父，咱們去不去？請你示下。」

岳不羣心想：「聚集在五霸岡上的，顯然沒一個正派之士，如何可跟他們混在一起？這些人頗似欲以恭謹之禮，誘引冲兒入夥。衡山派劉正風前車之轍，一與邪徒接近，終不免身敗名裂。可是在眼前情勢之下，這『不去』二字，又如何說得出口？」

游迅道：「岳先生，此刻五霸岡上可熱鬧得緊哩！好多位洞主、島主，都是十幾年、二三十年沒在江湖上露臉了。大夥兒都是爲令狐公子而來。你調教了這樣一位文武全才、英雄了得的少俠出來，岳先生當眞臉上大有光采。那五霸岡嗎，當然是要去的囉。岳先生大駕不去，豈不叫衆人大爲掃興？」

岳不羣尚未答話，司馬大和黃伯流二人已將令狐冲半扶半抱的擁了出去，扶入一輛大車之中。仇松年、嚴三星、桐柏雙奇、桃谷六仙等紛紛一擁而出。

岳不羣和岳夫人相對苦笑，均想：「這一干人只是要冲兒去。咱們去不去，他們渾不放在心上。」

岳靈珊甚爲好奇，說道：「爹，咱們也瞧瞧去，看那些怪人跟大師哥到底在耍甚麼花樣。」她想到那吃人肉的黑白雙熊，兀自心驚，但想他們既衝著大師哥的面子放了自己，總不會再來咬自己的手指頭，不過到得五霸岡上，可別離爹爹太遠了。

岳不羣點了點頭，走出門外，適才大嘔了一場，未進飲食，落足時竟然虛飄飄地，眞氣不純，不由得暗驚：「那五毒教藍鳳凰的毒藥當眞厲害。」

黃伯流和司馬大等衆人騎來許多馬匹，當下讓給岳不羣、岳夫人、張夫人、仇松年、桃谷六仙等一干人乘坐。華山派的幾名男弟子無馬可騎，便與天河幫的幫衆、長鯨島司馬大島主的部屬一同步行，向五霸岡進發。

注：現代醫學輸血需辨血型，凡O型者之血，可輸於任何人。藍鳳凰其時無此知識，但憑長期經驗，知自己血型爲O型，又從百餘女教眾中挑出O型者數人，爲令狐冲輸血，非O型之教眾則不參與。

令狐冲看水中倒影，
見到伏在自己背上那姑娘的半邊臉蛋，
雙目緊閉，睫毛甚長，
容貌秀麗絕倫，不過十七八歲年紀。

一七 傾心

五霸岡正當魯豫兩省交界處，東臨山東荷澤定陶，西接河南東明。這一帶地勢平坦，甚多沼澤，遠遠望去，那五霸岡也不甚高，只略有山嶺而已。一行車馬向東疾馳，行不數里，便有數騎馬迎來，馳到車前，乘者翻身下馬，高聲向令狐冲致意，言語禮數甚是恭敬。

將近五霸岡時，來迎的人愈多。這些人自報姓名，令狐冲也記不得這許多。大車停在一座高岡之前，只見岡上黑壓壓一片大松林，一條山路曲曲折折上去。

黃伯流將令狐冲從大車中扶了出來。早有兩名大漢抬了一乘軟轎，在道旁相候。令狐冲心想自已坐轎，而師父、師娘、師妹卻都步行，心中不安，道：「師娘，你坐轎罷，弟子自已能走。」岳夫人笑道：「他們迎接的只是令狐公子，可不是你師娘。」展開輕功，搶步上岡。岳不羣、岳靈珊父女也快步走上岡去。令狐冲無奈，只得坐入轎中。

轎子抬入岡上松林間的一片空地，但見東一簇，西一堆，人頭踴踴，這些人形貌神情，都是三山五嶽的草莽漢子。

衆人一窩蜂般擁過來。有的道：「這位便是令狐公子嗎？」有的道：「這是小人祖傳的治傷靈藥，頗有起死回生之功。」有的道：「這是在下二十年前在長白山中挖到的老年人參，已然成形，請令狐公子收用。」有一人道：「這七個是魯東六府中最有本事的名醫，在下都請了來，讓他們給公子把把脈。」這七個名醫都給粗繩縛住了手，連成一串，愁眉苦臉，神情憔悴，那裏有半分名醫的模樣？顯是給這人硬捉來的，「請」之一字，只是說得好聽而已。又有一人挑著兩隻大竹籮，說道：「濟南府城裏的名貴藥材，小人每樣都拿了一些來。公子要用甚麼藥材，小人這裏備得都有，以免臨時湊手不及。」

令狐冲見這些人大都裝束奇特，神情悍惡，對自己卻顯是一片誠摯，絕無可疑，不由得大爲感激。他近來迭遭挫折，死活難言，更易受感觸，胸口一熱，竟爾流下淚來，抱拳說道：「衆位朋友，令狐冲一介無名小子，竟承各位……各位如此眷顧，當眞……當眞無……無法報答……」言語哽咽，難以卒辭，便即拜了下去。

羣雄紛紛說道：「這可不敢當！」「快快請起。」「折殺小人了！」也都跪倒還禮。霎時之間，五霸岡上千餘人一齊跪倒，便只餘下華山派岳不羣師徒與桃谷六仙。岳不羣師徒不便在羣豪之前挺立，都側身避開，免有受禮之嫌。桃谷六仙卻指著羣豪嘻嘻哈哈，胡言亂語。

令狐冲和羣豪對拜了數拜，站起來時，臉上熱淚縱橫，心下暗道：「不論這些朋友此來是何用意，令狐冲今後爲他們粉身碎骨，萬死不辭。」

天河幫幫主黃伯流道：「令狐公子，請到前邊草棚中休息。」引著他和岳不羣夫婦走進一座草棚。那草棚乃是新搭，棚中桌椅俱全，桌上放了茶壺、茶杯。黃伯流一揮手，便有部屬斟上酒來，又有人送上乾牛肉、火腿等下酒之物。

令狐冲端起酒杯，走到棚外，朗聲說道：「衆位朋友，令狐冲和各位初見，須當共飲結交。咱們此後有福同享，有難同當，這杯酒，算咱們好朋友大夥兒一齊喝了。」說著右手一揚，將一杯酒向天潑了上去，登時化作千萬顆酒滴，四下飛濺。羣豪歡聲雷動，都道：「令狐公子說得不錯，大夥兒此後跟你有福同享，有難同當。」

岳不羣皺起了眉頭，尋思：「冲兒行事好生魯莽任性，不顧前，不顧後，眼見這些人對他好，便跟他們說甚麼有福同享，有難同當。這些人中只怕沒一個是規規矩矩的人物，盡是田伯光一類的傢伙。他們奸淫擄掠，打家劫舍，你也跟他們有福同享？我正派之士要剿滅這些惡徒，你便跟他們有難同當？」

令狐冲又道：「衆位朋友何以對令狐冲如此眷顧，在下半點不知。不過知道也好，不知也好，衆位有何爲難之事，便請明示。大丈夫光明磊落，事無不可對人言。只須有用得著令狐冲處，在下刀山劍林，決不敢辭。」他想這些人素不相識，卻對自己這等結交，自必有一件大事求己相助，反正總是要答允他們的，當眞辦不到，也不過一死而已。

黃伯流道：「令狐公子說那裏話來？衆位朋友得悉公子駕臨，大家心中仰慕，都想瞻仰丰采，因此上不約而同的聚在這裏。又聽說公子身子不大舒服，這才或請名醫，或覓藥材，對公子卻決無所求。咱們這些人並非一夥，相互間大都只是聞名，有的還不大和睦呢。只是公子既說今後有福同享，有難同當，大家就算不是好朋友，也要做好朋友了。」

羣豪齊道：「正是！黃幫主的話一點不錯。」

那牽著七個名醫之人走將過來，說道：「公子請到草棚之中，由這七個名醫診一診脈如何？」令狐冲心想：「平一指先生如此大本領，尚且說我的傷患已無藥可治，你這七個醫生又瞧得出甚麼來？」礙於他一片好意，不便拒卻，只得走入草棚。

那人將七個名醫如一串田雞般拉進棚來。令狐冲微微一笑，說道：「兄台便請放了他們罷，諒他們也逃不了。」那人道：「公子說放，就放了他們。」啪啪啪七聲響過，拉斷了麻繩，喝道：「倘若治不好令狐公子，把你們的頭頸也都這般拉斷了。」一個醫生道：「小……小人盡力而爲，不過天下……天下可沒包醫之事。」另一個道：「瞧公子神完氣足，那定是藥到病除。」幾個醫生搶上前去，便給他搭脈。

忽然棚口有人喝道：「都給我滾出去，這等庸醫，有個屁用？」

令狐冲轉過頭來，見是「殺人名醫」平一指到了，喜道：「平先生，你也來啦，我本想這些醫生沒甚麼用。」

平一指走進草棚，左足一起，砰的一聲，將一個醫生踢出草棚，右足一起，砰的一聲，又將一個醫生踢出草棚。那捉了醫生來的漢子對平一指甚是敬畏，喝道：「當世第一大名醫平大夫到了，你們這些傢伙，還膽敢在這裏獻醜！」砰砰兩聲，也將兩名醫生踢了出去，餘下三名醫生不等大腳上臀，連跌帶爬的奔出草棚。那漢子躬身陪笑，說道：「令狐公子，平大夫，在下多有冒昧，你老……」平一指左足一抬，砰的一聲，又將那漢子踢出了草棚。這一下大出令狐冲的意料之外，不禁愕然。

平一指一言不發，坐了下來，伸手搭住他右手脈搏，再過良久，又去搭他左手脈搏，如此轉換不休，皺起眉頭，閉了雙眼，苦苦思索。

令狐冲說道：「平先生，凡人生死有命，令狐冲傷重難治，先生已兩番費心，在下感激不盡。先生也不須再勞心神了。」

只聽得草棚外喧嘩大作，鬥酒猜拳之聲此起彼伏，顯是天河幫已然運到酒菜，供羣豪暢飲。令狐冲神馳棚外，只盼去和羣豪大大熱鬧一番，可是平一指交互搭他手上脈搏，似乎永無止歇之時，他暗自尋思：「這位平大夫名字叫做平一指，自稱治人只用一指搭脈，殺人也只用一指點穴，可是他此刻和我搭脈，豈只一指？幾乎連十根手指也都用上了。」

豁喇一聲，一個人探頭進來，正是桃幹仙，說道：「令狐沖，你怎地不來喝酒？」令狐沖道：「這就來了，你等著我，可別自己搶著喝飽了。」桃幹仙道：「好！平大夫，你趕快些罷。」說著將頭縮了出去。

平一指緩緩縮手，閉著眼睛，右手食指在桌上輕輕敲擊，顯是困惑難解，又過良久，睜開眼來，說道：「令狐公子，你體內有七種眞氣，相互衝突，既不能宣洩，亦不能降服。這不是中毒受傷，更不是風寒濕熱，因此非針灸藥石之所能治。」令狐沖道：「是。」平一指道：「自從那日在朱仙鎭上給公子瞧脈之後，在下已然思得一法，圖個行險僥倖，要邀集七位內功深湛之士，同時施爲，將公子體內這七道不同眞氣一舉消除。今日在下已邀得三位同來，羣豪中再請兩位，毫不爲難，加上尊師岳先生與在下自己，便可施治了。可是適才給公子搭脈，察覺情勢又有變化，更加複雜異常。」令狐沖「嗯」了一聲。

平一指道：「過去數日之間，又生四種大變。第一，公子服食了數十種大補的燥藥，其中有人參、首烏、靈芝、伏苓等等珍奇藥物。這些補藥的製煉之法，卻是用來給純陰女子服食的。」令狐沖「啊」的一聲，道：「正是如此，前輩神技，當眞古今罕有。」平一指道：「公子何以去服食這些補藥？想必是爲庸醫所誤了，可恨可惱。」令令狐冲心想：「祖千秋偷了老頭子的『續命八丸』來給我吃，原是一番好意，他那裏知道補藥有男女之別？如說了出來，平大夫定然責怪於他，還是爲他隱瞞的爲是。」說道：「那是晚輩自誤，須怪不得別人。」平一指道：「你身子並不氣虛，恰恰相反，乃是眞氣太多，突然間又服了這許多補藥下去，那可如何得了？便如長江水漲，本已成災，治水之人不謀宣洩，反將洞庭湖、鄱陽湖之水倒灌入江，豈有不釀成大災之理？只有先天不足、虛弱無力的少女服這等補藥，才有益處。偏偏是公子服了，唉，大害，大害！」令狐冲心想：「只盼老頭子的女兒老不死姑娘喝了我的血後，身子能夠痊可。」

平一指又道：「第二個大變，是公子突然大量失血。依你目下的病體，怎可再和人爭鬥動武？如此好勇鬥狠，豈是延年益壽之道？唉，人家對你這等看重，你卻不知自愛。君子報仇，十年未晚，又何必逞快於一時？」說著連連搖頭。他說這些話時，臉上現出大不以爲然的神色，倘若他所治的病人不是令狐冲，縱然不是一巴掌打將過去，那也是聲色俱厲、破口大罵了。令狐冲道：「前輩指教得是。」

平一指道：「單是失血，那也罷了，這也不難調治，偏偏你又去跟雲南五毒教的人混在一起，飲用了他們的五仙大補藥酒。」令狐冲奇道：「是五仙大補藥酒？」平一指道：「這五仙大補藥酒，是五毒教祖傳秘方所釀，所釀的五種小毒蟲珍奇無匹，據說每一條小蟲都要十多年才培養得成，酒中另外又有數十種奇花異草，中間頗具生剋之理。服了這藥酒之人，百病不生，諸毒不侵，陡增十餘年功力，原是當世最神奇的補藥。老夫心慕已久，恨不得一見。聽說藍鳳凰這女子守身如玉，從來不對任何男子假以辭色，偏偏將她教中如此珍貴的藥酒給你服了。唉，風流少年，到處留情，豈不知反而自受其害！」

令狐冲只有苦笑，說道：「藍教主和晚輩只在黃河舟中見過一次，蒙她以五仙藥酒相贈，此外更無其他瓜葛。」

平一指向他瞪視半晌，點了點頭，說道：「如此說來，藍鳳凰給你喝這五仙大補藥酒，那也是衝著人家的面子了。可是這一來補上加補，那便是害上加害。又何況這酒雖能大補，亦有大毒。哼，他媽的亂七八糟！他五毒教只不過仗著幾張祖傳的古怪藥方，藍鳳凰這小妞兒又懂甚麼狗屁醫理、藥理了？他媽的攪得一塌胡塗！」

令狐冲聽他如此亂罵，覺此人性子太也暴躁，但見他臉色慘淡，胸口不住起伏，顯是對自己傷勢關切之極，心下又覺歉仄，說道：「平前輩，藍教主也是一番好意……」平一指怒道：「好意，好意！哼，天下庸醫殺人，那一個不是好意？你知不知道，每天庸醫害死的人數，比江湖上死於刀下的人可多得多了？」令狐冲道：「這也大有可能。」平一指道：「甚麼大有可能？確確實實是如此。我平一指醫過的人，她藍鳳凰憑甚麼又來加一把手？你此刻血中含有劇毒，若要一一化解，便和那七道眞氣大起激撞，只怕三個時辰之內便送了你性命。」

令狐冲心想：「我血中含有劇毒，倒不一定是飲了那五仙藥酒之故。藍教主和那四名苗女給我注血，用的是她們身上之血。這些人日夕和奇毒之物爲伍，飲食中也含有毒物，血中不免有毒，只是她們長期習慣了，不傷身體。這事可不能跟平前輩說，否則他脾氣更大了。」說道：「醫道藥理，精微深奧，原非常人所能通解。」

平一指嘆了口氣道：「倘若只不過是誤服補藥，大量失血，誤飲藥酒，我還是有辦法可治。這第四個大變，卻當眞令我束手無策了。唉，都是你自己不好！」令狐冲道：「是，都是我自己不好。」平一指道：「這數日之中，你何以心灰意懶，不想再活？到底受了甚麼重大委屈？上次在朱仙鎭我跟你搭脈，察覺你傷勢雖重，病況雖奇，但你心脈旺盛，胸懷開朗，有一股勃勃生機。我先延你百日之命，然後在這百日之中，無論如何要設法治愈你的怪病。當時我並無十足把握，也不忙給你明言，可是現下卻連這一股生機也沒有了，卻是何故？」

聽他問及此事，令狐冲不由得悲從中來，心想：「先前師父疑心我吞沒小林子的辟邪劍譜，那也沒甚麼，大丈夫心中無愧，此事總有水落石出之時，可是……可是連小師妹竟也對我起疑，爲了小林子，心中竟將我糟蹋得一錢不値，那我活在世上，更有甚麼意味？」

平一指不等他回答，接著道：「搭你脈象，這又是情孽牽纏。其實天下女子言語無味，面目可憎，脾氣乖張，性情暴躁，最好是遠而避之。倘若命運不濟，眞正是上天入地，沒法躲避，才只有極力容忍，虛與委蛇。你怎地如此想不通，反而對她們日夜想念？這可大大的不是了。雖然，雖然那……唉，可不知如何說起？」說著連連搖頭。

令狐冲心想：「你的夫人固然言語無味，面目可憎，脾氣乖張，性情暴躁，你上天入地，沒法躲避，但天下女子卻並非個個如此。你以己之妻，將天下女子一概論之，當眞好笑。倘若小師妹確是言語無味，面目可憎……」

桃花仙雙手拿了兩大碗酒，走到竹棚口，說道：「喂，平大夫，怎地還沒治好？」平一指臉一沉，道：「治不好的了！」桃花仙一怔，道：「治不好，那你怎麼辦？」轉頭向令狐冲道：「不如出來喝酒罷。」令狐冲道：「好！」平一指怒道：「不許去！」桃花仙嚇了一跳，轉身便走，兩碗酒潑得滿身都是。

平一指道：「令狐公子，你這傷勢要徹底治好，就算大羅金仙，只怕也難以辦到，但要延得數月以至數年之命，也未始不能。可是必須聽我的話，第一須得戒酒；第二必須收拾起心猿意馬，女色更萬萬沾染不得，別說沾染不得，連想也不能想；第三不能跟人動武。這戒酒、戒色、戒鬥三件事若能做到，那麼或許能多活一二年。」

令狐冲哈哈大笑。平一指怒道：「有甚麼可笑？」令狐冲道：「人生在世，會當暢情適意，連酒也不能喝，女人不能想，人家欺到頭上不能還手，還做甚麼人？不如及早死了，來得爽快。」平一指厲聲道：「我一定要你戒，否則我治不好你的病，豈不聲名掃地？」

令狐冲伸出手去，按住他右手手背，說道：「平前輩，你一番美意，晚輩感激不盡。只是生死有命，前輩醫道雖精，也難救必死之人，治不好我的病，於前輩聲名絲毫無損。」語意甚是誠摯。

豁喇一聲，又有一人探頭進來，卻是桃根仙，大聲道：「令狐冲，你的病治好了嗎？」令狐冲道：「平大夫醫道精妙，已把我治好了。」桃根仙道：「妙極，妙極。」進來拉住他袖子，說道：「喝酒去，喝酒去！」令狐冲向平一指深深一揖，道：「多謝前輩費心。」

平一指也不還禮，愁眉緊鎖，口中低聲喃喃自語。

桃根仙道：「我原說一定治得好的。他是『殺人名醫』，他醫好一人，要殺一人，倘若醫不好一人，那又怎麼辦？豈不是搞不明白了？」令狐冲笑道：「胡說八道！」兩人手臂相挽，走出草棚。

四下裏羣豪聚集轟飲。令狐冲一路走過去，有人斟酒過來，便即酒到杯乾。羣豪見他逸興遄飛，放量喝酒，談笑風生，心下無不歡喜，都道：「令狐公子果是豪氣干雲，令人心折。」

令狐冲接著連喝了十來碗酒，忽然想起平一指來，斟了一大碗酒，口中大聲唱歌：「今朝有酒今朝醉……」走進竹棚，說道：「平前輩，我敬你一碗酒。」

燭光搖晃之下，只見平一指神色大變。令狐冲一驚，酒意登時醒了三分。細看他時，本來的一頭烏髮竟已變得雪白，臉上更是皺紋深陷，幾個時辰之中，恰似老了一二十年。只聽他喃喃說道：「醫好一人，要殺一人，醫不好人，我怎麼辦？」

令狐冲熱血上湧，大聲道：「令狐冲一條命又值得甚麼？前輩何必老是掛在心上？」

平一指道：「醫不好人，那便殺我自己，否則叫甚麼『殺人名醫』？」突然站起身來，身子晃了幾下，噴出幾口鮮血，撲地倒了。

令狐冲大驚，忙去扶他時，只覺他呼吸已停，竟然死了。令狐冲將他抱起，不知如何是好。耳聽得竹棚外轟飲之聲漸低，心下一片淒涼。悄立良久，不禁掉下淚來。平一指的屍身在手中越來越重，無力再抱，於是輕輕放在地下。

忽見一人悄步走進草棚，低聲道：「令狐公子！」令狐冲見是祖千秋，淒然道：「祖前輩，平大夫死了。」祖千秋對這事竟不怎麼在意，低聲說道：「令狐公子，我求你一件事。倘若有人問起，請你說從沒見過祖千秋之面，好不好？」令狐冲一怔，問道：「那爲甚麼？」祖千秋道：「也沒甚麼，只不過……只不過……咳，再見，再見！」

他前腳走出竹棚，跟著便走進一人，卻是司馬大，向令狐冲道：「令狐公子，在下有個說不出口的……不大說得出的這個……倘若有人問起，有那些人在五霸岡上聚會，請公子別提在下的名字，那就感激不盡。」令狐冲道：「是。這卻是爲何？」司馬大神色忸怩，便如孩童做錯了事，忽然給人捉住一般，囁嚅道：「這個……這個……」

令狐冲道：「令狐冲既不配做閣下的朋友，自是從此不敢高攀的了。」司馬大臉色一變，突然雙膝一屈，拜了下去，說道：「公子說這等話，可坑殺俺了。俺求你別提來到五霸岡上的事，只爲免得惹人生氣，公子忽然見疑，俺剛才說過的話，只當是司馬大放屁！」令狐冲忙伸手扶起，道：「司馬島主何以行此大禮？請問島主，你到五霸岡上見我，何以會令人生氣？此人既對令狐冲如此痛恨，儘管衝著在下一人來好了……」司馬大連連搖手，微笑道：「公子越說越不成話了。這人對公子疼愛還來不及，那裏有甚麼痛恨之理？唉，小人粗胚一個，實在不會說話，再見，再見。總而言之，司馬大交了你這個朋友，以後你有甚麼差遣，只須傳個訊來，火裏火裏去，水裏水裏去，司馬大只要皺一皺眉頭，祖宗十八代都是烏龜王八蛋！」說著一拍胸口，大踏步走出草棚。

令狐冲好生奇怪，心想：「此人對我一片血誠，絕無可疑。卻何以他上五霸岡來見我，會令人生氣？而生氣之人偏偏又不恨我，居然還對我極好，天下那有這等怪事？倘若當眞對我極好，這許多朋友跟我結交，他該當歡喜才是。」突然想起一事：「啊，是了，此人定是正派中的前輩，對我甚爲愛護，卻不喜我結交這些旁門左道之輩。難道是風太師叔？其實像司馬島主這等人乾脆爽快，甚麼地方不好了？」

只聽得竹棚外一人輕輕咳嗽，低聲叫道：「令狐公子。」令狐冲聽得是黃伯流的聲音，說道：「黃幫主，請進來。」黃伯流走進棚來，說道：「令狐公子，有幾位朋友要俺向公子轉言，他們身有急事，須得立即趕回去料理，不及向公子親自告辭，請你原諒。」令狐冲道：「不用客氣。」果然聽得棚外喧聲低沉，已走了不少人。

黃伯流呑呑吐吐的說道：「這件事，咳，當眞是我們做得魯莽了，大夥兒一來是好奇，二來是想獻殷勤，想不到……本來嘛，人家臉皮子薄，不願張揚其事，我們這些莽漢粗人，誰都不懂。藍教主又是苗家姑娘，這個……」

令狐冲聽他前言不對後語，半點摸不著頭腦，問道：「黃幫主是不是要我不可對人提及五霸岡上之事？」黃伯流乾笑幾聲，神色極是尷尬，說道：「別人可以抵賴，黃伯流是賴不掉的了。天河幫在五霸岡上款待公子，說甚麼也只好承認。」令狐冲哼了一聲，道：「你請我喝一杯酒，也不見得是甚麼十惡不赦的大罪。男子漢大丈夫，有甚麼賴不賴的？」

黃伯流忙陪笑道：「公子千萬不可多心。唉，老黃生就一副茅包脾氣，倘若事先問問俺兒媳婦，要不然問問俺孫女兒，也就不會得罪了人家，自家還不知道。唉，俺這粗人十七歲上就娶了媳婦，只怪俺媳婦命短，死得太早，連累俺對女人家的心事摸不上半點邊兒。」

令狐冲心想：「怪不得師父說他們旁門左道，這人說話當眞顚三倒四。他請我喝酒，居然要問他兒媳婦、孫女兒，又怪他老婆死得太早。」

黃伯流又道：「事已如此，也就是這樣了。公子，你說早就認得老黃，跟我是幾十年的老朋友，好不好？啊，不對，就說和我已有八九年交情，你十五六歲時就跟老黃一塊兒賭錢喝酒。」令狐冲笑道：「在下四歲那一年，就跟你擲過骰子，喝過老酒，你怎地忘了？到今日可不是整整二十年的交情？」

黃伯流一怔，隨即明白他說的乃是反話，苦笑道：「公子恁地說，自然是再好不過。只是……只是黃某二十年前打家劫舍，做的都是見不得人的勾當，公子又怎會跟俺交朋友？嘿嘿……這個……」令狐冲道：「黃幫主直承其事，足見光明磊落，在下非在二十年前交上你這位好朋友不可。」黃伯流大喜，大聲道：「好，好，咱們是二十年前的老朋友。」回頭一望，放低聲音道：「公子保重，你良心好，眼前雖然有病，終能治好，何況聖……聖……神通廣大……啊喲！」大叫一聲，轉頭便走。

令狐冲心道：「甚麼聖……聖……神通廣大？當眞莫名其妙。」

只聽得馬蹄聲漸漸遠去，喧嘩聲盡數止歇。他向平一指的屍身呆望半晌，走出棚來，猛地裏吃了一驚，岡上靜悄悄地，竟沒一個人影。他本來只道羣豪就算不再鬧酒，又有人離岡他去，卻也不會片刻間便走得乾乾淨淨。他提高嗓子叫道：「師父，師娘！」卻無人答應。他再叫：「二師弟，四師弟，小師妹！」仍無人答應。

眉月斜照，微風不起，偌大一座五霸岡上，竟便只他一人。眼見滿地都是酒壺、碗碟，此外帽子、披風、外衣、衣帶等四下散置，羣豪去得匆匆，連東西也不及收拾。他更加奇怪：「他們走得如此倉促，倒似有甚麼洪水猛獸突然掩來，非趕快逃走不可。這些漢子本來似乎都天不怕、地不怕，忽然間變得膽小異常，當真令人難以索解。師父、師娘、小師妹他們，卻又到那裏去了？要是此間眞有甚麼凶險，怎地又不招呼我一聲？」

驀然間心中一陣凄涼，只覺天地雖大，卻沒一人關心自己安危，便在不久之前，有這許多人競相跟他結納討好，此刻雖以師父、師娘之親，也對他棄之如遺。

心口一酸，體內幾道眞氣便湧將上來，身子晃了晃，一交摔倒。掙扎著要想爬起，呻吟了幾聲，半點使不出力道。他閉目養神，休息片刻，第二次又再支撐著想爬起身來，不料這一次使力太大，耳中嗡的一聲，眼前一黑，便即暈去。

也不知過了多少時候，迷迷糊糊中聽到幾下柔和的琴聲，神智漸復，琴聲優雅緩慢，入耳之後，激盪的心情便即平復，正是洛陽城那位婆婆所彈的〈清心普善咒〉。令狐冲恍如漂流於茫茫大海之中，忽然見到一座小島，精神一振，便即站起，聽琴聲是從草棚中傳出，便一步一步的走過去，見草棚之門已然掩上。

他走到草棚前六七步處便即止步，心想：「聽這琴聲，正是洛陽城綠竹巷中那位婆婆到了。在洛陽之時，她不願我見她面目，此刻我若不得她許可，如何可以貿然推門進去？」當下躬身說道：「令狐沖參見前輩。」

琴聲丁東丁東的響了幾下，曳然而止。令狐沖只覺這琴音中似乎充滿了慰撫之意，聽來說不出的舒服，明白世上畢竟還有一人關懷自己，感激之情霎時充塞胸臆。

忽聽得遠處有人說道：「有人彈琴！那些旁門左道的邪賊還沒走光。」

又聽得一個十分宏亮的聲音說道：「這些妖邪淫魔居然敢到河南來撒野，還把咱們瞧在眼裏麼？」他說到這裏，更提高嗓子，喝道：「是那些混帳王八羔子，在五霸岡上胡鬧，通統給我報上名來！」他中氣充沛，聲震四野，極具威勢。

令狐沖心道：「難怪司馬大、黃伯流、祖千秋他們嚇得立時逃走，確是有正派中的高手前來挑戰。」隱隱覺得，司馬大、黃伯流等人忽然溜得一乾二淨，未免太沒男子漢氣概，但來者既能震懾羣豪，自必是武功異常高超的前輩，心想：「他們問起我來，倒也難以對答，不如避一避的為是。」當即走到草棚之後，又想：「棚中那位老婆婆，料他們也不會和她為難。」這時棚中琴聲也已止歇。

腳步聲響，三個人走上岡來。三人上得岡後，都「咦」的一聲，顯是對岡上寂靜無人的情景大為詫異。

那聲音宏亮的人道：「王八羔子們都到那裏去了？」一個細聲細氣的人道：「他們聽說少林派的三大高手上來除奸驅魔，自然都夾了尾巴逃走啦。」另一人笑道：「好說，好說！那多半是仗了崑崙派譚兄的聲威。」三人縱聲大笑。

令狐冲心道：「原來兩個是少林派的，一個是崑崙派的。少林派自唐初以來，向是武林領袖，單是少林一派，聲威便比我五嶽劍派聯盟爲高，實力恐亦較強。少林派掌門人方證大師更爲武林中衆所欽佩。師父常說崑崙派劍法獨樹一幟，兼具沉雄輕靈之長。這兩派聯手，確是厲害，多半他們三人只是前鋒，後面還有大援。可是師父、師娘卻又何必避開？」轉念一想，便即明白：「是了，我師父是名門正派的掌門人，和黃伯流這些聲名不佳之人混在一起，見到少林、崑崙的高手，未免尷尬。」

只聽那崑崙派姓譚的道：「適才還聽得岡上有彈琴之聲，那人卻又躲到那裏去了？辛兄、易兄，這中間只怕另有古怪。」那聲音宏大的人道：「正是，還是譚兄細心，咱們搜上一搜，揪他出來。」另一人道：「辛師哥，我到草棚中去瞧瞧。」令狐冲聽了這話，知道這人姓易，那聲音宏大之人姓辛，是他師兄。聽得那姓易的向草棚走去。

棚中一個清亮的女子聲音說道：「賤妾一人獨居，夤夜之間，男女不便相見。」

那姓辛的道：「是個女的。」姓易的道：「剛才是你彈琴麼？」那婆婆道：「正是。」那姓易的道：「你再彈幾下聽聽。」那婆婆道：「素不相識，豈能逕爲閣下撫琴？」那姓辛的道：「哼，有甚麼希罕？諸多推搪，草棚中定然另有古怪，咱們進去瞧瞧。」姓易的道：「你說是孤身女子，半夜三更的，卻在這五霸岡上幹甚麼？十之八九，便跟那些左道妖邪是一路。咱們進來搜了。」說著大踏步便向草棚門走去。

令狐冲從隱身處閃出，擋在草棚門口，喝道：「且住！」

那三人沒料到突然會有人閃出，都微微一驚，但見是個單身少年，亦不以爲意。那姓辛的大聲喝道：「少年是誰？鬼鬼祟祟的躲在黑處，幹甚麼來著？」令狐冲道：「在下華山派令狐冲，參見少林、崑崙派的前輩。」說著向三人深深一揖。

那姓易的哼了一聲，道：「是華山派的？你到這裏幹甚麼來啦？」令狐冲見這姓辛的身子倒不如何魁梧，只胸口凸出，有如一鼓，無怪說話聲音如此響亮。另一個中年漢子和他穿著一式的醬色長袍，自是他同門姓易之人。那崑崙派姓譚的背懸一劍，寬袍大袖，神態頗爲瀟洒。那姓易的不待他回答，又問：「你既是正派中弟子，怎地會在五霸岡上？」

令狐冲先前聽他們王八羔子的亂罵，心頭早就有氣，這時更聽他言詞頗不客氣，說道：「三位前輩也是正派中人，卻不也在五霸岡上？」那姓譚的哈哈一笑，道：「說得好，你可知草棚中彈琴的女子卻是何人？」令狐冲道：「那是一位年高德劭、與世無爭的婆婆。」那姓易的斥道：「胡說八道！聽這女子聲音，顯然年紀不大，甚麼婆婆不婆婆了？」令狐冲笑道：「這位婆婆說話聲音好聽，那有甚麼希奇？她姪兒也比你要老上二三十歲，別說婆婆自己了。」姓易的道：「讓開！我們自己進去瞧瞧。」

令狐冲雙手一伸，道：「婆婆說道，夤夜之間，男女不便相見。她跟你們素不相識，沒來由的又見甚麼？」

姓易的袖子一拂，一股勁力疾捲過來，令狐冲內力全失，毫無抵禦之能，撲地摔倒。姓易的沒料到他竟全無武功，倒是一怔，冷笑道：「你是華山派弟子？只怕吹牛！」

說著走向草棚。

令狐冲站起身來，臉上已給地下石子擦出了一條血痕，說道：「婆婆不願跟你們相見，你怎可無禮？在洛陽城中，我曾跟婆婆說了好幾日話，卻也沒見到她一面。」那姓易的道：「這小子，說話沒上沒下，你再不讓開，是不是想再摔一大交？」令狐冲道：「少林派是武林中聲望最高的名門大派，兩位定是少林派中的俗家高手。這位想來也必是崑崙派中赫赫有名之輩，黑夜之中，卻來欺侮一個年老婆婆，豈不教江湖上好漢笑話？」

那姓易的喝道：「偏有你這麼多廢話！」左手突出，啪的一聲，在令狐冲左頰上重重打了一掌。令狐冲內力雖失，但見他右肩微沉，便知他左手要出掌打人，急忙閃避，卻腰腿不由使喚，這一掌終於沒法避開，身子打了兩個轉，眼前一黑，坐倒在地。

那姓辛的道：「易師弟，這人不會武功，不必跟他一般見識，妖邪之徒早已逃光，咱們走罷！」那姓易的道：「魯豫之間的左道妖邪突然都到五霸岡上聚集，頃刻間又散得乾乾淨淨。聚得固然古怪，散得也挺希奇。這件事非查個明白不可。在這草棚之中，多半能找到些端倪。」說著伸手便去推草棚門。

令狐冲站起身來，手中已然多了一柄長劍，說道：「易前輩，草棚中這位婆婆於在下有恩，我只須有一口氣在，決不許你冒犯她老人家。」

那姓易的哈哈大笑，道：「你憑甚麼？便憑手中這口長劍麼？」

令狐冲道：「晚輩武藝低微，怎能是少林派高手之敵？只不過萬事抬不過一個理字。你要進這草棚，先得殺了我。」

那姓辛的道：「易師弟，這小子倒挺有骨氣，是條漢子，由他去罷。」那姓易的笑道：「聽說你華山派劍法頗有獨得之秘，還有甚麼劍宗、氣宗之分。你是劍宗呢，還是氣宗？又還是甚麼屁宗？哈哈，哈哈！」他這麼一笑，那姓辛的、姓譚的跟著也大笑起來。

令狐冲朗聲道：「恃強逞暴，叫甚麼名門正派？你是少林派弟子？只怕吹牛！」

那姓易的大怒，右掌一立，便要向令狐冲胸口拍去。眼見這一掌拍落，令狐冲便要立斃當場，那姓辛的說道：「且住！令狐冲，若是名門正派的弟子，便不能跟人動手嗎？」令狐冲道：「既是正派中人，每次出手，總得說出個名堂。」

那姓易的緩緩伸出手掌，道：「我說一二三，數到三字，你再不讓開，我便打斷你三根肋骨。一！」令狐冲微微一笑，說道：「打斷三根肋骨，何足道哉！」那姓易的大聲數道：「二！」那姓辛的道：「小朋友，我這個師弟，說過的話一定算數，你快快讓開吧。」

令狐冲微笑道：「我這張嘴巴，說過的話也一定算數。令狐冲既還沒死，豈能讓你們對婆婆無禮？」說了這句話後，知道那姓易的一掌便將擊到，暗自運了口氣，將力道貫到右臂之上，但胸口登感劇痛，眼前只見千千萬萬顆金星亂飛亂舞。

那姓易的喝道：「三！」左足踏上一步，眼見令狐冲背靠草棚板門，嘴角邊微微冷笑，毫無讓開之意，右掌便即拍出。

令狐冲只感呼吸一窒，對方掌力已然襲體，手中長劍遞出，對準了他掌心。這一劍方位時刻，拿捏得妙到顛毫，那姓易的右掌拍出，竟來不及縮手，嗤的一聲輕響，跟著

「啊」的一聲大叫，長劍劍尖已從他掌心直通而過。他急忙縮臂回掌，又是嗤的一聲，將手掌從劍鋒上拔了出去。這一下受傷極重，他急躍退開數丈，左手從腰間拔出長劍，驚怒交集，叫道：「賊小子裝傻，原來武功好得很啊！我……我跟你拚了。」

辛、易、譚三人都是使劍的好手，眼見令狐冲長劍一起，並未遞劍出招，單是憑著方位和時刻的拿揑，即令對方手掌自行送到他劍尖之上，劍法上的造詣，實已到了高明之極的境界。那姓易的雖氣惱之極，卻也已不敢輕敵，左手持劍，唰唰唰連攻三劍，卻都是試敵的虛招，每一招劍至中途，便即縮回。

那晚令狐冲在藥王廟外連傷一十五名好手的雙目，當時內力雖然亦已失卻，終不如目前這般又連續受了幾次大損，幾乎抬臂舉劍亦已有所不能。眼見那姓易的連發三下虛招，劍尖不絕顫抖，顯是少林派上乘劍法，更不願與他爲敵，說道：「在下絕無得罪三位前輩之意，只須三位離此他去，在下……在下願意誠心賠罪。」

那姓易的哼了一聲，道：「此刻求饒，已然遲了。」長劍疾刺，直指令狐冲的咽喉。令狐冲行動不便，知這一劍無可躲避，當即挺劍刺出，後發先至，噗的一聲響，正中他左手手腕要穴。

那姓易的五指一張，長劍落地。其時東方曙光已現，他眼見自己手腕上鮮血一點點的滴在地下綠草之上，竟不信世間有這等事，過了半晌，才長嘆一聲，掉頭便走。

那姓辛的本就不想與華山派結仇，又見令狐冲這一劍精妙絕倫，自己也決非對手，掛念師弟傷勢，叫道：「易師弟！」隨後趕去。

那姓譚的側目向令狐冲凝視片刻，問道：「閣下當眞是華山弟子？」令狐冲身子搖搖欲墜，道：「正是！」那姓譚的瞧出他已身受重傷，雖然劍法精妙，但只須再挨得片刻，不用相攻，他自己便會支持不住，眼前正有個大便宜可撿，心想：「適才少林派的兩名好手一傷一走，栽在華山派這少年手下。我如將他打倒，擒去少林寺，交給掌門方丈發落，不但給了少林派一個極大人情，且崑崙派在中原也大大露臉。」當即踏上一步，微笑道：「少年，你劍法不錯，跟我比一下拳掌上的功夫，你瞧怎樣？」

令狐冲一見他神情，便已測知他的心思，心想這人好生奸猾，比少林派那姓易的更加可惡，挺劍便往他肩頭刺去。豈知劍到中途，手臂已然無力，噹的一聲響，長劍落地。那姓譚的大喜，呼的一掌，重重拍正在令狐冲胸口。

令狐冲哇的一聲，噴出一大口鮮血。兩人相距甚近，這口鮮血對準了這姓譚的，直噴在他臉上，更有數滴濺入了他口中。那姓譚的嘴裏嘗到一股血腥味，也不在意，深恐令狐冲拾劍反擊，右掌一起，又欲拍出，突然間一陣昏暈，摔倒在地。

令狐冲見他忽在自己垂危之時摔倒，既感奇怪，又自慶幸，見他臉上顯出一層黑氣，肌肉不住扭曲顫抖，模樣詭異可怖，說道：「你用錯了眞力，只好怪自己了！」游目四顧，五霸岡上更無一個人影，樹梢百鳥聲喧，地下散滿了酒肴兵刃，種種情狀，說不出的古怪。他伸袖抹拭口邊血跡，說道：「婆婆，別來福體安康。」那婆婆道：「公子此刻不可勞神，請坐下休息。」令狐冲確已全身更無半分力氣，當即依言坐下。

只聽得草棚內琴聲輕輕響起，宛如一股清泉在身上緩緩流過，又緩緩注入了四肢百骸，令狐沖全身輕飄飄地，更無半分著力處，便似飄上了雲端，置身於棉絮般的白雲之上。過了良久良久，琴聲越來越低，終於細不可聞而止。

令狐沖精神一振，站起身來，深深一揖，說道：「多謝婆婆雅奏，令晚輩大得補益。」那婆婆道：「你捨命力抗強敵，讓我不致受辱於傖徒，該我謝你才是。」令狐沖道：「婆婆說那裏話來？此是晚輩義所當為。」

那婆婆半晌不語，琴上發出輕輕的仙翁、仙翁之聲，似是手撥琴絃，暗自沉吟，有甚麼事好生難以委決，過了一會，問道：「你……你這要上那裏去？」

令狐沖登時胸口熱血上湧，只覺天地雖大，卻無容身之所，不由得連聲咳嗽，好容易咳嗽止息，才道：「我……我無處可去。」

那婆婆道：「你不去尋你師父、師娘？不去尋你的師弟、師……師妹他們了？」令狐沖道：「他們……他們不知到那裏去了，我傷勢沉重，尋不著他們。就算尋著了，唉！」一聲長嘆，心道：「就算尋著了，卻又怎地？他們也不要我了。」

那婆婆道：「你受傷不輕，何不去風物佳勝之處，登臨山水，以遣襟懷？卻也強於徒自悲苦。」令狐沖哈哈一笑，說道：「婆婆說得是，令狐沖於生死之事，本來也不怎麼放在心上。晚輩這就別過，下山遊玩去也！」說著向草棚一揖，轉身便走。

他走出三步，只聽那婆婆道：「你……你這便去了嗎？」令狐沖站住了道：「是。」那婆婆道：「你傷勢不輕，孤身行走，旅途之中，乏人照料，可不大妥當。」令狐沖聽得那婆婆言語之中頗為關切，心頭又是一熱，說道：「多謝婆婆掛懷。我的傷是治不好的了，早死遲死，死在那裏，也沒多大分別。」

那婆婆道：「嗯，原來如此。只不過……只不過……」隔了好一會，才道：「你走了之後，倘若那兩個少林派的惡徒又來囉唣，卻不知如何是好？這崑崙派的譚迪人一時昏暈，醒來之後，只怕又會找我的麻煩。」令狐冲道：「婆婆，你要去那裏？我護送你一程如何？」那婆婆道：「本來甚好，只是中間有個極大難處，生怕連累了你。」令狐冲道：「令狐冲的性命是婆婆所救，有甚麼連累不連累的？」

那婆婆嘆了口氣，說道：「我有個厲害對頭，尋到洛陽綠竹巷來跟我爲難，我避到了這裏，但朝夕之間，他又會追蹤到來。你傷勢未愈，不能跟他動手，我只想找個隱僻所在暫避，等約齊了幫手再跟他算帳。要你護送我罷，一來你身上有傷，二來你一個鮮龍活跳的少年，陪著我這老太婆，豈不悶壞了你？」

令狐冲哈哈大笑，說道：「我道婆婆有甚麼事難以委決，卻原來是如此區區小事。你要去那裏，我送你到那裏便是，不論天涯海角，只要我還沒死，總是護送婆婆前往。」那婆婆道：「如此生受你了。當眞是天涯海角，你都送我去？」語音中大有歡喜之意。令狐冲道：「不錯，不論天涯海角，令狐冲都隨婆婆前往。」

那婆婆道：「這可另有一個難處。」令狐冲道：「卻是甚麼？」那婆婆道：「我的相貌十分醜陋，不管是誰見了，都會嚇壞了他，因此我說甚麼也不願給人見到。否則的話，剛才那三人要進草棚來，見他們一見又有何妨？你得答允我一件事，不論在何等情景之下，都不許向我看上一眼，不能瞧我的臉，不能瞧我的身子手足，也不能瞧我的衣服鞋襪。」令狐冲道：「晚輩尊敬婆婆，感激婆婆對我關懷，至於婆婆容貌如何，那有甚麼干係？」

那婆婆道：「你既不能答允此事，那你便自行去罷。」令狐冲忙道：「好，好！我答允就是。晚輩不論在何等情景之下，決不向婆婆看上一眼。」那婆婆道：「連我的背影也不許看。」令狐冲心想：「難道連你的背影也醜陋不堪？世上最難看的背影，若非侏儒，便是駝背，那也沒甚麼。我和你一同長途跋涉，連背影也不許看，只怕有些不易。」

那婆婆聽他遲疑不答，問道：「你辦不到麼？」

令狐冲道：「辦得到，辦得到。要是我瞧了婆婆一眼，我剜了自己眼睛。」

那婆婆道：「你可要記著才好。你先走，我跟在你後面。」

令狐冲道：「是！」邁步向岡下走去，只聽得腳步之聲細碎，那婆婆在後面跟了上來。走出數丈，那婆婆遞了一根樹枝過來，說道：「你把這樹枝當作拐杖撐著走。」

令狐冲道：「是。」撐著樹枝，慢慢下岡。走了一程，忽然想起一事，問道：「婆婆，那崑崙派姓譚的，你知道他名字？」那婆婆道：「嗯，這譚迪人是崑崙派第二代弟子中的好手，劍法上學到了他師父的六七成功夫，比起他大師兄、二師兄來，卻還差得遠。那少林派的大個子辛國樑，劍法還比他強些。」

令狐冲道：「原來那大喉嚨漢子叫做辛國樑，這人倒似乎還講道理。」那婆婆道：「他師弟叫做易國梓，那就無賴得緊了。你一劍穿過他右掌，一劍刺傷他左腕，這兩劍可帥得很哪。」令狐冲道：「那是出於無奈，唉，這一下跟少林派結了樑子，不免後患無窮。」那婆婆道：「少林派便怎樣？咱們未必便鬥他們不過。我可沒想到那譚迪人會用掌打你，更沒想到你會吐血。」令狐冲道：「婆婆，你都瞧見了？那譚迪人不知如何會突然暈倒？」那婆婆道：「你不知道麼？藍鳳凰和手下的四名苗女給你注血，她們日日夜夜跟毒物爲伍，血中含毒，那不用說了。那五仙酒更劇毒無比。譚迪人口中濺到你的毒血，自然抵受不住。」

令狐冲恍然大悟，「哦」了一聲，道：「我反抵受得住，也眞奇怪。我跟那藍教主無冤無仇，不知她何以要下毒害我？」那婆婆道：「誰說她要害你了？她是對你一片好心，哼，妄想治你的傷來著。要你血中有毒而你性命無礙，原是她五毒教的拿手好戲。」令狐冲道：「是，我原想藍教主並無害我之意。平一指大夫說她的藥酒是大補之物。」那婆婆道：「她當然不會害你，要對你好也來不及呢。」

令狐冲微微一笑，又問：「不知那譚迪人會不會死？」那婆婆道：「那要瞧他的功力如何了。不知有多少毒血濺入了他口中。」

令狐冲想起譚迪人中毒後臉上的神情，不由得打了個寒噤，又走出十餘丈後，突然想起一事，叫道：「啊喲，婆婆，請你在這兒等我一等，我得回上岡去。」那婆婆問道：「幹甚麼？」令狐冲道：「平大夫的遺體在岡上尙未掩埋。」那婆婆道：「不用回去啦，我已把他屍體化了，埋了。」令狐冲道：「啊，原來婆婆已將平大夫安葬了。」那婆婆道：「也不是甚麼安葬。我是用藥將他屍體化了。在那草棚之中，難道叫我整晚對著一具屍首？平一指活著的時候已沒甚麼好看，變了屍首，這副模樣，你自己想想罷。」

令狐冲「嗯」了一聲，只覺這位婆婆行事在在出人意表，平一指對自己有恩，他身死之後，該當好好將他入土安葬才是，但這婆婆卻用藥化去他的屍體，越想越不安，可是用藥化去屍體有甚麼不對，卻又說不上來。

行出數里，已到了岡下平陽之地。那婆婆道：「你張開手掌！」令狐冲應道：「是！」心下奇怪，不知她又有甚麼花樣，當即依言伸出手掌，張了開來，只聽得噗的一聲輕響，一件細物從背後拋將過來，投入掌中，乃是一顆黃色藥丸，約有小指頭大小。

那婆婆道：「你吞了下去，到那棵大樹下坐著歇歇。」令狐冲道：「是。」將藥丸放入口中，吞了下去。那婆婆道：「我是要仗著你的神妙劍法護送脫險，這才用藥物延你性命，免得你突然身死，我便少了個衛護之人。可不是對你……對你有甚麼好心，更不是想要救你性命，你記住了。」

令狐冲又應了一聲，走到樹下，倚樹而坐，只覺丹田中一股熱氣暖烘烘的湧將上來，似有無數精力送入全身各處臟腑經脈，尋思：「這顆藥丸明明於我身子大有補益，婆婆偏不承認對我有甚麼好心，只說不過是利用我而已。世上只有利用別人而不肯承認的，她卻為甚麼要說這等反話？」又想：「適才她將藥丸擲入我手掌，能使藥丸入掌而不彈起，顯是使上了極高內功中的一股沉勁。她武功比我強得多，又何必要我衛護？唉，她愛這麼說，我便聽她這麼辦就是。」

他坐得片刻，便站起身來，道：「咱們走罷。婆婆，你累不累？」那婆婆道：「我倦得緊，再歇一忽兒。」令狐冲道：「是。」心想：「上了年紀之人，憑她多高的武功，精力總不如少年。我只顧自己，可太不體卹婆婆了。」當下重行坐倒。

又過了好半晌，婆婆才道：「走罷！」令狐冲應了，當先而行，那婆婆跟在後面。

令狐冲服了藥丸，步履登覺輕快得多，依著那婆婆的指示，儘往荒僻的小路上走。行了將近十里，山道漸覺崎嶇，行走時已有些氣喘。那婆婆道：「我走得倦了，要歇一忽兒。」令狐冲應道：「是。」坐了下來，心想：「聽她氣息沉穩，一點也不累，明明是要我休息，卻說是她自己倦了。」

歇了一盞茶時分，起身又行，轉過了一個山坳，忽聽得有人大聲說道：「大夥兒趕緊吃飯，儘快離開這是非之地。」數十人齊聲答應。令狐冲停住腳步，只見山澗邊的一片草地之上，數十條漢子圍坐著正自飲食。便在此時，那些漢子也已見到了令狐冲，有人說道：「是令狐公子！」令狐冲依稀認了出來，這些人昨晚都曾到過五霸岡上，正要出聲招呼，突然之間，數十人鴉雀無聲，一齊瞪眼瞧著他身後。

這些人的臉色都古怪之極，有的顯然甚是驚懼，有的則是惶惑失措，似乎驀地遇上了一件難以形容、無法應付的怪事一般。令狐冲一見這等情狀，登時便想轉頭，瞧瞧自己身後到底有甚麼事端，令得這數十人在霎時之間便變得泥塑木彫一般，但腦袋只轉得一半，立即驚覺：這些人所以如此，是由於見到了那位婆婆，自己曾答允過她，決計不向她瞧上一眼。他急忙扭過頭來，使力過巨，連頭頸也扭得痛了，好奇之心大起：「為甚麼他們一見婆婆，便這般驚惶？難道婆婆當真形相怪異之極，人世所無？」

忽見一名漢子提起割肉的匕首，對準自己雙眼刺了兩下，登時鮮血長流。令狐冲大吃一驚，叫道：「你幹甚麼？」那漢子大聲道：「小人三天之前便瞎了眼睛，早已甚麼東西也瞧不見了。」又有兩名漢子拔出短刀，自行刺瞎了雙眼，都道：「小人瞎眼已久，甚麼都瞧不見了。」令狐冲驚奇萬狀，眼見其餘的漢子紛紛拔出匕首鐵錐之屬，要刺瞎自己眼睛，忙叫：「喂，喂！且慢。有話好說，可不用刺瞎自己啊，那……那到底是甚麼緣故？」

一名漢子慘然道：「小人本想立誓，決不敢有半句多口，只是生怕難以取信。」

令狐冲叫道：「婆婆，你救救他們，叫他們別刺瞎自己眼睛了。」

那婆婆道：「好，我信得過你們。東海中有座蟠龍島，可有人知道麼？」一個老者道：「福建泉州東南一百多里海中，有座蟠龍島，聽說人跡罕至，甚爲荒涼。」那婆婆道：「正是這座小島，你們立即動身，到蟠龍島上去玩玩罷。過得了七年八年，再回中原罷。」

數十名漢子齊聲答應，臉上均現喜色，說道：「咱們即刻便走。」有人又道：「咱們一路之上，決不跟外人說半句話。」那婆婆冷冷的道：「你們說不說話，關我甚麼事？」那人道：「是，是！小人胡說八道。」提起手來，在自己臉上用力擊打。那婆婆道：「去罷！」數十名大漢發足狂奔。三名刺瞎了眼的漢子則由旁人掺扶，頃刻之間，走得一個不賸。

令狐冲心下駭然：「這婆婆單憑一句話，便將他們發配去東海荒島，七年八年不許回來。這些人反而歡天喜地，如得大赦，可眞教人不懂了。」他默不作聲的行走，心頭思潮起伏，只覺身後跟隨著的這位婆婆實是生平從所未聞的怪人，思忖：「只盼一路前去，別再遇見五霸岡上的朋友。他們一番熱心，爲治我的病而來，倘若給婆婆撞見了，不是刺瞎雙目，便得罰去荒島充軍，豈不冤枉？這樣看來，黃幫主、司馬島主、祖千秋要我說從來沒見過他們，五霸岡上羣豪片刻間散得乾乾淨淨，都是因爲怕了這婆婆。她……她到底是怎麼一個可怖的大魔頭？」想到此處，不由自主的連打兩個寒噤。

又行得七八里，忽聽得背後有人大聲叫道：「前面那人便是令狐冲。」這人叫聲響亮之極，一聽便知是少林派那辛國樑到了。那婆婆道：「我不想見他，你跟他敷衍一番。」令狐冲應道：「是。」只聽得簌的一聲響，身旁灌木一陣搖晃，那婆婆鑽入了樹叢之中。

只聽辛國樑說道：「師叔，那令狐冲身上有傷，走不快的。」其時相隔尙遠，但辛國樑的話聲實在太過宏亮，雖是隨口一句話，令狐冲也聽得清清楚楚，心道：「原來他還有個師叔同來。」婆婆既躲在附近，便索性不走，坐在道旁相候。

過了一會，來路上腳步聲響，幾人快步走來，辛國樑和易國梓都在其中，另有兩個僧人，一個中年漢子。兩個僧人一個年紀甚老，滿臉皺紋，另一個三十來歲，手持方便鏟。

令狐冲站起身來，深深一揖，說道：「華山派晚輩令狐冲，參見少林派諸位前輩，請教前輩上下怎生稱呼。」易國梓喝道：「小子……」那老僧道：「老衲法名方生。」那老僧一說話，易國梓立時住口，但怒容滿臉，顯是對適才受挫之事氣憤已極。

令狐冲躬身道：「參見大師。」方生點了點頭，和顏悅色的道：「少俠不用多禮。尊師岳先生可好？」

令狐冲初時聽得他們來勢洶洶的追到，心下甚是惴惴，待見方生和尙說話神情是個有道高僧模樣，又知「方」字輩僧人是當今少林寺的第一代人物，與方丈方證大師是師兄弟，料想他不會如易國梓這般蠻不講理，心中登時一寬，恭恭敬敬的道：「多謝大師垂詢，敝業師安好。」

方生道：「這四個都是我師姪。這僧人法名覺月，這是黃國柏師姪，這是辛國樑師姪，這是易國梓師姪。辛易二人，你們曾會過面的。」令狐冲道：「是。令狐冲參見四位前輩。晚輩身受重傷，行動不便，禮數不周，請衆位前輩原諒。」易國梓哼了一聲，道：「你身受重傷！」方生道：「你當眞身上有傷？國梓，是你打傷他的嗎？」

令狐冲道：「一時誤會，算不了甚麼。易前輩以袖風摔了晚輩一交，又擊了晚輩一掌，好在晚輩一時也不會便死，大師卻也不用深責易前輩了。」他一上來便說自己身受重傷，又將全部責任推在易國梓身上，料想方生是位前輩高僧，決不能再容這四個師姪跟自己爲難，又道：「種種情事，辛前輩在五霸岡上都親眼目睹。既是大師佛駕親臨，晚輩已有了好大面子，決不在敝業師面前提起便是。大師放心，晚輩雖傷重難愈，此事卻不致引起五嶽劍派和少林派的糾葛。」這麼一說，倒像自己傷重難愈，全是易國梓的過失。

易國梓怒道：「你……你……胡說八道，你本來就已身受重傷，跟我有甚干係？」

令狐冲嘆了口氣，淡淡的道：「這句話，易前輩，你可是說不得的。倘若傳了出去，豈不於少林派清譽大大有損。」

辛國樑、黃國柏和覺月三人都微微點了點頭。各人心下明白，少林派「方」字輩的僧人輩份甚尊，雖說與五嶽劍派門戶各別，但上輩敘將起來，比之五嶽劍派各派的掌門人還長了一輩，因此辛國樑、易國梓等人的輩份也高於令狐冲。易國梓和令狐冲動手，本已有以大壓小之嫌，何況他少林派有師兄弟二人在場？更何況令狐冲在動手之前已然受傷？少林派門規綦嚴，易國梓倘若當眞將華山派一個受了傷的後輩打死，縱不處死抵命，那也是非廢去武功、逐出門牆不可。易國梓念及此節，不由得臉都白了。

方生道：「少俠，你過來，我瞧瞧你的傷勢。」令狐冲走近身去。方生伸出右手，握住令狐冲的手腕，手指在他「大淵」、「經渠」兩處穴道上一搭，登時覺得他體內生出一股希奇古怪的內力，一震之下，便將手指彈開。方生心中一凜，他是當今少林寺第一代高僧中有數的好手，竟會給這少年的內力彈開手指，當眞匪夷所思。他那知令狐冲體內已蓄有桃谷六仙和不戒和尚七人的眞氣，他武功雖強，但在絕無防範之下，究竟也擋不住這七個高手的合力。他「哦」的一聲，雙目向令狐冲瞪視，緩緩的道：「少俠，你不是華山派的。」

令狐冲道：「晚輩確是華山派弟子，是敝業師岳先生所收的第一個門徒。」方生問道：「那麼後來你又怎地跟從旁門左道之士，練了一身邪派武功？」

易國梓插口道：「師叔，這小子使的確是邪派武功，半點不錯，他賴也賴不掉。剛才咱們還見到他身後跟著一個女子，怎麼躲起來了？鬼鬼祟祟的，多半不是好東西。」

令狐冲聽他出言辱及那婆婆，怒道：「你是名門弟子，怎地出言無禮？婆婆她老人家就是不願見你，免得生氣。」易國梓道：「你叫她出來，是正是邪，我師叔法眼無訛，一見便知。」令狐冲道：「你我爭吵，便是因你對我婆婆無禮而起，這當兒還在胡說八道。」覺月接口道：「令狐少俠，適才我在山岡之上，望見跟在你身後的那女子步履輕捷，不似是年邁之人。」令狐冲道：「我婆婆是武林中人，自然步履輕捷，那有甚麼希奇？」

方生搖了搖頭，說道：「覺月，咱們是出家人，怎能強要拜見人家的長輩女眷？令狐少俠，此事中間疑竇甚多，老衲一時也參詳不透。你果然身負重傷，但內傷怪異，決不是我易師姪出手所致。咱們今日在此一會，也是有緣，盼你早日痊愈。你身上的內傷著實不輕，我這裏有兩顆藥丸，給你服了罷，就只怕治不了……」說著伸手入懷。

令狐冲心下敬佩：「少林高僧，果然氣度不凡。」躬身道：「晚輩有幸得見大師……」一語未畢，突然間嗤的一聲響，易國梓長劍出鞘，喝道：「在這裏了！」連人帶劍，撲入那婆婆藏身的灌木叢中。方生叫道：「易師姪，休得無禮！」只聽得呼的一聲，易國梓從權木叢中又飛身出來，一躍數丈，啪的一聲響，直挺挺的摔在地下，仰面向天，手足抽搐了幾下，便不再動了。方生等都大吃一驚，只見他額頭一個傷口，鮮血汩汩流出，手中兀自抓著那柄長劍，卻早已氣絕。

辛國樑、黃國柏、覺月三人齊聲怒喝，各挺兵刃，縱身撲向灌木叢去。方生雙手一張，僧袍肥大的衣袖伸展開來，一股柔和的勁風將三人一齊擋住，向著灌木叢朗聲說道：

「是黑木崖那一位道兄在此？」但見數百株灌木中一無動靜，更沒半點聲息。方生又道：「敝派跟黑木崖素無糾葛，道兄何以對敝派易師姪驟施毒手？」灌木中仍無人答話。

令狐冲大吃一驚：「黑木崖？黑木崖是魔教總舵的所在，難道……難道這位婆婆竟是魔教中的前輩？」

方生大師又道：「老衲昔年和東方教主也曾有一面之緣。道友既出手殺了人，雙方是非，今日須作了斷。道友何不現身相見？」

令狐冲又心頭一震：「東方教主？他說的是魔教的教主東方不敗？此人號稱當世第一高手，那麼……那麼這位婆婆果然是魔教中人？」

那婆婆藏身灌木叢中，始終不理。方生道：「道友一定不肯賜見，恕老衲無禮了！」說著雙手向後一伸，兩隻袍袖中登時鼓起勁氣，跟著向前推出，只聽得喀喇喇一聲響，數十株灌木從中折斷，枝葉紛飛。便在此時，呼的一聲響，一個人影從灌木中躍出。

令狐冲滿心想瞧瞧那婆婆的模樣，總是記著諾言，急忙轉身，只聽得辛國樑和覺月齊聲呼叱，兵刃撞擊之聲如暴雨洒窗，既密且疾，顯是那婆婆與方生等已鬥了起來。

其時正當巳牌時分，日光斜照，令狐冲爲守信約，心下雖又焦慮，又好奇，卻也不敢回頭去瞧四人相鬥的情景，只見地下黑影晃動，方生等四人將那婆婆圍在垓心。方生手中並無兵刃，覺月使的是方便鏟，黃國柏使刀，辛國樑使劍，那婆婆使的是一對極短的兵刃，似是匕首，又似是蛾眉刺，那兵刃既短且薄，又似透明，單憑日影，認不出是何種兵器。那婆婆和方生都不出聲，辛國樑等三人卻大聲吆喝，聲勢威猛。

令狐冲叫道：「有話好說，你們四個大男人，圍攻一位年老婆婆，成甚麼樣子？」

黃國柏冷笑道：「年老婆婆！嘿嘿，這小子睜著眼睛說夢話。她……」一語未畢，只聽得方生叫道：「國柏，留神！」黃國柏「啊」的一聲大叫，似是受傷不輕。

令狐冲心下駭然：「這婆婆好厲害的武功！適才方生大師以袖風擊斷樹木，內力強極，可是那婆婆以一敵四，居然還佔到上風。」跟著覺月也一聲大叫，方便鏟脫手飛出，越過令狐冲頭頂，落在數丈之外。地下晃動的黑影這時已少了兩個，黃國柏和覺月都已倒下，只方生和辛國樑二人仍在和那婆婆相鬥。

方生說道：「善哉！善哉！你下手如此狠毒，連殺我師姪三人。老衲不能再手下留情，只好全力和你周旋一番了。」啪啪啪幾下急響，顯是方生大師已使上了兵刃，似是木棒木棍之屬。令狐冲覺得背後的勁風越來越凌厲，逼得他不斷向前邁步。

方生大師一用到兵刃，果然非同小可，戰局當即改觀。令狐冲隱隱聽到那婆婆的喘息之聲，似乎已有些內力不濟。方生大師道：「拋下兵刃！我也不來難爲你，你隨我去少林寺，稟明方丈師兄，請他發落。」那婆婆不答，向辛國樑急攻數招。辛國樑抵擋不住，跳出圈子。待方生大師接過，辛國樑定了定神，舞動長劍，又攻了上去。

又鬥片刻，但聽得兵刃撞擊之聲漸緩，勁風卻越來越響。方生大師說道：「你內力非我之敵，我勸你快拋下兵刃，跟我去少林寺，再支持得一會，你非受沉重內傷不可。」那婆婆哼了一聲，突然「啊」的一聲呼叫，令狐冲後頸中覺得有些水點濺了過來，伸手一摸，只見手掌中血色殷然，濺到頭頸中的竟是血滴。方生大師又道：「善哉，善哉！你已受了傷，更加支撐不住了。我一直手下留情，你該當知道。」辛國樑怒道：「這婆娘是邪魔妖女，師叔快下手斬妖，給三位師弟報仇。對付妖邪，豈能慈悲？」

耳聽得那婆婆呼吸急促，腳步踉蹌，隨時都能倒下，令狐冲心道：「婆婆叫我隨伴，原是要我保護她，此時她身遭大難，我豈可不理？雖然方生大師是位有道高僧，那姓辛的也是個直爽漢子，終不成讓婆婆傷在他們的手下？」唰的一聲，抽出了長劍，朗聲說道：「方生大師，辛前輩，請你們住手，否則晚輩可要得罪了。」

辛國樑喝道：「妖邪之輩，一併誅卻！」呼的一劍，向令狐冲背後刺來。令狐冲生怕見到婆婆，不敢轉身，只往旁一讓。那婆婆叫道：「小心！」令狐冲這麼一側身，辛國樑的長劍跟著也斜刺而至。猛聽得辛國樑「啊」的一聲大叫，身子飛了起來，從令狐冲左肩外斜斜向外飛出，摔在地下，也是一陣抽搐，便即斃命，不知如何，竟遭了那婆婆的毒手。便在此時，砰的一聲響，那婆婆中了方生大師一掌，向後摔入灌木叢中。

令狐冲大驚，叫道：「婆婆，婆婆，你怎麼了？」那婆婆在灌木叢中低聲呻吟。令狐冲知她未死，稍覺放心，側身挺劍向方生刺去，這一劍的去勢方位巧妙已極，逼得方生向後躍開。令狐冲跟著又是一劍，方生舉兵刃一擋，令狐冲縮回長劍，已和方生面對著面，見他所用兵刃原來是根三尺來長的舊木棒。他心頭一怔：「沒想到他的兵刃只是這麼一根短木棒。這位少林高僧內力太強，我若不以劍術將他制住，婆婆無法活命。」當即上刺一劍，下刺一劍，跟著又上刺兩劍，都是風清揚所授的劍招。

方生大師登時臉色大變，說道：「你……你……」令狐冲不敢稍有停留，自己沒絲毫內力，只要有半點空隙給對方的內力攻來，自己固然立斃，那婆婆也會給他擒回少林寺處死，當下心中一片空明，將「獨孤九劍」諸般奧妙變式，任意所之的使了出來。

這「獨孤九劍」劍法精妙無比，令狐冲雖內力已失，而劍法中的種種精微之處亦尚未全部領悟，但饒是如此，也已逼得方生大師不住倒退。令狐冲只覺胸口熱血上湧，手臂酸軟難當，使出去的劍招越來越弱。

方生猛地裏大喝一聲：「撤劍！」左掌按向令狐冲胸口。

令狐冲此時精疲力竭，一劍刺出，劍到中途，手臂便即下沉。他長劍下沉，仍刺了出去，去勢卻已略慢，方生大師左掌飛出，已按中他胸口，勁力不吐，問道：「你這獨孤九劍……」便在此時，令狐冲長劍劍尖也已刺入他胸口。

令狐冲對這位少林高僧甚是敬仰，但覺劍尖和對方肌膚相觸，急忙用力一收，將劍縮回，這一下用力過巨，身子後仰，坐倒在地，口噴鮮血。

方生大師按住胸膛傷口，微笑道：「好劍法！少俠如不是劍下留情，老衲的性命早已不在了。」他卻不提自己掌下留情，說了這句話後不住咳嗽。令狐冲雖及時收劍，長劍終於還是刺入了他胸膛寸許，受傷不輕。令狐冲道：「冒……冒犯了……前輩。」

方生大師道：「沒想到華山風清揚前輩的劍法，居然世上尚有傳人。老衲當年曾受過風前輩的大恩，今日之事，老衲……老衲沒法自作主張。」慢慢伸手到僧袍中摸出一個紙包，打了開來，裏面有兩顆龍眼大小的丸藥，說道：「這是少林寺的療傷靈藥，你服下一丸。」微一遲疑，又道：「另一丸給了那女子。」

令狐冲道：「晚輩的傷治不好啦，還服甚麼藥！另一顆大師你自己服罷。」

方生大師搖了搖頭，道：「不用。」將兩顆藥丸放在令狐冲身前，瞧著覺月、辛國樑等四具屍體，神色淒然，舉起手掌，輕聲誦唸「往生咒」，漸漸的容色轉和，到後來臉上竟似籠罩了一層聖光，當眞唯有「大慈大悲」四字，方足形容。

令狐冲只覺頭暈眼花，實難支持，於是拾起兩顆藥丸，服了一顆。

方生大師唸畢經文，向令狐冲道：「少俠，風前輩『獨孤九劍』的傳人，決不會是妖邪一派，你俠義心腸，按理不應橫死。只是你身上內傷十分怪異，非藥石可治，須當修習高深內功，方能保命。依老衲之見，你隨我去少林寺，由老衲懇求掌門師兄，將少林派至高無上的內功心法相授，當能療你內傷。」他咳嗽了幾聲，又道：「修習這門內功，講究緣法，老衲卻於此無緣。少林派掌門師兄胸襟廣大，或能與少俠有緣，傳此心法。」

令狐冲道：「多謝大師好意，待晚輩護送婆婆到達平安的所在，倘若僥倖未死，當來少林寺拜見大師和掌門方丈。」方生臉現詫色，道：「你……你叫她婆婆？少俠，你是名門正派高弟，不可和妖邪一流爲伍。老衲好言相勸，少俠還須三思。」令狐冲道：「男子漢一言既出，豈能失信於人？」

方生大師嘆道：「好！老衲在少林寺等候少俠到來。」向地下四具屍體看了一眼，說道：「四具臭皮囊，葬也罷，不葬也罷，離此塵世，一了百了。」轉身緩緩邁步而去。

令狐冲坐在地下只是喘息，全身酸痛，動彈不得，道：「婆婆，你……你還好罷？」

只聽得身後簌簌聲響，那婆婆從灌木叢中出來，說道：「死不了！你跟這老和尚去罷。他說能療你內傷，少林派內功心法當世無匹，你為甚麼不去？」

令狐冲道：「我說過護送婆婆，自然護送到底。」那婆婆道：「你身上有傷，還護送甚麼？」令狐冲笑道：「你也有傷，大家走著瞧罷！」那婆婆道：「我是妖邪外道，你是名門弟子，跟我混在一起，沒的敗壞了你名門弟子的令譽。」令狐冲道：「我本來就沒名譽，管他旁人說甚短長？婆婆，你待我極好，令狐冲可不是不知好歹之人。你此刻身受重傷，我倘若捨你而去，還算是人麼？」

那婆婆道：「倘若我此刻身上無傷，你便捨我而去了，是不是？」令狐冲一怔，笑道：「婆婆倘若不嫌我後生無知，要我相伴，令狐冲便在你身畔談談說說。就只怕我這人生性粗魯，任意妄為，過不了幾天，婆婆便不願跟我說話了。」那婆婆嗯了一聲。

令狐冲迴過手臂，將方生大師所給的那顆藥丸遞了過去，說道：「這位少林高僧當真了不起，婆婆，你殺他門下弟子四人，他反而省下治傷靈藥給你，寧可自己不服。他剛才跟你相鬥，只怕也未出全力。」那婆婆怒道：「呸！他未出全力，怎地又將我打傷了？這些人自居名門正派，假惺惺的冒充好人，我才不瞧在眼裏呢。」令狐冲道：「婆婆，你把這顆藥服下罷。我服了之後，確是覺得胸腹間舒服了些。」那婆婆應了一聲，卻不來取。

令狐冲道：「婆婆……」那婆婆道：「眼前只有你我二人，怎地『婆婆，婆婆』的叫個不休？少叫幾句成不成？」令狐冲笑道：「是。少叫幾句，有甚麼不成？你怎麼不服藥丸？」那婆婆道：「你既說少林派的療傷靈丹好，說我給你的傷藥不好，那你何不將老和尙這顆藥丸一併吃了？」令狐冲道：「啊喲，我幾時說過你的傷藥不好，那不是冤枉人嗎？再說，少林派的傷藥好，正是要你服了，可以早些有力氣走路。」那婆婆道：「你嫌陪著我氣悶，是不是？那你自己儘管走啊，我又沒留著你。」

令狐冲心想：「怎地婆婆此刻脾氣這樣大，老是跟我鬧別扭？是了，她受傷不輕，身子不適，脾氣自然大了，原也怪她不得。」笑道：「我此刻是半步也走不動了，就算想走，也走不了。何況……何況……哈哈……」那婆婆怒道：「何況甚麼？又哈哈甚麼？」

令狐冲笑道：「哈哈就是哈哈，何況，我就算能走，也不想走，除非你跟我一起走。」他本來對那婆婆說話甚爲恭謹有禮，但她亂發脾氣，不講道理，他也就放肆起來。豈知那婆婆卻不生氣，突然一言不發，不知在想甚麼心事。令狐冲道：「婆婆……」

那婆婆道：「又是婆婆！你一輩子沒叫過人『婆婆』，是不是？這等叫不厭？」

令狐冲笑道：「從此之後，我不叫你婆婆了，那我叫你甚麼？」

那婆婆不語，過了一會，道：「便只咱二人在此，又叫甚麼了？你一開口，自然就是跟我說話，難道還會跟第二人說話不成？」令狐冲笑道：「有時候我喜歡自言自語，你可別誤會。」那婆婆哼了一聲，道：「說話沒點正經，難怪你小師妹不要你。」

這句話可刺中了令狐冲心中的創傷，他胸口一酸，不自禁的想到：「小師妹不喜歡我而喜歡林師弟，只怕當眞爲了我說話行事沒點正經，以致她不願以終身相托？是了，林師弟循規蹈矩，確是個正人君子，跟我師父再像也沒有了。別說小師妹，倘若我是女子，也會喜歡他而不要我這沒點正經的無行浪子令狐冲。唉，令狐冲啊令狐冲，你喝酒胡鬧，不守門規，委實不可救藥。我跟採花大盜田伯光結交，在衡山妓院中睡覺，小師妹一定大大的不高興。」

那婆婆聽他不說話了，問道：「怎麼？我這句話傷了你嗎？你生氣了，是不是？」令狐冲道：「沒生氣。你說得對，我說話沒點正經，行事也沒點正經，難怪小師妹不喜歡我，師父、師娘也都不喜歡我。」那婆婆道：「你不用難過，你師父、師娘、小師妹不喜歡你，難道……難道世上便沒旁人喜歡你了？」這句話說得甚是溫柔，充滿了慰藉之意。

令狐冲大是感激，胸口一熱，喉頭似是塞住了，說道：「婆婆，你待我這麼好，就算世上再沒別人喜歡我，也……也沒有甚麼！」

那婆婆道：「你就是一張嘴甜，說話教人高興。難怪連五毒教藍鳳凰那樣的人物，也對你讚不絕口。好啦，你走不動，我也走不動，今天只好在那邊山崖之下歇宿，也不知今日會不會死。」令狐冲微笑道：「今日不死，也不知明日會不會死，明日不死，也不知後日會不會死。」那婆婆道：「少說廢話。你慢慢爬過去，我隨後過來。」

令狐冲道：「你如不服老和尚這顆藥丸，我恐怕一步也爬不動。」

那婆婆道：「又來胡說八道了。我不服藥丸，爲甚麼你便爬不動？」令狐冲道：「半點也不是胡說。你不服藥，身上的傷就不易好，沒精神彈琴，我心中一急，那裏還會有力氣爬過去？別說爬過去，連躺在這裏也沒力氣。」那婆婆嗤的一聲笑，說道：「躺在這裏也得有力氣？」令狐冲道：「這個自然！這裏是一片斜坡，我若不使力氣，登時滾了下去，摔入下面的山澗，就不摔死，也淹死了。」

那婆婆嘆道：「你身受重傷，朝不保夕，偏偏還有這麼好興致來說笑。如此憊懶傢伙，世所罕有。」令狐冲將藥丸輕輕向後一拋，道：「你快吃了罷。」那婆婆道：「哼，凡是自居名門正派之徒，就沒一個好東西，我吃了少林派的藥丸，沒的污了我嘴。」

令狐冲「啊喲」一聲大叫，身子向左一側，順著斜坡，骨碌碌的便向山澗滾了下去。那婆婆大吃一驚，叫道：「小心！」令狐冲繼續向下滾動，這斜坡並不甚陡，但卻甚長，令狐冲滾了好一會才滾到澗邊，手腳力撐，便止住了。

那婆婆叫道：「喂，喂，你怎麼啦？」令狐冲臉上、手上給地下尖石割得鮮血淋漓，忍痛不作聲。那婆婆叫道：「好啦，我吃老和尚的臭藥丸便了，你……你上來罷。」

令狐冲道：「說過了的話，可不能不算。」其時二人相距已遠，令狐冲中氣不足，話聲不能及遠。那婆婆隱隱約約的只聽到一些聲音，卻不知他說些甚麼，問道：「你說甚麼？」令狐冲道：「我……我……」氣喘不已。那婆婆道：「快上來！我答應你吃藥丸便是。」

令狐冲顫巍巍的站起身來，想要爬上斜坡，但順勢下滾甚易，再爬將上去，委實難如登天，只走得兩步，腿上一軟，一個踉蹌，撲通一聲，當眞摔入了山澗。

那婆婆在高處見到他摔入山澗，心中一急，便也順著斜坡滾落，滾到令狐冲身畔，左手抓住了他左足踝。她喘息幾下，伸右手抓住他背心，將他濕淋淋的提起。

令狐冲已喝了好幾口澗水，眼前金星亂舞，定了定神，只見清澈的澗水之中，映上來兩個倒影，一個妙齡姑娘正抓著自己背心。

他一呆之下，突然聽得身後那姑娘「哇」的一聲，吐出一大口鮮血，熱烘烘的都吐在他頸中，同時伏在他背上，便如癱瘓了一般。

令狐冲感到那姑娘柔軟的軀體，又覺她一頭長髮拂在自己臉上，不由得心下一片茫然。再看水中倒影時，見到那姑娘的半邊臉蛋，雙目緊閉，睫毛甚長，雖然倒影瞧不清楚，但顯然容貌秀麗絕倫，不過十七八歲年紀。

他奇怪之極：「這姑娘是誰？怎地忽然有這樣一個姑娘前來救我？」

水中倒影，背心感覺，都在跟他說這姑娘已然暈了過去，令狐冲想要轉過身來，將她扶起，但全身軟綿綿地，連抬一根手指的力氣也無。他猶似身入夢境，看到清溪中秀美的容顏，恰又如身在仙境，只想：「我是死了嗎？這已經升了天嗎？」

過了良久，只聽得背後那姑娘嚶嚀一聲，說道：「你到底是嚇我呢，還是真的……真的不想活了？」

令狐冲一聽到她說話之聲，不禁大吃一驚，這聲音便和那婆婆一模一樣，他駭異之下，身子發顫，道：「你……你……你……」那姑娘道：「你甚麼？我偏不吃老和尚的臭藥丸，你尋死給我看啊。」令狐冲道：「婆婆，原來你是個……是個挺美麗的小……小姑娘。」

那姑娘驚道：「你怎麼知道？你……你這說話不算數的小子，你偷看過了？」一低頭，見到山澗中自己清清楚楚的倒影，正依偎在令狐冲背上，登時羞不可抑，忙掙扎著站起，剛站直身子，膝間一軟，又摔在他懷中，支撐了幾下，又欲暈倒，只得不動。

令狐冲心中奇怪之極，說道：「你爲甚麼裝成個老婆婆來騙我？冒充長輩，害得我……害得我……」那姑娘道：「害得你甚麼？」

令狐冲的目光和她臉頰相距不到一尺，只見她肌膚白得便如透明一般，隱隱透出來一層暈紅，說道：「害得我婆婆長、婆婆短的一路叫你。哼，眞不害羞，你做我妹子也還嫌小，偏想做人家婆婆！要做婆婆，再過八十年啦！」

那姑娘噗哧一笑，說道：「我幾時說過自己是婆婆了？一直是你自己叫的。你不住口的叫『婆婆』，剛才我還生氣呢，叫你不要叫，你偏要叫，是不是？」

令狐冲心想這話倒也不假，但給她騙了這麼久，自己成了個大傻瓜，心下總是不忿，道：「你不許我看你臉，就是存心騙人。倘若我跟你面對面，難道我還會叫你婆婆不成？你在洛陽就在騙我啦，串通了綠竹翁那老頭子，要他叫你姑姑。他都這麼老了，你既是他姑姑，我豈不是非叫你婆婆不可？」那姑娘笑道：「綠竹翁的師父，叫我爸爸做師叔，那麼綠竹翁該叫我甚麼？」令狐冲一怔，遲遲疑疑的道：「你當眞是綠竹翁的姑姑？」那姑娘道：「綠竹翁這小子又不是甚麼了不起的大人物，我爲甚麼要冒充他姑姑？做姑姑有甚麼好？」

令狐冲嘆了一口氣，說道：「唉！我眞傻，其實早該知道了。」

那姑娘笑問：「早該知道甚麼？」令狐冲道：「你說話聲音這麼好聽，世上那有八十歲的婆婆，話聲是這般清脆嬌嫩的？」那姑娘笑道：「我聲音又粗糙，又嘶嘎，就像是烏鴉一般，難怪你當我是個老太婆。」令狐冲道：「你的聲音像烏鴉？唉，時世大不同了，今日世上的烏鴉，原來叫聲比黃鶯兒還好聽。」

那姑娘聽他稱讚自己，臉上一紅，心中大樂，笑道：「好啦，令狐公公，令狐爺爺。你叫了我這麼久婆婆，我也叫還你幾聲。這可不吃虧、不生氣了罷？」

令狐冲笑道：「你是婆婆，我是公公，咱兩個公公婆婆，豈不是……」他生性不羈，口沒遮攔，正要說「豈不是一對兒」，突見那姑娘雙眉一蹙，臉有怒色，急忙住口。

那姑娘怒道：「你胡說八道些甚麼？」令狐冲道：「我說咱兩個做了公公婆婆，豈不是……豈不是都成爲武林中的前輩高人？」

那姑娘明知他是故意改口，卻也不便相駁，只怕他越說越難聽。她倚在令狐冲懷中，聞到他身上強烈的男子氣息，心中煩亂已極，要想掙扎著站起身來，說甚麼也沒力氣，紅著臉道：「喂，你推我一把！」令狐冲道：「推你一把幹甚麼？」那姑娘道：「咱們這樣子……這樣子……成甚麼樣子？」令狐冲笑道：「公公婆婆，那便是這個樣子了。」

那姑娘哼的一聲，厲聲道：「你再胡言亂語，瞧我不殺了你！」

令狐冲一凜，想起她迫令數十名大漢自剜雙目、往東海蟠龍島上充軍之事，不敢再跟她說笑，隨即想起：「她小小年紀，一舉手間便殺了少林派的四名弟子，武功如此高強，行事又這等狠辣，眞令人難信就是眼前這個嬌滴滴的姑娘。」

那姑娘聽他不出聲，說道：「你又生氣了，是不是？堂堂男子漢，氣量恁地窄小。」令狐冲道：「我不是生氣，我是心中害怕，怕給你殺了。」那姑娘笑道：「你以後說話規規矩矩，誰來殺你了？」令狐冲嘆了口氣，道：「我生來就是個不能規規矩矩的脾氣，這叫做無可奈何，看來命中注定，非給你殺了不可。」那姑娘一笑，道：「你本來叫我婆婆，對我恭恭敬敬地，那就很乖很好，以後仍是那樣便了。」令狐冲搖頭道：「不成！我既知你是個小姑娘，便不能再當你是婆婆了。」那姑娘道：「你……你……」說了兩個「你」字，忽然臉上一紅，不知心中想到了甚麼，便住口不說了。

令狐冲低下頭來，見到她嬌羞之態，嬌美不可方物，心中一蕩，便湊過去在她臉頰上吻了一下。那姑娘吃了一驚，突然生出一股力氣，反過手來，啪的一響，在令狐冲臉上重重打了個巴掌，跟著躍起身來。但她這一躍之力甚是有限，身在半空，力道已洩，隨即摔下，又跌在令狐冲懷中，全身癱軟，再也沒法動彈了。

她生怕令狐冲再肆輕薄，心下焦急，說道：「你再這樣……這樣無禮，我立刻……立刻宰了你。」令狐冲笑道：「你宰我也好，不宰我也好，反正我命不長了。我偏偏再要無禮。」那姑娘大急，道：「我……我……我……」卻無法可施。

令狐冲奮起力氣，輕輕扶起她肩頭，自己側身向旁滾了開去，笑道：「你便怎樣？」說了這句話，連連咳嗽，咳出好幾口血來。他一時情動，吻了那姑娘一下，心中便即後悔，給她打了一掌後，更加自知不該，雖仍嘴硬，卻再也不敢和她相偎相依了。

那姑娘見他自行滾遠，倒大出意料之外，見他用力之後又再吐血，內心暗暗歉仄，只是臉嫩，難以開口說幾句道歉的話，柔聲問道：「你……你胸口很痛，是不是？」

令狐冲道：「胸口倒不痛，另一處卻痛得厲害。」那姑娘問道：「甚麼地方很痛？」語氣甚是關懷。令狐冲撫著剛才被她打過的臉頰，道：「這裏。」那姑娘微微一笑，道：「你要我賠不是，我就向你賠個不是好了。」令狐冲道：「是我不好，婆婆，請您別見怪。」那姑娘聽他又叫自己「婆婆」，忍不住格格嬌笑。

令狐冲問道：「老和尚那顆臭藥丸呢？你始終沒吃，是不是？」那姑娘道：「來不及撿了。」伸指向斜坡上一指，道：「還在上面。」頓了一頓，道：「我依你的。待會上去拾來吃下便是，不管他臭不臭的了。」

兩人躺在斜坡下，若在平時，飛身即上，此刻卻如是萬仞險峯一般，高不可攀。兩人向斜坡瞧了一眼，低下頭來，你瞧瞧我，我瞧瞧你，同聲嘆了口氣。

那姑娘道：「我靜坐片刻，你莫來吵我。」令狐冲道：「是。」只見她斜倚澗邊，閉上雙目，右手拇指、食指、中指三根手指揑了個法訣，定在那裏便一動也不動了，心道：「她這靜坐的方法也是與衆不同，並非盤膝而坐。」

待要定下心來也休息片刻，卻是氣息翻湧，說甚麼也靜不下來，忽聽得閣閣閣幾聲叫，一隻肥大的青蛙從澗畔跳了過來。令狐冲大喜，心想折騰了這半日，早就餓得很了，這送到口邊來的美食，當眞再好不過，伸手便向青蛙抓去，豈知手上酸軟無力，一抓之下，竟抓了個空。那青蛙嗒的一聲，跳了開去，閣閣大叫，似是十分得意，又似嘲笑令狐冲無用。令狐冲嘆了口氣，偏生澗邊青蛙甚多，跟著又跳來兩隻，令狐冲仍沒法捉住。忽然腰旁伸過來一隻纖纖素手，輕輕一挾，便捉住了一隻青蛙，卻是那姑娘靜坐半晌，便能行動，雖仍乏力，捉幾隻青蛙可輕而易舉。

令狐冲喜道：「妙極！咱們有一頓蛙肉吃了。」那姑娘微微一笑，一伸手便是一隻，頃刻間捕了二十餘隻。令狐冲道：「夠啦！請你去拾些枯枝來生火，我來洗剝青蛙。」那姑娘依言去拾枯枝，令狐冲拔劍將青蛙斬首除腸。

那姑娘道：「古人殺雞用牛刀，今日令狐大俠以獨孤九劍殺青蛙。」令狐冲哈哈大笑，說道：「獨孤大俠九泉有靈，得知傳人如此不肖，當眞要活活氣……」說到這個「氣」字立即住口，心想獨孤求敗逝世已久，怎說得上「氣死」二字？

那姑娘道：「令狐大俠……」令狐冲手中拿著一隻死蛙，連連搖晃，說道：「大俠二字，萬萬不敢當。天下那有殺青蛙的大俠？」那姑娘笑道：「古時有屠狗英雄，今日豈可無殺蛙大俠？你這獨孤九劍神妙得很哪，連那少林派的老和尙也鬥你不過。他說傳你這劍法之人姓風那位前輩，是他的恩人，到底是怎麼回事？」

令狐冲道：「傳我劍法那位師長，是我華山派的前輩。」那姑娘道：「這位前輩劍術通神，怎地江湖上不聞他的名頭？」令狐冲道：「這……這……我答允過他老人家決不洩漏他的行跡。」那姑娘道：「哼，希罕麼？你就跟我說，我還不愛聽呢。你可知我是甚麼人？是甚麼來頭？」令狐冲搖頭道：「我不知道。我連姑娘叫甚麼名字也不知道。」那姑娘道：「你把事情隱瞞了不跟我說，我也不跟你說。」令狐冲道：「我雖不知，卻也猜到了八九成。」那姑娘臉上微微變色，道：「你猜到了？怎麼猜到的？」

令狐冲道：「現在還不知道，到得晚上，那便清清楚楚啦。」那姑娘更是驚奇，問道：「怎地到得晚上便清清楚楚？」令狐冲道：「我抬起頭來看天，看天上少了那一顆星，便知姑娘是甚麼星宿下凡了。姑娘就像天仙一般，凡間那有這樣的人物？」

那姑娘臉上一紅，「呸」的一聲，心中卻甚歡喜，低聲道：「又來胡說八道了。」

這時她已將枯枝生了火，把洗剝了的青蛙串在一根樹枝之上，在火堆上燒烤，蛙油落在火堆之中，發出嗤嗤之聲，香氣一陣陣的冒出。她望著火堆中冒起的青煙，輕輕的道：「我名字叫做『盈盈』。說給你聽了，也不知你以後會不會記得。」

令狐冲道：「盈盈，這名字好聽得很哪。我要是早知道你叫作盈盈，便決不會叫你婆婆了。」盈盈道：「爲甚麼？」令狐冲道：「盈盈二字，明明是個小姑娘的名字，自然不是老婆婆。」盈盈笑道：「我將來眞的成爲老婆婆，又不會改名，仍然叫作盈盈。」令狐冲道：「你不會成爲老婆婆的，你這樣美麗，到了八十歲，仍然是個美得不得了的小姑娘。」

盈盈笑道：「那不變成了妖怪嗎？」隔了一會，正色道：「我把名字跟你說了，可不許你隨便亂叫。」令狐冲道：「爲甚麼？」盈盈道：「不許就不許，我不喜歡。」

令狐冲伸了伸舌頭，說道：「這個也不許，那個也不許，將來誰做了你的……」說到這裏，見她沉下臉來，當即住口。盈盈哼的一聲。

令狐冲道：「你爲甚麼生氣？我說將來誰做了你的徒弟，可有得苦頭吃了。」他本來想說「丈夫」，但一見情勢不對，忙改說「徒弟」。盈盈自然知道原意，說道：「你這人既不正經，又不老實，三句話中，倒有兩句顛三倒四。我……我不會強要人家怎麼樣，人家愛聽我的話就聽，不愛聽呢，也由得他。」令狐沖笑道：「我愛聽你的話。」這句話中也帶有三分調笑之意。盈盈秀眉一蹙，似要發作，但隨即滿臉暈紅，轉過了頭。

一時之間，兩人誰也不作聲。忽然聞到一陣焦臭，盈盈一聲「啊喲」，卻原來手中一串青蛙燒得焦了，嗔道：「都是你不好。」

令狐沖笑道：「你該說虧得我逗你生氣，才烤了這樣精采的焦蛙出來。」取下一隻燒焦了的青蛙，撕下一條腿，放入口中一陣咀嚼，連聲讚道：「好極，好極！如此火候，才恰到好處，甜中帶苦，苦盡甘來，世間除此之外，更無這般美味。」盈盈給他逗得格格而笑，也吃了起來。令狐沖搶著將最焦的蛙肉自己吃了，把並不甚焦的部分都留了給她。

二人吃完了烤蛙，和暖的太陽照在身上，大感困倦，不知不覺間都合上眼睛睡著了。二人一晚未睡，又受了傷，這一覺睡得甚是沉酣。令狐沖在睡夢之中，忽覺正和岳靈珊在瀑布中練劍，突然多了一人，卻是林平之，跟著便和林平之鬥劍。但手上沒半點力氣，拚命想使獨孤九劍，偏偏一招也想不起來，林平之一劍又一劍的刺在自己心口、腹上、頭上、肩上，又見岳靈珊在哈哈大笑。他又驚又怒，大叫：「小師妹，小師妹！」

叫了幾聲，便驚醒過來，聽得一個溫柔的聲音道：「你夢見小師妹了？她對你怎樣？」令狐沖兀自心中酸苦，說道：「有人要殺我，小師妹不睬我，還……還笑呢！」盈盈嘆了口氣，輕輕的道：「你額頭上都是汗水。」

令狐沖伸袖拂拭，忽然一陣涼風吹來，不禁打了個寒噤，但見繁星滿天，已是中夜。

令狐沖神智一清，便即坦然，正要說話，突然盈盈伸手按住了他嘴，低聲道：「有人來了。」令狐沖凝神傾聽，果然聽得遠處有三人的腳步聲傳來。

又過一會，聽得一人說道：「這裏還有兩個死屍。」令狐沖認出說話的是祖千秋。另一人道：「啊，這是少林派中的和尚。」卻是老頭子發現了覺月的屍身。

盈盈慢慢縮轉了手，只聽得計無施道：「這三人也都是少林派的俗家弟子，怎地都死在這裏？咦，這人是辛國樑，他是少林派的好手。」祖千秋道：「是誰這樣厲害，一舉將少林派的四名好手殺了？」老頭子囁嚅道：「莫非……莫非是黑木崖上的人物？甚至是東方教主自己？」計無施道：「瞧來倒也甚像。咱們趕緊把這四具屍體埋了，免得給少林派中人瞧出蹤跡。」祖千秋道：「倘若眞是黑木崖人物下的手，他們也就不怕給少林派知道。說不定故意遺屍於此，向少林派示威。」計無施道：「若要示威，不會將屍首留在這荒野之地。咱們若非湊巧經過，這屍首給鳥獸吃了，就也未必會發現。日月神教如要示威，多半便將屍首懸在通都大邑，寫明是少林派的弟子，這才教少林派面上無光。」祖千秋道：「不錯，多半是黑木崖人物殺了這四人後，又去追敵，來不及掩埋屍首。」跟著便聽得一陣挖地之聲，三人用兵刃掘地，掩埋屍體。

令狐沖尋思：「這三人和黑木崖東方教主定然大有淵源，否則不會費這力氣。」

忽聽得祖千秋「咦」的一聲，道：「這是甚麼？一顆丸藥？」計無施嗅了幾嗅，說道：「這是少林派的治傷靈藥，大有起死回生之功，定是這幾個少林弟子的衣袋裏掉出來的。」祖千秋道：「你怎知道？」計無施道：「許多年前，我曾在一個少林老和尙處見過。」祖千秋道：「既是治傷靈藥，那可妙極。老兄，你拿去給你那不死姑娘服了，治她的病。」老頭子道：「我女兒的死活，也管不了這許多，咱們趕緊去找令狐公子，送給他服。」

令狐冲心頭一陣感激，尋思：「這是盈盈掉下的藥丸。怎地去向老頭子要回來，給她服下？」一轉頭，淡淡月光下只見盈盈微微一笑，扮個鬼臉，一副天眞爛漫的模樣，笑容說不出的動人，眞不信她便在不多久之前，曾連殺四名少林好手。

但聽得一陣抛石搬土之聲，三人將死屍埋好。老頭子道：「眼下有個難題，夜貓子，你幫我想想。」計無施道：「甚麼難題？」老頭子道：「這當兒令狐公子一定是和……和聖姑她在一起。我送這顆藥丸去，非撞到聖姑不可。聖姑生氣把我殺了，也沒甚麼，只是這麼一來，定要冲撞了她，惹得她生氣，可就大大不妙。」

令狐冲向盈盈瞧了一眼，心道：「原來他們叫你聖姑，又對你怕成這個樣子。你為甚麼動不動便殺人？」

計無施道：「今日咱們在道上見到的那三個瞎子，倒有用處。咱們明日一早追到那三個瞎子，要他們將藥丸送去給令狐公子。他們眼睛是盲的，就算見到聖姑和令狐公子在一起，也沒殺身之禍。」祖千秋道：「我卻在疑心，只怕這三人所以剜去眼睛，便是因為見到聖姑和令狐公子在一起之故。」老頭子一拍大腿，道：「不錯！若非如此，怎地三個人好端端的都壞了眼睛？這四名少林弟子只怕也是運氣不好，無意中撞見了聖姑和令狐公子。」

三人半晌不語。令狐冲心中疑團愈多，只聽得祖千秋嘆了口氣，道：「只盼令狐公子傷勢早愈，聖姑儘早和他成爲神仙眷屬。他二人一日不成親，江湖上總是難得安寧。」

令狐冲大吃一驚，偷眼向盈盈瞧去，夜色朦朧中隱隱可見她臉上暈紅，目光中卻射出了惱怒之意。令狐冲生怕她躍出去傷害了老頭子等三人，伸出右手，輕輕握住她左手，但覺她全身都在顫抖，也不知是氣惱，還是害羞。

祖千秋道：「咱們在五霸岡上聚集，聖姑竟然會生這麼大的氣。其實男歡女愛，理所當然。像令狐公子那樣瀟洒仁俠的豪傑，也只有聖姑那樣美貌的姑娘才配得上。爲甚麼聖姑如此了不起的人物，卻也像世俗女子那般扭扭捏捏？她明明心中喜歡令狐公子，卻不許旁人提起，更不許人家見到，這不是……不是有點不近情理嗎？」

令狐冲心道：「原來如此。卻不知此言是眞是假？」突然覺到掌中盈盈那隻小手一摔，要將自己手掌甩脫，忙用力握住，生怕她一怒之下，立時便將祖千秋等三人殺了。

計無施道：「聖姑雖是黑木崖上了不起的人物，便東方教主，也從來對她沒半點違拗，但她畢竟是個年輕姑娘。世上的年輕姑娘初次喜歡了一個男人，縱然心中愛煞，臉皮子總是薄的。咱們這次拍馬屁拍在馬腳上，雖是一番好意，還是惹得聖姑發惱，只怪大夥兒都是粗魯漢子，不懂得女孩兒家的心事。來到五霸岡上的姑娘大嫂，本來也有這麼幾十個，偏偏她們的性子粗粗魯魯，跟男子漢可也沒多大分別。五霸岡羣豪聚會，拍馬屁聖姑生氣。這一回書傳了出去，可笑壞了名門正派中那些狗崽子們。」

老頭子朗聲道：「聖姑於大夥兒有恩，衆兄弟感恩報德，只盼能治好了她心上人的傷。大丈夫恩怨分明，有恩報恩，有仇報仇，有甚麼錯了？那一個狗崽子敢笑話咱們，老子抽他的筋，剝他的皮。」

令狐沖這時方才明白：一路上羣豪如此奉承自己，原來都是爲了這個閨名叫作盈盈的聖姑，而羣豪突然在五霸岡上一鬨而散，也爲了聖姑不願旁人猜知她的心事，在江湖上大肆張揚，因而生氣。他轉念又想：聖姑以一個年輕姑娘，能令這許多英雄豪傑來討好自己，自是魔教中一位驚天動地的大人物，聽計無施說，連號稱「武功天下第一」的東方不敗，對她也從不違拗。我令狐沖只是武林中一個無名小卒，和她相識，只不過在洛陽小巷中隔簾傳琴，說不上有半點情愫，是不是綠竹翁誤會其意，傳言出去，以致讓聖姑大大生氣呢？

只聽祖千秋道：「老頭子的話不錯，聖姑於咱們有大恩大德，只要能成就這段姻緣，讓她一生滿意喜樂，大家就算粉身碎骨，那也死而無悔。在五霸岡上碰一鼻子灰，又算得甚麼？只是……只是令狐公子乃華山派首徒，和黑木崖勢不兩立，要結成這段美滿姻緣，恐怕這中間阻難重重。」

計無施道：「我倒有一計在此。咱們何不將華山派的掌門人岳不羣抓了來，以死相脅，命他主持這樁婚姻？」祖千秋和老頭子齊聲道：「夜貓子此計大妙！事不宜遲，咱們立即動身，去抓岳不羣。」計無施道：「只是那岳先生乃一派掌門，內功劍法俱有極高造詣。咱們對他動粗，第一難操必勝，第二就算擒住了他，他寧死不屈，卻又如何？」老頭子道：「那麼咱們只好綁架他老婆、女兒，加以威逼。」祖千秋道：「不錯！但此事須當做得隱秘，不可令人知曉，掃了華山派的顏面。令狐公子如得知咱們得罪了他師父，定然不快。」三人當下計議如何去擒拿岳夫人和岳靈珊。

盈盈突然朗聲道：「喂，三個膽大妄爲的傢伙，快滾得遠遠地，別惹姑娘生氣！」

令狐冲聽她忽然開口說話，嚇了一跳，使力抓住她手。

計無施等三人自是更加吃驚。老頭子道：「是，是，小人……小人……小人……」連說了三聲「小人」，驚慌過度，再也接不下去。計無施道：「是，是！咱們胡說八道，聖姑可別當眞。咱們明日便遠赴西域，再也不回中原來了。」

令狐冲心想：「這一來，又是三個人給充了軍。」

盈盈站起身來，說道：「誰要你們到西域去？我有一件事，你們三個給我辦一辦。」計無施等三人大喜，齊聲應道：「聖姑但請吩咐，小人自當盡心竭力。」盈盈道：「我要殺一個人，一時卻找他不到。你們傳下話去，那一位江湖上的朋友殺了此人，我重重酬謝。」祖千秋道：「酬謝是決不敢當，聖姑要取此人性命，我兄弟三人便追到天涯海角，也要尋到了他。只不知這賊子是誰，竟敢得罪了聖姑？」盈盈道：「單憑你們三人，耳目不廣，須當立即傳言出去。」三人齊聲道：「是！是！」盈盈道：「你們去罷！」祖千秋道：「是。請問聖姑要殺的，是那一個大膽惡賊。」

盈盈哼了一聲，道：「此人複姓令狐，單名一個冲字，乃華山派門下弟子。」

此言一出，令狐冲、計無施、祖千秋、老頭子四人都大吃一驚，誰都不作聲。

過了好半天，老頭子道：「這個……這個……」盈盈厲聲道：「這個甚麼？你們怕了五嶽劍派，不敢動華山門下的弟子，是不是？」計無施道：「給聖姑辦事，別說五嶽劍派，便是玉皇大帝、閻羅老子，也敢得罪了。咱們設法去把令狐……令狐冲擒了來，交給聖姑發落。老頭子，祖千秋，咱們去罷。」老頭子心想：「定是令狐公子在言語上得罪了聖姑，年輕人越相好，越易鬧別扭，當年我跟不死她媽好得蜜裏調油，可又不是天天吵嘴打架？唉，不死這孩子胎裏帶病，還不是因為她媽懷著她時，我在她肚子上狠狠擂了一拳，傷了胎氣？說不得，只好去將令狐公子請了來，由聖姑自己對付他。」

他正在胡思亂想，那知聽得盈盈怒道：「誰叫你們去擒他了？這令狐冲倘若活在世上，於我清白的名聲有損。早一刻殺了他，我便早一刻出了心中惡氣。」祖千秋吞吞吐吐的道：「聖姑……」盈盈道：「好，你們跟令狐冲有交情，不願為我辦這件事，那也不妨，我另行遣人傳言便是。」

三人聽她說得認眞，只得一齊躬身說道：「謹遵聖姑台命！」

老頭子卻想：「令狐公子是個大仁大義之人，老頭子今日奉聖姑之命，不得不去殺他，殺了他後，老頭子也當自刎以殉。」從懷中取出那顆傷藥，放在地下。

三人轉身離去，漸漸走遠。

令狐冲向盈盈瞧去，見她低了頭沉思，心想：「她為保全自己名聲，要取我性命，那又是甚麼難事了？」說道：「你要殺我，自己動手便是，又何必勞師動衆？要不然，我立刻自刎，那也不妨。」緩緩拔出長劍，倒轉劍柄，遞了過去。

盈盈接過長劍，微微側頭，凝視著他。令狐冲哈哈一笑，將胸膛挺了挺。盈盈道：「你死在臨頭，還笑甚麼？」令狐冲道：「正因爲死在臨頭，所以要笑。」

盈盈提起長劍，手臂一縮，作勢便欲刺落，突然轉過身去，用力一揮，將劍擲了出去。長劍在黑暗中閃出一道寒光，噹的一聲，落在遠處地下。

盈盈頓足道：「都是你不好，教江湖上這許多人都笑話於我。倒似我一輩子……一輩子沒人要了，千方百計的要跟你相好。你……你有甚麼了不起？累得我此後再也沒臉見人。」令狐冲又哈哈一笑。盈盈怒道：「你還要笑我？還要笑我？」忽然哇的一聲，哭了出來。

她這麼一哭，令狐冲心下登感歉然，柔情一起，驀然間恍然大悟：「她在江湖上位望甚尊，這許多豪傑漢子都對她十分敬畏，自必向來十分驕傲，又是女孩兒家，天生的靦腆，忽然間人人都說她喜歡了我，也眞難免令她不快。她叫老頭子他們如此傳言，未必眞要殺我，只不過是爲了闢謠。她既這麼說，自是誰也不會疑心我跟她在一起了。」柔聲道：「果然是我不好，累得損及姑娘清名。在下這就告辭。」

盈盈伸袖拭了拭眼淚，道：「你到那裏去？」令狐冲道：「信步所之，到那裏都好。」盈盈道：「你答允過要保護我的，怎地自行去了？」令狐冲微笑道：「在下不知天高地厚，說這些話，可教姑娘笑話了。姑娘武功如此高強，又怎需人保護？便有一百個令狐沖，也及不上姑娘。」說著轉身便走。

盈盈急道：「你不能走。」令狐沖道：「為甚麼？」盈盈道：「祖千秋他們已傳了話出去，數日之間，江湖上便無人不知，那時人人都要殺你，這般步步荊棘，別說你身受重傷，就算完好無恙，也難逃殺身之禍。」

令狐沖淡然一笑，道：「令狐沖死在姑娘的言語之下，那也不錯啊。」走過去拾起長劍插入劍鞘，自忖無力走上斜坡，便順著山澗走去。

盈盈眼見他越走越遠，追了上來，叫道：「喂，你別走！」令狐沖道：「令狐沖跟姑娘在一起，只有累你，還是獨自走了的好。」盈盈道：「你……你……」咬著嘴唇，心頭煩亂之極，見他始終不肯停步，又奔近幾步，說道：「令狐沖，你定要迫我親口說了出來，這才快意，是不是？」令狐沖奇道：「甚麼啊？我可不懂了。」

盈盈又咬了咬嘴唇，說道：「我叫祖千秋他們傳言，是要你……要你永遠在我身邊，不能離開我一步。」說了這句話後，身子發顫，站立不穩。

令狐沖大是驚奇，道：「你……你要我陪伴？」

盈盈道：「不錯！祖千秋他們把話傳出之後，你只有陪在我身邊，才能保全性命。沒想到你這不顧死活的小子，竟一點不怕，那不是……那不是反而害了你麼？」

令狐沖心下感激，尋思：「原來你當真是對我好，但對著那些漢子，卻又死也不認。」一轉身走到她身前，伸手握住她雙手，入掌冰涼，只覺她兩隻掌心都是冷汗，低聲道：「你何苦如此？」盈盈道：「我怕。」令狐沖道：「怕甚麼？」盈盈道：「怕你這傻小子不聽我話，當眞要去江湖涉險，只怕過不了明天，便死在那些不値一文錢的臭傢伙手下。」

令狐冲嘆道：「那些人都是血性漢子，對你又是極好，你爲甚麼對他們如此輕賤？」盈盈道：「他們在背後笑我，又想殺你，還不是該死的臭漢子？」令狐冲忍不住失笑，道：「是你叫他們殺我的，怎能怪他們了？再說，他們也沒在背後笑你。你聽計無施、老頭子、祖千秋三人談到你時，語氣何等恭謹？那裏有絲毫笑話你了？」盈盈道：「他們口裏沒笑，肚子裏在笑。」

令狐冲覺得這姑娘蠻不講理，沒法跟她辯駁，只得道：「好，你不許我走，我便在這裏陪你便是。唉，給人家斬成十七八塊，滋味恐怕也不大好受。」

盈盈聽他答允不走，登時心花怒放，答道：「甚麼滋味不大好受？簡直難受之極。」她說這話時，將臉側了過來。星月微光照映之下，雪白的臉龐似乎發射出柔和的光芒，令狐冲心中一動：「這姑娘其實比小師妹美貌得多，待我又這麼好，可是……可是……我心中怎地還是對小師妹念念不忘？」

盈盈卻不知他正在想到岳靈珊，道：「我給你的那張琴呢？不見了，是不是？」令狐冲道：「是啊，路上沒錢使，我將琴拿到典當店裏去押了。」一面說，一面取下背囊，打了開來，捧出了短琴。

盈盈見他包裹嚴密，足見對自己所贈之物極爲重視，心下甚喜，道：「你一天要說幾句謊話，心裏才舒服？」接過琴來，輕輕撥弄，隨即奏起那曲〈清心普善咒〉來，問道：

「你都學會了沒有？」令狐冲道：「差得遠呢。」靜聽她指下優雅的琴音，甚是愉悅。

聽了一會，覺得琴音與她以前在洛陽城綠竹巷中所奏的頗爲不同，猶如枝頭鳥喧，清泉迸發，丁丁東東的十分動聽，心想：「曲調雖同，音節卻異，原來這〈清心普善咒〉尚有這許多變化。」

忽然間錚的一聲，最短的一根琴絃斷了。盈盈皺了皺眉頭，繼續彈奏，過不多時，又斷了一根琴絃。令狐冲聽得琴曲中頗有煩躁之意，和〈清心普善咒〉的琴旨殊異其趣，正訝異間，琴絃啪的一下，又斷了一根。

盈盈一怔，將瑤琴推開，嗔道：「你坐在人家身邊，只是搗亂，這琴那裏還彈得成？」令狐冲心道：「我安安靜靜的坐著，幾時搗亂過了？」隨即明白：「你自己心神不定，便來怪我。」卻也不去跟她爭辯，臥在草地上閉目養神，疲累之餘，竟不知不覺的睡著了。

次日醒轉，見盈盈正坐在澗畔洗臉，又見她洗罷臉，用一隻梳子梳頭，皓臂如玉，長髮委地，不禁看得痴了。盈盈一回頭，見他怔怔的呆望自己，臉上一紅，笑道：「瞌睡鬼，這時候才醒來。」令狐冲也有些不好意思，訕訕的道：「我再去捉青蛙，且看有沒有力氣。」盈盈道：「你躺著多歇一會兒，我去捉。」

令狐冲掙扎著想要站起，卻手足酸軟，稍一用力，胸口又氣血翻騰，心下好生煩惱：「死就死，活就活，這般不死不活，廢人一個，別說人家瞧著累贅，自己也眞厭煩。」

盈盈見他臉色不愉，安慰他道：「你這內傷未必當眞難治。這裏甚是僻靜，左右無事，慢慢養傷，又何必性急？」

山澗之畔地處偏僻，自從計無施等三人那晚經過，此後便沒人來。二人一住十餘日。盈盈的內傷早就好了，每日採摘野果、捕捉青蛙爲食，卻見令狐冲一日消瘦一日。她硬逼他服了方生大師留下的藥丸，彈奏琴曲撫其入睡，但於他的傷勢已沒半分好處。

令狐冲自知大限將屆，好在他生性豁達，也不以爲憂，每日裏仍與盈盈說笑。

盈盈本來自大任性，但想到令狐冲每一刻都會突然死去，對他便加意溫柔，千依百順的服侍，偶爾忍不住使些小性兒，也是立即懊悔，向他賠話。

這一日令狐冲吃了兩個桃子，即感困頓，迷迷糊糊的便睡著了。睡夢中聽到一陣哭泣之聲，他微微睜眼，見盈盈伏在他腳邊，不住啜泣。令狐冲一驚，正要問她爲何傷心，突然心下明白：「她知我快死了，是以難過。」伸出左手，輕輕撫摸她秀髮，強笑道：「別哭，別哭！我還有八十年好活呢，那有這麼快便去西天。」

盈盈哭道：「你一天比一天瘦，我……我……我也不想活了……」

令狐冲聽她說得又誠摯，又傷心，不由得大爲感激，胸口一熱，只覺得天旋地轉，喉頭不住有血狂湧，便此人事不知。

那老者轉過頭來，兩道冷電似的目光向令狐冲一掃，臉上微現詫色，哼了一聲。

令狐冲舉杯說道：「請！」

一八 聯手

令狐冲這一番昏迷，實不知過了多少時日，有時微有知覺，身子也如在雲端飄飄盪盪，過不多時，又暈了過去。如此時暈時醒，有時似乎有人在他口中灌水，有時又似有人用火在他周身燒炙，手足固然沒法動彈，連眼皮也睜不開來。

這一日神智略清，只覺雙手手腕的脈門給人抓住了，各有一股炙熱之氣分從兩手脈門中注入，登時和體內所蓄眞氣激盪衝突。他全身說不出的難受，只想張口呼喊，卻叫不出半點聲音，猶如身受千般折磨、萬種煎熬的酷刑。

如此昏昏沉沉的又不知過了多少日子，只覺每一次眞氣入體，均比前一次苦楚略減，心下也明白了些，知道有一位內功極高之人在給自己治傷，心道：「難道是師父、師娘請了一位前輩高人來救我性命？盈盈卻到那裏去了？師父、師娘呢？小師妹又怎地不見？」一想到岳靈珊，胸口氣血翻湧，便又人事不知。

如此每日有人來給他輸送內力。這一日輸了眞氣後，令狐冲神智比前大爲清醒，說道：「多……多謝前輩，我……我是在那裏？」緩緩睜眼，見到一張滿是皺紋的臉，露著溫和的笑容。

令狐冲覺得這張臉好生熟悉，迷迷惘惘的看了他一會，見這人頭上無髮，燒有香疤，是個和尚，隱隱約約想了起來，說道：「你……你是方……方……大師……」

那老僧神色甚是欣慰，微笑道：「很好，很好！你認得我了，我是方生。」令狐冲道：「是，是。你是方生大師。」這時他察覺處身於一間斗室之中，桌上一燈如豆，發出淡淡黃光，自己睡在榻上，身上蓋了棉被。

方生道：「你覺得怎樣？」令狐冲道：「我好些了。我……我在那裏？」方生道：「你是在少林寺中。」令狐冲大為驚奇，問道：「我……我在少林寺中？盈盈呢？我怎麼會到少林寺來？」方生微笑道：「你神智剛清醒了些，不可多耗心神，以免傷勢更有反覆。一切以後慢慢再說。」

此後朝晚一次，方生來到斗室，以內力助他療傷。過了十餘日，令狐冲已能坐起，自用飲食，但每次問及盈盈的所在，以及自己何以能來到寺中，方生總微笑不答。

這一日，方生又給令狐冲輸了內力，說道：「令狐少俠，現下你這條命暫且算保住了。但老衲功夫有限，沒法化去你體內的異種眞氣，眼前只能拖得一日算一日，只怕過不了一年，你內傷又會大發，那時縱有大羅金仙，也難救你性命了。」令狐冲點頭道：「當日平一指平大夫對晚輩也這麼說。大師盡心竭力相救，晚輩已感激不盡。一個人壽算長短，各有天命，大師功力再高，也不能逆天行事。」方生搖頭道：「我佛家不信天命，只講緣法。當日我曾跟你說過，本寺住持方證師兄內功淵深，倘若和你有緣，能傳你《易筋經》秘術，則筋骨尙能轉易，何況化去內息異氣？我這就帶你去拜見方丈。」

令狐冲素聞少林寺方丈方證大師的聲名，心下甚喜，道：「有勞大師引見。就算晚輩無緣，不蒙方丈大師垂青，但能拜見這位當世高僧，也是十分難得的機遇。」當下慢慢起床，穿好衣衫，隨著方生大師走出斗室。

一到室外，陽光耀眼，竟如進入了另一個天地，精神為之一爽。

他移步之際，雙腿酸軟，只得慢慢行走，但見寺中一座座殿堂構築宏偉。一路上遇到不少僧人，都遠遠便避在一旁，向方生合什低首，執禮甚恭。

穿過三條長廊，來到一間石屋之外。方生向屋外的小沙彌道：「方生有事求見方丈師兄。」小沙彌進去稟報了，隨即轉身出來，合什道：「方丈有請。」

令狐冲跟在方生之後，走進室去，只見一個身材矮小的老僧坐在中間一個蒲團上。方生躬身行禮，說道：「方生拜見方丈師兄，引見華山派首徒令狐冲令狐少俠。」令狐冲當即跪下，叩首禮拜。方證方丈微微欠身，右手一舉，說道：「少俠少禮，請坐。」

令狐冲拜畢，在方生下首的蒲團上坐了，只見那方證方丈容顏瘦削，神色慈和，也瞧不出有多少年紀，心下暗暗納罕：「想不到這位名震當世的高僧，竟如此貌不驚人，若非事先得知，有誰會料得到他是武林中第一大派的掌門。」

方生大師道：「令狐少俠經過兩個多月來調養，已好得多了。」令狐冲又是一驚：「原來我昏迷不醒，已有兩個多月，我還道只二十多天的事。」

方證道：「很好。」轉頭向令狐冲道：「少俠，尊師岳先生執掌華山一派，為人嚴正不阿，清名播於江湖，老衲向來十分佩服。」令狐冲站起身來，說道：「不敢。晚輩身受重傷，不省人事，多蒙方生大師相救，原來已二月有餘。我師父、師娘想必平安？」自己師父、師娘是否平安，本不該去問旁人，只是他心下掛念，忍不住脫口相詢。

方證道：「聽說岳先生、岳夫人和華山派羣弟子，眼下都在福建。」

令狐冲當即放寬了心，道：「多謝方丈大師示知。」隨即不禁心頭一酸：「師父、師娘終於帶著小師妹，到了林師弟家裏。」

方證道：「少俠請坐。聽方生師弟說道，少俠劍術精絕，已深得華山前輩風老先生的眞傳，實乃可喜可賀。」令狐冲道：「不敢。」方證道：「風老先生歸隱已久，老衲只道他老人家已然謝世，原來尚在人間，令人聞之不勝之喜。」令狐冲道：「是。」

方證緩緩說道：「少俠受傷之後，爲人所誤，以致體內注有多種異樣眞氣，難以化去，方生師弟已爲老衲詳告。老衲仔細參詳，唯有修習敝派內功秘要《易筋經》，方能以本身功力逐步化去，若以外力加強少俠之體，雖能延得一時之命，實則乃飲鴆止渴，爲患更深。方生師弟兩個月來以內力延你性命，可是他的眞氣注入你體內之後，你身體中可又多了一道異種眞氣了。少俠試一運氣，便當自知。」令狐冲微一運氣，果覺丹田中內息澎湃，難以抑制，劇痛攻心，登時身子搖晃，額頭汗水涔涔而下。

方生合什道：「老衲無能，致增少俠病苦。」令狐冲道：「大師說那裏話來？大師爲晚輩盡心竭力，大耗清修之功。晚輩二世爲人，實拜大師再造之恩。」方生道：「不敢。風老先生昔年於老衲有大恩大德，老衲此舉，亦不過報答風老先生之恩德於萬一。」

方證抬起頭來，說道：「說甚麼大恩大德，深仇大恨？恩德是緣，冤仇亦是緣，仇恨不可執著，恩德亦不必執著。塵世之事，皆如過眼雲煙，百歲之後，更有甚麼恩德仇怨？」方生應道：「是，多謝師兄指點。」

方證緩緩說道：「佛門子弟，慈悲爲本，既知少俠負此內傷，自當盡心救解。那《易筋經》神功，乃東土禪宗初祖達摩老祖所創，禪宗二祖慧可大師得之於老祖。慧可大師本來法名神光，是洛陽人氏，幼通孔老之學，尤精玄理。達摩老祖駐錫本寺之時，神光大師來寺請益。達摩老祖見他所學駁雜，先入之見甚深，自恃聰明，難悟禪理，當下拒不收納。神光大師苦求良久，始終未得其門而入，當即提起劍來，將自己左臂砍斷了。」

令狐冲「啊」的一聲，心道：「這位神光大師求法學道，竟如此堅毅。」

方證說道：「達摩老祖見他這等誠心，這才將他收爲弟子，改名慧可，終得承受達摩老祖衣缽，傳禪宗法統。二祖跟著達摩老祖所學的，乃是佛法大道，依《楞伽經》而明心見性。我宗武功之名雖流傳天下，實則那是末學，殊不足道。達摩老祖當年只傳授弟子們一些強身健體的法門而已。身健則心靈，心靈則易悟。但後世門下弟子往往迷於武學，以致捨本逐末，不體老祖當年傳授武功的宗旨，可嘆，可嘆。」說著連連搖頭。

過了一會，方證又道：「老祖圓寂之後，二祖在老祖的蒲團之旁見到一卷經文，那便是《易筋經》了。這卷經文義理深奧，二祖苦讀鑽研，不可得解，心想達摩老祖面壁九年，在石壁畔遺留此經，雖然經文寥寥，必定非同小可，於是遍歷名山，訪尋高僧，求解妙諦。但二祖其時已是得道高僧，他老人家苦思深慮而不可解，世上欲求智慧深湛更勝於他的大德，那也難得很了。因此歷時二十餘載，經文秘義，終未能彰。一日，二祖以絕大法緣，在四川峨嵋山得晤梵僧般剌密諦，講談佛學，大相投機。二祖取出《易筋經》來，和般剌密諦共同研讀參究。二位高僧在峨嵋金頂互相啓發，經七七四十九日，終於豁然貫通。」

方生合什讚道：「阿彌陀佛，善哉善哉！」

方證方丈續道：「但那般剌密諦大師所闡發的，大抵是禪宗佛學。直至十二年後，二祖在長安道上遇上一位精通武功的年輕人，談論三日三晚，才將《易筋經》中的武學秘奧盡數領悟。」他頓了一頓，說道：「那位年輕人，便是唐朝開國大功臣，後來輔佐太宗，平定突厥，出將入相，爵封衛公的李靖。李衛公建不世奇功，想來也是從《易筋經》中得到了不少教益。」

令狐冲「哦」了一聲，心想：「原來《易筋經》有這等大來頭。」

方證又道：「易筋經的功夫圜一身之脈絡，繫五臟之精神，周而不散，行而不斷，氣自內生，血從外潤。練成此經後，心動而力發，一攢一放，自然而施，不覺其出而自出，如潮之漲，似雷之發。少俠，練那易筋經，便如一葉小舟於大海巨濤之中，怒浪澎湃之際，小舟自然拋高伏低，何嘗用力？若要用力，又那有力道可用？又從何處用起？」

令狐冲連連點頭，覺得這道理果然博大精深，和風清揚所說的劍理頗有相通處。

方證又道：「只因這易筋經具如斯威力，是以數百年來非其人不傳，非有緣不傳，縱然是本派出類拔萃的弟子，若無福緣，也不獲傳授。便如方生師弟，他武功既高，持戒亦復精嚴，乃本寺了不起的人物，卻未獲上代師父傳授此經。」

令狐冲道：「是。晚輩無此福緣，不敢妄自干求。」

方證搖頭道：「不然。少俠是有緣人。」

令狐冲驚喜交集，心中怦怦亂跳，沒想到這項少林秘技，連方生大師這樣的少林高僧也未蒙傳授，自己卻屬有緣。

方證緩緩的道：「佛門廣大，只渡有緣。少俠是風老先生的傳人，此是一緣；少俠來到我少林寺中，此又是一緣；少俠不習易筋經便須喪命，方生師弟習之固爲有益，不習亦無所害，這中間的分別又是一緣。」

方生合什道：「令狐少俠福緣深厚，方生亦代爲欣慰。」

方證道：「師弟，你天性執著，一切事物拘泥實相，於『空、無相、無作』這三解脫門的至理，始終未曾參透，了生死這一關，也就勘不破。不是我不肯傳你《易筋經》，實是怕你研習這門上乘武學之後，沉迷其中，於參禪的正業不免荒廢。」

方生神色惶然，站起身來，恭恭敬敬的道：「師兄教誨的是。」

方證微微點頭，意示激勵，過了半晌，見方生臉現微笑，這才臉現喜色，又點了點頭，轉頭向令狐冲道：「這中間本來尚有一重大障礙，此刻卻也跨過去了。自達摩老祖以來，這《易筋經》只傳本寺弟子，不傳外人，此例不能自老衲手中而破。因此少俠須得投我嵩山少林寺門下，爲少林派俗家弟子。」頓了一頓，又道：「少俠若不嫌棄，便歸老衲門下，爲『國』字輩弟子，可更名爲令狐國冲。」

方生喜道：「恭喜少俠。我方丈師兄生平只收過兩名弟子，那都是三十年前的事了。少俠爲我方丈師兄的關門弟子，不但得窺易筋經的高深武學，而我方丈師兄所精通的一十二般少林絕藝，亦可量才而授，那時少俠定可光大我門，在武林中放一異采。」

令狐冲站起身來，說道：「多承方丈大師美意，晚輩感激不盡，只是晚輩身屬華山派門下，不便另投明師。」方證微微一笑，說道：「我所說的大障礙，便是指此而言。少俠，你眼下已不是華山弟子了，你自己只怕還不知道。」

令狐冲吃了一驚，顫聲道：「我……我……怎麼已不是華山派門下？」

方證從衣袖中取出一封信來，道：「請少俠過目。」手掌輕輕一送，那信便向令狐冲身前平平飛來。

令狐冲雙手接住，只覺全身一震，不禁駭然：「這位方丈大師果然內功深不可測，單憑這薄薄一封信，居然便能傳過來這等渾厚內力。」見信封上蓋著「華山派掌門之印」的朱鈐，上書「謹呈少林派掌門大師」，九個字間架端正，筆致凝重，正是師父岳不羣的親筆。令狐冲隱隱感到大事不妙，雙手發顫，抽出信紙，看了一遍，眞難相信世上竟有此事，又看了一遍，登覺天旋地轉，咕咚一聲，摔倒在地。

待得醒轉，只見身在方生大師懷中，令狐冲支撐著站起，忍不住放聲大哭。方生問道：「少俠何故悲傷？難道尊師有甚不測麼？」令狐冲將書函遞過，哽咽道：「大師請看。」方生接了過來，只見信上寫道：

「華山派掌門岳不羣頓首，書呈少林派掌門大師座前：猥以不德，執掌華山門户。久疏問候，乃闕清音。頃以敝派逆徒令狐冲，秉性頑劣，屢犯門規，比來更結交妖孽，與匪人爲伍，宣稱與之有福共享，有難同當。不羣無能，雖加嚴訓痛懲，迄無顯效。爲維繫武林正氣，正派清譽，兹將逆徒令狐冲逐出本派門牆。自今而後，該逆徒非復敝派弟子，若再有勾結淫邪、爲禍江湖之舉，祈我正派諸友共誅之，不羣感激無已。臨書惶愧，言不盡意，祈大師諒之。」

方生看後，也大出意料之外，想不出甚麼言語來安慰令狐冲，當下將書信交還方證，見令狐冲淚流滿臉，嘆道：「少俠，你與黑木崖上的人交往，原是不該。」

方證道：「諸家正派掌門人想必都已接到尊師此信，傳諭門下。你就算身上無傷，只須出得此門，江湖之上，步步荊棘，諸凡正派門下弟子，無不以你為敵。」

令狐冲一怔，想起在那山澗之旁，盈盈也說過這麼一番話。此刻不但旁門左道之士要殺自己，而正派門下亦人人以己為敵，當眞天下雖大，卻無容身之所；又想起師恩深重，師父師娘於自己向來便如父母一般，不僅有傳藝之德，更兼有養育之恩，不料自己任性妄為，竟給逐出師門，料想師父寫這些書信時，心中傷痛恐怕更在自己之上。一時又傷心，又慚愧，恨不得一頭便即撞死。

他淚眼模糊中，只見方證、方生二僧臉上均有憐憫之色，忽然想起劉正風要金盆洗手，退出武林，只因結交了魔教長老曲洋，終於命喪嵩山派之手，可見正邪不兩立，連劉正風如此藝高勢大之人，尚且不免，何況自己這樣一個孤立無援、卑不足道、重傷垂死的少年？更何況五霸岡上羣邪聚會，鬧出這樣大的事來？

方證緩緩的道：「苦海無邊，回頭是岸。縱是十惡不赦的奸人，只須心存悔悟，佛門亦來者不拒。你年紀尚輕，一時失足，誤交匪人，難道就此便無自新之路？你與華山派的關連已然一刀兩斷，今後在我少林門下，痛改前非，再世為人，武林之中，諒來也不見得有甚麼人能與你為難。」他這幾句話說得輕描淡寫，卻自有一股威嚴氣象。

令狐冲心想：「此時我已無路可走，若托庇於少林派門下，不但能學到神妙內功，救得性命，而且以少林派的威名，江湖上確實無人膽敢向方證大師的弟子生事。」

但便在此時，胸中一股倔強之氣，勃然而興，心道：「大丈夫不能自立於天地之間，靦顏向別派托庇求生，算甚麼英雄好漢？江湖上千千萬萬人要殺我，就讓他們來殺好了。師父不要我，將我逐出了華山派，我便獨來獨往，卻又怎地？」言念及此，不由得熱血上湧，口中乾渴，只想喝他幾十碗烈酒，甚麼生死門派，盡數置之腦後，霎時之間，連心中一直念念不忘的岳靈珊，也變得如同陌路人一般。

他站起身來，向方證及方生跪拜下去，恭恭敬敬的磕了幾個頭。

二僧只道他已決意投入少林派，臉上都露出了笑容。

令狐冲站起身來，朗聲說道：「晚輩既不容於師門，亦無顏改投別派。兩位大師慈悲，晚輩感激不盡，就此拜別。」

方證愕然，沒想到這少年竟如此的泯不畏死。方生勸道：「少俠，此事有關你生死大事，千萬不可意氣用事。」

令狐冲嘿嘿一笑，躬身行禮，轉身出了室門。他胸中充滿了一股不平之氣，步履竟十分輕捷，大踏步走出了少林寺。

令狐冲出得寺來，心中一股蒼蒼涼涼，仰天長笑，心想：「正派中人以我爲敵，左道之士人人要想殺我，令狐冲多半難以活過今日，且看是誰取了我性命。」

一摸之下，囊底無錢，腰間無劍，連盈盈所贈的那具短琴也已不知去向，當眞是一無所有，了無掛礙，便即走下少室山。心想：「世人成千成萬，未必皆有門派，我今後是無門無派的無主孤魂，師父、師娘、小師妹個個視我如陌路之人。小師妹懷疑我吞沒林師弟的辟邪劍譜，當我是個無恥之徒，卑視、賤視，又豈僅視如陌路而已？」

行到下午時分，眼見離少林寺已遠，人既疲累，腹中也甚飢餓，尋思：「卻到那裏去找些吃的？」忽聽得腳步聲響，七八人自西方奔來，都是勁裝結束，身負兵刃，奔行甚急。令狐冲心想：「你們要殺我，那就動手，免得我又麻煩去找飯吃。吃飽了反正也是死，又何必多此一舉？」當即在道中一站，雙手叉腰，大聲道：「令狐冲在此。要殺我的便上罷！」

那知這幾名漢子奔到他身前時，只向他瞧了一眼，便即繞身而過。一人道：「這人是個瘋子。」又一人道：「是，別要多生事端，誤了大事。」另一人道：「若給那廝逃了，可糟糕之極。」霎時間便奔得遠了。令狐冲心道：「原來他們去追拿另一個人。」

這幾人腳步聲方歇，西首傳來一陣蹄聲，五騎馬如風般馳至，從他身旁掠過。馳出十餘丈後，忽然一騎馬兜了轉來，馬上是個中年婦人，說道：「客官，借問一聲，你可見到一個身穿白袍的老頭子嗎？這人身材瘦長，腰間佩一柄彎刀。」令狐冲搖頭道：「沒瞧見。」那婦人更不打話，圈轉馬頭，追趕另外四騎而去。

令狐冲心想：「他們去追拿這個身穿白袍的老頭子？左右無事，去瞧瞧熱鬧也好。」當下折而東行。走不到一頓飯時分，身後又有十餘人追了上來。一行人越過他身畔後，一個五十來歲的老者回頭問道：「兄弟，你可見到一個身穿白袍的老頭子麼？這人身材高瘦，腰掛彎刀。」令狐冲道：「沒瞧見。」

又走了一會，來到一處三岔路口，西北角上鸞鈴聲響，三騎馬疾奔而至，乘者都是二十來歲的青年。當先一人手揚馬鞭，說道：「喂，借問一聲，你可見到一個……」令狐冲接口道：「你要問一個身材高瘦，腰懸彎刀，穿一件白色長袍的老頭兒，是不是？」三人臉露喜色，齊聲道：「是啊，這人在那裏？」令狐冲嘆道：「我沒見過。」當先那青年大怒，喝道：「沒的來消遣老子！你既沒見過，怎麼知道？」令狐冲微笑道：「沒見過，便不能知道麼？」那青年提起馬鞭，便要向令狐冲頭頂劈落。另一個青年道：「二弟，別多生枝節，咱們快追。」那手揚馬鞭的青年哼了一聲，將鞭子在空中虛揮一記，縱馬奔馳而去。

令狐冲心想：「這些人一起去追尋一個白衣老者，不知為了何事？去瞧瞧熱鬧，固然有趣，但如他們知道我便是令狐冲，定然當場便將我殺了。」言念及此，不由得有些害怕，但轉念又想：「眼下正邪雙方都要取我性命，我躲躲閃閃的，縱然苟延殘喘，多活得幾日，最後終究難逃這一刀之厄。這等怕得要死的日子，多過一天又有甚麼好處？反不如隨遇而安，且看是撞在誰的手下送命便了。」

當即隨著那三匹馬激起的煙塵，向前行去。其後又有幾批人趕來，都向他探詢那「身穿白袍，身材高瘦，腰懸彎刀」的老者。令狐冲心想：「這些人追趕那白衣老者，都不知他在何處，走的卻是同一方向，倒也奇怪。」

又行出里許，穿過一片松林，眼前突然出現一片平野，黑壓壓的站著不少人，少說也有六七百人，只曠野實在太大，六七百人置身其間，也不過佔了中間小小的一團。一條筆直的大道通向人羣，令狐冲便沿著大路向前。

行到近處，見人羣中有座小小涼亭，那是山道上供行旅憩息之用，構築頗爲簡陋。那羣人圍著涼亭，相距約有數丈，卻不逼近。

令狐冲再走近十餘丈，只見亭中赫然有個白衣老者，孤身一人，坐在一張板桌旁飲酒，他是否腰懸彎刀，一時沒法見到。此人雖然坐著，幾乎仍有常人高矮。

令狐冲見他在羣敵圍困之下，仍好整以暇的泰然飲酒，不由得心生敬仰，生平所見所聞的英雄人物，極少有人如此這般豪氣干雲。他慢慢行前，擠入了人羣。

那些人個個都目不轉睛的瞧著那白衣老者，對令狐冲的過來毫沒留意。

令狐冲凝神向那老者瞧去，只見他容貌清癯，頦下疏疏朗朗一叢花白長鬚，垂在胸前，手持酒杯，眼望遠處黃土大地和青天相接之所，對圍著他的衆人竟一眼不瞧。他背上負著一個包袱，再看他腰間時，卻無彎刀。原來他竟連兵刃也沒攜帶。

令狐冲不知這老者姓名來歷，不知何以有這許多武林中人要跟他爲難，更不知他是正是邪，只是欽佩他這般旁若無人的豪氣，此時江湖各路武人正都要與自己爲敵，不知不覺間起了一番同病相憐、惺惺相惜之意，便大踏步上前，朗聲說道：「前輩請了，你獨酌無伴，未免寂寞，我來陪你喝酒。」走入涼亭，向他一揖，便坐了下來。

那老者轉過頭來，兩道冷電似的目光向令狐冲一掃，見他不持兵刃，臉有病容，是個素不相識的少年，臉上微現詫色，哼了一聲，也不回答。令狐冲提起酒壺，先在老者面前的酒杯中斟了酒，又在另一隻杯中斟了酒，舉杯說道：「請！」咕的一聲，將酒喝乾了，那酒極烈，入口有如刀割，便似無數火炭般流入腹中，大聲讚道：「好酒！」

只聽得涼亭外一條大漢粗聲喝道：「兀那小子，快快出來！咱們要跟向問天拚命，別在這裏礙手礙腳。」令狐冲笑道：「我自和向老前輩喝酒，礙你甚麼事了？」又斟了一杯酒，咕的一聲，仰脖子倒入口中，大拇指一翹，說道：「好酒！」

左首有個冷冷的聲音說道：「小子走開，別在這裏枉送了性命。咱們奉東方教主之命，擒拿叛徒向問天。旁人若來滋擾干撓，教他死得慘不堪言。」

令狐冲向話聲來處瞧去，見說話的是個臉如金紙的瘦小漢子，身穿黑衣，腰繫黃帶。他身旁站著二三百人，衣衫也都是黑色，腰間帶子卻各種顏色均有。令狐冲驀地想起，那日在衡山城外見到魔教長老曲洋，他便身穿這樣的黑衣，依稀記得腰間所繫也是黃帶。那瘦子說奉了東方教主之命追拿叛徒，那麼這些人都是魔教教衆了，莫非這瘦子也是魔教長老？

他又斟一杯酒，仰脖子乾了，讚道：「好酒！」向那白衣老者向問天道：「向老前輩，在下喝了你三杯酒，多謝，多謝！」

忽聽得東首有人喝道：「這小子是華山派棄徒令狐冲。」令狐冲晃眼瞧去，認出說話的是青城派弟子侯人英。這時看得仔細了，在他身旁的竟有不少是五嶽劍派中的人物。

一名道士朗聲道：「令狐冲，你師父說你和妖邪爲伍，果然不錯。這向問天雙手染滿了英雄俠士的鮮血，你跟他在一起幹甚麼？再不給我快滾，大夥兒把你一起斬成了肉醬。」令狐冲道：「這位是泰山派的師叔麼？在下跟這位向前輩素不相識，只是見你們幾百人圍住了他一個兒，那算甚麼樣子？五嶽劍派幾時又跟魔教聯手了？正邪雙方一起來對付向前輩一人，豈不令天下英雄恥笑？」那道士怒道：「我們幾時跟魔教聯手了？魔教追拿他們教下叛徒，我們卻是為命喪在這惡賊手下的朋友們復仇。各幹各的，毫無關連！」令狐冲道：「好好好，只須你們單打獨鬥，我便坐著喝酒看熱鬧。」

侯人英喝道：「你是甚麼東西？大夥兒先將這小子斃了，再找姓向的算帳。」令狐冲笑道：「要斃我令狐冲一人，又怎用得著大夥兒動手？侯兄自己請上來便是。」侯人英曾給令狐冲一腳踢下酒樓，知道自己武功不如，還眞不敢上前動手，他卻不知令狐冲內力已失，已然遠非昔比。旁人似乎都忌憚向問天了得，也不敢便此衝入涼亭。

那魔教的瘦小漢子叫道：「姓向的，快跟我們去見教主，請他老人家發落，未必便無生路。你也是本教的英雄，難道大家眞要鬥個血肉橫飛，好教旁人笑話麼？」

向問天嘿的一聲，舉杯喝了一口酒，卻發出嗆啷一聲響。

令狐冲見他雙手之間竟繫著一根鐵鍊，大為驚詫：「原來他是從囚牢中逃出來的，連手上的束縛也尚未去掉。」對他同情之心更盛，心想：「這人已無抗禦之能，我便助他抵擋一會，胡裏胡塗的在這裏送了性命便是。」當即站起，雙手在腰間一叉，朗聲說道：「這位向前輩手上繫著鐵鍊，怎能跟你們動手？我喝了他老人家三杯好酒，說不得，只好助他抵禦強敵。誰要動姓向的，非得先殺了令狐冲不可。」

向問天見令狐冲瘋瘋顚顚，毫沒來由的強自出頭，不由得大為詫異，低聲道：「小子，你為甚麼要幫我？」令狐冲道：「路見不平，拔刀相助。」向問天道：「你的刀呢？」令狐冲道：「在下使劍，就可惜沒劍。」向問天道：「你劍法怎樣？你是華山派的，劍法恐怕也不怎麼高明。」令狐冲笑道：「原本不怎麼高明，加之在下身受重傷，內力全失，更糟糕之至。」向問天道：「你這人莫名其妙。好，我去給你弄把劍來。」只見白影一晃，他已向羣豪衝了過去。

霎時間白光耀眼，十餘件兵刃齊向他砍去。向問天斜刺穿出，向那泰山派的道士欺近。那道士挺劍刺出，向問天身形一晃，閃到了他背後，左肘反撞，噗的一聲，撞中了那道士後心，雙手輕揮，已將他手中長劍捲在鐵鍊之中，右足一點，躍回涼亭。這幾下兔起鶻落，迅捷無比，正派羣豪待要阻截，那裏還來得及？一名漢子追得最快，逼近涼亭不逾數尺，提起單刀砍落，向問天背後如生眼睛，竟不回頭，左腳反足踢出，腳底踹中那人胸膛。那人大叫一聲，直飛出去，右手單刀這一砍之勢力道正猛，嚓的一響，竟將自己右腿砍了下來。

泰山派那道人晃了幾下，軟軟的癱倒，口中鮮血不住湧出。

魔教人叢中采聲如雷，數十人大叫：「向右使好俊的身手。」

向問天微微一笑，舉起雙手向魔教諸人一抱拳，答謝采聲，手上鐵鍊嗆啷啷直響。他一甩手，那劍嗒的一聲，插入了板桌，說道：「拿去使罷！」

令狐冲好生欽佩，心道：「這人睥睨羣豪，果然身有驚人藝業。」卻不伸手拔劍，說道：「向前輩武功如此了得，又何必晚輩再來獻醜。」一抱拳，說道：「告辭了。」

向問天尚未回答，只見劍光閃爍，三柄長劍指向涼亭，卻是青城派中侯人英等三名弟子攻了過來。三人三劍都是指向令狐冲，一劍指住他背心，兩劍指住他後腰，相距均不到一尺。侯人英喝道：「令狐冲，給我跪下！」這一聲喝過，長劍挺前，已刺到了令狐冲肌膚。

令狐冲心道：「令狐冲堂堂男兒，今日雖無倖理，卻也不甘死在你青城派這些卑鄙之徒的劍下。」此刻自身已在三劍籠罩之下，只須一轉身，那便一劍插入胸膛，二劍插入小腹，當即哈哈一笑，道：「跪下便跪下！」右膝微屈，右手已拔起桌上長劍，迴手一揮，青城派弟子三隻手掌齊腕而斷，連著三柄長劍一齊落地。侯人英等三人臉上立無血色，眞難相信世上居然會有此事，惶然失措片刻，這才向後躍開。其中一名青城弟子只十七八歲，痛得大聲號哭。令狐冲歉然道：「兄弟，是你先要殺我！」

向問天喝采道：「好劍法！」接著又道：「劍上無勁，內力太差！」

令狐冲笑道：「豈但內力太差，簡直毫無內力。」

突然聽得向問天一聲呼叱，跟著嗆啷啷鐵鍊聲響，只見兩名黑衣漢子已撲入涼亭，疾攻向問天。這二人一個手執鑌鐵雙懷杖，另一個手持雙鐵牌，都是沉重兵器，四件兵刃和向問天的鐵鍊相撞，火星四濺。向問天連閃幾下，欲待搶到那使懷杖之人身後，那人雙杖嚴密守衛，護住了周身要害。向問天雙手給鐵鍊縛住了，運轉不靈。

魔教中連聲呼叱，又有二人搶入涼亭。這二人均使八角銅鎚，直上直下的猛砸。二人四鎚一到，那使雙懷杖的便轉守爲攻。向問天穿來插去，身法靈動之極，卻也沒法傷到對手。每當有隙可乘，鐵鍊攻向一人，其餘三人便奮不顧身的撲上，打法兇悍之極。

堪堪鬥了十餘招，魔教人眾的首領喝道：「八槍齊上！」八名黑衣漢子手提長槍，分從涼亭四面搶上，東南西北每一方均有兩桿長槍，朝向問天攢刺。

向問天向令狐冲叫道：「小朋友，你快走罷！」喝聲未絕，八根長槍已同時向他刺去。便在此時，四柄銅鎚砸他胸腹，雙懷杖掠地擊他脛骨，兩塊鐵牌向他臉面擊到，四面八方，無處不是殺手。這十二名魔教好手各奮平生之力，下手毫不容情。看來人人均知和向問天交手，乃世間最凶險之事，多挨一刻，便是向鬼門關走近了一步。

令狐冲眼見眾人如此狠打，向問天勢難脫險，叫道：「好不要臉！」

向問天突然迅速無比的旋轉身子，甩起手上鐵鍊，撞得一眾兵刃叮叮噹噹直響。他身子便如一個陀螺，轉得各人眼也花了，只聽得噹噹兩聲大響，兩塊鐵牌撞上鐵鍊，穿破涼亭頂，飛了出去。向問天更不去瞧對方來招，越轉越快，將八根長槍都盪了開去。魔教那首領喝道：「緩攻遊鬥，耗他力氣！」使槍的八人齊聲應道：「是！」各退了兩步，只待向問天力氣稍衰，鐵鍊中露出空隙，再行搶攻。

旁觀眾人稍有閱歷的都看了出來，向問天武功再高，也決難長久旋轉不休，如此打法，終究會力氣耗盡，束手就擒。

向問天哈哈一笑，突然間左腿微蹲，鐵鍊呼的甩出，打在一名使銅鎚之人的腰間。那人「啊」的一聲大叫，左手銅鎚反撞過來，打中自己頭頂，登時腦漿迸裂。八名使槍之人八槍齊出，分刺向問天前後左右。向問天以鐵鍊盪開了兩桿槍，其餘六人的鋼槍不約而同的刺向他左脅。當此情景，向問天避得開一桿槍，避不開第二桿，避得開第二桿，避不開第三桿，更何況六槍齊發？

令狐冲一瞥之下，看到這六槍攢刺，向問天勢無可避，腦中靈光一閃，想起了獨孤九劍的第四式「破槍式」，當這間不容髮之際，那裏還能多想？長劍閃出，只聽得噹啷一聲響，八桿長槍一齊跌落，八槍跌落，卻只發出噹啷一響，幾乎是同時落地。令狐冲一劍分刺八人手腕，自有先後之別，只是劍勢實在太快，八人便似同時中劍一般。

他長劍既發，勢難中斷，跟著第五式「破鞭式」又再使出。這「破鞭式」只是個總名，其中變化多端，舉凡鋼鞭、鐵鐧、點穴橛、判官筆、拐子、蛾眉刺、匕首、板斧、鐵牌、八角鎚、鐵椎等等短兵刃皆能破解。但見劍光連閃，兩根懷杖、兩柄銅鎚又皆跌落。十二名攻入涼亭的魔教教衆，除了一人爲向問天所殺、一人鐵牌已脫手之外，其餘十人皆手腕中劍，兵刃脫落。十一人發一聲喊，狼狽逃歸本陣。

正派羣豪情不自禁的大聲喝采：「好劍法！」「華山派劍法，教人大開眼界！」

那魔教首領發了聲號令，立時又有五人攻入涼亭。一個中年婦人手持雙刀，向令狐冲殺來。四名大漢圍攻向問天。那婦人刀法極快，一刀護身，一刀疾攻，左手刀攻敵時右手刀守禦，右手刀攻敵時左手刀守禦，雙刀連使，每一招均在攻擊，同時也每一招均在守禦，守是守得牢固嚴密，攻亦攻得淋漓酣暢。令狐冲看不清來路，連退四步。

便在這時，只聽呼呼風響，似是有人用軟兵刃和向問天相鬥，令狐冲百忙中斜眼一瞥，見兩人使鏈子鎚，兩人使軟鞭，和向問天手上的鐵鍊鬥得正烈。鏈子鎚上的鋼鏈甚長，甩將開來，橫及丈餘，好幾次從令狐冲頭頂掠過。只聽得向問天罵道：「你奶奶的！」一名漢子叫道：「向右使，得罪！」原來一根鏈子鎚上的鋼鏈已和向問天手上的鐵鍊纏住。便在這一瞬之間，其餘三人三般兵刃，同時往向問天身上擊來。

向問天「嘿」的一聲，運勁猛拉，將使鏈子鎚的拉了過來，正好擋在他身前。兩根軟鞭、一枚鋼鎚盡數擊上那人背心。

令狐冲斜刺裏刺出一劍，劍勢飄忽，正中那婦人左腕，卻聽得噹的一聲，長劍一彎，那婦人手中柳葉刀竟不跌落，反揮刀橫掃過來。令狐冲一驚，隨即省悟：「她腕上有鋼製護腕，劍刺不入。」手腕微翻，長劍挑上，噗的一聲，刺入她左肩「肩貞穴」。那婦人一怔，但她極為勇悍，左肩雖然劇痛，右手刀仍奮力砍出。令狐冲長劍閃處，那婦人右肩的「肩貞穴」又再中劍。她兵刃再也拿揑不住，使勁將雙刀向令狐冲擲出，但雙臂使不出力道，兩柄刀只擲出一尺，便即落地。

令狐冲剛將那婦人制服，右首正派羣豪中一名道人挺劍而上，鐵青著臉喝道：「華山派中，只怕沒這等妖邪劍法。」令狐冲見他裝束，知是泰山派的長輩，想是他不忿同門為向問天所傷，上來找還場子。令狐冲雖為師父革逐，但自幼便在華山派門下，五嶽劍派，同氣連枝，見到這位泰山派前輩，自然而然有恭敬之意，倒轉長劍，劍尖指地，抱拳說道：「弟子沒敢得罪了泰山派的師伯。」

那道人道號天乙，和天門、天松等道人乃屬同輩，冷冷的道：「你使的是甚麼劍法？」令狐冲道：「弟子所使劍法，乃華山派長輩所傳。」天乙道人哼了一聲，道：「胡說八道，不知到那裏去拜了個妖魔為師，看劍！」挺劍向令狐冲當胸刺到，劍光閃爍，長劍發出嗡嗡之聲，單只這一劍，便罩住了他胸口的膻中、神藏、靈墟、神封、步廊、幽門、通谷七處大穴，不論他閃向何處，總有一穴會讓劍尖刺中。這一劍叫做「七星落長空」，是泰山派劍法的精要所在。

這一招刺出，對方須得輕功高強，立即倒縱出丈許之外，方可避過，但也必須識得這一招「七星落長空」，當他劍招甫發，立即毫不猶豫的飛快倒躍，方能免去劍尖穿胸之禍，而落地之後，又須應付跟著而來的三招淩厲後著，這三招一著狠似一著，連環相生，實所難當。天乙道人眼見令狐冲劍法厲害，出手第一劍便使上了這下絕招。自泰山派先輩創了這招劍招以來，與人動手第一招便即使用，只怕從所未有。

令狐冲一驚之下，猛地想起在思過崖後洞的石壁之上見過這招，當日自己學了來對付田伯光，只學得不像，未能取勝，但於這招劍法的勢路卻了然於胸。這時劍氣森森，將及於體，更無思索餘暇，登時挺劍直刺天乙道人小腹。

這一劍正是石壁上的圖形，魔教長老用以破解此招，粗看似是與敵人鬥個兩敗俱傷，同歸於盡。其實泰山派這招「七星落長空」分為兩節，第一節以劍氣罩住敵人胸口七大要穴，當敵人驚慌失措之際，再以第二節中的劍法擇一穴而刺。劍氣所罩雖是七穴，致敵死命，卻只一劍。這一劍不論刺在那一穴中，都可克敵取勝，是以既不須同時刺中七穴，也不可能同時刺中七穴。招分兩節，本是這一招劍法的厲害之處，但當年魔教長老仔細推敲，正從這厲害之處找出了弱點，待對方第一節劍法使出之後，立時疾攻其小腹，這一招「七星落長空」便即從中斷絕，招不成招。

天乙道人一見敵劍來勢奧妙，絕無可能再行格架，大驚失色，縱聲大叫，料想自己肚腹定然給長劍洞穿，驚惶中也不知痛楚，腦中一亂，只道自己已經死了，登時昏暈摔倒。其實令狐冲劍尖將及他小腹，便即凝招不發，倘若天乙的武功稍差，料想不到令狐冲這一下劍刺小腹的厲害招數，反不致嚇得暈去。

泰山派門下眼見天乙倒地，均道是爲令狐冲所傷，紛紛叫罵，五名青年道人挺劍來攻。這五人都是天乙的門人，心急師仇，五柄長劍猶如狂風暴雨般急刺疾舞。令狐冲長劍連點，五名道人手腕中劍，長劍嗆啷、嗆啷落地。五人驚惶之下，各自躍開。只見天乙道人顫巍巍的站了起來，叫道：「刺死我了，刺死我了！」

五個弟子見他身上無傷，不住大叫，盡皆駭然，不知他是死是活。天乙道人叫了幾聲，身子一晃，又復摔倒。兩名弟子搶過去扶起，狼狽退開。

羣豪見令狐冲只使半招，便將泰山派高手天乙道人打得生死不知，無不心驚。

這時圍攻向問天的又換了數人。兩個使劍的漢子是衡山派中人，雙劍起落迅速，找尋向問天鐵鍊中的空隙。另一個左手持盾，右手使刀，卻是魔教中的人物，這人以盾護體，展開地堂刀法，滾近向問天足邊，以刀砍他下盤。向問天的鐵鍊在盾牌上接連狠擊兩下，都傷他不到。盾牌下的鋼刀陡伸陡縮，招數狠辣。

令狐冲心想：「這人盾牌護身，防守嚴密，但他一出刀攻人，自身便露破綻，立時可斷他手臂。」

忽聽得身後有人喝道：「小子，你還要不要性命？」這聲音雖然不響，但相距極近，離他耳朵似不過一兩尺。令狐冲一驚回頭，已和一人面對面而立，兩人鼻子幾乎相觸，急待閃避，那人雙掌已按住他胸口，冷冷的道：「我內力一吐，教你肋骨盡斷。」

令狐冲心知他所說不虛，站定了不敢再動，連一顆心似也停止了跳動。那人雙目凝視著令狐冲，只因相距太近，令狐冲反而無法見到他容貌，但見他雙目神光炯炯，凜然生威，心道：「原來我死在此人手下。」想起生死大事終於有個了斷，心下反而舒泰。

那人初見令狐冲眼色中大有驚懼之意，但片刻之間，便現出一股漫不在乎的神情，如此臨死不懼，縱是武林中的一流高手亦所難能，不由得起了欽佩之心，哈哈一笑，說道：「我偷襲得手，制你要穴，雖然殺了你，諒你死得不服！」雙掌一撤，退了三步。

令狐冲這才看清，這人矮矮胖胖，面皮黃腫，約莫五十來歲年紀，兩隻手掌肥肥的又小又厚，一掌高，一掌低，擺著「嵩陽手」的架式。令狐冲微笑道：「這位嵩山派前輩，不知尊姓大名？多謝掌下留情。」

那人道：「我是孝感樂厚。」他頓了一頓，又道：「你劍法的確甚高，臨敵經驗卻太也不足。」令狐冲道：「慚愧。『大陰陽手』樂師伯，好快的身手。」樂厚道：「師伯二字，可不敢當！」接著左掌一提，右掌一招便即劈出。他是嵩山派掌門左冷禪的第五師弟，其人貌相醜陋，但一掌出手，登時全身猶如淵停嶽峙，氣度凝重，說不出的好看。

令狐冲見他周身竟無一處破綻，喝采道：「好掌法！」長劍斜挑，因見樂厚掌法身形中全無破綻，這一劍便守中帶攻，九分虛，一分實。樂厚見令狐冲長劍斜挑，自己雙掌不論拍向他那一個部位，掌心都會自行送到他劍尖之上，雙掌只拍出尺許，立即收掌躍開，叫道：「好劍法！」令狐冲道：「晚輩無禮！」

樂厚喝道：「小心了！」雙掌凌空推出，一股猛烈的掌風逼體而至。令狐冲暗叫：「不好！」此時樂厚和他相距甚遠，雙掌發力遙擊，令狐冲沒法以長劍擋架，剛要閃避，只覺一股寒氣襲上身來，登時機伶伶打了個冷戰。樂厚雙掌掌力不同，一陰一陽，陽掌先出，陰力卻先行著體。令狐冲只一呆，一股炙熱的掌風跟著撲到，擊得他幾乎窒息，身子晃了幾晃。

陰陽雙掌掌力著體，本來更無倖理，但令狐冲內力雖失，體內眞氣卻充沛欲溢，既有桃谷六仙的眞氣，又有不戒和尚的眞氣，在少林寺中養傷，又得了方生大師的眞氣，每一股都渾厚之極。這一陰一陽兩般掌力打在身上，他體內眞氣自然而然的生出相應之力，護住心脈內臟，不受損傷。但霎時間全身劇震，說不出的難受，生怕樂厚再以掌力擊來，當即提劍衝出涼亭，挺劍疾刺而出。

樂厚雙掌得手，只道對方縱不立斃當場，也必重傷倒地，那知他竟安然無恙，跟著又見劍光點點，指向自己掌心，驚異之下，雙掌交錯，一拍令狐冲面門，一拍他的小腹。掌力甫吐，突然間一陣劇痛連心，只見自己兩隻手掌疊在一起，都已穿在對方長劍之上，不知是他用劍連刺自己雙掌，還是自己將手掌擊到他劍尖之上，但見左掌在前，右掌在後，劍尖從左掌的手背透入五寸有餘。

令狐冲倘若順勢挺劍，立時便刺入了他胸膛，但念著他先前掌底留情之惠，劍穿雙掌後便即凝劍不動。樂厚大叫一聲，雙掌回縮，拔離劍鋒，倒躍而出。

令狐冲心下歉然，躬身道：「得罪了！」他所使這一招是「獨孤九劍」中「破掌式」的絕招之一，自從風清揚歸隱，從未一現於江湖。

猛聽得砰蓬、喀喇之聲大作，令狐冲回過頭來，但見七八條漢子正在圍攻向問天，其中二人掌力凌厲，將那涼亭打得柱斷樑折，頂上椽子瓦片紛紛墮下。各人鬥得興發，瓦片落在頭頂，都置之不理。

他便這麼望得一眼，樂厚倏地欺近，遠遠發出一掌，掌力擊中令狐冲胸口，打得他身子飛了出去，長劍跟著脫手。他背心未曾著地，已有七八人追將過來，齊舉兵刃，往他身上砸落。

令狐冲笑道：「撿現成便宜嗎？」忽覺腰間一緊，一根鐵鍊飛過來捲住了他身子，便如騰雲駕霧般給人拖著凌空而行。

救了令狐冲性命的正是那魔教高手向問天。他受魔教和正教雙方圍攻追擊，勢窮力竭之時，突然有這樣一個天不怕、地不怕的少年出來打抱不平，助他擊退勁敵，自然大生知己之感。他一見令狐冲退敵的手段，便知這少年劍法極高，內力卻極差，當此強敵環攻，凶險殊甚，是以一面和敵人周旋，卻時時留心令狐冲的戰況，一眼見他受擊飛出，當即飛出鐵鍊，捲了他狂奔。向問天這一展開輕功，當眞疾逾奔馬，瞬息間便已在數十丈外。

後面數十人飛步趕來，只聽得數十人大聲呼叫：「向問天逃了，向問天逃了！」

向問天大怒，突然回身，衝了幾步。追趕之人俱皆大驚，急忙停步。一人下盤功夫較浮，奔得勢急，收足不住，直衝過來。向問天飛起左足，將他踢得往人叢中摔去，當即轉身又奔。衆人又隨後追來，但這時誰也不敢發力狂追，和他相距越來越遠。

向問天腳下疾奔，心頭盤算：「這少年跟我素不相識，居然肯爲我賣命，這樣的朋友，天下到那裏找去？這些狗崽子陰魂不散，怎生擺脫他們才好？」

奔了一陣，忽然想起一處所在，心頭登時一喜：「那地方極好！」轉念又想：「只是相去甚遠，不知有沒力氣奔得到那裏？不妨，我若力氣不夠，那些狗崽子們更沒力氣。」抬頭一望太陽，辨明方向，斜刺裏橫越麥田，逕向東北角上奔去。

奔出十餘里後，又來到大路，忽有三匹快馬從身旁掠過，向問天罵道：「你奶奶的！」提氣疾衝，追到馬匹身後，縱身躍在半空，飛腳將馬上乘客踢落，跟著便落上馬背。他將令狐冲橫放在馬鞍橋上，鐵鍊橫揮，將另外兩匹馬上的乘客也都擊了下來。那二人筋折骨斷，眼見不活了。三人都是尋常百姓，看裝束不是武林中人，適逢其會，遇上這個煞星，無端送了性命。乘者落地，兩匹馬仍繼續奔馳。向問天鐵鍊揮出，捲住了轡繩，這鐵鍊在他手中揮洒自如，倒似是一條極長的手臂一般。令狐冲見他濫殺無辜，不禁暗暗嘆息。

向問天搶得三馬，精神大振，仰天哈哈大笑，說道：「小兄弟，那些狗崽子追咱們不上了。」令狐冲淡淡一笑，道：「今日追不上，明日又追上了。」向問天罵道：「他奶奶的，追他個屁！咱兩人將他們一個個殺得乾乾淨淨。」

向問天輪流乘坐三馬，在大路上奔馳一陣，轉入了一條山道，漸行漸高，到後來馬匹已不能行。向問天道：「你餓不餓？」令狐冲點頭道：「嗯，你有乾糧麼？」向問天道：「沒乾糧，喝馬血！」跳下馬來，右手五指在馬頸中一抓，登時穿了一洞，血如泉湧。向問天湊口過去，骨嘟骨嘟的喝了幾口馬血，道：「你喝！」

令狐冲見到這等情景，甚是駭異。向問天道：「不喝馬血，怎有力氣再戰？」令狐冲道：「還要再打？」向問天道：「你怕了嗎？」令狐冲豪氣登生，哈哈一笑，道：「你說我怕不怕？」就口馬頸，只覺馬血衝向喉頭，當即嚥了下去。

馬血初入口時血腥刺鼻，但喝得幾口，也已不覺如何難聞，令狐冲連喝了十幾大口，直至腹中飽脹，這才離嘴。向問天跟著湊口上去喝血，喝不多時，那馬支持不住，長聲悲嘶，軟倒在地。向問天飛起左腿，將馬踢入了山澗。令狐冲不禁駭然，這匹馬如此龐然大物，少說也有八百來斤，他隨意抬足，便踢了出去。向問天跟著又將第二匹馬踢下，轉過身來，呼的一掌，將第三匹馬的後腿硬生生切了下來，隨即又切了那馬的另一條後腿。那馬嘶叫得震天價響，中了向問天一腿後墮入山澗，兀自嘶聲不絕。

向問天道：「你拿一條腿！慢慢的吃，可作十日之糧。」令狐冲這才醒悟，原來他割切馬腿是作糧食之用，倒不是一味的殘忍好殺，當下依言取了一條馬腿。只見向問天提了馬腿逕向山嶺上行去，便跟在後面。向問天放慢腳步，緩緩而行。令狐冲內力全失，行不到半里，已遠遠落後，趕得氣喘吁吁，臉色發青。向問天只得停步等待。又行里許，令狐冲再也走不動了，坐在道旁歇足。

向問天道：「小兄弟，你這人倒也奇怪，內力如此差勁，但身中樂厚這混蛋的兩次大陰陽手掌力，居然若無其事，可叫人弄不明白。」令狐冲苦笑道：「那裏是若無其事了？我五臟六腑早給震得顛三倒四，已不知受了幾十樣內傷。我自己也在奇怪，怎地這時候居然還不死？只怕隨時隨刻就會倒了下來，再也爬不起身。」向問天道：「既是如此，咱們便多歇一會。」令狐冲本想對他說明，自己命不長久，不必相候自己，致爲敵人追上，但轉念一想，此人甚是豪邁，決不肯拋下自己獨自逃生，倘若說這等話，不免將他看得小了。

向問天坐在山石之上，問道：「小兄弟，你內力是怎生失去的？」

令狐冲微微一笑，道：「此事說來當眞好笑。」當下將自己如何受傷、桃谷六仙如何爲自己輸氣療傷、後來不戒和尚又如何再在自己體內輸入眞氣等情簡略說了。

向問天哈哈大笑，聲震山谷，說道：「這等怪事，我老向今日還是第一次聽見。」大笑聲中，忽聽得遠處傳來呼喝：「向問天，你逃不掉的，還是乖乖的投降罷！」

向問天仍哈哈大笑，說道：「好笑，好笑！這桃谷六仙跟不戒和尚，都是天下一等一的胡塗蛋。」又再笑了三聲，雙眉一豎，罵道：「他奶奶的，大批混蛋追來了。」雙手一抄，將令狐冲抱在懷中，那隻馬腿不便再提，任其棄在道旁，便即提氣疾奔。

這一下發足快跑，令狐冲便如騰雲駕霧一般，不多時忽見眼前白茫茫一片，果眞是鑽入了濃霧，心道：「妙極！這一上山，那數百人便沒法一擁而上，只須一個個上來單打獨鬥，我和這位向先生定能對付得了。」可是後面呼叫聲竟越來越近，顯然追來之人也都是輕功好手，雖和向問天相較容有不及，但他手中抱了人，奔馳既久，總不免慢了下來。

向問天奔到一處轉角，放下令狐冲，低聲道：「別作聲。」兩人均貼著山壁而立，片刻之間，便聽得腳步聲響，有人追近。

追來的兩人奔跑迅速，濃霧中沒見到向問天和令狐冲，直至奔過兩人身側，這才察覺，待要停步轉身，向問天雙掌推出，既狠且準，那兩人哼也沒哼，便掉下了山澗，過了一會，才騰騰兩下悶響，身子墮地。令狐冲心想：「這兩人墮下之時，怎地並不呼叫？是了，他兩人中了掌力，尙未墮下，早就已死了。」

向問天嘿嘿一笑，道：「這兩個混蛋平日耀武揚威，說甚麼『點蒼雙劍，劍氣冲天』，他奶奶的跌入山澗之中，爛個臭氣冲天。」

令狐冲曾聽到過「點蒼雙劍」的名頭，聽說他二人劍法著實了得，曾殺過不少黑道的厲害人物，沒想到莫名其妙的死在這裏，連相貌如何也沒見到。

向問天又抱起令狐冲，說道：「此去仙愁峽，還有十來里路，一到了峽口，便不怕那些混蛋了。」他腳下越奔越快。卻聽得腳步聲響，又有好幾人追了上來。這時所行山道轉而向東，其側已無深澗，向問天不能重施故技，躲在山壁間偷襲，只有提氣直奔。

只聽得呼的一聲響，一枚暗器飛了過來，破空聲勁急，顯然暗器份量甚重。向問天放下令狐冲，回過身來，伸手抄住，罵道：「姓何的，你也來淌這渾水幹甚麼？」

濃霧中傳來一人聲音叫道：「你爲禍武林，人人得而誅之，再接我一錐。」只聽得呼呼呼呼響聲不絕，他口說「一錐」，飛射而來的少說也有七八枚飛錐。

令狐冲聽了這暗器破空的悽厲聲響，心下暗暗發愁：「風太師叔傳我的劍法雖可擊打任何暗器，但這飛錐上所帶勁力如此厲害，我長劍縱然將其擊中，但我內力全無，長劍勢必給他震斷。」

只見向問天雙腿擺了馬步，上身前俯，神情甚是緊張，反不若在涼亭中受羣敵圍困時那麼漫不在乎。一枚枚飛錐飛到他身前，便都沒了聲息，想必都給他收了去。

突然響聲大盛，不知有多少飛錐同時擲出，令狐冲知道這是「滿天花雨」的暗器手法，本來以此手法發射暗器，所用的定是金錢鏢、鐵蓮子等等細小暗器，這飛錐從破空聲中聽來，每枚若沒斤半，也有一斤，怎能數十枚同時發出？他聽到這凌厲的破空之聲，自然而然身子往地下一伏，卻聽得向問天大叫一聲：「啊喲！」似是身受重傷。

令狐冲大驚，縱身過去，擋在他的前面，急問：「向先生，你受了傷嗎？」向問天道：「我……我不成了，你……你……快走……」令狐冲大聲道：「咱二人同生共死，令狐冲決不捨你獨生！」

只聽得追敵大聲呼叫：「向問天中了飛錐！」白霧中影影綽綽，十幾個人漸漸逼近。

便在此時，令狐冲猛覺一股勁風從身右掠過，向問天哈哈大笑，前面十餘人紛紛倒地。原來他將數十枚飛錐都接在手中，卻假裝中錐受傷，令敵人不備，隨即也以「滿天花雨」手法射了出去。其時濃霧瀰天，視界不明；而令狐冲惶急之聲出於眞誠，對方聽了，盡皆深信不疑；再加向問天居然也能以「滿天花雨」手法發射如此沉重暗器，大出追者意料之外，是以追在最前的十餘人或死或傷，竟沒一人倖免。

向問天抱起令狐冲，轉身又奔，說道：「不錯，小兄弟，你很有義氣。」他想令狐冲挺身而出，胡亂打抱不平，還不過是少年人的古怪脾氣，可是自己適才假裝身受重傷，裝得極像，令狐冲竟不肯捨己逃生，決意同生共死，那實是江湖上最可貴的「義氣」。

過得少時，敵人又漸追近，只聽得颼颼之聲不絕，暗器連續飛至。向問天竄高伏低的閃避，追者更加迫近，他將令狐冲放下，一聲大喝，回身衝入追敵人叢之中，乒乒乓乓幾聲響，又再奔回，背上已負了一人。他將那人雙手用自己手腕上的鐵鍊繞住，負在背上，這才將令狐冲抱起，繼續奔跑，笑道：「咱們多了塊活盾牌。」

那人大叫：「別放暗器！別放暗器！」可是追敵置之不理，暗器發之不已。那人突然大叫一聲：「哎唷！」背心上給暗器打中。向問天背負活盾牌，手抱令狐冲，仍然奔躍迅捷。背上那人大聲叱罵：「王崇古，他媽的你不講義氣，明知我……哎喲，是袖箭，你奶奶的，張芙蓉你這騷狐狸，你……你借刀殺人。」只聽得噗噗噗之聲連響，那人叫罵之聲漸低，終於一聲不響。向問天笑道：「活盾牌變了死盾牌。」

他不須顧忌暗器，提氣疾奔，轉了兩個山坳，說道：「到了！」吁了一口長氣，哈哈大笑，心懷大暢，最後這十里山道委實凶險萬分，是否能擺脫追敵，當時實在殊無把握。

令狐冲放眼望去，心下微微一驚，眼前一條窄窄的石樑，通向一個萬仞深谷，所見到的石樑不過八九尺長，再過去便雲封霧鎖，不知盡頭。向問天低聲道：「白霧之中是條鐵索，可別隨便踏上去。」令狐冲道：「是！」忍不住心驚：「這石樑寬不逾尺，下臨深谷，本已危險萬狀，再換作了鐵索，以我眼前功力，絕難渡過。」

向問天放開了纏在「死盾牌」手上的鐵鍊，從那人腰間抽出一柄長劍，遞給令狐冲，再將「盾牌」豎在身前，靜待追敵。

等不到一盞茶時分，第一批追敵已然趕到，正、魔雙方的人物均有。衆人見地形險惡，向問天布的是背水爲陣之勢，倒也不敢逼近。過了一會，追敵越來越多，均聚在五六丈外，大聲喝罵，隨即飛鏢、飛蝗石、袖箭等暗器紛紛打了過來。向問天和令狐冲縮在「盾牌」之後，諸般暗器都只打到了「盾牌」。

驀地裏一聲大吼，聲震山谷，一名莽頭陀手舞禪杖衝來，一柄七八十斤的鐵禪杖往向問天腰間砸到。向問天一低頭，禪杖自頭頂掠過，鐵鍊著地揮出，抽他腳骨。那頭陀這一杖用力極猛，沒法收轉擋架，當即上躍閃避。向問天鐵鍊急轉，已捲住他右踝，乘勢向前一送，使上借力打力之法，那頭陀立足不定，向前摔出，登時跌向深谷。向問天一抖一送，已將鐵鍊從他足踝放開。那頭陀驚吼聲慘厲之極，一路自深谷中傳上來。衆人聽了無不毛骨悚然，不自禁的都退開幾步，似怕向問天將自己也摔下谷去。

僵持半晌，忽有二人越衆而出。一人手挺雙戟，另一個是個和尙，持一柄月牙鏟。兩人並肩齊上，雙戟一上一下，戳往向問天面門與小腹，那月牙鏟卻往他左脅推到。這三件兵刃都斤兩甚重，挾以渾厚內力，攻出時大具威勢。二人看準了地形，教向問天沒法旁避，非以鐵鍊硬接硬格不可。果然向問天鐵鍊揮出，噹噹噹三響，將雙戟和月牙鏟盡數砸開，四件兵刃上發出點點火花，那是硬碰硬的打法，更無取巧餘地。對面人叢中采聲大作。

那二人手中兵刃爲鐵鍊盪開，隨即又攻了上來，噹噹噹三響，四件兵刃再度相交。那和尚及那漢子都晃了幾下，向問天卻穩穩站住。他不等敵人緩過氣來，大喝一聲，疾揮鐵鍊擊出。二人分舉兵刃擋住，又爆出噹噹噹三聲急響。那和尚大聲吼叫，拋去月牙鏟，口中鮮血狂噴。那漢子高舉雙戟，對準向問天刺去。向問天挺直胸膛，不擋不架，哈哈一笑，只見雙戟刺到離他胸口半尺之處，忽然軟軟的垂了下來。那漢子順著雙戟落下之勢，俯伏於地，就此一動不動。兩敵竟然都給向問天的硬勁活生生震死。

聚在山峽前的羣豪相顧失色，無人再敢上前。

向問天道：「小兄弟，咱們跟他們耗上了，你坐下歇歇。」說著坐了下來，抱膝向天，對衆人正眼也不瞧上一眼。

忽聽得有人朗聲說道：「大膽妖邪，竟敢如此小視天下英雄。」四名道人挺劍而上，走到向問天面前，四劍一齊橫轉，說道：「站起來交手。」向問天嘿嘿一笑，冷冷的道：「姓向的惹了你們峨嵋派甚麼事了？」左首一名道士說道：「邪魔外道爲害江湖，我輩修眞之士伸張正義，除妖滅魔，責無旁貸。」向問天笑道：「好一個除妖滅魔，責無旁貸！你們身後這許多人中，有一半是魔教中人，怎地不去除妖滅魔？」那道人道：「先誅首惡！」

向問天仍抱膝而坐，舉頭望著天上浮雲，淡淡的道：「原來如此，不錯，不錯！」突然一聲大喝，身子縱起，鐵鍊如深淵騰蛟，疾向四人橫掃而至。這一下奇襲來得突兀之至，總算四名道人皆屬峨嵋派好手，倉卒中三道長劍下豎，擋在腰間，站在最右的第四名道士長劍刺出，指向向問天咽喉。只聽得啪的一聲響，三柄長劍齊爲鐵鍊打彎，向問天一側頭，避開了這一劍。那道人劍勢如風，連環三劍，逼得向問天沒法緩手。其餘三名道人退了開去，換了劍又再來鬥。四道劍勢相互配合，宛似一個小小的劍陣。四柄長劍矢矯飛舞，忽分忽合。

令狐冲瞧得一會，見向問天揮舞鐵鍊時必須雙手齊動，遠不及單手運使的靈便，時刻一長，難免落敗，從向問天右側踏上，長劍刺出，疾取一道的脅下。這一劍出招的方位古怪之極，那道士萬難避開，噗的一聲，脅下已然中劍。令狐冲心念電閃：「聽說峨嵋派向來潔身自好，不理江湖上的閒事，聲名甚佳，我助向先生解圍，不必傷這道士性命。」劍尖甫刺入對方肌膚，立刻迴劍，但臨時強縮，劍招便不精純。那道人手臂下壓，竟不顧痛楚，強行將他的長劍夾住。

令狐冲長劍回拖，登時將那道人的手臂和脅下都劃出了一道長長口子，便這麼一緩，另一名中年道人的長劍擊了過來，砸在令狐冲劍上。令狐冲手臂一痳，便欲放手撤劍，但想兵器一失，便成廢人，拚命抓住劍柄，只覺劍上勁力一陣陣傳來，疾攻自己心脈。

第一名道士脅下中劍，受傷不重，但他以手臂夾劍，給令狐冲長劍拖回時所劃的口子卻深及見骨，鮮血狂湧，沒法再戰。其餘兩名道人這時已在令狐冲背後，正和向問天激鬥，二道劍法精奇，雙劍聯手，守得嚴謹異常。

向問天接鬥數招，便退後一步，一連退了十餘步，身入白霧之中。二道繼續前攻，長劍前半截已沒入霧中。石樑彼端突然有人大叫：「小心，再過去便是鐵索橋！」這

「橋」字剛出口，只聽得一道齊聲慘呼，身子向前疾衝，鑽入了白霧，顯是身不由主，給向問天拖了過去。慘呼聲迅速下沉，從橋上傳入谷底，霎時之間便即無聲無息。

向問天哈哈大笑，從白霧中走出來，驀見令狐冲身子搖搖欲墜，不禁一驚。

令狐冲在涼亭中以「獨孤九劍」連續傷人，四個峨嵋派道士眼見之下，自知劍法決非其敵，但都已瞧出他內力平平。此刻那道士便將內力源源不絕的攻去。別說令狐冲此時內力全失，即在往昔，畢竟修為日淺，也非這個已練了三十餘年峨嵋內家心法的道人之可比，幸好他體內眞氣充沛，一時倒也不致受傷，但氣血狂翻亂湧，眼前金星飛舞。忽覺背心「大椎穴」上一股熱氣透入，手上的壓力立時一輕，令狐冲精神一振，知已得向問天之助，但隨即察覺，向問天竟是將對方攻來的內力導引向下，自手臂傳至腰脅，又傳至腿腳，隨即在地下消失得無影無蹤。

那道人察覺到不妙，大喝一聲，撤劍後躍，叫道：「吸星妖法，吸星妖法！」

羣豪聽到「吸星妖法」四字，有不少人立時臉色大變。

向問天哈哈一笑，說道：「不錯，這是吸星大法，那一位有興致的便上來試試。」

魔教中那名黃帶長老嘶聲說道：「難道那任……任……又出來了？咱們回去稟告教主，再行定奪。」魔教人衆答應了一聲，一齊轉身，百餘人中登時散去了一半。其餘正教中人低聲商議了一會，便有人陸陸續續的散去，到得後來，只剩下寥寥十餘人。

只聽得一個清朗的聲音說道：「向問天，令狐冲，你們竟使用吸星妖法，墮入萬劫不復之境，此後武林朋友對付你們兩個，更不必計較手段是否正當。這是你們自作自受，事到臨頭，可別後悔。」

向問天笑道：「姓向的做事，幾時後悔過了？你們數百人圍攻我等二人，難道便是正當手段了？嘿嘿，可笑啊可笑！」腳步聲響，那十餘人也都走了。

向問天側耳傾聽，察知來追之敵確已遠去，低聲說道：「這批狗傢伙必定去而復回。你伏在我背上。」令狐冲見他神情鄭重，當下也不多問，便伏在他背上。向問天彎下腰來，左足慢慢伸落，竟向深谷中走去。令狐冲微微一驚，只見向問天鐵鍊揮出，捲住了山壁旁伸出的一棵樹，試了試那樹甚是堅牢，吃得住兩人身子的份量，這才輕輕向下縱落。兩人身懸半空，向問天晃了幾下，找到了踏腳之所，當即手腕迴力，自相反方向甩去，鐵鍊自樹幹上滑落。向問天雙手在山壁上一按，略行凝定，鐵鍊已捲向腳底一塊凸出的大石，兩人身子便又下降丈餘。

如此不住下落，有時山壁光溜溜地既無樹木，又無凸出石塊，向問天便即行險，身貼山壁，逕自向下滑溜，一溜十餘丈，越滑越快，但只須稍有可資借力之處，便施展神功，或以掌拍，或以足踏，或揮鍊勾樹，延緩下溜之勢。

令狐冲身歷如此大險，委實驚心動魄，這般滑下深谷，凶險處實不下於適才的激鬥，但想這等平生罕歷之奇，險固極險，若非遇上向問天這等奇人，只怕百世也是難逢，是以當向問天雙足踏到谷底時，他反覺微微失望，恨不得這山谷更深數百丈才好，抬頭上望，谷口盡是白雲，石樑已成了極細的一條黑影。

令狐冲道：「向先生……」向問天伸出手來，按住他嘴，左手食指向上一指。令狐沖隨即省悟，追敵果然去而復來，極目望去，卻不見石樑上有何人影。

向問天放開了手，將耳貼山壁傾聽，過了好一會，才微笑道：「他奶奶的，有的守在上面，有的在四處找尋。」轉頭瞪著令狐沖，說道：「你是名門正派的弟子，姓向的卻是旁門妖邪，雙方向來便是死敵。你為甚麼甘願得罪正教朋友，這般奮不顧身的來救我性命？」

令狐沖道：「晚輩適逢其會，和先生聯手，跟正教魔教雙方羣豪周旋一場，居然得能不死，實是僥天之倖。向先生說甚麼救命不救命，當眞……咳咳……當眞是……」向問天接口道：「當眞是胡說八道之至，是不是？」令狐沖道：「晚輩可不敢說向先生胡說八道，但若說晚輩有救命之功，卻大大的不對了。」向問天道：「姓向的說過了的話，從不改口。我說你於我有救命之恩，便有救命之恩。」令狐沖笑了笑，便不再辯。

向問天道：「剛才那些狗娘養的大叫甚麼『吸星大法』，嚇得一鬨而散。你可知『吸星大法』是甚麼功夫？他們為甚麼這等害怕？」令狐沖道：「晚輩正要請教。」向問天皺眉道：「甚麼晚輩長輩、先生學生的，教人聽了好不耐煩。乾乾脆脆，你叫我大哥，我叫你兄弟便了。」令狐沖道：「這個晚輩卻是不敢。」向問天怒道：「好，你見我是魔教中人，瞧我不起。你救過我性命，老子這條命在與不在，那是稀鬆平常之至，你瞧我不起，咱們先來打上一架。」他話聲雖低，卻怒容滿面，顯然甚為氣惱。

令狐沖笑道：「打架倒也不必，而且我是萬萬不敵。大哥既執意如此，小弟自當從命。」尋思：「我連田伯光這等採花大盜也結交為友，多交一個向問天又有何妨？這人豪邁洒脫，眞是一條好漢子，我本來就喜歡這等人物。」俯身下拜，說道：「大哥在上，受小弟一禮。」

向問天大喜，說道：「天下跟向某義結金蘭的，就只兄弟你一人，你可要記好了。」令狐冲笑道：「小弟受寵若驚之至。」照江湖上慣例，二人結義爲兄弟，至少也當撮土爲香，立誓他日有福共享，有難同當，但他二人均是放蕩不羈之人，經此一戰，都覺意氣相投，肝膽相照，這些磕頭結拜的繁文縟節誰都不加理會，說是兄弟，便是兄弟了。

向問天身在魔教，但教中兄弟極少是他瞧得上眼的，今日認了一個義兄弟，心下甚喜，說道：「可惜這裏沒好酒，否則咱們一口氣喝他媽的幾十杯，那才痛快。」令狐冲道：「正是，小弟喉頭早已饞得發癢，大哥這一提，可更加不得了。」

向問天向上一指，道：「那些狗崽子還沒遠去，咱們只好在這谷底熬上幾日。兄弟，適才那峨嵋派的牛鼻子以內力攻你，我以內力相助，那牛鼻子的內力便怎樣了？」令狐冲道：「大哥似是將那道人的內力都引入了地下。」向問天一拍大腿，喜道：「不錯，不錯！兄弟的悟心眞好。我這門功夫，是自己無意中想出來的，武林中無人得知，我給取個名字，叫做『吸功入地小法』。」令狐冲道：「這名字倒也奇怪。」

向問天道：「我這門功夫，和那武林中人人聞之色變的『吸星大法』相比，眞如小巫見大巫，因此只好稱爲『小法』。我這功夫只是移花接木、借力打力的小技，將對方的內力導入地下，使之不能爲害，於自己可半點也沒好處。再者，這功夫只有當對方以內力相攻之時方能使用，卻不能拿來攻敵傷人，對方當時但覺內力源源外洩，不免大驚失色，過不多時，便即復元。我料到他們必定去而復回，只因那峨嵋派的牛鼻子功力一復，便知我這『吸功入地小法』只是個唬人的玩意兒，其實不足爲懼。你哥哥素來不喜攬這些騙人的伎倆，因此從來沒用過。」

令狐冲笑道：「向問天從不騙人，今日爲了小弟，卻破了戒。」向問天嘿嘿一笑，說道：「從不騙人，卻也未必，但如峨嵋派松紋道人這等小小腳色，你哥哥可還眞不屑騙他。要騙人，就得揀件大事，騙得驚天動地，天下皆知。」

兩人相對大笑，生怕給上面的敵人聽見了，雖壓低了笑聲，卻笑得甚爲歡暢。

黑白子待長劍刺到，
左手食中二指陡地伸出，往劍刃上夾去。
旁觀五人見他行此險著，
都不禁「咦」的一聲驚呼。

一九

打賭

這時兩人都已甚爲疲累，分別倚在山石旁閉目養神。

令狐冲不久便睡著了。睡夢之中，忽見盈盈手持三隻烤熟了的青蛙，遞在他手裏，問道：「你忘了我麼？」令狐冲大聲道：「沒忘，沒忘！你……你到那裏去了？」見盈盈的影子忽然隱去，忙叫：「你別走！我有很多話跟你說。」卻見刀槍劍戟，紛紛殺來，他大叫一聲，醒了過來。向問天笑嘻嘻的道：「夢見了情人麼？要說很多話？」

令狐冲臉上一紅，也不知說了甚麼夢話給他聽了去。向問天道：「兄弟，你要見情人，只有養好了傷，治好了病，才能去找她。」令狐冲黯然道：「我……我沒情人。再說，我的傷是治不好的。」向問天道：「我欠了你一命，雖是自家兄弟，總是心中不舒服，非還你一條命不可。我帶你去一個地方，定可治好你的傷。」

令狐冲雖說早將生死置之度外，畢竟出於無奈，只好淡然處之，聽向問天說自己之傷可治，此言若從旁人口中說出，未必能信，但向問天實有過人之能，武功之高，除了太師叔風清揚外，生平從所未睹，以師父岳不羣之能，也必有所不及，他輕描淡寫的一句話，份量之重，無可言喻，心頭登時湧起一股喜悅之情，道：「我……我……」說了兩個「我」字，卻接不下話去。這時一彎冷月從谷口照射下來，清光遍地，谷中雖仍陰森森地，但在令狐冲眼中瞧出來，便如是滿眼陽光。

向問天道：「咱們去見一個人。這人脾氣十分古怪，事先不能讓他知情。兄弟，你如信得過我，一切便由我安排。」令狐冲道：「那有甚麼信不過的？大哥是要設法治我之傷，這是死馬當作活馬醫，本來是沒指望之事。治得好是謝天謝地、意外之喜，治不好那是理所當然！」

向問天微微一笑，說道：「兄弟，你我生死如一，本來萬事不能瞞你。但這件事，事前可不能洩露機關，事後自會向你說個一清二楚。」令狐冲道：「大哥不須躭心，你說甚麼，我一切照做便是。」向問天道：「兄弟，我是日月神教的右使者，在你們正教中人看來，我們的行事不免有點古裏古怪，邪裏邪氣。哥哥要你去做一件事，若能成功，於治你之傷大有好處，不過我話說在前頭，這件事哥哥也是利用了你，要委屈你吃些苦頭。」令狐冲一拍自己胸膛，說道：「你我既已義結金蘭，我這條命就是你的。吃點苦頭打甚麼緊？做人義氣爲重，還能討價還價、說好說歹麼？」向問天甚喜，說道：「那咱們也不必說多謝之類的話了。」令狐冲道：「當然！」

他自華山派學藝以來，一番心意盡數放在小師妹身上，雖和陸大有交好，也只當他是師弟那麼照顧，直至此刻，方始領略到江湖上慷慨重義，所謂「過命的交情」、那種把性命交給了朋友的眞味。其實他於向問天的身世、過往、爲人所知實在極少，遠不及對施戴子、高根明等師弟的了解，但所謂一見心折，於同病相憐、惺惺相惜之際，自然而然成了生死之交。

向問天伸舌頭舐了舐嘴唇，道：「那條馬腿不知丟到那裏去了？他媽的，殺了這許多狗崽子，山谷裏卻一個也不見。」令狐冲見他這副神情，知他是想尋死屍來吃，心下駭然，不敢多說，又即閉眼入睡。

第二日早晨，向問天道：「兄弟，這裏除了青草苔蘚，甚麼也沒有。咱們在這裏挨下去，非去找死屍來吃不可，可是昨天跌在這山谷中的，個個又老又韌，我猜你吃起來胃口不會太好。」令狐冲忙道：「簡直半點胃口也沒有。」

向問天笑道：「咱們只好覓路出去。我先給你的相貌改上一改。」到山谷底去抓了些爛泥，塗在他臉上，隨即伸手在自己下巴上揉了一會，神力到處，長鬚盡脫，雙手再在自己頭上一陣搓揉，滿頭花白頭髮脫得乾乾淨淨，變成了一個油光精滑的禿頭。令狐冲見他頃刻之間相貌便全然不同，又好笑，又佩服。向問天又去抓些爛泥來，加大自己鼻子，敷腫雙頰，此時便是對面細看，也不易辨認。

向問天在前覓路而行，他雙手攏在袖中，遮住了繫在腕上的鐵鍊，只要不出手，誰也認不出這禿頭胖子便是那矍鑠瀟洒的向問天。

二人在山谷中穿來穿去，到得午間，在山坳裏見到一株毛桃，桃子尚青，入口酸澀，兩人卻也顧不得這許多，採來飽餐了一頓。休息了一個多時辰，又再前行。到得黃昏時，向問天終於尋到了出谷的方位，但須翻越一個數百尺的峭壁。他將令狐冲負於背上，騰越而上。

登上峭壁，放眼一條小道蜿蜒於長草之間，雖景物荒涼，總是出了那連鳥獸之跡也絲毫不見的絕地，兩人都長長吁了口氣。

次日清晨，兩人逕向東行，到得一處大市鎭，向問天從懷中取出一片金葉子，要令狐冲去一家銀鋪兌成了銀子，然後投店住宿。向問天叫了一桌酒席，命店小二送來一大罈酒，和令狐冲二人痛飲了半罈，飯也不吃了，一個伏案睡去，一個爛醉於床。直到次日紅日滿窗，這才先後醒轉。兩人相對一笑，回想前日涼亭中、石樑上的惡鬥，直如隔世。

向問天道：「兄弟，你在此稍候，我出去一會。」這一去竟是一個多時辰。令狐冲正自擔憂，生怕他遇上了敵人，卻見他雙手大包小包，挾了許多東西回來，手腕間的鐵鍊也已不知去向，想是叫鐵匠給鑿開了。向問天打開包裹，一包包都是華貴衣飾，說道：「咱二人都扮成大富商的模樣，越闊綽越好。」當下和令狐冲二人裏裏外外換得煥然一新。出得店時，店小二牽過兩匹鞍轡鮮明的高頭大馬過來，也是向問天買來的。

二人乘馬而行，緩緩向東。行得兩日，令狐冲感到累了，向問天便僱了大車給他乘坐，到得運河邊上，索性棄車乘船，折而南行。一路之上，向問天花錢如流水，身邊的金葉子似乎永遠用不完。過了長江，運河兩岸市肆繁華，向問天所買的衣飾也越來越華貴。

舟中日長，向問天談些江湖上的軼聞趣事。許多事情令狐冲都是聞所未聞，聽得津津有味。但涉及黑木崖上魔教之事，向問天卻絕口不提，令狐冲也就不問。

這一天將到杭州，向問天在舟中又爲令狐冲及自己刻意化裝了一番，剪下令狐冲一些頭髮，再剪短了當作小鬍子，用膠水黏在令狐冲上唇。打點妥當，這才捨舟登陸，買了兩匹駿馬，乘馬進了杭州城。

杭州古稱臨安，南宋時建爲都城，向來是個好去處。進得城來，一路上行人比肩，笙歌處處。令狐冲跟著向問天來到西湖之畔，但見碧波如鏡，垂柳拂水，景物之美，直如神仙境地。令狐冲道：「常聽人言道：上有天堂，下有蘇杭。蘇州沒去過，不知端的，今日親見西湖，這天堂之譽，確是不虛了。」

向問天一笑，縱馬來到一個所在，一邊倚著小山，和外邊湖水相隔著一條長堤，更是幽靜。兩人下了馬，將坐騎繫在湖邊的柳樹上，向山邊的石級上行去。向問天似是到了舊遊之地，路徑甚是熟悉。轉了幾個彎，遍地都是梅樹，老幹橫斜，枝葉茂密，想像初春梅花盛開之日，香雪如海，定然觀賞不盡。

穿過一大片梅林，走上一條青石板大路，來到一座朱門白牆的大莊院外，行到近處，見大門外寫著「梅莊」兩個大字，旁邊署著「虞允文題」四字。令狐冲讀書不多，不知虞允文是南宋破金的大功臣，但覺這幾個字儒雅之中透著勃勃英氣。

向問天走上前去，抓住門上擦得精光雪亮的大銅環，回頭低聲道：「一切聽我安排。兄弟，這件事難免有性命之憂，就算一切順利，也要大大的委屈你幾天。」令狐冲點了點頭，道：「不妨！」心想：「這座梅莊，顯是杭州城大富之家的寓所，莫非住的是一位當世名醫？大哥說有性命之憂，難道這治病之法會令我十分痛苦，且甚爲凶險？」

只見向問天將銅環敲了四下，停一停，再敲兩下，停一停，敲了五下，又停一停，再敲三下，然後放下銅環，退在一旁。

過了半晌，大門緩緩打開，並肩走出兩個家人裝束的老者。令狐冲微微一驚，這二人目光炯炯，步履穩重，顯是武功不低，卻如何在這裏幹這僕從廝養的賤役？左首那人躬身說道：「兩位駕臨敝莊，有何貴幹？」向問天道：「嵩山門下、華山門下弟子，有事求見江南四友，四位前輩。」那人道：「我家主人向不見客。」說著便欲關門。

向問天從懷中取出一物，展了開來，令狐冲又是一驚，只見他手中之物寶光四耀，乃是一面五色錦旗，上面鑲滿了珍珠寶石。令狐冲知是嵩山派左盟主的五嶽令旗，令旗所到之處，猶如左盟主親到，五嶽劍派門下，無不凜遵持旗者的號令。令狐冲隱隱覺得不妥，猜想向問天此旗定然來歷不正，說不定還是殺了嵩山派中重要人物而搶來的，又想正教中人追殺於他，或許便因此旗而起，他自稱是嵩山派弟子，不知有何圖謀？自己答允了一切聽他安排，只好一言不發，靜觀其變。

那兩名家人見了此旗，神色微變，齊聲道：「嵩山派左盟主的令旗？」向問天道：「正是！」右首那家人道：「江南四友和五嶽劍派素不往來，便是嵩山左盟主親到，我家主人也未必……未必……嘿嘿！」下面的話沒說下去，意思卻甚明顯：「便是左盟主親到，我家主人也未必接見。」嵩山派左盟主畢竟位高望重，這人不願口出輕侮之言，但他顯然認爲「江南四友」的身分地位，比之左盟主又高得多了。

令狐冲心道：「這『江南四友』是何等樣人物？倘若他們在武林之中眞有這等大來頭，怎地從沒聽師父、師娘提過他四人名字？我在江湖上行走，多聽人講到當世武林中的前輩高人，卻也不曾聽到有人提及『江南四友』四字。」

向問天微微一笑，將令旗收入懷中，說道：「我左師姪這面令旗，不過是拿來唬人的。江南四位前輩是何等樣人，自不會將這令旗放在眼裏……」令狐冲心道：「你說『左師姪』？居然冒充左盟主的師叔，越來越不成話了。」只聽向問天續道：「只是在下一直無緣拜見江南四位前輩，拿這面令旗出來，不過作爲信物而已。」

兩名家人「哦」了一聲，聽他話中將江南四友的身分抬得甚高，臉色便和緩了下來。一人道：「閣下是左盟主的師叔？」

向問天又是一笑，說道：「正是。在下是武林中的無名小卒，兩位自是不識了。想當年丁兄在祁連山下單掌劈四霸，一劍伏雙雄；施兄在湖北橫江救孤，一柄紫金八卦刀殺得青龍幫一十三名大頭子血濺漢水江頭，這等威風，在下卻常在心頭。」

那兩個家人打扮之人，一個叫丁堅，一個叫施令威，歸隱梅莊之前，是江湖上兩個行事十分辣手的半正半邪人物。他二人一般的脾氣，做了事後，絕少留名，是以武功雖高，名字卻少有人知。向問天所說那兩件事，正是他二人生平的得意傑作。一來對手甚強，而他二人以寡敵眾，勝得乾淨利落；二來這兩件事都曲在對方，二人所作的乃行俠仗義的好事，這等義舉他二人生平所為者甚是寥寥。大凡做了好事，雖不欲故意宣揚，但若給人無意中得知，畢竟心中竊喜。丁施二人聽了向問天這一番話，不由得都臉露喜色。丁堅微微一笑，說道：「小事一件，何足掛齒？閣下見聞倒廣博得很。」

向問天道：「武林中沽名釣譽之徒甚眾，而身懷眞材實學、做了大事而不願宣揚的清高之士，卻十分難得。『一字電劍』丁大哥和『五路神』施九哥的名頭，在下仰慕已久。左師姪說起，有事須向江南四友請教。在下歸隱已久，心想江南四友未必見得著，但如能見到『一字電劍』和『五路神』二位，便算不虛此行，因此上便答允來杭州走一趟。左師姪說道：如他自已親來，只怕四位前輩不肯接見，因他近年來在江湖上太過張揚，生恐前輩們瞧他不起，倒是在下素不在外走動，說不定還不怎麼惹厭。哈哈！」

丁施二人聽他既捧江南四友，又大大的捧了自己二人，都甚為高興，陪他哈哈哈的笑了幾聲，見這禿頭胖子雖衣飾華貴，面目可憎，但言談舉止，頗具器度，確然不是尋常人物，他既是左冷禪的師叔，武功自必不低，心下也多了幾分敬意。

施令威心下已決定代他傳報，轉頭向令狐冲道：「這一位是華山派門下？」

向問天搶著道：「這一位風兄弟，是當今華山掌門岳不羣的師叔。」

令狐冲聽他信口胡言，早已猜到他要給自己捏造一個名字和身分，卻決計料不到他竟說自己是師父的師叔。令狐冲雖諸事漫不在乎，但要他冒認是恩師的長輩，究竟心中不安，忍不住身子一震，幸好他臉上塗了厚厚的黃粉，震驚之情絲毫不露。

丁堅和施令威相互瞧了一眼，心下都有些起疑：「這人眞實年紀瞧不出來，雖留了小鬍子，看來多半未過四十，怎能是岳不羣的師叔？」

向問天雖已將令狐冲的面貌扮得大為蒼老，畢竟難以使他變成一個老者，如強加化裝，難免露出馬腳，當即接口：「這位風兄弟年紀比岳不羣還小了幾歲，卻是風清揚風師兄的堂房小兄弟，也是風師兄獨門劍法的唯一傳人，劍術之精，華山派中少有人能及。」

令狐冲又大吃一驚：「向大哥怎知我是風太師叔的傳人？」隨即省悟：「風太師叔劍法如此了得，當年必定威震江湖。向大哥識見不凡，見了我的劍法後自能推想得到。方生大師既看得出，向大哥自也看得出。」

丁堅「啊」的一聲，他是使劍的名家，聽得令狐冲精於劍法，忍不住技癢，可是見這人滿臉黃腫，形貌猥葸，實不像是個精擅劍法之人，問道：「不知二位大名如何稱呼。」

向問天道：「在下姓童，名叫童化金。這位風兄弟，大名是上二下中。」

丁施二人都拱了拱手，說道：「久仰，久仰。」

向問天暗暗好笑，自己叫「童化金」，便是「銅化金」之意，以銅化金，自然是假貨了；這「二中」二字卻是將「冲」字拆開來的。武林中並沒這樣兩個人，他二人居然說「久仰，久仰」，不知從何「仰」起？更不用說「久」了。

丁堅說道：「兩位請進廳上用茶，待在下去稟告敝上，見與不見，卻是難言。」向問天笑道：「兩位和江南四友名雖主僕，情若兄弟。四位前輩可不會不給丁施二兄的面子。」丁堅微微一笑，讓在一旁。向問天便即邁步入內，令狐冲跟了進去。走過一個大天井，天井左右各植一棵老梅，枝幹如鐵，極是蒼勁。來到大廳，施令威請二人就座，自己站著相陪，丁堅進內稟報。

向問天見施令威站著，自己踞坐，未免對他不敬，但他在梅莊身為僕役，卻不能請他也坐，說道：「風兄弟，你瞧這一幅畫，雖只寥寥數筆，氣勢可著實不凡。」一面說，一面站起身來，走到懸在廳中的那幅大中堂之前。

令狐冲和他同行多日，知他雖十分聰明機智，於文墨書畫卻不擅長，這時忽然讚起畫來，自是另有深意，當即應了一聲，走到畫前。見畫中所繪是一個仙人的背面，墨意淋漓，筆力雄健，令狐冲雖不懂畫，卻也知確是力作，又見畫上題款是：「丹青生大醉後潑墨」八字，筆法森嚴，一筆筆便如長劍的刺劃。令狐冲看了一會，說道：「童兄，我一見畫上這個『醉』字，便十分喜歡。這字中畫中，更似乎蘊藏著一套極高明的劍術。」他見到這八個字的筆法，以及畫中仙人的手勢衣摺，不禁想到了思過崖後洞石壁上所刻的劍法。

向問天尚未答話，施令威在他二人身後說道：「這位風爺果然是劍術名家。我家四莊主丹青先生說道：那日他大醉後繪此一畫，無意中將劍法蘊蓄於內，那是他生平最得意之作，酒醒之後再也繪不出了。風爺居然能從畫中看出劍意，四莊主定當引為知己。我進去告知。」說著喜孜孜的走了進去。

向問天咳嗽一聲，說道：「風兄弟，原來你懂得書畫。」令狐沖道：「我甚麼也不懂，胡謅幾句，碰巧撞中。這位丹青先生倘若和我談書論畫，可要我大大出醜了。」

忽聽得門外一人大聲道：「他從我畫中看出了劍法？這人的眼光可了不起啊！」叫嚷聲中，走進一個人來，鬚長及腹，左手拿著一隻酒杯，臉上醺醺然大有醉意。

施令威跟在其後，說道：「這兩位是嵩山派童爺，華山派風爺。這位是梅莊四莊主丹青先生。四莊主，這位風爺一見莊主的潑墨筆法，便說其中含有一套高明劍術。」

那四莊主丹青生斜著一雙醉眼，向令狐沖端相一會，問道：「你懂得畫？會使劍？」這兩句話問得甚是無禮。

令狐沖見他手中拿的是一隻翠綠欲滴的翡翠杯，又聞到杯中所盛是梨花酒，猛地裏想起祖千秋在黃河舟中所說的話來，說道：「白樂天杭州春望詩云：『紅袖織綾誇柿蒂，青旗沽酒趁梨花。』飲梨花酒當用翡翠杯，四莊主果然是飲酒的大行家。」他沒讀過多少書，甚麼詩詞歌賦，全然不懂，但生性聰明，於別人說過的話，卻有過耳不忘之才，這時逕將祖千秋的話照搬過來。

丹青生一聽，雙眼睜得大大的，突然一把抱住令狐冲，大叫：「啊哈，好朋友到了。來來來，咱們喝他三百杯去。風兄弟，老夫好酒、好畫、好劍，人稱三絕。三絕之中，以酒為首，丹青次之，劍道居末。」

令狐冲大喜，心想：「丹青我是一竅不通，我是來求醫治傷，終不成跟人家比劍動手。這喝酒嗎，可就求之不得。」當即跟著丹青生向內走去，向問天和施令威跟隨在後。穿過一道迴廊，來到西首一間房中。門帷掀開，便是一陣撲鼻酒香。

令狐冲自幼嗜酒，只師父、師娘沒給他多少錢零花，自來有酒便喝，也不容他辨選好惡，自從在洛陽聽綠竹翁細論酒道，又得他示以各種各樣美酒，一來天性相投，二來得了名師指點，此後便賞鑒甚精，一聞到這酒香，便道：「好啊，這兒有三鍋頭的陳年汾酒。唔，這百草酒只怕已有七十五年，那猴兒酒更加難得。」他聞到猴兒酒的酒香，登時想起六師弟陸大有來，忍不住心中一酸。

丹青生拊掌大笑，叫道：「妙極，妙極！風兄弟一進我酒室，便將我所藏三種最佳名釀報了出來，當眞是大名家，了不起！了不起！」

令狐冲見室中琳瑯滿目，到處都是酒罈、酒瓶、酒葫蘆、酒杯，說道：「前輩所藏，豈止名釀三種而已。這紹興女兒紅固是極品，這西域吐魯番的葡萄濃酒，四蒸四釀，在當世也是首屈一指的了。」丹青生又驚又喜，問道：「我這吐魯番四蒸四釀葡萄濃酒密封於木桶之中，老弟怎地也嗅得出來？」令狐冲微笑道：「這等好酒，即使是藏於地下數丈的地窖之中，也掩不住它的酒香。」

丹青生叫道：「來來來，咱們便來喝這四蒸四釀葡萄濃酒。」將屋角落中一隻大木桶搬了出來。那木桶已舊得發黑，上面彎彎曲曲的寫著許多西域文字，木塞上用火漆封住，火漆上蓋了印，顯得極爲鄭重。丹青生握住木塞，輕輕拔開，登時滿室酒香。

施令威向來滴酒不沾唇，聞到這股濃冽的酒氣，不禁便有醺醺之意。

丹青生揮手笑道：「你出去，你出去，可別醉倒了你。」將三隻酒杯並排放了，抱起酒桶往杯中斟去。那酒藤黃如脂油，酒高於杯緣，只因酒質黏醇，似含膠質，卻不溢出半點。令狐冲心中喝一聲采：「此人武功了得，抱住這百來斤的大木桶向小小酒杯中倒酒，居然齊口而止，實是難能。」

丹青生將木桶夾在脅下，左手舉杯，道：「請，請！」雙目凝視令狐冲的臉色，瞧他嚐酒之後的神情。令狐冲舉杯喝了半杯，大聲辨味，只是他臉上塗了厚粉，瞧上去一片漠然，似乎不甚喜歡。丹青生神色惴惴，似乎生怕這位酒中行家覺得他這桶酒平平無奇。

令狐冲閉目半晌，睜開眼來，說道：「奇怪，奇怪！」丹青生問道：「甚麼奇怪？」令狐冲道：「此事難以索解，晚輩可當眞不明白了。」丹青生眼中閃動著十分喜悅的光芒，道：「你問的是……」令狐冲道：「這酒晚輩生平只在洛陽城中喝過一次，雖然醇美之極，酒中卻有微微酸味。據一位酒國前輩言道，那是由於運來之時沿途顚動之故。這四蒸四釀的吐魯番葡萄濃酒，多搬一次，便減色一次。從吐魯番來到杭州，不知有幾萬里路，可是前輩此酒，竟然絕無酸味，這個……」

丹青生哈哈大笑，得意之極，說道：「這是我的不傳之秘。我是用三招劍法向西域劍豪莫花爾徹換來的秘訣，你想不想知道？」

令狐冲搖頭道：「晚輩得嘗此酒，已心滿意足，前輩這秘訣卻不敢多問了。」

丹青生道：「喝酒，喝酒。」又倒了三杯，他見令狐冲不問這秘訣，不禁心癢難搔，說道：「其實這秘訣說出來不值一文，可說毫不希奇。」令狐冲知道自己越不想聽，他越是要說，忙搖手道：「前輩千萬別說，你這三招劍招，定然非同小可。以如此重大代價換來的秘訣，晚輩輕輕易易的便學了去，於心何安？常言道：無功不受祿……」丹青生道：「你陪我喝酒，說得出此酒的來歷，便是大大的功勞了。這秘訣你非聽不可。」

令狐冲道：「晚輩蒙前輩接見，又賜以極品美酒，已經感激之至，怎可……」丹青生道：「我願意說，你就聽好了。」向問天勸道：「四莊主一番美意，風兄弟不用推辭了。」丹青生道：「對，對！」笑咪咪的道：「我再考你一考，你可知這酒已有多少年份？」

令狐冲將杯中酒喝乾，辨味多時，說道：「這酒另有一個怪處，似乎已有一百二十年，又似只有十二三年。新中有陳，陳中有新，比之尋常百年以上的美酒，另有一般別致風味。」

向問天眉頭微蹙，心道：「這一下可獻醜了。一百二十年和十二三年相差百年以上，怎可相提並論。」他生怕丹青生聽了不愉，卻見這老兒哈哈大笑，一部大鬍子吹得筆直，笑道：「好兄弟，果然厲害。我這秘訣便在於此。我跟你說，那西域劍豪莫花爾徹送了我十桶三蒸三釀的一百二十年吐魯番美酒，用五匹大宛良馬馱到杭州來，然後我依法再加一釀一蒸，十桶美酒，釀成一桶。屈指算來，正是十二年半以前之事。這美酒歷關山萬里而不酸，酒味陳中有新，新中有陳，便在於此。」

向問天和令狐冲一齊鼓掌，道：「原來如此。」令狐冲道：「能釀成這等好酒，便是以十招劍法去換，也是値得。前輩只用三招去換，那是佔了天大的便宜了。不過料想前輩這三招劍法精妙異常，足足抵得十招而有餘。」

向問天心想：「我這兄弟劍法精妙，想不到口才也伶俐如此。」他不知令狐冲向來擅於言詞，常給岳不羣罵太過油嘴滑舌。

丹青生更加歡喜，說道：「老弟眞是我的知己。當日大哥、三哥都埋怨我以劍招換酒，令我中原絕招傳入了西域。二哥雖笑而不言，心中恐怕也是不以爲然。只有老弟才明白我是佔了大便宜，咱們再喝一杯。」他見向問天顯然不懂酒道，對之便不多加理睬。

令狐冲又喝了一杯，說道：「四莊主，此酒另有一個喝法，可惜眼下沒法辦到。」

丹青生忙問：「怎麼個喝法？爲甚麼辦不到？」令狐冲道：「吐魯番是天下最熱之地，聽說當年玄奘大師到天竺取經，途經火燄山，便是吐魯番了。」丹青生道：「是啊，那地方當眞熱得可以。一到夏天，整日浸在冷水桶中，還是難熬，到得冬天，卻又奇寒徹骨。正因如此，所產葡萄才與衆不同。」令狐冲道：「晚輩在洛陽城中喝此酒之時，天時尚寒，那位酒國前輩拿了一大塊冰來，將酒杯放於冰上。這美酒一經冰鎭，另有一番滋味。此刻正當初夏，這冰鎮美酒的奇味，便品嘗不到了。」

丹青生道：「我在西域之時，不巧也正是夏天，那莫花爾徹也說過冰鎮美酒的妙處。老弟，那容易，你就在我這裏住上大半年，到得冬天，咱們同來品嘗。」他頓了一頓，皺眉道：「只是要人等上這許多時候，實是心焦。」

向問天道：「可惜江南一帶，並無練『寒冰掌』、『陰風爪』一類純陰功夫的高手，否則……」他一言未畢，丹青生喜叫：「有了，有了！」說著放下酒桶，興沖沖的走了出去。令狐沖朝向問天瞧去，滿腹疑竇。向問天含笑不語。

過不多時，丹青生拉了一個極高極瘦的黑衣老者進來，說道：「二哥，這一次無論如何要請你幫幫忙。」令狐沖見這人眉清目秀，只是臉色泛白，似是一具殭屍模樣，令人一見之下，心中便感到一陣涼意。丹青生給二人引見了，原來這老者是梅莊二莊主黑白子，他頭髮極黑而皮膚極白，果然是黑白分明。黑白子冷冷的道：「幫甚麼忙？」丹青生道：「請你露一手化水成冰的功夫，給我這兩位好朋友瞧瞧。」

黑白子翻著一雙黑白分明的怪眼，冷冷的道：「雕蟲小技，何足掛齒？沒的讓大行家笑話。」丹青生道：「二哥，不瞞你說，這位風兄弟言道，吐魯番葡萄酒以冰鎮之，飲來別有奇趣。這大熱天卻到那裏找冰去？」黑白子道：「這酒香醇之極，何必更用冰鎮？」

令狐沖道：「吐魯番是酷熱之地……」丹青生道：「是啊，熱得緊！」令狐沖道：「當地所產的葡萄雖佳，卻不免有點兒暑氣。」丹青生道：「是啊，那是理所當然。」令狐沖道：「這暑氣帶入了酒中，過得百年，雖已大減，但微微一股辛辣之意，終究難兒。」丹青生道：「是極，是極！老弟不說，我還道是我蒸酒之時火頭太旺，可錯怪了那個御廚了。」令狐冲問道：「甚麼御廚？」丹青生笑道：「我只怕蒸酒時火候不對，蹧蹋了這十桶美酒，特地到北京皇宮之中，將皇帝老兒的御廚抓了來生火蒸酒。」

黑白子搖頭道：「當眞小題大做。」

向問天道：「原來如此。若是尋常的英雄俠士，喝這酒時多一些辛辣之氣，原亦不妨。但二莊主、四莊主隱居於這風景秀麗的西湖邊上，何等清高，和武林中的粗人大不相同。這酒一經冰鎮，去其火氣，便和二位高人的身分相配了。好比下棋，力鬥搏殺，那是第九流的棋品，一二品的高棋卻是入神坐照……」

黑白子怪眼一翻，抓住他肩頭，急問：「你也會下棋？」向問天道：「在下生平最喜下棋，只可惜天資所限，棋力不高，於是走遍大江南北、黃河上下，訪尋棋譜。三十年來，古往今來的名局，胸中倒記得不少。」黑白子忙問：「記得那些名局？」向問天道：「比如王質在爛柯山遇仙所見的棋局，劉仲甫在驪山遇仙對弈的棋局，王積薪遇狐仙婆媳的對局……」他話未說完，黑白子已連連搖頭，道：「這些神話，焉能信得？更那裏眞有棋譜了？」說著鬆手放開了他肩頭。

向問天道：「在下初時也道這是好事之徒編造的故事，但二十五年前見到了劉仲甫和驪山仙姥的對弈圖譜，著著精警，實非世間凡人所能，這才死心塌地，相信確非虛言。前輩於此道也有所好嗎？」

丹青生哈哈大笑，一部大鬍子又直飄起來。向問天問道：「前輩如何發笑？」丹青生道：「你問我二哥喜不喜歡下棋？哈哈哈，我二哥道號黑白子，你說他喜不喜歡下棋？二哥之愛棋，便如我之愛酒。」向問天道：「在下胡說八道，當眞是班門弄斧了，二莊主莫怪。」

黑白子道：「你當眞見過劉仲甫和驪山仙姥對弈的圖譜？我在前人筆記之中，見過這則記載，說劉仲甫是當時國手，卻在驪山之麓給一個鄉下老媼殺得大敗，登時嘔血數升，這局棋譜便稱爲『嘔血譜』。難道世上眞有這局嘔血譜？」他初進室時神情冷漠，此刻卻十分熱切。

向問天道：「在下廿五年之前，曾在四川成都一處世家舊宅之中見過，只因這一局實在殺得太過驚心動魄，雖事隔廿五年，全數一百一十二著，至今倒還著著記得。」

黑白子道：「一共一百一十二著？你倒擺來給我瞧瞧。來來，到我棋室中去擺局。」丹青生伸手攔住，道：「且慢！二哥，你不給我製冰，說甚麼也不放你走。」說著捧過一隻白瓷盆，盆中盛滿了清水。

黑白子嘆道：「四兄弟各有所痴，那也叫無可如何。」伸出右手食指，插入瓷盆。片刻間水面便浮起一絲絲白氣，過不多時，瓷盆邊上起了一層白霜，跟著水面結成一片片薄冰，冰越結越厚，只一盞茶時分，一瓷盆清水都化成了寒冰。

向問天和令狐冲都大聲喝采。向問天道：「這『黑風指』的功夫，聽說武林失傳已久，卻原來二莊主……」丹青生搶著道：「這不是『黑風指』，這叫『玄天指』，和『黑風指』的霸道功夫頗有上下床之別。」一面說，一面將四隻酒杯放在冰上，在杯中倒了葡萄酒，不久酒面上便冒出絲絲白氣。令狐冲道：「行了！」

丹青生拿起酒杯，一飲而盡，果覺既厚且醇，更沒半分異味，再加一股清涼之意，沁人心脾，大聲讚道：「妙極！我這酒釀得好，風兄弟品得好，二哥的冰製得好。你呢？」向著向問天笑道：「你在旁一搭一檔，搭檔得好。」

丹青生又倒了四杯酒，他性子急，要將盛冰的瓷盆放在酒杯之上，說道：「寒氣自上而下，冰氣下去得快些。」令狐冲道：「冰氣下去得雖快，但如此一來，一杯酒便從上至下一般的冰涼，非爲上品。如冰氣從下面透上來，酒中便一層有一層微異的冷暖，可以細辨其每一層氣味的不同。」丹青生聽他品酒如此精辨入微，欽佩之餘大爲高興，照法試飲，細辨酒味，果有些微差別。

黑白子將酒隨口飮了，也不理會酒味好壞，拉著向問天的手，道：「去，去！攞劉仲甫的『嘔血譜』給我看。」向問天一扯令狐冲的袖子，令狐冲會意，道：「在下也去瞧瞧。」丹青生道：「那有甚麼好看？我跟你不如在這裏喝酒。」令狐冲道：「咱們一面喝酒，一面看棋。」說著跟了黑白子和向問天而去。丹青生無奈，只得挾著那隻大酒桶跟入棋室。

只見好大一間房中，除了一張石几、兩張軟椅之外，空盪盪地一無所有，石几上刻著縱橫十九道棋路，對放著一盒黑子、一盒白子。這棋室中除了几椅棋子之外不設另物，當是免得對局者分心。

向問天走到石几前，在棋盤的「平、上、去、入」四角擺了勢子，跟著在「平部」六三路放了一枚白子，然後在九三路放一枚黑子，在六五路放一枚白子，在九五路放一枚黑子，如此不住置子，漸放漸慢。

黑白雙方一起始便纏鬥極烈，中間更無一子餘裕，黑白子只瞧得額頭汗水涔涔而下。令狐冲暗暗納罕，眼見他適才以「玄天指」化水成冰，那是何等高強的內功修爲，當時他渾不在意，弈棋只是小道，他卻瞧得滿頭大汗，可見關心則亂，此人愛棋成痴，向問天多半是揀正了他這弱點進襲。又想：「那位名醫不知跟他們是甚麼關係？」

黑白子見向問天置了第六十六著後，隔了良久不放下一步棋子，耐不住問道：「下一步怎樣？」向問天微笑道：「這是關鍵所在，以二莊主高見，該當如何？」黑白子苦思良久，沉吟道：「這一子嗎？斷又不妥，連也不對，衝是衝不出，做活卻又活不成。這……這……這……」他手中拈著一枚白子，在石几上輕輕敲擊，直過了一頓飯時分，這一子始終沒法放入棋局。這時丹青生和令狐冲已各飲了十七八杯葡萄濃酒。

丹青生見黑白子的臉色越來越青，說道：「童老兄，這是『嘔血譜』，難道你眞要我二哥想得嘔血不成？下一步怎麼下，爽爽快快說出來罷。」

向問天道：「好！這第六十七子，下在這裏。」於是在「上部」七四路下了一子。

黑白子啪的一聲，在大腿上重重一拍，叫道：「好，既然那邊下甚麼都不好，最好便是『脫先他投』，這一子下在此處，確是妙著。」

向問天微笑道：「劉仲甫此著，自然精采，但那也只是人間國手的妙棋，和驪山仙姥的仙著相比，卻又大大不如了。」黑白子忙問：「驪山仙姥的仙著，卻又如何？」向問天道：「二莊主不妨想想看。」

黑白子思索良久，總覺局面不利，難以反手，搖頭說道：「既是仙著，我輩凡夫俗子又怎想得出來？童兄不必賣關子了。」向問天微笑道：「這一著神機妙算，當眞只有神仙才想得出來。」黑白子是善弈之人，也就精於揣度對方心意，見向問天不肯將這一局棋爽爽快快的說出，好教人心癢難搔，料想他定有所求，便道：「童兄，你將這一局棋說與我聽，我也不會白聽了你的。」

令狐冲心想：「莫非向大哥知道這位二莊主的『玄天指』神功能治我之病，才兜了這樣一個大圈子來求他？」

向問天抬起頭來，哈哈一笑，說道：「在下和風兄弟，對四位莊主絕無所求。二莊主此言，可將我二人瞧得小了。」

黑白子深深一揖，說道：「在下失言，這裏謝過。」向問天和令狐冲還禮。

向問天道：「我二人來到梅莊，乃是要和四位莊主打一個賭。」黑白子和丹青生齊聲問道：「打一個賭？打甚麼賭？」向問天道：「我賭梅莊之中，沒人能在劍法上勝得過這位風兄弟。」黑白子和丹青生一齊轉看令狐冲。黑白子神色漠然，不置可否。丹青生卻哈哈大笑起來，說道：「打甚麼賭？」

向問天道：「倘若我們輸了，這一幅圖輸給四莊主。」說著解下負在背上的包袱，打了開來，裏面是兩個卷軸。他打開一個卷軸，乃是一幅極爲陳舊的圖畫，右上角題著

「北宋范中立谿山行旅圖」十字，一座高山衝天而起，墨韻凝厚，氣勢雄峻之極。令狐冲雖不懂繪畫，也知這幅山水實是精絕之作，但見那山森然高聳，雖是紙上的圖畫，也令人不由自主的興高山仰止之感。

丹青生大叫一聲：「啊喲！」目光牢牢釘住了那幅圖畫，再也移不開來，隔了良久，才道：「這是北宋范寬的眞跡，你……你……卻從何處得來？」

向問天微笑不答，伸手慢慢將卷軸捲起。丹青生道：「且慢！」在他手臂上一拉，要阻他捲畫，豈知手掌碰到他手臂之上，一股柔和而渾厚的內力湧將出來，將他手掌輕輕彈開。向問天卻如一無所知，將卷軸捲好了。丹青生好生詫異，他剛才扯向問天的手臂，生怕撕破圖畫，手上並未用力，但對方內勁這麼一彈，卻顯示了極上乘的內功，而且顯然尙自行有餘力。他暗暗佩服，說道：「老童，原來你武功如此了得，只怕不在我丹青生之下。」

向問天道：「四莊主取笑了。梅莊四位莊主除劍法之外，那一門功夫都是當世無敵。我童化金無名小卒，如何敢和四莊主相比？」丹青生臉一沉，道：「你爲甚麼說『除劍法之外』？難道我的劍法當眞及不上他？」

向問天微微一笑，道：「二位莊主，請看這一幅書法如何？」將另一個卷軸打了開來，卻是一幅筆走龍蛇的狂草。

丹青生奇道：「咦，咦，咦！」連說三個「咦」字，突然張口大叫：「三哥，三哥！你的性命寶貝來了！」這一下呼叫聲音響極，牆壁門窗都爲之震動，椽子上灰塵簌歘而落，加之這聲叫喚突如其來，令狐冲不禁吃了一驚。

只聽得遠處有人說道：「甚麼事大驚小怪？」丹青生叫道：「你再不來看，人家收了起來，可叫你後悔一世。」外面那人道：「你又覓到甚麼冒牌貨的書法了，是不是？」

門帷掀起，走進一個人來，矮矮胖胖，頭頂禿得油光滑亮，一根頭髮也無，右手提著一枝大筆，衣衫上都是墨跡。他走近看時，突然雙目直瞪，呼呼喘氣，顫聲道：「這……這是眞跡！眞是……眞是唐朝……唐朝張旭的『率意帖』，假……假……假不了！」

帖上的草書大開大闔，便如一位武林高手展開輕功，竄高伏低，雖行動迅捷，卻不失高雅風致。令狐冲在十個字中還識不到一個，但見帖尾寫滿了題跋，蓋了不少圖章，料想此帖的是非同小可。

丹青生道：「這位是我三哥禿筆翁，他取此外號，是因他性愛書法，寫禿了千百枝毛筆，卻不是因他頭頂光禿禿地。這一節千萬不可弄錯。」令狐冲微笑應道：「是。」

那禿筆翁伸出右手食指，順著率意帖中的筆路一筆一劃的臨空鉤勒，神情如醉如痴，對向問天和令狐冲二人固一眼不瞧，連丹青生的說話也顯然渾沒聽在耳中。

令狐冲突然間心頭一震：「向大哥此舉，只怕全是早有預謀。記得我和他在涼亭中初會，他背上便有這麼一個包袱。」但轉念又想：「當時包袱之中，未必藏的便是這兩個卷軸，說不定他爲了來求梅莊的四位莊主治我之病，途中當我在客店中休息之時，出去買來，甚或是偷來搶來。嗯，多半是偷盜而得，這等無價之寶，又那裏買得到手？」耳聽得那禿筆翁臨空寫字，指上發出極輕微的嗤嗤之聲，內力之強，和黑白子各擅勝場，又想：「我的內傷乃因桃谷六仙及不戒大師而起，這梅莊三位莊主的內功，似不在桃谷六仙和不戒大師之下，那大莊主說不定更加厲害。再加上向大哥，五人合力，或許便能治我之傷了。但願他們不致大耗功力才好。」

向問天不等禿筆翁寫完，便將率意帖收起，包入包裹。

禿筆翁向他愕然而視，過了好一會，問道：「換甚麼？」向問天搖頭道：「不換！」禿筆翁道：「二十八招石鼓打穴筆法！」黑白子和丹青生齊聲叫道：「不行！」禿筆翁道：「行，為甚麼不行？能換得這幅張旭狂草眞跡到手，我那石鼓打穴筆法又何足惜？」

向問天搖頭道：「不行！」禿筆翁急道：「那你為甚麼拿來給我看？」向問天道：「就算是在下的不是，三莊主只當從來沒看過便是。」禿筆翁道：「看已經看過了，怎麼能只當從來沒看過？」向問天道：「三莊主眞的要得這幅張旭眞跡，那也不難，只須和我們打一個賭。」禿筆翁忙問：「賭甚麼？」

丹青生道：「三哥，此人有些瘋瘋顛顛。他說賭我們梅莊之中，沒一人能勝得這位華山派風朋友的劍法。」禿筆翁道：「倘若有人勝得了這位朋友，那便如何？」向問天道：「倘若梅莊之中，不論那一位勝得我風兄弟手中長劍，那麼在下便將這幅張旭眞跡『率意帖』奉送三莊主，將那幅范寬眞跡『谿山行旅圖』奉送四莊主，還將在下心中所記神仙鬼怪所下的圍棋名局二十局，一一錄出，送給二莊主。」禿筆翁道：「我們大哥呢？你送他甚麼？」

向問天道：「在下有一部〈廣陵散〉琴譜，說不定大莊主……」

他一言未畢，黑白子等三人齊聲道：「廣陵散？」

令狐冲也是一驚，尋思：「這〈廣陵散〉琴譜，是曲洋前輩發掘古墓而得，他將之譜入了〈笑傲江湖之曲〉，向大哥又如何得來？」隨即恍然：「向大哥是魔教右使，曲長老是魔教長老，兩人多半交好。曲長老得到這部琴譜之後，喜悅不勝，自會跟向大哥說起。向大哥要借來鈔錄，曲長老自必欣然允諾。」想到譜在人亡，不禁喟然。

禿筆翁搖頭道：「自嵇康死後，〈廣陵散〉從此不傳於世，童兄這話未免是欺人之談了。」向問天微笑道：「我有一位知交好友，愛琴成痴。他說嵇康一死，天下從此便無〈廣陵散〉。這套琴譜在西晉之後固然從此湮沒，然而在西晉之前呢？」

禿筆翁等三人茫然相顧，一時不解這句話的意思。

向問天道：「我這位朋友心智過人，兼又大膽妄爲，便去發掘晉前擅琴名人的墳墓。果然有志者事竟成，他掘了數十個古墓之後，終於在東漢蔡邕的墓中，尋到了此曲。」

禿筆翁和丹青生都驚噫一聲。黑白子緩緩點頭，說道：「智勇雙全，了不起！」

向問天打開包袱，取了一本冊子，封皮上寫著「廣陵散琴曲」五字，隨手一翻，冊內錄的果是琴譜。他將那冊子交給令狐冲，說道：「風兄弟，梅莊之中，倘若有那一位高人勝得你的劍法，兄弟便將此琴譜送給大莊主。」

令狐冲接過，收入懷中，心想：「說不定這便是曲長老的遺物。曲長老既死，向大哥要取他一本琴譜，有何難處？」

丹青生笑道：「這位風兄弟精通酒理，劍法也必高明，可是他年紀輕輕，難道我梅莊之中……嘿嘿，這可太笑話了。」

黑白子道：「倘若我梅莊之中，果然無人能勝得風少俠，我們要賠甚麼賭注？」

令狐沖和向問天有約在先，一切聽由他安排，但事情演變至斯，覺得向問天做得太也過份，既來求醫，怎可如此狂妄，輕視對方？何況自己內力全失，如何能是梅莊中這些高人的對手？便道：「童大哥愛說笑話，區區末學後輩，怎敢和梅莊諸位莊主講武論劍？」

向問天道：「這幾句客氣話當然是要說的，否則別人便會當你狂妄自大了。」

禿筆翁似乎沒將二人的言語聽在耳裏，喃喃吟道：「『張旭三杯草聖傳，脫帽露頂王公前，揮毫落紙如雲煙。』二哥，那張旭號稱『草聖』，乃草書之聖，這三句詩，便是杜甫在〈飲中八仙歌〉寫張旭的。此人也是『飲中八仙』之一。你看了這率意帖，可以想像他當年酒酣落筆的情景。唉，當眞是天馬行空，不可羈勒，好字，好字！」丹青生道：「是啊，此人既愛喝酒，自是個大大的好人，寫的字當然也不會差的了。」

禿筆翁道：「韓愈品評張旭道：『喜怒窘窮，憂悲愉佚，怨恨思慕，酣醉無聊。不平有動於心，必於草書焉發之。』此公正是我輩中人，不平有動於心，發之於草書，有如仗劍一揮，不亦快哉！」提起手指，又臨空書寫，寫了幾筆，對向問天道：「喂，你打開來再給我瞧瞧。」

向問天搖了搖頭，笑道：「三莊主取勝之後，這張帖便是你的了，此刻何必心急？」

黑白子善於弈棋，思路周詳，未算勝，先慮敗，又問：「倘若梅莊之中，無人勝得風少俠的劍法，我們該輸甚麼賭注？」向問天道：「我們來到梅莊，不求一事，不求一物。風兄弟只不過來到天下武學的巔峯之所，與當世高手印證劍法。倘若僥倖得勝，我們轉身便走，甚麼賭注都不要。」黑白子道：「哦，這位風少俠是求揚名來了。一劍連敗『江南四友』，自是名動江湖。」向問天搖頭道：「二莊主料錯了。今日梅莊印證劍法，不論誰勝誰敗，若有一字洩漏於外，我和風兄弟天誅地滅，乃狗屎不如之輩。」

丹青生道：「好，好！說得爽快！這房間甚為寬敞，我便和風兄弟來比劃兩手。風兄弟，你的劍呢？」向問天笑道：「來到梅莊，我們敬仰四位莊主，怎敢攜帶兵刃？」

丹青生放大喉嚨叫道：「拿兩把劍來！」

外邊有人答應，接著丁堅和施令威各捧一劍，走到丹青生面前，躬身奉上。丹青生從丁堅手中接了劍，道：「這劍給他。」施令威道：「是！」雙手托劍，走到令狐冲面前。

令狐冲覺得此事甚為尷尬，轉頭去瞧向問天。向問天道：「梅莊四莊主劍法通神，風兄弟，你只消學得一招一式，那也是終身受用不盡。」令狐冲眼見當此情勢，這場劍已不得不比，只得微微躬身，伸雙手接過長劍。

黑白子忽道：「四弟且慢。這位童兄打的賭，是賭我們梅莊之中無人勝得風兄。丁堅也會使劍，他也是梅莊中人，倒也不必定要你親自出手。」他越聽向問天說得有恃無恐，越覺此事不妥，當下決定要丁堅先行出手試招，心想他劍法著實了得，而在梅莊只是家人身分，縱然輸了，也無損梅莊令名，一試之下，這風二中劍法的虛實便可得知。

向問天道：「是，是。只須梅莊之中有人勝得我風兄弟的劍法，便算我們輸了，也不必定要四位莊主親自出手。這位丁兄，江湖上人稱『一字電劍』，劍招迅捷無倫，世所罕見。風兄弟，你先領教這位丁兄的一字電劍，也是好的。」

丹青生將長劍向丁堅一拋，笑道：「你如輸了，罰你去吐魯番運酒。」

丁堅躬身接住長劍，轉身向令狐冲道：「丁某領教風爺的劍法。」唰的一聲，將劍拔了出來。令狐冲當下也拔劍出鞘，將劍鞘放上石几。

向問天道：「三位莊主，丁兄，咱們是印證劍法，可不用較量內力。」黑白子道：「那自是點到爲止。」向問天道：「風兄弟，你可不得使出絲毫內力。咱們較量劍法，招數精熟者勝，粗疏者敗。你華山派的氣功在武林中是有名的，你若以內力取勝，便算是咱們輸了。」令狐冲暗暗好笑：「向大哥知我沒半分內力，卻用這些言語擠兌人家。」便道：「小弟的內力使將出來，教三位莊主和丁施二兄笑掉了牙齒，自然是半分也不敢使。」

向問天道：「咱們來到梅莊，實出於一片至誠，風兄弟若再過謙，對四位前輩反而不敬了。你華山派『紫霞神功』遠勝於我嵩山派內功，武林中衆所周知。風兄弟，你站在我這兩隻腳印之中，雙腳不可移動，和丁兄試試劍招如何？」

他說了這幾句話，身子往旁一讓，只見地下兩塊青磚之上，分別各出現一個腳印，深及兩寸。原來他適才說話之時，潛運內力，竟在青磚上硬生生踏出了兩個腳印。

黑白子、禿筆翁、丹青生三人齊聲喝采：「好功夫！」眼見向問天口中說話，不動聲色的將內力運到了腳底，而踏出的足印之中並無青磚碎粉，兩個足印又一般深淺，平平整整，便如用鋒利小刀細心彫刻出來一般，內力驚人，實非自己所及。丹青生等只道他是試演內功，這等做作雖不免有點膚淺，非高人所為，但畢竟神功驚人，令人欽佩，卻不知他另有深意。令狐冲自然明白，他宣揚自己內功較他為高，他內功已如此了得，自己自然更加厲害，則對方於過招之時便決不敢運行內力，以免自取其辱。再者，自己除劍法之外，其他武功一無可取，輕功縱躍，絕非所長，雙足踏在足印之中，只施展劍法，便可藏拙。

丁堅聽得向問天要令狐冲雙足踏在腳印中再和自己比劍，顯然對自己有輕蔑之意，不禁惱怒，但見他踏磚留痕的功力如此深厚，也不禁駭異，尋思：「他們膽敢來向四位莊主挑戰，自然非泛泛之輩。我只消能和這人鬥個平手，便已為孤山梅莊立了一功。」他昔年甚是狂傲，後來遭逢強敵，逼得他求生不得，求死不能，幸得「江南四友」出手相救解困，他才投身梅莊，甘為廝養，當年的悍勇凶燄早收斂殆盡了。

令狐冲舉步踏入向問天的足印，微笑道：「丁兄請！」

丁堅道：「風爺，有僭了！」長劍橫揮，嗤的一聲輕響，眾人眼前便是一道長長的電光疾閃而過。他在梅莊歸隱十餘年，當年的功夫竟絲毫沒擱下。這「一字電劍」每招之出，皆如閃電橫空，令人一見之下，驚心動魄，先自生了怯意。當年丁堅乃敗在一個盲眼獨行大盜手下，只因對手眼盲，聽聲辨形，這一字電劍的懾人聲勢便無所施其技。此刻他將劍法施展出來，霎時之間，滿室都是電光，耀人眼目。

但這一字電劍只出得一招，令狐冲便瞧出了其中三個老大破綻。丁堅並不急於進攻，只長劍連劃，似是對來客盡了禮敬之道，真正用意卻是要令狐冲於神馳目眩之餘，難以抵擋他的後著。他使到第五招時，令狐冲已看出了他劍法中的十八個破綻，說道：「得罪！」長劍斜斜指出。

其時丁堅一劍正自左而右急掠而過，令狐冲的劍鋒距他手腕尚有二尺六七寸左右，但丁堅這一掠之勢，正好將自己手腕送到他劍鋒上去。這一掠勁道太急，其勢已無法收轉，旁觀五人不約而同的叫道：「小心！」

黑白子手中正扣著黑白兩枚棋子，待要擲出擊打令狐冲的長劍，以免丁堅手腕切斷，但想：「我若出手相助，那是以二敵一，梅莊擺明是輸了，以後也不用比啦。」只一遲疑，丁堅的手腕已向劍鋒上直削過去。施令威大叫一聲：「啊喲！」

便在這電光石火的一刻間，令狐冲手腕輕輕一轉，劍鋒側過，啪的一聲響，丁堅的手腕擊在劍鋒平面之上，竟然絲毫無損。丁堅一呆，才知對方手下留情，便在這頃刻之間，自己已撿回了一隻手掌，此腕一斷，終身武功便即廢了，他全身都是冷汗，躬身道：「多謝風大俠劍下留情。」令狐冲躬身還禮，說道：「不敢！承讓了。」

黑白子、禿筆翁、丹青生見令狐冲長劍這麼一轉，免得丁堅血濺當場，心下都大起好感。丹青生斟滿了一杯酒，說道：「風兄弟，你劍法精奇，我敬你一杯。」

令狐冲道：「不敢當。」接過來喝了。丹青生陪了一杯，又在令狐冲杯中斟滿，說道：「風兄弟，你宅心仁厚，保全了丁堅的手掌，我再敬你一杯。」令狐冲道：「那是碰巧，何足爲奇？」雙手捧杯喝了。丹青生又陪了一杯，再斟了一杯，說道：「這第三杯，咱倆誰都別先喝，我跟你玩玩，誰輸了，誰喝這杯酒。」令狐冲笑道：「那自然是我輸的，不如我先喝了。」丹青生搖手道：「別忙，別忙！」將酒杯放在石几上，從丁堅手中接過長劍，道：「風兄弟，你先出招。」

令狐冲喝酒之時，心下已在盤算：「他自稱第一好酒，第二好畫，第三好劍，劍法必定是極精的。我看大廳上他所畫的那幅仙人圖，筆法固然淩厲，然而似乎有點管不住自己，倘若他劍法也是這樣，那麼破綻必多。」躬身道：「四莊主，請你多多容讓。」丹青生道：「不用客氣，出招。」令狐冲道：「遵命！」長劍一起，挺劍便向他肩頭刺出。

這一劍歪歪斜斜，顯然全無力氣，更加不成章法，天下劍法中決不能有這麼一招。丹青生愕然道：「那算甚麼？」他既知令狐冲是華山派的，心中便一直思忖華山派的諸路劍法，豈知這一劍之出，渾不是這麼一回事，非但不是華山派劍法，甚至不是劍法。

令狐冲跟風清揚學劍，除了學得古今獨步的「獨孤九劍」之外，更領悟到了「以無招勝有招」這劍學中的精義。這要旨和「獨孤九劍」相輔相成，「獨孤九劍」精微奧妙，達於極點，但畢竟一招一式，尙有跡可尋，待得再將「以無招勝有招」的劍理加入運用，那就更加的空靈飄忽，令人無從捉摸。是以令狐冲一劍刺出，丹青生心中一怔，立覺倘若出劍擋架，實不知該當如何擋，如何架，只得退了兩步相避。

令狐冲一招迫得丁堅棄劍認輸，黑白子和禿筆翁雖暗讚他劍法了得，卻也並不如何驚奇，心想他既敢來梅莊挑戰，倘若連梅莊的一名僕役也鬥不過，未免太過笑話了，待見丹青生爲他一劍逼得退出兩步，無不駭然。

丹青生退出兩步後，隨即踏上兩步。令狐冲長劍跟著刺出，這一次刺向他左脅，仍是隨手而刺，全然不符劍理。丹青生橫劍想擋，但雙劍尚未相交，立時察覺對方劍尖已斜指自己右脅，此處門戶大開，對方乘虛攻來，確實無可挽救，這一格萬萬不可，危急中迅即變招，雙足一彈，向後縱開了丈許。他猛喝一聲：「好劍法！」毫不停留的又撲了上來，連人帶劍，向令狐沖疾刺，勢道威猛。

令狐沖看出他右臂彎處是個極大破綻，長劍遽出，削他右肘。丹青生中途若不變招，那麼右肘先已讓對方削了下來。他武功也眞了得，百忙中手腕急沉，長劍刺向地下，借著地下一股反激之力，一個觔斗翻出，穩穩落在兩丈之外，其時背心和牆壁相去已不過數寸，倘若這個觔斗翻出時用力稍巨，背心撞上了牆壁，可大失高人身分了。饒是如此，這一下避得太過狼狽，臉上已泛起了微微紫紅。

他是豁達豪邁之人，哈哈一笑，左手大拇指一豎，叫道：「好劍法！」舞動長劍，一招「白虹貫日」，跟著變「春風楊柳」，又變「騰蛟起鳳」，三劍一氣呵成，似乎沒見他腳步移動，但這三招使出之時，劍尖已及令狐沖面門。

令狐沖斜劍輕拍，壓在他劍脊之上，這一拍時刻方位，拿捏得不錯分毫，其時丹青生長劍遞到此處，精神氣力，盡行貫注於劍尖，劍脊處已無半分力道。只聽得一聲輕響，他手中長劍沉了下去。令狐沖長劍外吐，指向他胸口。丹青生「啊」的一聲，向左側縱開。

他左手揑個劍訣，右手長劍又攻將過來，這一次乃硬劈硬砍，當頭揮劍砍落，叫道：「小心了！」他並不想傷害令狐沖，但這一劍「玉龍倒懸」勢道凌厲，對方倘若不察，自己一個收手不住，只怕當眞砍傷了他。

令狐冲應道：「是！」長劍倒挑，唰的一聲，劍鋒貼著他劍鋒斜削而上。丹青生這一劍如乘勢砍下，劍鋒未及令狐冲頭頂，自己握劍的五根手指已先給削落，眼見對方長劍順著自己劍鋒滑將上來，這一招無可破解，只得左掌猛力拍落，一股掌力擊在地下，蓬的一聲響，身子借力向後躍出，已在丈許之外。

他尙未站定，長劍已在身前連劃三個圓圈，幻作三個光圈。三個光圈便如是有形之物，凝在空中停得片刻，緩緩向令狐冲身前移去。這幾個劍氣化成的光圈驟視之似不及一字電劍的凌厲，但劍氣滿室，寒風襲體。令狐冲長劍伸出，從光圈左側斜削過去，那正是丹青生第一招力道已逝，第二招勁力未生之間的一個空隙。丹青生「咦」的一聲，退了開去，劍氣光圈跟著他退開，隨即見光圈陡然一縮，跟著脹大，立時便向令狐冲湧去。令狐冲手腕一抖，長劍刺出，丹青生又是「咦」的一聲，急躍退開。

如此倏進倏退，丹青生攻得快，退得也越快，片刻之間，他攻了一十一招，退了一十一次，眼見他鬚髯俱張，劍光大盛，映得他臉上罩了一層青氣，一聲斷喝，數十個大大小小的光圈齊向令狐冲襲到。那是他劍法中登峯造極之作，將數十招劍法合而爲一。這數十招劍法每一招均有殺著，每一招均有變化，聚而爲一，端的是繁複無比。

令狐冲以簡御繁，身子微蹲，劍尖從數十個光圈之下挑上，直指丹青生小腹。

丹青生又是一聲大叫，奮力躍出，砰的一聲，重重坐上石几，跟著嗆啷一聲響，几上酒杯震於地下，打得粉碎。他哈哈大笑，說道：「妙極！妙極！風兄弟，你劍法比我高明得太多。來，來，來！敬你三杯酒。」

黑白子和禿筆翁素知四弟劍法的造詣，眼見他攻擊一十六招，令狐冲雙足不離向問天所踏出的足印，卻將丹青生逼退了一十八次，劍法之高，委實可怖可畏。

丹青生斟了酒來，和令狐冲對飲三杯，說道：「江南四友之中，以我武功最低，我雖服輸，二哥、三哥卻不肯服。多半他們都要跟你試試。」令狐冲道：「咱二人拆了十幾招，四莊主一招未輸，如何說是分了勝敗？」丹青生搖頭道：「第一招便已輸了，以後這一十七劍都是多餘的。大哥說我風度不夠，果眞一點不錯。」令狐冲笑道：「四莊主風度高極，酒量也是一般的極高。」丹青生笑道：「是，是，咱們再喝酒。就只酒量還可以，劍法不成！」

眼見他於劍術上十分自負，今日輸在一個名不見經傳的後生手中，居然毫不氣惱，這等瀟洒豁達，實是人中第一等的風度，向問天和令狐冲都不禁爲之心折，覺得此人品格甚高。

禿筆翁向施令威道：「施管家，煩你將我那桿禿筆拿來。」施令威應了，出去拿了一件兵刃進來，雙手遞上。令狐冲一看，見是一桿精鋼所鑄的判官筆，長一尺六寸，奇怪的是，判官筆筆頭上竟然縛有一束沾過墨的羊毛，恰如平日寫字用的大筆。尋常判官筆筆頭是作點穴之用，他這兵刃卻以柔軟的羊毛爲筆頭，點在人身穴道之上，如何能克敵制勝？想來他武功固另有家數，而內力又必渾厚之極，內力到處，雖羊毛亦能傷人。

禿筆翁將判官筆取在手裏，微笑道：「風兄，你仍雙足不離足印麼？」

令狐冲忙退後兩步，躬身道：「不敢。晚輩向前輩請教，何敢托大？」

丹青生點頭道：「是啊，你跟我比劍，站著不動是可以的，跟我三哥比就不行了。」

禿筆翁舉起判官筆，微笑道：「我這幾路筆法，是從名家筆帖中變化出來的。風兄文武全才，自必看得出我筆法的路子。風兄是好朋友，我這禿筆之上，便不蘸墨了。」

令狐冲微微一怔，心想：「你倘若不當我是好朋友，筆上便要蘸墨。筆上蘸墨，卻又怎地？」他不知禿筆翁臨敵之時，這判官筆上所蘸之墨，乃以特異藥材煎熬而成，著人肌膚後墨痕深印，數年內水洗不脫，刀刮不去。當年武林好手和「江南四友」對敵，最感頭痛的對手便是這禿筆翁，一不小心，便給他在臉上畫個圓圈，打個交叉，甚或是寫上一兩個字，那便好幾年見不得人，寧可給人砍上一刀，斷去一臂，也勝於給他在臉上塗抹。禿筆翁見令狐冲跟丁堅及丹青生動手時出劍頗爲忠厚，是以筆上也不蘸墨了。

令狐冲雖不明其意，但想總是對自己客氣，便躬身道：「多感盛情。晚輩識字不多，三莊主的筆法，晚輩定然不識。」

禿筆翁微感失望，道：「你不懂書法？好罷，我先跟你解說。我這一套筆法，叫做『裴將軍詩』，是從顏眞卿所書詩帖中變化出來的，一共二十三字，每字三招至十六招不等，你聽好了：『裴將軍！大君制六合，猛將清九垓。戰馬若龍虎，騰陵何壯哉！』」

令狐冲道：「多承指教。」心中卻想：「管你甚麼詩詞、書法，反正我一概不懂。」

禿筆翁大筆一起，向令狐冲右頰連點三點，正是那「裴」字的起首三筆，這三點乃是虛招，大筆高舉，正要自上而下的劃將下來，令狐冲長劍遞出，制其機先，疾刺他右肩。禿筆翁迫不得已，橫筆封擋，令狐冲長劍已然縮回。兩人兵刃並未相交，所使均是虛招，但禿筆翁這路「裴將軍詩筆法」第一式便只使了半招，沒法使全。他大筆擋了個空，立時使出第二式。令狐冲不等他筆尖遞出，長劍便已攻其必救。禿筆翁迴筆封架，令狐冲長劍又已縮回，禿筆翁這第二式，仍只使了半招。

禿筆翁一上手便給對方連封二式，自己一套十分得意的筆法沒法使出，甚感不耐，便如一個善書之人，提筆剛寫了幾筆，旁邊便有一名頑童來捉他筆桿，拉他手臂，教他始終沒法好好寫一個字。禿筆翁心想：「我將這首『裴將軍詩』先唸給他聽，他知道我的筆路，制我機先，以後各招可不能順著次序來。」大筆虛點，自右上角至左下角揮洒而下，勁力充沛，筆尖所劃正是「若」字草書的長撇。令狐冲長劍遞出，指向他右脅。禿筆翁吃了一驚，判官筆急忙反挑，砸他長劍，令狐冲這一劍其實並非眞刺，只是擺個姿式，禿筆翁又只使了半招。他這筆草書之中，本來灌注了無數精神力氣，突然間中途轉向，不但筆路登時爲之窒滯，同時內力改道，內息岔了，只覺丹田中一陣氣血翻湧，說不出的難受。

他呼了口氣，判官筆急舞，要使「騰」字那一式，但仍只半招，便給令狐冲攻得迴筆拆解。禿筆翁好生惱怒，喝道：「好小子，便只搗亂！」判官筆使得更加快了，可是不管他如何騰挪變化，每一個字的筆法最多寫得兩筆，便給令狐冲封死，沒法再寫下去。

他大喝一聲，筆法登變，不再如適才那麼恣肆流動，而是勁貫中鋒，筆致凝重，但鋒芒角出，劍拔弩張，大有磊落波磔意態。令狐冲自不知他這路筆法是取意於蜀漢大將張飛所書的「八濛山銘」，但也看出此時筆路與先前已大不相同。他不理對方使的是甚麼招式，總之見他判官筆一動，便攻其虛隙。禿筆翁哇哇大叫，不論如何騰挪變化，總是只寫得半個字，無論如何寫不全一字。

禿筆翁筆法又變，大書「懷素自敘帖」中的草書，縱橫飄忽，流轉無方，心想：「懷素的草書本已十分難以辨認，我草中加草，諒你這小子識不得我這自創的狂草。」他那知令狐冲別說草書，便是端端正正的真楷也識不了多少，他只道令狐冲能搶先制住自己，由於揣摸到了自己的筆路，其實在令狐冲眼中所見，純是兵刃的路子，乘瑕抵隙，只是攻擊對方招數中的破綻而已。

禿筆翁這路狂草每一招仍只能使出半招，心中鬱怒越積越甚，突然大叫：「不打了，不打了！」向後縱開，提起丹青生那桶酒來，在石几上倒了一大片，大筆往酒中一蘸，便在白牆上寫了起來，寫的正是那首「裴將軍詩」。二十三個字筆筆精神飽滿，尤其那個「若」字直猶破壁飛去。他寫完之後，才鬆了口氣，哈哈大笑，側頭欣賞壁上藤黃如脂的大字，說道：「好極！我生平書法，以這幅字最佳。」

他越看越得意，道：「二哥，你這間棋室給我住罷，我捨不得這幅字，只怕從今而後，再也寫不出這樣的好字了。」黑白子道：「很好！反正我這間屋中除了一張棋枰，甚麼也沒有，就是你不要，我也得搬地方，對著你這幾個龍飛鳳舞的大字，怎麼還能靜心下棋？」禿筆翁對著那幾行字搖頭晃腦，自稱自讚：「便是顏魯公復生，也未必寫得出。」轉頭向令狐冲道：「兄弟，全靠你逼得我滿肚筆意，沒法施展，這才突然間從指端一湧而出，成此天地間從所未有的佳構。你的劍法好，我的書法好，這叫做各有所長，不分勝敗。」

向問天道：「正是，各有所長，不分勝敗。」丹青生道：「還有，全仗我的酒好！」

黑白子有點過意不去，說道：「我這三弟天真爛漫，痴於揮毫書寫，倒不是比輸了不認。」向問天道：「在下理會得。反正咱們所賭，只是梅莊中無人能勝過風兄弟的劍法。只要雙方不分勝敗，這賭注我們也就沒輸。」黑白子點頭道：「正是。」伸手到石几之下，抽了一塊方形鐵板出來。鐵板上刻著十九道棋路，原來是一塊鐵鑄的棋枰。他抓住鐵枰之角，說道：「風兄，我以這塊棋枰作兵刃，領教你的高招。」

向問天道：「聽說二莊主這塊棋枰是件寶物，能收諸種兵刃暗器。」黑白子向他深深凝視，說道：「童兄當眞博聞強記，佩服，佩服。其實我這兵刃並非寶物，乃磁鐵所製，用以吸住鐵製的棋子，舟中馬上和人對弈，顛簸之際，便不致亂了棋路。」向問天道：「原來如此。」

令狐冲聽在耳裏，心道：「幸得向大哥指點，否則一上來長劍給他棋盤吸住，不用打便輸了。和此人對敵，可不能讓他棋盤和我長劍相碰。」當下劍尖下垂，抱拳說道：「請二莊主賜教。」黑白子道：「不敢，風兄劍法高明，在下生平未睹。請進招！」

令狐冲隨手虛削，長劍在空中彎彎曲曲的蜿蜒而前。黑白子一怔，心想：「這是甚麼招數？」眼見劍尖指向自己咽喉，當即舉枰一封。令狐沖撥轉劍頭，刺向他的右肩，黑白子又舉枰一擋。令狐沖不等長劍接近棋枰，便已縮回，挺劍刺向他小腹。

黑白子又是一封，心想：「再不反擊，如何爭先？」下棋講究一個先手，比武過招也講究一個先手，黑白子精於棋理，自然深諳爭先之道，當即舉起棋枰，向令狐沖右肩疾砸。這棋枰二尺見方，厚達一寸，是件極沉重的兵刃，倘若砸在劍上，就算鐵枰平平無奇，全沒特性，長劍也非給砸斷不可。

令狐沖身子略側，斜劍往他右脅下刺去。黑白子見對方這一劍雖似不成招式，所攻之處卻務須照應，當即斜枰封他長劍，同時又即向前推出。這一招「大飛」本來守中有攻，只要對方應得這招，後著便源源而至。那知令狐沖竟不理會，長劍斜挑，逕和他搶攻。黑白子這一招守中帶攻之作只半招起了效應，唯有招架之功，卻無反擊之力。

此後令狐沖一劍又一劍，毫不停留的連攻四十餘劍。黑白子左擋右封，前拒後禦，守得幾乎連水也潑不進去，委實嚴密無倫。但兩人拆了四十餘招，黑白子便守了四十餘招，竟騰不出手來還擊一招。

禿筆翁、丹青生、丁堅、施令威四人只看得目瞪口呆，眼見令狐沖的劍法既非極快，更不威猛凌厲，變招之際，亦無甚麼特別巧妙，但每一劍刺出，總是教黑白子左支右絀，不得不防守自己的破綻。禿筆翁和丹青生自都理會得，任何招數中必有破綻，但教能夠搶先，早一步攻擊對方要害，那麼自己的破綻便不成破綻，縱有千百處破綻，亦是無妨。令狐沖這四十餘招源源不絕的連攻，正是使上了這道理。

黑白子心下也越來越驚，只想變招還擊，但棋枰甫動，對方劍尖便指向自己露出的破綻，四十餘招之中，自己連半手也緩不出來反擊，便如是和一個比自己棋力遠為高明之人對局，對方連下四十餘著，自己每一著都非應不可，跟隨而走，全然不能自主。

黑白子眼見如此鬥下去，縱然再拆一百招、二百招，自己仍將處於挨打而不能還手的局面，心想：「今日若不行險，以圖一逞，我黑白子一世英名，化為流水。」橫過棋枰，疾揮出去，逕砸令狐冲左腰。令狐冲仍不閃不避，長劍先刺他小腹。這一次黑白子卻不收枰防護，仍順勢砸將過去，似是決意拚命，要打個兩敗俱傷，待長劍刺到，左手食中二指陡地伸出，往劍刃上夾去。他練就「玄天指」神功，這兩根手指上內勁凌厲，實不下於另有一件厲害兵刃。

旁觀五人見他行此險著，都不禁「咦」的一聲驚呼，這等打法已不是比武較藝，而是生死相搏，若他一夾不中，那便是劍刃穿腹之禍。一霎時間，五人手心中都揑了把冷汗。

眼見黑白子兩根手指將要碰到劍刃，不論是否夾中，必將有一人或傷或死。倘若夾中，令狐冲的長劍沒法刺出，棋枰便擊在他腰間，其勢已無可閃避；但如一夾不中，甚或雖然夾中而二指之力阻不住劍勢，則長劍一通而前，黑白子縱欲後退，亦已不及。

便在黑白子的手指和劍刃將觸未觸之際，長劍劍尖突然昂起，指向他咽喉。

這一下變招出於人人意料之外，古往今來武學之中，決不能有這麼一招。如此一來，先前刺向小腹的一劍竟是虛招，高手相搏而使這等虛招，直如兒戲。可是此招雖為劍理之所絕無，畢竟已在令狐冲手下使了出來。劍尖上挑，疾刺咽喉，黑白子兩指來不及上提夾劍，他的棋枰如繼續前砸，這一劍定然先刺穿了他喉頭。

黑白子大驚之下，右手奮力凝住棋枰不動。他心思敏捷，又善於弈理，在這千鈞一髮之際，料到了對方心意，如自己棋枰頓住不砸，對方長劍也不會刺來。

果然令狐冲見他棋枰不再進擊，長劍便也凝住不動，劍尖離他咽喉不過數寸，而棋枰離令狐冲腰間也已不過數寸。兩人相對僵持，全身沒半分顫動。

局勢雖似僵持，其實令狐冲已佔了全面上風。棋枰乃是重物，至少也須相隔數尺之遙運力重擊，方能傷敵，此時和令狐冲只隔數寸，縱然大力向前猛推，也傷他不得，但令狐冲的長劍只須輕輕一刺，便送了對方性命。雙方處境之優劣，誰也瞧得出來。

向問天笑道：「此亦不敢先，彼亦不敢先，這在棋理之中，乃是『雙活』。二莊主果是大智大勇，和風兄弟鬥了個不分勝敗。」

令狐冲長劍一撤，退開兩步，躬身道：「得罪！」

黑白子道：「童兄取笑了。甚麼不勝不敗？風兄劍術精絕，在下已一敗塗地。」

丹青生道：「二哥，你的棋子暗器是武林中一絕，三百六十一枚黑白子射將出去，無人能擋，何不試試這位風兄弟破暗器的功夫？」

黑白子心中一動，見向問天微微點頭，側頭向令狐冲瞧去，卻見他絲毫不動聲色，忖道：「此人劍法高明之極，當今之世，恐怕只有那人方能勝得過他。瞧他二人神色之間有恃無恐，我便再使暗器，看來也只是多出一次醜而已。」當即搖了搖頭，笑道：「我既已輸了，還比甚麼暗器？」

注：有評論家論及丹青生與令狐冲在梅莊品酒一節，細心及此，盛意可感。唯我國古人製酒及酒具與今日大異，論者以在美國之自身經歷爲標準，論及丹青生、令狐冲之品酒，則未必相合。如欲以現代標準評論古人，現代葡萄酒之正宗者在法國，其次德國、意大利、西班牙、葡萄牙、瑞士、比利時、羅森堡、奧地利亦有佳釀，近年來澳大利亞之Penfold Granger崛起，國際間大受歡迎，價格陡漲；此外智利、阿根廷、南非、紐西蘭等地紅酒白酒亦有佳者。美國加州紅酒白酒品質較次，世界高級酒店及西餐廳之酒牌中常不予列入，否則自損餐廳品位。美國人飲紅酒，往往冲以橘子汽水加冰，猶似香港、新加坡人以加冰七喜汽水沖白蘭地，以此爲標準論令狐冲梅莊品酒，當不相合。法國人葡萄酒再加蒸餾，醇正者常爲Cognac或Armagnac，今小說中稱之爲葡萄濃酒，與葡萄酒略作區別。「白蘭地」一名，原出荷蘭文，用於法國酒，往往爲多種葡萄蒸餾酒之混合品，各種牌子之混合成份不同，並不醇正。

令狐冲提起簫來，輕輕一揮，
風過簫孔，發出幾聲柔和的樂音。
黃鍾公右手在琴絃上輕撥幾下，
琴音響處，琴尾向令狐冲右肩推來。

二〇 探獄

禿筆翁只是掛念著那幅張旭的「率意帖」，懇求道：「童兄，請你再將那帖給我瞧瞧。」向問天微笑道：「只等大莊主勝了我風兄弟，此帖便屬三莊主所有，縱然連看三日三夜，也由得你了。」禿筆翁道：「我連看七日七夜！」向問天道：「好，便連看七日七夜。」禿筆翁心癢難搔，問道：「二哥，我去請大哥出手，好不好？」

黑白子道：「你二人在這裏陪客，我跟大哥說去。」轉身出外。

丹青生道：「風兄弟，咱們喝酒。唉，這桶酒給三哥蹧蹋了不少。」說著倒酒入杯。

禿筆翁怒道：「甚麼蹧蹋了不少？你這酒喝入肚中，不久便化尿拉出，那及我粉壁留書，萬古不朽？酒以書傳，千載之下有人看到我的書法，才知世上有過你這桶吐魯番葡萄濃酒。」

丹青生舉起酒杯，向著牆壁，說道：「牆壁啊牆壁，你生而有幸，能嚐到四太爺手釀的美酒，縱然沒有我三哥在你臉上寫字，你……你……你也萬古不朽了。」令狐冲笑道：「比之這堵無知無識的牆壁，晚輩能嚐到這等千古罕有的美酒，那更幸運得多了。」說著舉杯乾了。向問天在旁陪得兩杯，就此停杯不飲。丹青生和令狐冲卻酒到杯乾，越喝興致越高。

兩人各自喝了十七八杯，黑白子這才出來，說道：「風兄，我大哥有請，請你移步。童兄便在這裏再飲幾杯如何？」

向問天一愕，說道：「這個……」見黑白子全無邀己同去之意，終不成硬要跟去？嘆道：「在下無緣拜見大莊主，實是終身之憾。」黑白子道：「童兄請勿見怪。我大哥隱居已久，向來不見外客，只因聽到風兄劍術精絕，心生仰慕，這才邀請一見，可決不敢對童兒有不敬之意。」向問天道：「豈敢，豈敢！」

令狐冲放下酒杯，心想不便攜劍去見主人，便兩手空空跟著黑白子走出棋室，穿過一道走廊，來到一個月洞門前。

月洞門門額上寫著「琴心」兩字，以藍色琉璃砌成，筆致蒼勁，當是出於禿筆翁的手筆。過了月洞門，是一條清幽的花徑，兩旁修竹珊珊，花徑鵝卵石上生滿青苔，顯得平素少有人行。花徑通到三間石屋之前。屋前屋後七八株蒼松夭矯高挺，遮得四下裏陰沉沉地。黑白子輕輕推開屋門，低聲道：「請進。」

令狐冲一進屋門，便聞到一股檀香。黑白子道：「大哥，華山派的風少俠來了。」內室走出一個老者，拱手道：「風少俠駕臨敝莊，未克遠迎，恕罪，恕罪。」

令狐冲見這老者六十來歲年紀，骨瘦如柴，臉上肌肉都凹了進去，直如一具骷髏，雙目卻炯炯有神，躬身道：「晚輩來得冒昧，請前輩恕罪。」那人道：「好說，好說。」黑白子道：「我大哥道號黃鍾公，風少俠想必早已知聞。」令狐冲道：「久仰四位莊主的大名，今日拜見清顏，實是有幸。」尋思：「向大哥當眞開玩笑，事先全沒跟我說及，只說要我一切聽他安排。現下他又不在我身邊，倘若這位大莊主出下甚麼難題，不知如何應付才是。」

黃鍾公道：「聽說風少俠是華山派前輩風老先生的傳人，劍法如神。老朽對風老先生的爲人和武功向來十分仰慕，只可惜緣慳一面。前些時江湖之間傳聞，說道風老先生已經仙去，老朽甚是悼惜。今日得見風老先生的嫡系傳人，也算大慰平生之願了。聽二弟說，風少俠還是風老先生的堂兄弟？」

令狐冲尋思：「風太師叔鄭重囑咐，不可洩漏他老人家的行蹤。向大哥見了我的劍法，猜到是他老人家所傳，在這裏大肆張揚不算，還說我也姓風，未免有招搖撞騙之嫌。但我如直陳眞相，卻又不甚妥當。」只得含混說道：「我是他老人家的後輩子弟。晚輩資質愚魯，兼之受教日淺，他老人家的劍法，晚輩學不到十之一二。」

黃鍾公嘆道：「倘若你眞只學到他老人家劍法的十之一二，而我三個兄弟卻都敗在你劍下，風老先生的造詣可當眞深不可測了。」令狐冲道：「三位莊主和晚輩都只隨意過了幾招，並沒分甚麼勝敗，便已住手。」黃鍾公點了點頭，皮包骨頭的臉上露出一絲笑意，說道：「年輕人不驕不躁，十分難得。請進琴堂用茶。」

令狐冲和黑白子隨著他走進琴堂坐好，一名童子奉上清茶。黃鍾公道：「聽說風少俠懷有〈廣陵散〉古譜，這事可眞麼？老朽頗喜音樂，想到嵇中散臨刑時撫琴一曲，說道：『廣陵散從此絕矣！』每自嘆息。倘若此曲眞能重現人世，老朽垂暮之年得能按譜一奏，生平更無憾事。」說到這裏，蒼白的臉上竟然現出血色，顯得頗爲熱切。

令狐冲心想：「向大哥謊話連篇，騙得他們慘了。我看孤山梅莊四位莊主均非常人，而且是來求他們治我傷病，可不能再賣甚麼關子。這本琴譜倘若正是曲洋前輩在東漢蔡甚麼人墓中所得的〈廣陵散〉，該當便給他瞧瞧。」從懷中掏出向問天攜來的琴譜，離座而起，雙手奉上，說道：「大莊主請觀。」

黃鍾公欠身接過，說道：「〈廣陵散〉絕響於人間已久，今日得睹古人名譜，實不勝之喜，只是……只不知……」言下似乎是說，卻又如何得知這確是〈廣陵散〉眞譜，並非好事之徒僞造來作弄人的。他隨手翻閱，說道：「唔，曲子很長啊。」從頭自第一頁看起，只瞧得片刻，臉上便已變色。

他右手翻閱琴譜，左手五根手指在桌上作出挑撚按捺的撫琴姿式，讚道：「妙極！和平中正，卻又清絕幽絕。」翻到第二頁，看了一會，又讚：「高量雅致，深藏玄機，便這麼神遊琴韻，片刻之間已然心懷大暢。」

黑白子見黃鍾公只看到第二頁，便已有些神不守舍，只怕他這般看下去，幾個時辰也不會完，便插口道：「這位風少俠和嵩山派的一位童兄到來，說道梅莊之中若有人能勝得他的劍法……」黃鍾公道：「嗯，定須有人能勝得他的劍法，他才肯將這套〈廣陵散〉借我抄錄，是也不是？」黑白子道：「是啊，我們三個都敗下陣來，若非大哥出馬，我孤山梅莊，嘿嘿……」黃鍾公淡淡一笑，道：「你們既然不成，我也不成啊。」黑白子道：「我們三個怎能和大哥相比？」黃鍾公道：「老了，不中用啦。」

令狐冲站起身來，說道：「大莊主道號『黃鍾公』，自是琴中高手。此譜雖然難得，卻也不是甚麼不傳之秘，大莊主儘管留下慢慢抄錄，三五日之後，晚輩再來取回便是。」

黃鍾公和黑白子都是一愣。黑白子在棋室之中，見向問天大賣關子，一再刁難，將自己引得心癢難搔，卻料不到這風二中卻十分慷慨。他是善弈之人，便想令狐冲此舉必是布下了陷阱，要引黃鍾公上當，但又瞧不出破綻。黃鍾公道：「無功不受祿。你我素無淵源，焉可受你這等厚禮？二位來到敝莊，到底有何見教，還盼坦誠相告。」

令狐冲心想：「到底向大哥同我到梅莊來是甚麼用意？推想起來，自必是求四位莊主為我療傷，但他所作安排處處透著十分詭秘，這四位莊主又均是異行特立之士，說不定不能跟他們明言。反正我確不知向大哥來此有何所求，我直言相告，並非有意欺人。」便道：「晚輩是跟隨童大哥前來寶莊，實不相瞞，踏入寶莊之前，晚輩既未得聞四位莊主的大名，亦不知世上有『孤山梅莊』這座莊子。」頓了一頓，又道：「這自是晚輩孤陋寡聞，不識武林中諸位前輩高人，二位莊主莫怪。」

黃鍾公向黑白子瞧了一眼，臉露微笑，道：「風少俠極是坦誠，老朽多謝了。老朽本來十分奇怪，我四兄弟隱居杭州，江湖上極少人知，五嶽劍派跟我兄弟更素無瓜葛，怎地會尋上門來？如此說來，風少俠確是不知我四人的來歷了？」令狐冲道：「晚輩慚愧，還望二位莊主指教。適才說甚麼『久仰四位莊主大名』，其實……其實……」

黃鍾公點了點頭，道：「黃鍾公、黑白子甚麼的，都是我們自己取的外號，我們原來的姓名早就不用了。少俠從來不曾聽見過我們四人的名頭，原是理所當然。」右手翻動琴譜，問道：「這部琴譜，你是誠心借給老朽抄錄？」令狐冲道：「正是。只因這琴譜是童大哥所有，晚輩才說相借，否則的話，前輩儘管取去便是，寶劍贈烈士，那也不用賜還了。」黃鍾公「哦」了一聲，枯瘦的臉上露出一絲喜色。黑白子道：「你將琴譜借給我大哥，那位童兄可答允麼？」令狐冲道：「童大哥與晚輩是過命的交情，他為人慷慨豪邁，既是在下答允了的，再大的事，他也不會介意。」黑白子點了點頭。

黃鍾公道：「風少俠一番好意，老朽深實感謝。只不過此事既未得到童兄親口允諾，老朽畢竟心中不安。那位童兄言道，要得琴譜，須得本莊有人勝過你的劍法，老朽可不能白佔這個便宜。咱們便來比劃幾招如何？」

令狐冲尋思：「剛才二莊主言道：『我們三個怎能和大哥相比』，那麼這位大莊主的武功，自當在他三人之上。三位莊主武功卓絕，我全仗風太師叔所傳劍法才佔了上風，若和大莊主交手，未必再能獲勝，沒來由的又何苦自取其辱？就算我勝得了他，又有甚麼好處？」便道：「童大哥一時好事，說這等話，當眞令晚輩慚愧已極。四位莊主不責狂妄，晚輩已十分感激，如何再敢請大莊主賜教？」

黃鍾公微笑道：「你這人甚好，咱們較量幾招，點到爲止，又有甚麼干係？」回頭從壁上摘下一桿玉簫，交給令狐冲，說道：「你以簫作劍，我則用瑤琴當作兵刃。」從床頭几上捧起一張瑤琴，微微一笑，說道：「我這兩件樂器雖不敢說價値連城，卻也是難得之物，總不成拿來砸壞了？大家裝模作樣的擺擺架式罷了。」

令狐冲見那簫通身碧綠，竟是上好的翠玉，近吹口處有幾點朱斑，殷紅如血，更映得玉簫青翠欲滴。黃鍾公手中所持瑤琴顏色暗舊，當是數百年甚至是千年以上的古物，這兩件樂器只須輕輕一碰，勢必同時粉碎，自不能以之眞的打鬥，眼見無可再推，雙手橫捧玉簫，恭恭敬敬的道：「請大莊主指點。」

黃鍾公道：「風老先生一代劍豪，我向來十分佩服，他老人家所傳劍法定然非同小可。風少俠請！」令狐冲提起簫來，輕輕一揮，風過簫孔，發出幾聲柔和的樂音。黃鍾公右手在琴絃上輕撥幾下，琴音響處，琴尾向令狐冲右肩推來。

令狐冲聽到琴音，心頭微微一震，玉簫緩緩點向黃鍾公肘後。瑤琴倘若繼續撞向自己肩頭，他肘後穴道勢必先讓點上。黃鍾公倒轉瑤琴，向令狐冲腰間砸到，琴身遞出之時，又再撥絃生音。令狐冲心想：「我若以玉簫相格，兩件名貴樂器一齊撞壞。他爲了愛惜樂器，勢必收轉瑤琴。但如此打法，未免跡近無賴。」當下玉簫轉個弧形，點向對方腋下。黃鍾公舉琴封擋，令狐冲玉簫便即縮回。黃鍾公在琴上連彈數聲，樂音轉急。

黑白子臉色微變，倒轉著身子退出琴堂，隨手帶上了板門。

他知黃鍾公在琴上撥絃發聲，並非故示閒暇，卻是在琴音之中灌注上乘內力，用以擾亂敵人心神，對方內力和琴音一生共鳴，便不知不覺的爲琴音所制。琴音舒緩，對方出招也跟著舒緩；琴音急驟，對方出招也跟著急驟。但黃鍾公琴上招數卻和琴音恰正相反。他出招快速而琴音加倍悠閒，對方勢必沒法擋架。黑白子深知黃鍾公這門功夫非同小可，生怕自己內力受損，便退到琴堂之外。

他雖隔著一道板門，仍隱隱聽到琴聲時緩時急，忽爾悄然無聲，忽爾錚然大響，過得一會，琴聲越彈越急。黑白子只聽得心神不定，呼吸不舒，又退到了大門外，再將大門關上。琴音經過兩道門的阻隔，已幾不可聞，但偶而琴音高亢，透了幾聲出來，仍令他心跳加劇。佇立良久，聽得琴音始終不斷，心下詫異：「這姓風少年劍法固然極高，內力竟也如此了得。怎地在我大哥『七絃無形劍』久攻之下，仍能支持得住？」

正凝思間，禿筆翁和丹青生二人並肩而至。丹青生低聲問道：「怎樣？」黑白子道：「已鬥了很久，這少年還在強自支撐。我躭心大哥會傷了他性命。」丹青生道：「我去向大哥求個情，不能傷了這位好朋友。」黑白子搖頭道：「進去不得。」

便在此時，琴音錚錚大響，琴音響一聲，三個人便退出一步，琴音連響五下，三個人不由自主的退了五步。禿筆翁臉色雪白，定了定神，才道：「大哥這『六丁開山』無形劍法當眞厲害。這六音連續狠打猛擊，那姓風的如何抵受得了？」

言猶未畢，只聽得又是一聲大響，跟著啪啪數響，似是斷了好幾根琴絃。

黑白子等吃了一驚，推開大門搶了進去，又再推開琴堂板門，只見黃鍾公呆立不語，手中瑤琴七絃皆斷，在琴邊垂了下來。令狐冲手持玉簫，站在一旁，躬身說道：「得罪！」顯而易見，這番比武又是黃鍾公輸了。

黑白子等三人盡皆駭然。三人深知這位大哥內力渾厚，在武林中是一位了不起的頂尖高手，不料仍折在這華山派少年手中，若非親見，當眞難信。

黃鍾公苦笑道：「風少俠劍法之精，固爲老朽生平所僅見，而內力造詣竟也如此了得，委實可敬可佩。老朽的『七絃無形劍』，本來自以爲算得是武林中的一門絕學，那知在風少俠手底直如兒戲一般。我們四兄弟隱居梅莊，十餘年來沒涉足江湖，嘿嘿，竟然變成了井底之蛙。」言下頗有淒涼之意。令狐冲道：「晚輩勉力支撐，多蒙前輩手下留情。」黃鍾公長嘆一聲，搖了搖頭，頹然坐倒，神情蕭索。

令狐冲見他如此，意有不忍，尋思：「向大哥顯是不欲讓他們知曉我內力已失，以免他們得悉我受傷求治，便生障礙。但大丈夫光明磊落，我不能佔他這個便宜。」便道：「大莊主，有一事須當明言。我所以不怕你琴上所發出的無形劍氣，並非由於我內力高強，實因晚輩身上一無內力之故。」

黃鍾公一怔，站起身來，說道：「甚麼？」令狐沖道：「晚輩多次受傷，內力盡失，是以對你琴音全無感應。」黃鍾公又驚又喜，顫聲問道：「當眞？」令狐沖道：「前輩如果不信，一搭晚輩脈搏便知。」說著伸出了右手。

黃鍾公和黑白子都大爲奇怪，心想他來到梅莊，雖非明顯爲敵，終究不懷好意，何以竟敢坦然伸手，將自己命脈交於人手？倘若黃鍾公借著搭脈的因頭，扣住他手腕上穴道，他便有天大本事，也已無從施展，只好任由宰割了。

黃鍾公適才運出「六丁開山」神技，非但絲毫奈何不了令狐沖，而且最後七絃同響，內力催到頂峯，竟致七絃齊斷，如此大敗，終究心有不甘，尋思：「你若引我手掌過來，想反扣我穴道，我就再跟你一拚內力便了。」當即伸出右手，緩緩向令狐沖右手腕脈上搭去。他這一伸手之中，暗藏「虎爪擒拿手」、「龍爪功」、「小十八拿」三門上乘擒拿手法，不論對方如何變招，他至多抓不住對方手腕，卻決不致爲對方所乘，不料五根手指搭將上去，令狐沖竟一動不動，毫無反擊之象。

黃鍾公剛感詫異，便覺令狐沖脈搏微弱，弦數弛緩，確是內力盡失。他一呆之下，哈哈大笑，說道：「原來如此，原來如此！我可上了當啦，上了你老弟的當啦！」他口中雖說自己上當，神情卻歡愉之極。

他那「七絃無形劍」只是琴音，聲音本身自不能傷敵，效用全在激發敵人內力，擾亂敵招，對手內力越強，對琴音所起感應也越厲害，萬不料令狐冲竟半點內力也無，這「七絃無形劍」對他也就全無功效。黃鍾公大敗之餘，心灰意冷，待得知悉所以落敗，並非由於自己苦練數十年的絕技不行，忍不住大喜若狂。他抓住了令狐冲的手連連搖晃，笑道：「好兄弟，好兄弟！你爲甚麼要將這秘密告知老夫？」

令狐冲笑道：「晚輩內力全失，適才比劍之時隱瞞不說，已不免存心不良，怎可相欺到底？前輩對牛彈琴，恰好碰上了晚輩牛不入耳。」

黃鍾公捋鬚大笑，說道：「如此說來，老朽的『七絃無形劍』倒還不算是廢物，我只怕『七絃無形劍』變成了『斷絃無用劍』呢，哈哈，哈哈！」

黑白子道：「風少俠，你坦誠相告，我兄弟俱都感激。但你豈不知自洩弱點，我兄弟若要取你性命，已易如反掌？你劍法雖高，內力全無，終不能和我等相抗。」

令狐冲道：「二莊主此言不錯。晚輩深知四位莊主皆是英雄豪傑，這才明言。」

黃鍾公點頭道：「甚是，甚是。風兄弟，你來到敝莊有何用意，也不妨直言。我四兄弟跟你一見如故，只須力之所及，無不從命。」

禿筆翁道：「你內力盡失，想必是受了重傷。我有一至交好友，醫術如神，只是爲人古怪，輕易不肯爲人治病，但衝著我的面子，必肯爲你施治。那『殺人名醫』平一指跟我向來交情……」令狐冲失聲道：「是平一指平大夫？」禿筆翁道：「正是，你也聽過他的名字，是不是？」

令狐冲黯然道：「這位平大夫，數月之前，已在山東的五霸岡上逝世了。」禿筆翁

「啊喲」一聲，驚道：「他……他死了？」丹青生道：「他甚麼病都能治，怎麼反而醫不好自己的病？啊，他是給仇人害死的嗎？」令狐冲搖了搖頭，於平一指之死，心下一直甚是歉仄，說道：「平大夫臨死之時，還爲晚輩把了脈，說道晚輩之傷甚是古怪，他確是不能醫治。」禿筆翁聽到平一指的死訊，甚是傷感，呆呆不語，流下淚來。

黃鍾公沉思半晌，說道：「風兄弟，我指點你一條路子，對方肯不肯答允，卻是難言。我修一通書信，你持去見少林寺掌門方證大師，如他能以少林派內功絕技《易筋經》相授，你內力便有恢復之望。這《易筋經》本是他少林派不傳之秘，但方證大師昔年曾欠了我一些情，說不定能賣我的老面子。」

令狐冲聽他二人一個介紹平一指，一個指點去求方證大師，都十分對症，而且均是全力推介，可見這兩位莊主不但見識超人，對自己也確是一片熱誠，不禁心下感激，說道：「這《易筋經》神技，方證大師只傳本門弟子，而晚輩卻不便拜入少林門下，此中甚有難處。」站起來深深一揖，說道：「四位莊主的好意，晚輩深爲感激。死生有命，晚輩身上的傷也不怎麼打緊，倒教四位掛懷了。晚輩這就告辭。」

黃鍾公道：「且慢。」轉身走進內室，過了片刻，拿了一個瓷瓶出來，說道：「這是昔年先師所賜的兩枚藥丸，補身療傷頗有良效。送了給小兄弟，也算是你我相識一場的一點小意思。」令狐冲見瓷瓶的木塞極是陳舊，心想這是他師父的遺物，保存至今，自必珍貴無比，忙道：「這是前輩的尊師所賜，非同尋常，晚輩不敢拜領。」黃鍾公搖了搖頭，說道：「我四人絕足江湖，早就不與外人爭鬥，療傷聖藥，也用它不著。我兄弟既無門人，亦無子女，你推辭不要，這兩枚藥丸我只好帶進棺材裏去了。」

令狐冲聽他說得淒涼，只得鄭重道謝，接了過來，告辭出門。黑白子、禿筆翁、丹青生三人陪他回到棋室。

向問天見四人臉色均甚鄭重，知道令狐冲和大莊主比劍又已勝了。倘是大莊主得勝，黑白子固仍不動聲色，禿筆翁和丹青生卻必意氣風發，一見面就會伸手來取張旭的書法和范寬的山水，假意問道：「風兄弟，大莊主指點了你劍法嗎？」

令狐冲道：「大莊主功力之高，人所難測，但適逢小弟內力全失，對大莊主瑤琴上所發內力不起感應。天下僥倖之事，莫過於此。」

丹青生瞪眼對向問天道：「這位風兄弟爲人誠實，甚麼都不隱瞞。你卻說他內力遠勝於你，教我大哥上了這個大當。」向問天笑道：「風兄弟內力未失之時，確是遠勝於我啊。我說的是從前，可沒說現今。」禿筆翁哼了一聲，道：「你不是好人！」

向問天拱了拱手，說道：「既然梅莊之中，無人勝得了我風兄弟的劍法，三位莊主，我們就此告辭。」轉頭向令狐冲道：「咱們走罷。」

令狐冲抱拳躬身，說道：「今日有幸拜見四位莊主，大慰平生。四位風采，在下景仰之至，日後若有機緣，當再造訪寶莊。」丹青生道：「風兄弟，你不論那一天想來喝酒，只管隨時駕臨，我把所藏的諸般名酒，一一與你品嘗。這位童兄嘛，嘿嘿，嘿嘿！」

向問天微笑道：「在下酒量甚窄，當然不敢來自討沒趣了。」說著又拱了拱手，拉著令狐沖的手走了出去。黑白子等送了出來。向問天道：「三位莊主請留步，不勞遠送。」禿筆翁道：「哈，你道我們是送你嗎？我們送的是風兄弟。倘是你童兄一人來此，我們一步也不送呢。」向問天笑道：「原來如此。」

黑白子等直送到大門之外，這才和令狐沖珍重道別。禿筆翁和丹青生對著向問天只直瞪眼，恨不得將他背上那包袱搶了下來。

向問天攜著令狐沖的手，步入柳蔭深處，離梅莊已遠，笑道：「那位大莊主琴上所發的無形劍氣十分厲害，兄弟，你如何取勝？」令狐沖道：「原來大哥一切早知就裏。幸好我內力盡失，否則只怕此刻性命也已不在了。大哥，你跟這四位莊主有仇麼？」向問天道：「沒有仇啊。我跟他們從未會過面，怎說得上有仇？」

忽聽得有人叫道：「童兄，風兄，請你們轉來。」令狐沖轉過身來，只見丹青生快步奔到，手持酒碗，碗中盛著大半碗酒，說道：「風兄弟，我有半瓶百年以上的竹葉青，你若不嘗一嘗，甚是可惜。」說著將酒碗遞了過去。

令狐沖接過酒碗，見那酒碧如翡翠，盛在碗中，宛如深不見底，酒香極是醇厚，讚道：「眞是好酒。」喝一口，讚一聲：「好！」一連四口，將半碗酒喝乾了，道：「這酒輕靈厚重兼而有之，當是揚州、鎭江一帶的名釀。」丹青生喜道：「正是，那是鎭江金山寺的鎭寺之寶，共有六瓶。寺中大和尙守戒不飲酒，送了一瓶給我。我喝了半瓶，便不捨得喝了。風兄弟，我那裏著實還有幾種好酒，請你去品評品評如何？」

令狐沖對「江南四友」頗有親近之意，加之有好酒可喝，如何不喜，當下轉頭向著向問天，瞧他意向。向問天道：「兄弟，四莊主邀你去喝酒，你就去罷。至於我呢，三莊主和四莊主見了我就生氣，我就那個……嘿嘿！」丹青生笑道：「我幾時見你生氣了？一起去，一起去！你是風兄弟的朋友，我也請你喝酒。」

向問天還待推辭，丹青生左臂挽住了他手臂，右臂挽住了令狐冲，笑道：「去，去！再去喝幾杯。」令狐冲心想：「我們告辭之時，這位四莊主對向大哥神色甚是不善，怎地忽又親熱起來？莫非他念念不忘向大哥背上包袱中的書畫，另行設法謀取麼？」

三人回到梅莊，禿筆翁等在門口，喜道：「風兄弟又回來了，妙極，妙極！」四人重回棋室。丹青生斟上諸般美酒和令狐冲暢飲，黑白子卻始終沒露面。

眼見天色將晚，禿筆翁和丹青生似是在等甚麼人，不住斜眼向門口張望。向問天告辭了幾次，他二人始終全力挽留。令狐冲並不理會，只是喝酒。向問天看了看天色，笑道：「二位莊主若不留我們吃飯，可要餓壞我這飯桶了。」禿筆翁道：「是，是！」大聲叫道：「丁管家，快安排筵席。」丁堅在門外答應。

便在此時，室門推開，黑白子走了進來，向令狐冲道：「風兄弟，敝莊另有一位朋友，想請教你的劍法。」

禿筆翁和丹青生一聽此言，同時跳起身來，喜道：「大哥答允了？」

令狐冲心想：「那人和我比劍，須先得到大莊主允可。他們留著我在這裏，似是二莊主向大莊主商量，求了這麼久，大莊主方始答允。那麼此人不是大莊主的子姪後輩，便是他的門人下屬，難道他的劍法竟比大莊主還要高明麼？」轉念一想，暗叫：「啊喲，不好！他們知我內力全無，自己顧全身分，不便出手，但若派一名後輩或下屬來跟我動手，專門和我比拚內力，豈不是立時取了我性命？」但隨即又想：「這四位莊主都是光明磊落的好漢，豈能幹這等卑鄙行逕？但三莊主、四莊主愛那兩幅書畫若狂，二莊主貌若冷靜，對那些棋局卻也是不到手便難甘心，爲了這些書畫棋局而行此下策，也非事理之所無。要是有人眞欲以內力傷我，我先以劍法刺傷他的關節要害便了。」

黑白子道：「風少俠，勞你駕再走一趟。」令狐冲道：「若以眞實功夫而論，晚輩連三莊主、四莊主都非敵手，更不用說大莊主、二莊主了。孤山梅莊四位前輩武功卓絕，只因和晚輩杯酒相投，這才處處眷顧容讓。晚輩一些粗淺劍術，實在不必再獻醜了。」

丹青生道：「風兄弟，那人的武功當然比你高，不過你不用害怕，他……」黑白子截住他的話頭，說道：「敝莊之中，尙有一個精研劍術的前輩名家，他聽說風少俠的劍法如此了得，說甚麼也要較量幾手，還望風少俠再比一場。」

令狐冲心想再比一場，說不定被迫傷人，便和「江南四友」翻臉成仇，說道：「四位莊主待晚輩極好，若再比一場，也不知這位前輩脾氣如何，要是鬧得不歡而散，或者晚輩傷在這位前輩劍底，豈不是壞了和氣？」丹青生笑道：「沒關係，不會……」黑白子又搶著道：「不論怎樣，我四人決不會怪你風少俠。」向問天道：「好罷，再比試一場，又有何妨？我可有些事情，須得先走一步。風兄弟，咱們到嘉興府見。」

禿筆翁和丹青生齊聲道：「你要先走，那怎麼成？」禿筆翁道：「除非你將張旭的書法留下了。」丹青生道：「風少俠輸了之後，又到那裏去找你取書畫棋譜？不成，不成，你再躭一會兒。丁管家，快擺筵席哪！」

黑白子道：「風少俠，我陪你去。童兄，你先請用飯，咱們過不多久，便回來陪你。」向問天連連搖頭，說道：「這場比賽，你們志在必勝。我風兄弟劍法雖高，臨敵經驗卻淺。你們又已知他內力已失，我如不在旁掠陣，這場比試縱然輸了，也輸得心不甘服。」黑白子道：「童兄此言是何用意？難道我們還會使詐不成？」向問天道：「孤山梅莊四位莊主乃豪傑之士，在下久仰威望，自然十分信得過的。但風兄弟要去和另一人比劍，在下實不知梅莊中除四位莊主之外，竟然另有一位高人。請問二莊主，此人是誰？在下若知這人和四位莊主一般，也是光明磊落的英雄俠士，那就放心了。」

丹青生道：「這位前輩的武功名望，和我四兄弟相比那是只高不低，簡直不可同日而語。」向問天道：「武林之中，名望能和四位莊主相捋的，屈指寥寥可數，諒來在下必知其名。」禿筆翁道：「這人的名字，卻不便跟你說。」向問天道：「那麼在下定須在旁觀戰，否則這場比試便作罷論。」丹青生道：「你何必如此固執？我看童兄臨場，於你有損無益，此人隱居已久，不喜旁人見到他面貌。」向問天道：「那麼風兄弟又怎麼和他比劍？」黑白子道：「雙方都戴上頭罩，只露出一對眼睛，便誰也看不到誰了。」向問天道：「四位莊主是否也戴上頭罩？」黑白子道：「是啊。這人脾氣古怪得緊，否則他便不肯動手。」向問天道：「那麼在下也戴上頭罩便是。」

黑白子躊躇半晌，說道：「童兄既執意要臨場觀鬥，那也只好如此，但須請童兄答允一件事，自始至終不可出聲。」向問天笑道：「裝聾作啞，那還不容易？」

當下黑白子在前引路，向問天和令狐冲跟隨其後，禿筆翁和丹青生走在最後。令狐冲見他走的是通向大莊主居室的舊路，來到大莊主琴堂外，黑白子在門上輕扣三聲，推門進去。只見室中一人頭上已套了黑布罩子，瞧衣衫便是黃鍾公。黑白子走到他身前，俯頭在他耳邊低語數句。黃鍾公搖了搖頭，低聲說了幾句話，顯是不願向問天參與。黑白子點了點頭，轉頭道：「我大哥以爲，比劍事小，但如惹惱了那位朋友，多有不便。這事就此作罷。」五人躬身向黃鍾公行禮，告辭出來。

丹青生氣忿忿的道：「童兄，你這人當眞古怪，難道還怕我們一擁而上，欺侮風兄弟不成？你非要在旁觀鬥不可，鬧得好好一場比試，就此化作雲煙，豈不令人掃興？」禿筆翁道：「二哥花了老大力氣，才求得我大哥答允，偏偏你又來搗蛋。」

向問天笑道：「好啦，好啦！我便讓一步，不瞧這場比試啦。你們可要公公平平，不許欺騙我風兄弟。」禿筆翁和丹青生大喜，齊聲道：「你當我們是甚麼人了？那有欺騙風少俠之理？」向問天笑道：「我在棋室中等候。風兄弟，他們鬼鬼祟祟的不知玩甚麼把戲，你可要打醒十二分精神，千萬小心了。」令狐冲笑道：「梅莊之中，盡是高人雅士，豈有行詭使詐之人？」丹青生笑道：「是啊，風少俠那像你這般，以小人之心，度君子之腹。」

向問天走出幾步，回頭招手道：「風兄弟，你過來，我得囑咐你幾句，可別上了人家的當。」丹青生笑了笑，也不理會。令狐冲心道：「向大哥忒也小心了，我又不是三歲小孩，眞要騙我，也沒這麼容易。」走近身去。

向問天拉住他手，令狐冲便覺他在自己手掌之中，塞了一個紙團。

令狐冲一捏之下，覺得紙團中有一枚硬物。向問天笑嘻嘻的拉他近前，在他耳邊低聲說道：「你見了那人之後，便跟他拉手親近，將這紙團連同其中的物事，偷偷塞在他手中。這事牽連重大，千萬不可輕忽。哈哈，哈哈！」他說這幾句話之時，語氣甚是鄭重，但臉上始終帶著笑容，最後幾下哈哈大笑，和他的說話更毫不相干。

黑白子等三人都道他說的是奚落自己三人的言語。丹青生道：「有甚麼好笑？風少俠固然劍法高明，你童兄劍法如何，咱們可還沒請教。」向問天笑道：「在下的劍法稀鬆平常，可不用請教。」說著搖搖擺擺的出外。

丹青生笑道：「好，咱們再見大哥去。」四人重行走進黃鍾公的琴堂。

黃鍾公沒料到他們去而復回，已將頭上罩子除去。黑白子道：「大哥，那位童兄終於給我們說服，答允不去觀戰了。」黃鍾公道：「好。」拿起黑布罩子，又套在頭上。丹青生拉開木櫃，取了三隻黑布罩子出來，將其中一隻交給令狐冲，道：「這是我的，你戴著罷。大哥，我借你的枕頭套用用。」走進內室，過得片刻，出來時頭上已罩了一隻青布的枕頭套子，套上剪了兩個圓孔，露出一雙光溜溜的眼睛。

黃鍾公點了點頭，向令狐冲道：「待會比試，你們兩位都使木劍，以免拚上內力，讓風兄弟吃虧。」令狐冲喜道：「那再好不過。」黃鍾公向黑白子道：「二弟，帶兩柄木劍。」黑白子打開木櫃，取出兩柄木劍。

黃鍾公向令狐冲道：「風兄弟，這場比試不論誰勝誰敗，請你對外人一句也別提起。」令狐冲道：「這個自然，晚輩先已說過，來到梅莊，決非求名，豈有到外面胡說張揚之理？何況晚輩敗多勝少，也沒甚麼好說的。」

黃鍾公道：「那倒未必盡然。但相信風兄弟言而有信，不致外傳。此後一切所見，請你也一句不提，連那位童兄也不可告知，這件事做得到麼？」令狐冲躊躇道：「連童大哥也不能告知？比劍之後，他自然要問起經過，我如絕口不言，未免於友道有虧。」黃鍾公道：「那位童兄是老江湖了，既知風兄弟已答允了老夫，大丈夫千金一諾，不能食言而肥，自也不致於強人所難。」令狐冲點頭道：「那也說得是，晚輩答允了便是。」黃鍾公拱了拱手，道：「多謝風兄弟厚意。請！」

令狐冲轉過身來，便往外走。那知丹青生向內室指了指，道：「在這裏面。」

令狐冲一怔，大是愕然：「怎地在內室之中？」隨即省悟：「啊，是了！和我比劍之人是個女子，說不定是大莊主的夫人或姬妾，因此他們堅決不讓向大哥在旁觀看，既不許她見到我相貌，又不許我見到她眞面目，自是男女有別之故。大莊主一再叮囑，要我不可向旁人提及，連對向大哥也不能說，若非閨閣之事，何必如此鄭重？」

想通了此節，種種疑竇豁然而解，但一揑到掌心中的紙團和其中那枚小小硬物，尋思：「看來向大哥種種布置安排，深謀遠慮，只不過要設法和這女子見上一面。他自己既不能見她之面，便要我傳遞書信和信物。這中間定有私情曖昧。向大哥和我雖義結金蘭，但四位莊主待我甚厚，我如傳遞此物，太也對不住四位莊主，這便如何是好？」又想：「向大哥和四位莊主都是五六十歲年紀之人，那女子定然也非年輕，縱有情緣牽纏，也是許多年前的舊事了，就算遞了這封信，想來也不會壞了那女子的名節。」沉吟之際，五人已進了內室。

室內一床一几，陳設簡單，床上掛了紗帳，甚是陳舊，已呈黃色。几上放著一張短琴，通體黝黑，似是鐵製。

令狐沖心想：「事情一切推演，全入於向大哥的算中。唉，他情深若斯，我豈可不助他完償這個心願？」他生性洒脫，於名教禮儀之防向來便不放在心上，這時內心之中，隱隱似乎那女子便是小師妹岳靈珊，她嫁了師弟林平之，自己則是向問天，隔了數十年後，千方百計的又想去和小師妹見上一面，會面竟不可得，則傳遞一樣昔年的信物，聊表情愫，也足慰數十年的相思之苦。心下又想：「向大哥擺脫魔教，不惜和教主及教中眾兄弟翻臉，說不定也是爲了這舊情人之故。」

他心涉遐想之際，黃鍾公已掀開床上被褥，揭起床板，下面卻是塊鐵板，上有銅環。黃鍾公握住銅環，向上提起，一塊四尺來闊、五尺來長的鐵板應手而起，露出一個長大方洞。這鐵板厚達半尺，顯是甚爲沉重，他平放在地上，說道：「這人的居所有些奇怪，風兄弟請跟我來。」說著便向洞中躍入。黑白子道：「風少俠先請。」

令狐沖心感詫異，跟著跳下，只見下面牆壁上點著一盞油燈，發出淡黃色光芒，置身之所似是個地道。他跟著黃鍾公向前行去，黑白子等三人依次躍下。

行了約莫二丈，前面已無去路。黃鍾公從懷中取出一串鑰匙，插入了一個匙孔，轉了幾轉，向內推動。只聽得軋軋聲響，一扇石門緩緩開了。令狐冲心下越感驚異，而對向問天卻又多了幾分同情之意，尋思：「他們將這女子關在地底，自然是強加囚禁，違其本願。這四位莊主似是仁義豪傑之士，卻如何幹這等卑鄙勾當？」

他隨著黃鍾公走進石門，地道一路向下傾斜，走出數十丈後，又來到一扇門前。黃鍾公又取出鑰匙，將門開了，這一次卻是一扇鐵門。地勢不斷的向下傾斜，只怕已深入地底百丈有餘。地道轉了幾個彎，前面又出現一道門。令狐冲忿忿不平：「我還道四位莊主精擅琴棋書畫，乃高人雅士，豈知竟私設地牢，將一個女子關在這等暗無天日的所在。」

他初下地道時，對四人並無提防之意，此刻卻不免大起戒心，暗自慄慄：「他們跟我比劍不勝，莫非引我來到此處，也要將我囚禁於此？這地道中機關門戶，重重疊疊，當眞是插翅難飛。」可是雖有戒備之意，但前有黃鍾公，後有黑白子、禿筆翁、丹青生，自己手中一件兵器也沒有，卻也無可奈何。

第三道門戶卻是由四道門夾成，一道鐵門後，一道釘滿了棉絮的木門，其後又是一道鐵門，又是一道釘棉的木門。令狐冲尋思：「爲甚麼兩道鐵門之間要夾兩道釘滿棉絮的木門？是了，想來被囚之人內功厲害，這棉絮是吸去她的掌力，以防她擊破鐵門。」

此後接連行走十餘丈，不見再有門戶，地道隔老遠才有一盞油燈，有些地方油燈已熄，更是一片漆黑，要摸索而行數丈，才又見到燈光。令狐冲只覺呼吸不暢，壁上和足底潮濕之極，突然間想起：「啊喲，梅莊是在西湖之畔，走了這麼遠，只怕已深入西湖之底。這人給囚於湖底，自然沒法自行脫困。別人便要設法搭救，也是不能，倘若鑿穿牢壁，湖水便即灌入。」

再前行數丈，地道突然收窄，必須弓身而行，越向前行，彎腰越低。又走了數丈，黃鍾公停步晃亮火摺，點著了牆壁上油燈，微光之下，只見前面又是一扇鐵門，鐵門上有個尺許見方的洞孔。

黃鍾公對著那方孔朗聲道：「任先生，黃鍾公四兄弟拜訪你來啦。」

令狐冲一呆：「怎地是任先生？難道裏面所囚的不是女子？」但裏面無人答應。

黃鍾公又道：「任先生，我們久疏拜候，甚是歉仄，今日特來告知一件大事。」

室內一個濃重的聲音罵道：「去你媽的大事小事！有狗屁就放，如沒屁放，快給我滾得遠遠地！」

令狐冲驚訝莫名，先前的種種設想，霎時間盡皆煙消雲散，這口音不但是個老年男子，而且出語粗俗，直是個市井俚人。

黃鍾公道：「先前我們只道當今之世，劍法之高，自以任先生爲第一，豈知大謬不然。今日有一人來到梅莊，我們四兄弟固不是他敵手，任先生的劍法和他一比，那也是有如小巫見大巫了。」

令狐冲心道：「原來他是以言語相激，要那人和我比劍。」

那人哈哈大笑，說道：「你們四個狗雜種鬥不過人家，便激他來和我比劍，想我爲你們四個混蛋料理強敵，是不是？哈哈，打的倒是如意算盤，只可惜我十多年不動劍，劍法早忘得乾乾淨淨了。操你奶奶的王八羔子，夾著尾巴快給我滾罷。」

令狐冲心下駭然：「此人機智無比，料事如神，一聽黃鍾公之言，便已算到。」

禿筆翁道：「大哥，任先生決不是此人敵手。那人說梅莊之中沒人勝得過他，這句話原是不錯的。咱們不用跟任先生多說了。」那姓任的喝道：「你激我有甚麼用？姓任的難道還能爲你們這四個小雜種辦事？」禿筆翁道：「此人劍法得自華山派風清揚風老先生眞傳。大哥，聽說任先生當年縱橫江湖，天不怕，地不怕，就只怕風老先生一個。任先生有個外號，叫甚麼『望風而逃』。這個『風』字，便是指風清揚風老先生而言，這話可眞？」那姓任的哇哇大叫，罵道：「放屁，放屁，臭不可當！」

丹青生道：「三哥錯了。」禿筆翁道：「怎地錯了？」丹青生道：「你說錯了一個字。任先生的外號不是叫『望風而逃』，而是叫『聞風而逃』。你想，任先生如望見了風老先生，二人相距已不甚遠，風老先生還容得他逃走嗎？只有一聽到風老先生的名字，立即拔足便奔，急急如喪家之犬……」禿筆翁接口道：「忙忙似漏網之魚！」丹青生道：「這才得保首領，直至今日啊。」

那姓任的不怒反笑，說道：「四個臭混蛋給人家逼得走投無路，無可奈何，這才想到來求老夫出手。操你奶奶，老夫要是中了你們的鬼計，那也不姓任了。」

黃鍾公嘆了口氣，道：「風兄弟，這位任先生一聽到你這個『風』字，已然魂飛魄散，心膽俱裂。這劍不用比了，我們承認你是當世劍法第一便是。」

令狐冲雖見那人並非女子，先前猜測全都錯了，但見他深陷牢籠，顯然歲月已久，同情之心油然而生，從各人的語氣之中，推想這人既是前輩，武功又必極高，聽黃鍾公如此說，便道：「大莊主這話可不對了，風老前輩和晚輩談論劍法之時，對這位……這位任老先生極是推崇，說道當世劍法他便只佩服任老先生一人，他日晚輩若有機緣拜見任老先生，務須誠心誠意、恭恭敬敬的向他老人家磕頭，請他老人家指點一二。」

此言一出，黃鍾公等四人盡皆愕然。那姓任的卻十分得意，呵呵大笑，道：「小朋友，你這話說得很對，風清揚並非泛泛之輩，也只有他，才識得我劍法的精妙。」

黃鍾公道：「風……風老先生知道他……他是在這裏？」語音微顫，似有驚恐之意。

令狐冲信口胡吹：「風老先生只道任老先生歸隱於名山勝地。他老人家教導晚輩練劍之時，常自提及任老先生，說道練這等劍招，只是用來和任老先生的傳人對敵，世上若無任老先生，這等繁難的劍法壓根兒就不必學。」他此時對梅莊四個莊主頗爲不滿，這幾句話頗具奚落之意，心想這姓任的是前輩英雄，卻給囚禁於這陰暗卑濕的牢籠，定是中了暗算。他四人所使手段之卑鄙，不問可知。

那姓任的道：「是啊，小朋友，風清揚果然挺有見識。你將梅莊這幾個傢伙都打敗了，是不是？」

令狐冲道：「晚輩的劍法既是風老先生親手所傳，除非是你任老先生自己，又或是你的傳人，尋常之人自不是敵手。」他這幾句話，那是公然和黃鍾公等四人過不去了。他只覺這地底黑牢潮濕鬱悶，只躭得片刻已如此難受，四個莊主卻將這位武林高人關在這等所在，不知已關了多少年，激動義憤之下，出言便無所顧忌。

黃鍾公等聽在耳裏，自是老大沒趣，但他們確是比劍而敗，那也無話可說。丹青生道：「風兄弟，你這話……」黑白子扯扯他的衣袖，丹青生便即住口。

那人道：「很好，很好，小朋友，你給我出了胸中一口惡氣。你怎樣打敗了他們？」

令狐冲道：「梅莊中第一個和我比劍的，是個姓丁的朋友，叫甚麼『一字電劍』丁堅。」

那人道：「此人劍法華而不實，但以劍光唬人，並無眞實本領。你根本不用出招傷他，只須將劍鋒擺在那裏，他自己會將手指、手腕、手臂送到你劍鋒上來，自行切斷。」

五人一聽，盡皆駭然，不約而同的都「啊」了一聲。

那人問道：「怎樣？我說得不對嗎？」令狐冲道：「說得對極了，前輩便似親眼見到一般。」那人笑道：「好極！他割斷了五根手指，還是一隻手掌？」令狐冲道：「晚輩將劍鋒側了一側。」那人道：「不對，不對！對付敵人有甚麼客氣？你心地仁善，將來必吃大虧。第二個是誰跟你對敵？」

令狐冲道：「四莊主。」那人道：「嗯，老四的劍法當然比那個甚麼『一字屁劍』高明些，但也高不了多少。他見你勝了丁堅，定然上來便使他的得意絕技，哼哼，那叫甚麼劍法啊？是了，叫作『潑墨披麻劍法』，甚麼『白虹貫日』、『騰蛟起鳳』，又是甚麼『春風楊柳』。」丹青生聽他將自己的得意劍招說得絲毫不錯，更加駭異。

令狐冲道：「四莊主的劍法其實也挺高明，只不過攻人之際，自己破綻太多。」

那人呵呵一笑，說道：「老風的傳人果然有兩下子，你一語破的，將他這路『潑墨披麻劍法』的致命弱點說了出來。他這路劍法之中，有一招自以為最厲害的殺手，叫做

『玉龍倒懸』，仗劍當頭硬砍，他不使這招便罷，倘若使將出來，遇上老風的傳人，只須將長劍順著他劍鋒滑了上去，他的五根手指便都給披斷了，手上的鮮血，便如潑墨一般的潑下來了。這叫做『潑血披指劍法』，哈哈，哈哈！」

令狐冲道：「前輩料事如神，晚輩果是在這一招上勝了他。不過晚輩跟他無冤無仇，四莊主又曾以美酒款待，相待甚厚，這五根手指嗎，倒不必披下來了，哈哈！」

丹青生的臉色早氣得又紅又青，當眞是名副其實的「丹青生」，只是頭上罩了枕套，誰也瞧不見而已。

那人道：「禿頭老三善使判官筆，他這一手字寫得三歲小孩子一般，偏生要附庸風雅，武功之中居然自稱包含了書法名家的筆意。嘿嘿，小朋友，要知臨敵過招，那是生死繫於一線的大事，全力相搏，尚恐不勝，那裏還有閒情逸致，講究甚麼鍾王碑帖？除非對方武功跟你差得太遠，你才能將他玩弄戲耍。但如雙方武功相若，你再用判官筆來寫字，那是將自己的性命雙手獻給敵人了。」

令狐冲道：「前輩之言是極，這位三莊主和人動手，確是太過托大了些。」

禿筆翁初時聽那人如此說，極是惱怒，但越想越覺他的說話十分有理，自己將書法融化在判官筆的招數之中，雖是好玩，筆上的威力畢竟大減，若不是令狐冲手下留情，十個禿筆翁也給他斃了，想到此處，不由得出了一身冷汗。

那人笑道：「要勝禿頭老三，那是很容易的。他的判官筆法本來相當可觀，就是太過狂妄，偏要在武功中加上甚麼書法。嘿嘿，高手過招，所爭的只是尺寸之間，他將自己性命來鬧著玩，居然活到今日，也算得是武林中的一樁奇事。禿頭老三，近十多年來你龜縮不出，沒到江湖上行走，是不是？」

禿筆翁哼了一聲，並不答話，心中又是一寒，自忖：「他的話一點不錯，這十多年中我若在江湖上闖蕩，焉能活到今日？」

那人道：「老二玄鐵棋盤上的功夫，那可是眞材實料了，一動手攻人，一招快似一招，勢如疾風驟雨，等閒之輩確是不易招架。小朋友，你卻怎樣破他，說來聽聽。」

令狐冲道：「這個『破』字，晚輩是不敢當的，只不過我一上來就跟二莊主對攻，第一招便讓他取了守勢。」那人道：「很好。第二招呢？」令狐冲道：「第二招晚輩仍是搶攻，二莊主又取了守勢。」那人道：「很好。第三招怎樣？」令狐冲道：「第三招仍然是我攻他守。」那人道：「了不起。黑白子當年在江湖上著實威風，那時他使一塊大鐵牌，只須有人能擋得他連環三擊，黑白子便饒了他不殺。後來他改使玄鐵棋枰，兵刃上大佔便宜，那就更加了得。小朋友居然逼得他連守三招，很好！第四招他怎生反擊？」令狐冲道：「第四招還是晚輩攻擊，二莊主守禦。」那人道：「老風的劍法當眞如此高明？雖然要勝黑白子並不爲難，但居然逼得他在第四招上仍取守勢，嘿嘿，很好！第五招一定是他攻了？」令狐冲道：「第五招攻守之勢並未改變。」

那姓任的「哦」的一聲，半晌不語，隔了好一會，才道：「你一共攻了幾劍，黑白子這才回擊？」令狐冲道：「這個……這個……招數倒記不起了。」

黑白子道：「風少俠劍法如神，自始至終，晚輩未能還得一招。他攻到四十餘招時，晚輩自知不是敵手，這便推枰認輸。」他直到此刻，才對那姓任的說話，語氣竟十分恭敬。

那人「啊」的一聲大叫，說道：「豈有此理？風清揚雖是華山派劍宗出類拔萃的人才，但華山劍宗的劍法有其極限。我決不信華山派之中，有那一人能連攻黑白子四十餘招，逼得他沒法還上一招。」

黑白子道：「任老先生對晚輩過獎了！這位風兄弟青出於藍，劍法之高，早已遠遠超越華山劍宗的範圍。環顧當世，也只任老先生這等武林中數百年難得一見的大高手，方能指點他幾招。」令狐冲心道：「黃鍾公、禿筆翁、丹青生三人言語侮慢，黑白子卻恭謹之極。但或激或捧，用意相同，都是要這位任老先生跟我比劍。」

那人道：「哼，你大拍馬屁，一般的臭不可當。黃鍾公的武術招數，與黑白子也只半斤八兩，但他內力不錯，小朋友，你的內力也勝過他嗎？」令狐冲道：「晚輩受傷在先，內力全失，以致大莊主的『七絃無形劍』對晚輩全不生效用。」那人呵呵大笑，說道：「倒也有趣。很好，小朋友，我很想見識見識你的劍法。」

令狐冲道：「前輩不可上當。江南四友只想激得你和我比劍，其實別有所圖。」那人道：「有甚麼圖謀？」令狐冲道：「他們和我的一個朋友打了個賭，倘若梅莊之中有人勝得了晚輩的劍法，我那朋友便要輸幾件物事給他們。」那人道：「輸幾件物事？嗯，想必是罕見的琴譜、棋譜，又或是前代的甚麼書畫眞跡。」令狐冲道：「前輩料事如神。」

那人道：「我只想瞧瞧你的劍法，並非眞的過招，再說，我也未必能勝得了你。」

令狐冲道：「前輩要勝過晚輩，那是十拿九穩，但須請四位莊主先答允一件事。」那人道：「甚麼事？」令狐冲道：「前輩勝了晚輩手中長劍，給他們贏得那幾件希世珍物，四位莊主便須大開牢門，恭請前輩離開此處。」

禿筆翁和丹青生齊聲道：「這個萬萬不能。」黃鍾公哼了一聲。

那人笑道：「小朋友有點兒異想天開。是風清揚教你的嗎？」

令狐冲道：「風老先生絕不知前輩囚於此間，晚輩更加萬萬料想不到。」

黑白子忽道：「風少俠，這位任老先生叫甚麼名字？武林中的朋友叫他甚麼外號？他原是那一派的掌門？爲何囚於此間？你都曾聽風老先生說過麼？」

黑白子突如其來的連問四事，令狐冲卻一件也答不上來。先前令狐冲連攻四十餘招，黑白子還能守了四十餘招，此刻對方連發四問，有如急攻四招，令狐冲卻一招也守不住，囁嚅半晌，說道：「這個倒沒聽風老先生說起過，我……我確是不知。」

丹青生道：「是啊，諒你也不知曉，你如得知其中原由，也不會要我們放他出去了。此人倘若得離此處，武林中天翻地覆，不知將有多少人命喪其手，江湖上從此更無寧日。」

那人哈哈大笑，說道：「正是！江南四友便有天大的膽子，也不敢讓老夫身脫牢籠。再說，他們只奉命在此看守，不過四名小小的獄卒而已，他們那裏有權放脫老夫？小朋友，你說這句話，可將他們的身分抬得太高了。」

令狐冲不語，心想：「此中種種干係，我半點也不知，當眞一說便錯，露了馬腳。」

黃鍾公道：「風兄弟，你見這地牢陰暗潮濕，對這位任先生大起同情之意，因而對我們四兄弟甚是不忿，這是你的俠義心腸，老夫也不來怪你。你可知道，這位任先生要是重入江湖，單是你華山一派，少說也得死去一大半人。任先生，我這話不錯罷？」

那人笑道：「不錯，不錯。華山派的掌門人還是岳不羣罷？此人一臉孔假正經，只可惜我先是忙著，後來又失手遭了暗算，否則早就將他的假面具撕了下來。」

令狐冲心頭一震，師父雖將他逐出華山派，並又傳書天下，將他當作正派武林人士的公敵，但師父師母自幼將他撫養長大的恩德，一直對他有如親兒的情義，卻令他感懷不忘，此時聽得這姓任的如此肆言侮辱自己師父，不禁怒喝：「住嘴！我師……」下面這個「父」字將到口邊，立即忍住，記起向問天帶自己來到梅莊，是讓自己冒認是師父的師叔，對方善惡未明，可不能向他們吐露眞相。

那姓任的自不知他這聲怒喝的眞意，繼續笑道：「華山門中，我瞧得起的人當然也有。風老是一個，小朋友你是一個。還有一個你的後輩，叫甚麼『華山玉女』寧……寧甚麼的。啊，是了，叫作寧中則。這小姑娘倒也慷慨豪邁，是個人物，只可惜嫁了岳不羣，一朵鮮花插在牛糞上了。」令狐冲聽他將自己的師娘叫作「小姑娘」，不禁啼笑皆非，只好不加置答，總算他對師娘頗有好評，說她是個人物。

那人問道：「小朋友，你叫甚麼名字？」令狐冲道：「晚輩姓風，名叫二中。」

那人道：「華山派姓風的人，都不會差。你進來罷！我領教領教風老的劍法。」他本來稱風清揚爲「老風」，後來改了口，稱爲「風老」，想是令狐冲所說的言語令他頗爲歡喜，言語中對風清揚也客氣了起來。

令狐沖好奇之心早已大動，亟想瞧瞧這人是怎生模樣，武功又如何高明，便道：「晚輩一些粗淺劍法，在外面唬唬人還勉強可以，到了前輩跟前，實在不足一笑。但任老先生是人中龍鳳，既到此處，焉可不見？」

丹青生挨近前來，在他耳畔低聲說道：「風兄弟，此人武功十分怪異，手段又陰毒無比，你千萬要小心了。稍有不對，便立即出來。」他語聲極低，但關切之情顯是出於至誠。令狐沖心頭一動：「四莊主對我很夠義氣啊！適才我說話譏刺於他，他非但毫不記恨，反而眞心關懷我的安危。」不由得暗自慚愧。

那人大聲道：「進來，進來。他們在外面鬼鬼祟祟的說些甚麼？小朋友，江南四『醜』不是好人，除了叫你上當，別的決沒甚麼好話，半句也信不得。」

令狐沖好生難以委決，不知到底那一邊是好人，該當助誰才是。

黃鍾公從懷中取出另一枚鑰匙，在鐵門的鎖孔中轉了幾轉。令狐沖只道他開了鎖後，便會推開鐵門，那知他退在一旁，黑白子走上前去，從懷中取出一條鑰匙，在另一個鎖孔中轉了幾轉。然後禿筆翁和丹青生分別各出鑰匙，插入鎖孔轉動。令狐沖恍然省悟：「原來這位前輩的身分如此重要，四個莊主各懷鑰匙，要用四條鑰匙分別開鎖，鐵門才能打開。他江南四友有如兄弟，四人便如是一人，難道互相還信不過嗎？」又想：「適才那位前輩言道，江南四友只不過奉命監守，有如獄卒，根本無權放他。說不定四人分掌四條鑰匙之舉，是委派他們那人所規定的。聽鑰匙轉動之聲極爲窒滯，鎖孔中顯是生滿鐵鏽。這道鐵門，也不知有多少日子沒打開了。」

丹青生轉過了鑰匙後，拉住鐵門搖了幾下，運勁向內一推，只聽得嘰嘰格格一陣響，鐵門向內開了數寸。鐵門一開，丹青生隨即向後躍開。黃鍾公等三人同時躍退丈許。令狐冲不由自主的也退了幾步。

那人呵呵大笑，說道：「小朋友，他們怕我，你卻又何必害怕？」

令狐冲道：「是。」走上前去，伸手向鐵門上推去。只覺門樞中鐵鏽生得甚厚，花了好大力氣才將鐵門推開兩尺，一陣霉氣撲鼻而至。丹青生走上前來，將兩柄木劍遞了給他。令狐冲拿在左手之中。禿筆翁道：「兄弟，你拿盞油燈進去。」從牆壁上取下一盞油燈。令狐冲伸右手接了，走入室中。

只見那囚室不過丈許見方，靠牆一榻，榻上坐著一人，長髮垂至胸前，鬍子滿臉，再也瞧不清他面容，頭髮鬚眉盡爲深黑，全無斑白。令狐冲躬身說道：「晚輩今日有幸拜見任老前輩，還望多加指教。」那人笑道：「不用客氣，你來解我寂寞，可多謝你啦。」令狐冲道：「不敢。這盞燈放在榻上罷？」那人道：「好！」卻不伸手來接。

令狐冲心想：「囚室如此窄小，如何比劍？」當下走到榻前，放下油燈，隨手將向問天交給他的紙團和硬物輕輕塞入那人手中。

那人微微一怔，接過紙團，朗聲說道：「喂，你們四個傢伙，進不進來觀戰？」黃鍾公道：「地勢狹隘，容身不下。」那人道：「好！小朋友，帶上了門。」令狐冲道：

「是！」轉身將鐵門推上。那人站起身來，身上發出一陣輕微的嗆啷之聲，似是一根根細小的鐵鍊自行碰撞作聲。他伸出右手，從令狐冲手中接過一柄木劍，嘆道：「老夫十餘年不動兵刃，不知當年所學的劍法還記不記得。」

令狐冲見他手腕上套著個鐵圈，圈上連著鐵鍊通到身後牆壁之上，再看他另一隻手和雙足，也都有鐵鍊和身後牆壁相連，一瞥眼間，見四壁青油油地發出閃光，原來四周牆壁均是鋼鐵所鑄，心想他手足上的鍊子和銬鐐想必也都是純鋼之物，否則這鍊子不粗，難以繫住他這等武學高人。

那人將木劍在空中虛劈一劍，這一劍自上而下，只不過移動了兩尺光景，但斗室中竟嗡嗡之聲大作。令狐冲讚道：「老前輩，好深厚的功力！」

那人轉過身去，令狐冲隱約見到他已打開紙團，見到所裹的硬物，在閱讀紙上的字跡。令狐冲退了一步，將腦袋擋住鐵門上的方孔，使得外邊四人瞧不見那人的情狀。那人將鐵鍊弄得嗆嗆發聲，身子微微發顫，似是讀到紙上的字後極爲激動，但片刻之間，便轉過身來，眼中陡然精光大盛，說道：「小朋友，我雙手雖行動不便，未必便勝不了你！」令狐冲道：「晚輩末學後進，自不是前輩對手。」

那人道：「你連攻黑白子四十餘招，逼得他沒法反擊一招，現下便向我試試。」

令狐冲道：「晚輩放肆。」挺劍向那人刺去，正是先前攻擊黑白子時所使的第一招。

那人讚道：「很好！」木劍斜刺令狐冲左胸，守中帶攻，攻中有守，乃是一招攻守兼備的淩厲劍法。黑白子在方孔中向內觀看，一見之下，忍不住大聲叫道：「好劍法！」

早已刺到。

那人笑道：「今日算你們四個傢伙運氣，叫你們大開眼界。」便在此時，令狐沖第二劍早已刺到。

那人木劍揮轉，指向令狐沖右肩，仍是守中帶攻、攻中有守的妙著。令狐沖一凜，只覺來劍中竟沒半分破綻，難以仗劍直入，制其要害，只得橫劍一封，劍尖斜指，含有刺向對方小腹之意，也是守中有攻。那人笑道：「此招極妙。」當即迴劍旁掠。

二人你一劍來，我一劍去，霎時間拆了二十餘招，兩柄木劍始終未曾碰過一碰。令狐沖眼見對方劍法變化繁複無比，自己自從學得「獨孤九劍」以來，從未遇到過如此強敵，對方劍法中也並非沒有破綻，只是招數變幻無方，無法攻其瑕隙。他謹依風清揚所授「以無招勝有招」的要旨，任意變幻。那「獨孤九劍」中的「破劍式」雖只一式，但其中於天下各門各派劍法要義兼收並蓄，雖說「無招」，卻是以普天下劍法之招數為根基。那人見令狐沖劍招層出不窮，每一變化均從所未見，仗著經歷豐富，武功深湛，一一化解，但拆到四十餘招之後，出劍已略感窒滯。他將內力慢慢運到木劍之上，一劍之出，竟隱隱有風雷之聲。

但不論敵手的內力如何深厚，到了「獨孤九劍」精微的劍法之下，盡數落空。只是那人內力之強，劍術之精，兩者混而為一，實已無可分割。那人接連數次已將令狐沖迫得處於絕境，除了棄劍認輸之外似更無他法，但令狐沖總是突出怪招，非但解脫顯已無可救藥的困境，而且乘勢反擊，招數之奇，當真匪夷所思。

黃鍾公等四人擠在鐵門之外，從方孔中向內觀看。那方孔實在太小，只容兩人同看，而且那二人也須得一用左眼，一用右眼。兩人看了一會，便讓開給另外兩人觀看。

初時四人見那人和令狐冲相鬥，劍法精奇，不勝讚嘆，看到後來，兩人劍法的妙處已沒法領略。有時黃鍾公看到一招後，苦苦思索其中精要所在，想了良久，方始領會，但其時二人早已另拆了十餘招，這十餘招到底如何拆，他是全然的視而不見了，駭異之餘，尋思：「原來這風兄弟劍法之精，一至於斯。適才他和我比劍，只怕不過使了三四成功夫。別說他身無內力，我瑤琴上的『七絃無形劍』奈何他不得，就算他內力充沛，我這無形劍又怎奈何他得了？他一上來只須連環三招，我當下便得丟琴認輸。倘若眞的性命相搏，他第一招便能用玉簫點瞎了我雙目。」

黃鍾公自不知對令狐冲的劍法卻也高估了。「獨孤九劍」是敵強愈強，敵人如武功不高，「獨孤九劍」的精要處也就用不上。此時令狐冲所遇的，乃當今武林中一位驚天動地的人物，武功之強，已到了常人所不可思議的境界，一經他激發，「獨孤九劍」中種種奧妙精微之處，方能發揮得淋漓盡致。獨孤求敗如若復生，又或風清揚親臨，能遇到這樣的對手，也當歡喜不盡。使這「獨孤九劍」，除了精熟劍訣劍術之外，極大部分依賴使劍者的靈悟，一到自由揮洒、更無規範的境界，使劍者聰明智慧越高，劍法也就越高，每一場比劍均無舊軌可循，便如是大詩人靈感到來，作出了一首好詩一般。

再拆四十餘招，令狐冲出招越來越得心應手，許多妙詣竟是風清揚也未曾指點過的，遇上了這敵手的精奇劍法，「獨孤九劍」中自然而然的生出相應招數，與之抗禦。他心中懼意盡去，也可說全心傾注於劍法之中，更無恐懼或歡喜的餘暇。那人接連變換八門上乘劍法，有的攻勢凌厲，有的招數連綿，有的小巧迅捷，有的威猛沉穩。但不論他如何變招，令狐冲總是對每一路劍法應付裕如，竟如這八門劍法每一門他都是從小便拆解純熟一般。

那人橫劍一封，喝道：「小朋友，你這劍法到底是誰傳的？諒來風老並無如此本領。」令狐冲微微一怔，道：「這劍法若非風老先生所傳，更有那一位高人能傳？」那人道：「這也說得是。再接我這路劍法！」一聲長嘯，木劍倏地劈出。令狐冲斜劍刺出，逼得他收劍迴擋。那人連連呼喝，竟似發了瘋一般。呼喝越急，出劍也越快。

令狐冲覺得他這路劍法也無甚奇處，但每一聲斷喝都令他雙耳嗡嗡作響，心煩意亂，只得強自鎮定，拆解來招。

突然之間，那人石破天驚般一聲狂嘯。令狐冲耳中嗡的一響，耳鼓都似給他震破了，腦中一陣暈眩，登時人事不知，昏倒在地。

【金庸簡介】

本名查良鏞，浙江海寧人，一九二四年生。曾任報社記者、編譯、編輯，電影公司編劇、導演等；一九五九年在香港創辦明報機構，出版報紙、雜誌及書籍，一九九三年退休。先後撰寫武俠小說十五部，廣受當代讀者歡迎，至今已蔚爲全球華人的共同語言，並興起海內外金學研究風氣。曾獲頒衆多榮銜，包括英國政府O.B.E.勳銜，法國「榮譽軍團騎士」勳銜、「藝術文學高級騎士」勳章；香港大學、香港理工大學、香港公開大學、加拿大英屬哥倫比亞大學、日本創價大學和英國劍橋大學的榮譽博士學位；香港大學、加拿大UBC大學、北京大學、華東師範大學、中山大學、南開大學、蘇州大學和臺灣清華大學的名譽教授，以及英國牛津大學聖安東尼學院及慕蓮學院、英國劍橋大學魯賓森學院及李約瑟研究院、澳洲墨爾本大學和新加坡東亞研究所選爲榮譽院士。現任英國牛津大學漢學術研究院高級研究員、加拿大UBC大學文學院兼任教授、浙江大學人文學院院長、教授。其《金庸作品集》分由香港、臺灣及廣州出版，有英、日、韓、泰、越、印尼等多種譯文。

爲使全世界金庸迷能夠彼此分享閱讀心得，遠流特別架設「金庸茶館」網站，以整合、提供、聯結、傳播一切與金庸作品相關的資訊，站址是：http://jinyong.ylib.com

高鳳翰「檗下琴」。

高鳳翰（1683-1743），山東濟寧人，乾隆初因病右臂失去知覺，以左手治印，風格古樸。檗，音柏，性寒味苦可作藥，「檗下琴」意為苦中作樂。

全世界華人的共同語言　金庸新校新序・全十五部

金庸作品集

從台北到紐約，從香港到倫敦，從東京到上海，中國人在不同的地方，可能說不同的方言，可能吃不同的菜式，也可能有不同的政治立場，但他們都讀——金庸作品集。

【新修版共三十六冊，每冊定價二一八〇元】另有典藏版・平裝版・文庫版・大字版

1. 書劍恩仇錄（全二冊）
2. 碧血劍（全二冊）
3. 射鵰英雄傳（全四冊）
4. 神鵰俠侶（全四冊）
5. 雪山飛狐（含「白馬嘯西風」及「鴛鴦刀」，全一冊）
6. 飛狐外傳（全二冊）
7. 倚天屠龍記（全四冊）
8. 連城訣（全一冊）
9. 天龍八部（全五冊）
10. 俠客行（含「越女劍」，全二冊）
11. 笑傲江湖（全四冊）
12. 鹿鼎記（全五冊）

笑傲江湖 / 金庸作.-- 四版. -- 臺北市：
遠流, 2006 [民95]
冊； 公分. --（金庸作品集；28-31）
ISBN 957-32-5740-8（全套：精裝）
857.9 95004568

金庸作品集㉙

笑傲江湖 (二)〔公元2006年金庸新修版〕

The Smiling, Proud Wanderer, Vol. 2

作者 金庸

執行主編 李佳穎
執行副主編 鄭祥琳
特約編輯 許雅婷
封面設計 霍榮齡
內頁插畫 王司馬
美術編輯 霍榮齡設計工作室
封面原圖 元 黃公望「富春山居圖」，國立故宮博物院（臺灣）藏品。

發 行 人 王榮文
出版・發行 遠流出版事業股份有限公司
臺北市南昌路二段81號6樓
電　話 886-2-23926899
傳　真 886-2-23926658
郵　撥 01894561

1987年2月1日 初版一刷
2018年11月1日 四版十三刷
新修版 每冊280元（本作品全四冊，共1120元）
〔另有典藏版共36冊（不分售），平裝版共36冊，文庫版共72冊，大字版共72冊（陸續出版中）〕

行政院新聞局局版臺業字第1295號

ISBN 957-32-5740-8（套：精裝）
ISBN 957-32-5742-4（第二冊：精裝）
Printed in Taiwan

金庸茶館網站
http://jinyong.ylib.com E-mail:jinyong@ylib.com
YLib 遠流博識網
http://www.ylib.com E-mail:ylib@ylib.com